午前零時のサンセット

ローリー・フォスター
兒嶋みなこ 訳

THE SUMMER OF NO ATTACHMENTS

by Lori Foster
Translation by Minako Kojima

mira

THE SUMMER OF NO ATTACHMENTS

by Lori Foster

Published by K.K. HarperCollins Japan, 2023

午前零時のサンセット

おもな登場人物

アイヴィー・アンダース――獣医師
ホープ・メイジ――アイヴィーの助手
ジェフ――アイヴィーのボーイフレンド
チャリティ――ホープの姉
コービン・マイヤー――サンセットに引っ越してきた男性
ジャスティン――コービンの息子
ラング・マイヤー――コービンの兄
ヴェスタ――コービンの母親
ヘイガン――ヴェスタの恋人
ダーシー――ジャスティンの母親

1

アイヴィー・アンダースは気まぐれな巻き毛をかきあげて、かかえている犬をやさしく固定した。そのすきに、助手のホープ・メイジがねじれた針金を慎重に切断する。かわいそうなこの犬は野良なのだろう、針金にすっかりからまってしまって、後ろ足の一本にはかなりの傷を負っていた。早くクリニックに連れていって、きちんと診察したい。ほかにも怪我《けが》をしているかもしれないが、犬の毛に泥がこびりついているせいで、いまの段階ではよくわからない。だとしても、無視できない驚きの事実が一つあった。背後ではこの家の主人が不満をこぼしている――その犬はうちの鶏《にわとり》小屋《ごや》からたまごを盗んでいたに違いない、と。

アイヴィーはどうにか気持ちを静めて穏やかな声で尋ねた。「見つけてすぐにわたしに連絡してくれたのよね、マーティ？」マーティは犬も猫も好きではない……どころか、むしろ厄介者だと考えている。それでもアイヴィーとは話し合って、ある取り決めを交わしていた。木の茂る広い土地を所有するマーティは、もし野良を見つけたらアイヴィーに連絡する——そして地元の獣医であるアイヴィーは、彼に代わって〝問題〟に対処する。マーティの妻のローラが即答した。「わたしが電話したわ」そして夫を咎《とが》めるような顔でつけ足した。「かわいそうなその子の声が聞こえてすぐに」

だとしても安心はできない。犬は何時間もこの状態だったかもしれないのだ。考えたくもないけれど、昨日からという可能性だってある。

「この子、お腹に赤ちゃんがいるの」アイヴィーは犬を見つめたまま、怖がらせないよう抑えた声で言った。「たまごを盗んだんだとしたら、きっと空腹のせいね。そのぶんはわたしが補償するって、知ってるでしょう?」

マーティは不機嫌に返した。「たまご一つの心配をしてるんじゃない。鶏をやられたくないだけだ」咳払《せきばら》いをする。「こんな話が役に立つかわからないが、今朝おれがここに来たときには、そいつはまだいなかった。午後になって庭に水撒《みずま》きをしたから、いまは地面がぬかるんでる。そいつが泥だらけってことを考えると、針金にからまって二時間も経《た》ってないはずだ」

アイヴィーの心臓を握りしめていたこぶしがほんの少し緩んだ。「すごく役に立つ話よ、マーティ。ありがとう」

これまで数え切れないほど、野良犬や野良猫に困っているというトラブルに対応して、特別な愛情とケアを尽くしてきた。獣医として働きはじめて何年も経ち、あらゆる種類の怪我や虐待のしるしや病気に苦しむ動物をたくさん目にしてきたけれど、そんなのは関係ない。やっぱり動物が大好きだし、苦しんでいる生き物を見れば胸が痛む。

「礼なんか」マーティが不機嫌な声で言う。「おれだって、別に、動物が苦しんでるのを放っとく趣味はない」

彼とわたしでは〝苦しむ〟の定義が少し違うみたいね——アイヴィーはそう思ったものの、マーティにとって重要な主張だということはわかったし、実際に感謝しているうえ難癖をつけたい気分でもなかったので、ただうなずいた。

「あと少しよ」ホープがつぶやき、最後にもう一箇所ぱちんと切断したら、ついに針金は緩んだ。「できた」そっと犬の脚からほどくと、痛々しい傷があらわになった。

アイヴィーは小さな犬を撫《な》で、やさしくささやきかけながら、しっかり抱いてやった。体勢を変えられるようになったので、ぬかるんだ地面にお尻をついて、犬を膝に抱きあげる。それから犬の頭のてっぺんに顔を近づけて、ささやいた。「よしよし、楽になったでしょう？　大丈夫、ちゃんと治してあげるからね」

「これでくるんであげて」ホープが言いながらフロントジップのパーカーを脱いで、アイヴィーに差しだした。「犬用キャリーを取ってきたほうがいい？」

アイヴィーは犬に衝撃を与えないよう丁寧にパーカーでくるみながら、首を振った。

「体重はせいぜい四、五キロだから、このままトラックまで運ぶわ。その先は様子を見ましょう」ズボンのお尻に泥水が染みてくるのを感じつつ、ふと、犬をかかえたままでは自力で立ちあがれないことに気づいた。片方の眉をあげてホープに言った。「ちょっと手を貸してもらえる?」

「もちろんよ」ホープが片方の肘の下をつかむと、すぐさまローラがもう片方を支えるべく前に出た。

マーティは泥で汚れないよう、一歩さがっていた。

慎重に立たせてもらうと、ズボンのお尻はすっかり泥で汚れ、一日の仕事のあとでやや伸びてしまったストレッチジーンズには黒い筋が垂れた。まあ、せめて足元はゴム長靴でよかった。犬や猫だけでなく牧場で飼育されている動物も診察するので、アイヴィーもホープもクリニックに一足置いているのだ。

「行きましょうか」アイヴィーはそうホープに声をかけ、トラックのほうへゆっくり歩きだした。途中まで来たとき、犬がはっはっとあえぎだしたので、心配になって歩調を速める。トラックの座席が泥で汚れるのもかまわず、助手席に乗りこんだ。「キャリーには入れないことにする。とにかくクリニックに向かって」

アイヴィーの不安を感じ取ったホープは運転席側に走り、記録破りのスピードでトラックを発進させた。「大丈夫なの?」

「でもなさそう。なにかがおかしいわ」

「わたしはなにをすればいい？」

かわいそうなホープ。病気の猫の診察のせいで診療終了時間を一時間も過ぎていたところへ、この犬のことで連絡が入って……。「ごめんね」アイヴィーは苦しそうな犬から一瞬だけ目を離してホープに言った。「クリニックでもう少し手伝ってもらえる？」

「もちろんよ！　頼まれるまでもないわ」ホープは顔をしかめてつぶやいた。「怪我したわんことあなたを置いて帰ってしまうと思ったの？　がんばってねとだけ言い残して？」

鼻から息を吐きだす。「わたし、いままでそんなことした？」

同僚であるうえに親友でもある女性に、意図せず失礼なことを言ってしまった。「いいえ、一度も。だけど金曜の夜だし、今日はよく働いたし」

「あなたにとっても金曜の夜よ」

「お互い、残念な状況ね」犬を案ずる気持ちをいったん置いて、アイヴィーは静かに笑った。「たいていの女性には予定があるのに、わたしたちにはあったためしがない」

「あなたにはジェフがいるじゃない」

アイヴィーは顔をしかめた。「いるって言ってもね」きっといまごろジェフはソファに陣取って、スポーツ中継を見ているかビデオゲームをしているか、だろう。二人のあいだのときめきはとっくに消え去ったから、わたしがいないことに気づいているかどうかも怪しい。

ホープのほうは、だれともデートをしない。アイヴィーはそこがひどく気になっているものの、ホープのことが大好きだから、絶対に詮索はしないようにしていた。

親友にほほえみかけて、言った。「このわんこを助けるのに、一人じゃなくて心強いわ」

「あなた一人に任せきりになんて、絶対にしない」ホープが宣言する。「たとえなにかの奇跡が起きて、週末の予定がびっしりなんてことになったとしても、絶対に協力するわ」

ホープとの友情は、これまでに経験したどんな関係よりも貴重だ。ジェフとのさえない恋愛関係よりも。「あなたを雇ったのは、人生最良の決断だったわね」

「雇ってくれて本当に感謝してるのよ」ホープが小声で言った。「そうでなかったらあなたと友達になれてなかっただろうし、そうしたらわたしはどうなってたか」

「いまはただ、友達になれてよかった、とだけ言っておきましょう」

アイヴィーはホープより十歳上だけれど、二人は出会ってすぐに打ちとけ、幼いころからの友達のようにうまが合った。リーダーシップがあって、たまに思ったことをずばりと言ってしまうアイヴィーに対し、ホープは話を聞くのが上手で、驚くほど心が広い。アイヴィーは広い世界に飛びこんでいくのが好きだけれど、悲しいかなホープは世界から逃げようとする。

もっと厳密に言えば、ホープは興味を示してきた男性から逃げようとする。

この年下の親友は、動物に深い愛情をもっているうえ、扱う手つきはやさしくて頼もしい。びくびくすることなく、思いやりをもって接する。アイヴィーにとっては得がたい存在だし、ペットの飼い主からは愛されているし、動物たちには信頼されていた。

あいにくクリニックまでまだ五分かかる距離で、犬の陣痛が始まった。「来たみたい」アイヴィーは言い、こんな状況下でも犬がなるべく楽になれるよう手を尽くした。

ホープはハンドルにぐっと体を近づけて少しスピードをあげた。「待ってて、すぐ着くから」

クリニックのドアをくぐったとほぼ同時に犬が破水した。ホープは先に駆けていって準備にとりかかり、慣れた手つきで清潔なケージを開けてから、産まれくる子犬用のスペースを用意してやわらかな布を敷き詰めた。この四角いスペースは三面に高い壁があって子犬は外に出られないが、残る一面の壁は低いので、母犬は餌と水のために出入りできるようになっている。

そちらは安心してホープに任せ、アイヴィーはできるだけ迅速かつ効果的に犬をきれいにしはじめた。泥がいちばんひどくこびりついている部分を取りのぞいたとき、ホープが来た。「準備完了よ」

「運がよければ、出産が始まる前にこの子をきれいにして脚の手当てまでできるでしょう」通常、犬の出産は破水から二時間以内に始まるので、無駄にできる時間はない。

すでに長かった一日は、完全に終わりのないものになろうとしていた。

一カ月後のよく晴れた月曜の早朝、アイヴィーは従業員用の裏口からクリニックに入った。ケンタッキー州サンセットの五月は、半袖とサングラスと夏のお楽しみのときだ。二つめまでをものにしたアイヴィーは、三つめも手に入れようとしていた。いい気分だった。こんなに気分がいいのは久しぶり。まるで流行遅れになった服をクローゼットから一掃したばかりのような、余分な体重五キロを落とせたような。そんなたとえに、つい笑みが浮かんだ。というより余分な体重九十キロね。すなわち、ジェフ。

しばらく前から二人の関係は下り坂だったけれど、金曜の夜、ついにアイヴィーは勇気を奮いおこして別れ話を切りだした。そのあとはまさに修羅場だった！

夜更けには、自分がジェフに言ったあれこれは正しかったのだろうかと迷いが生じた。明けて土曜には、ジェフが出ていって予定もなかったので、これからどうしたらいいのだろうと落ちつかない気持ちを味わった。

日曜には、自由を悟った。

そして月曜のいま、新たな光で世界を見てみようという気になっていた。

一方のジェフは違ったらしく、土曜に二度、日曜に二度、電話をかけてきた。どのときも、最初こそ甘い言葉で丸めこもうとしていたが、結局は辛辣な非難で終わった。

なぜならわたしは揺らがないから。〝おまえなんか、いて当然〟と思っていたような男性には、絶対に揺らがない。

後悔しているか？　いいえ、ちっとも。

ジェフとは二年、つきあった。あいまいな関係だった。現実的なゴールのない関係、行き詰まりの関係で、ジェフにとっては好都合かもしれないけれど、わたしにとっては不安でしかなかった。結果、いろいろな意味で満たされていないと感じるようになったし、自身の魅力に自信をもてなくなったし、いつもなにかが足りないような気持ちにさせられた。けれど、もう違う。

結婚は必要ない。

パートナーもいらない。

セックスは……まあ、ときどきはいいけれど、それだけのために〝将来を約束した相手〟は必要ない。今年の夏は、解放の夏。もしも体を癒やされたくなったら、ほかのみんながやっているように、だれかを〝引っかける〟。二、三時間ほどこちらの関心をつなぎとめてくれそうな魅力的な男性を見つけて、ことが終わったら先へ進む。

これぞわたしの新たなやり方だ。これぞ自由。ほかのだれでもない、わ、た、し、がなにをしたいかを最優先する。もともとパーティだのバーだのクラブだのといったものにまったく興味がない人間だということは、いったん忘れよう。大学時代、ほかのみんなが週末を大いに楽しんでいるときに、地元のシェルターでボランティアをしていたことも。

いいま、信頼される町の獣医として働いていて、毎日はおおむね代わり映えなく過ぎていく。そしてひとたび仕事を離れると、夜はもっぱら年寄り猫のモーリスに捧《ささ》げている。ジェフはモーリスのことがあまり好きではなかった。モーリスもジェフのことがあまり好きではなかった。

飼い猫を信じるべきだった。モーリスは十五歳で、すばらしい勘の持ち主なのだ。

クリニックのなかを歩いていると、犬の吠《ほ》える声が聞こえて笑みが浮かんだ。マーティの農場から救出した小柄な犬はジャックラッセルテリアとビーグルの交配種ジャッカビーで、仮にデイジーと名づけた。かわいい三匹の子犬と一緒に、いまもクリニックで暮らしている。

デイジーたち専用のスペースに直行しながら声をかけた。「みんな、わたしよ」

期待で犬の声がやんだ。

アイヴィーがドアを開けると同時にデイジーはしっぽを振りはじめたが、大きな澄んだ目には警戒と信用が入り混じっていた。丸っこい子犬たちは子犬同士でじゃれてもつれ合い、入ってきてそばに座るアイヴィーには目もくれない。アイヴィーはデイジーのあごの下を掻《か》いて背中を撫でてやった。

「いい子ね。でも、まだちょっと怖いかな?」脚の傷は順調に癒えたものの、傷跡は残った。いろんな目に遭ってきただろうに、一匹めの子犬が生まれた瞬間から、デイジーは立派なママだった。「こんなに怖がりになるなんて、いったいどんな思いをしてきたの？」

デイジーは首をすくめてぴったり寄り添ってきた。

「いいのよ、いいの。好きなだけ怖がりなさい。わたしは気にしないから」

日中のデイジーは、ほかの動物と鉢合わせしない場所にかぎり、クリニックを自由に歩きまわっていいことになっている。子犬たちはいまもケージから出られないようにして、ケージの入り口には一時的に低い柵を設けた。デイジーなら越えられるけれど、子犬たちには無理な高さだ。

デイジーに警戒心をといてほしくても、この子がそうしようと決めるときまで待つしかない。そう思ってアイヴィーはため息をついた。もうじきホープが出勤してくるだろうけれど、それまでは、デイジーと子犬たちが塀に囲まれた小さな芝生の庭に出て芝生と陽光を楽しめるよう、ドアを開けておくことにした。続いて水入れをすすいできれいな水に入れ替え、固形のフードを出してやった。

デイジーはすぐさま庭のお気に入りの場所に歩いていって、陽光を楽しみはじめた。子犬たちもあとに続くと、一匹は幸せそうにお乳を吸い、一匹はハエを追って、もう一匹は母犬の首元ですやすやと眠りはじめた。

庭には噛《か》んで遊べるおもちゃや、やわらかなトンネルなど、犬が楽しめるものをあれこれ置いているので、デイジーには運動の、子犬たちには遊びと学習の機会となっている。ああ、きっと寂しくなるだろう、もし……いえ、〝もし〟ではなく〝いずれ〟この子たちに引き取り手が見つかったら。

ホープが後ろに近づいてきた。「だれもごまかせないわよ」

「いったいなんのことかしら？」なんのことかは、はっきりわかっていた。

アイヴィーが予定を確認しようとなかへ戻っていくと、ホープもついてきた。「口では正しいことを言ってるけど、その目をちゃんと見てる人ならだれにだってわかる。あなたにデイジーを手放す気はないって。もしかしたら子犬たちも」

わたしはそんなに見え透いているの？「ちょっと気がかりなだけよ」なにがと尋ねられる前に説明した。「子犬を見れば、だれだってほしくなるでしょう？」わざと甲高い声を出して言う。「〝うわあ、ちっちゃくてかわいい！〟」天を仰いで続けた。「デイジーのことはまったく目に入らずにね。ほんの数カ月で子犬もああなるのに。子犬は永遠に子犬のままじゃない。それで、もし大きくなったその子を愛せなかったら――」

ホープは制止するように片手をあげた。「言いたいことはよくわかるわ。うちの狭いアパートメントがペット禁止じゃなかったら、喜んでデイジーを引き取るのに」顔をしかめて続けた。「子犬も一緒にね。いっそ動物園でも始めようかしら」

ホープがやわらかな黒髪を後ろに払うのを見て、アイヴィーはほほえんだ。いまのはなにか言いたいことがあるときのホープの癖だ。なにか不満があるときの。

「新しい部屋ならすぐ見つかるって」とはいえサンセットの町に賃貸物件は多くない。たいていの人は家を購入するけれど、まだ二十一歳のホープには、さすがに難しい。

「その話なんだけど……一つお願いしてもいい？」

ホープがお願いをすることはめったにないので、もちろんアイヴィーは即答した。「なんでも言って」

「マーティの農場の先にある湖畔の家に、最近、買い手がついたの。広い土地つきの大きな家なんだけど、覚えてる？」

「森に囲まれた家のこと？」

「ええ、それ。もともと住んでた一家はゲストハウスも持ってて、そこには一家のお母さんのお母さん――つまりおばあさんが住んでたの。そのおばあさんが亡くなったあと、一家は自分たちだけで住みつづけるには少し手に余ると考えて、家とゲストハウスを売却することにしたんだって。それで、今回その家を買った人は、ゲストハウスを貸しだしたがってるの」

ようやく話が見えてきたアイヴィーは、ページをめくっていた報告書を置くと、ホープに笑顔を向けた。「で、あなたはそこを借りたいのね？」

興奮でホープの濃いブルーの目が輝いた。「すごくきれいなところなのよ。湖の近くだけどクリニックまでも遠くないから、車で楽に通勤できる。それに、とても静かで落ちついた環境なの。もちろんゲストハウスから母屋は見えるけど、私道は専用だし、小さなデッキまであるんだから」息を吸いこむ。「家の新しい所有者とはもう話したわ。最近このあたりに越してきたシングルファーザーで、今夜、わたしが実際にゲストハウスへ行って内見するまでほかに話は振らないって約束してくれたの。そのあとは、ほかの人にも見せることになるだろうけど」

アイヴィーはすぐに要点を理解した。「内見のとき、一緒に来てほしいのね？」

お願いの内容が明らかになったいま、ホープは安堵《あんど》でへたりこみそうな顔になった。

「来てもらえる？　ばかみたいなのはわかってるけど、わたし――」

「ストップ」アイヴィーはカウンターに寄りかかってほほえんだ。「そのゲストハウスを実際に見られなかったら、好奇心で死んじゃうわ。それからね、わたしにはなにも説明しなくていい。ちゃんとわかってるから」

「ありがとう」ホープはほっと息をついた。「約束の時間は、診療終了時間からすぐなの。ゆうべのうちに話せたらよかったんだけど、決まったのが今朝のことで」

「夕食が少し遅れたって、モーリスは気にしない。きっとわたしが帰るまで眠ってるわ」

あの老猫がいろんな面でゆっくりになってきたことを思うと、ちょっと悲しくなりそうだ。ホープがじっと顔を見つめてから、尋ねた。「ジェフは？」

「彼とは終わったの。きれいさっぱりね」

驚きのあまり、ホープが一歩さがった。「急な話ね」

「金曜の夜のことよ」

「なのに今朝まで教えてくれなかったの？」

たしかに二人はどんなことでも打ち明け合うのが常なのだけれど、今回、アイヴィーは躊躇《ちゅうちょ》した。また報告書を手にして表裏を返し、ついに認めた。「最初は自分でもどう感じてるのか、よくわからなかったの」

「だから話したくなかった？」

少し考えてから答えた。「たぶん、まずは自分がこの状況を受け入れられるようになりたかったんだと思う」

そこへ受付係のカレンがさっそうと入ってきて明るくおはようを告げ、手早くこの日の予約の準備を始めた。

アイヴィーはひとまずカレンに向き合い、今日の予定を確認した。

それが終わるとホープの腕をつかんで、診察室に連れていった。二人とも、カレンのことは大好きだけれど、受付係が噂《うわさ》好きなことも知っている。

アイヴィーは声を落として説明の続きをした。「ジェフと一緒にいても未来はないってわかったの。彼とのことは間違いだった。だから別れたほうがいいって決心した」

「そうなの」

間違いだった、という部分について、ホープは異を唱えなかった。

「それで……」ペットを連れてきた飼い主の声が聞こえてきたので、ホープがそっと診察室のドアを閉じてから、尋ねた。「あなたの決心をジェフはどう思ってるの？」

アイヴィーは片方の肩を回し、できるだけ説得力のある声で言った。「それはどうでもいいことよ」

ホープは腕組みをしてドアに背をあずけた。「彼はちゃんと納得した？」

「でもないかな」

黒い眉の片方があがった。「どうすれば元さやに戻れるか、訊《き》いてきた？」

アイヴィーは無表情で同じ答えを返した。「でもない」

「じゃあ、くそ野郎《アスホール》の反応をしたってこと？」

アイヴィーは笑みをこらえたものの、抑えきれなかった。「それ、あなたみたいないい子が口にすると、すごくおかしく聞こえる」ホープはめったに汚い言葉を使わないし、失礼な態度もとらない――それに値するろくでなし以外には。

ホープが身をのりだして、大げさなほどはっきりと発音した。「く、そ、や、ろ、う」

ああ、これこそわたしに必要だったユーモアの一服。唇がぴくぴくしはじめて、ほどなく大笑いになり、ようやく落ちついたときには一分近く経っていた。二人でもたれ合って、必死に息を継いだ。

どうにか笑いが収まったとき、ホープが涙を拭って言った。「告白するけど、わたし、最初から彼のことが好きじゃなかった」

「あなたはどんな男性も好きじゃないでしょう？」

「そんなことない！　たいていの男性は平気よ。好きじゃないのは……」

「言わないで」

「……くそ野郎だけ」

アイヴィーは手で口を覆って、必死に笑いをこらえようとした。

ホープのほうは体を離してしゃんと姿勢を正し、髪を撫でつけてシャツの裾を引っ張った。それもこれも、おかしくてたまらないのを鎮めるために。

アイヴィーも真似《まね》をしようとして、癖の強いくるくるカールのほつれ毛をヘアゴムで結わえなおした。「さて」一度、咳払いをして、まだ引きつる唇に言うことを聞かせる。「一緒の車で行く？　それとも別々？」

「あなたの家の近くだから、別々のほうがいいわ。そうすれば内見のあとにここまで戻ってこなくてすむから」

「じゃあ、先導してね」車は別々でも、すぐ後ろをついていけば一緒に到着できるので、ホープが気まずい思いをする心配はない。「待合室も埋まってきたみたいだし、そろそろ仕事にとりかかりましょうか」

そのあとは二人とも忙しい時間を過ごし、緊急事態が二件あったので、ランチの時間もろくにとれなかった。診療終了まで数時間というとき、雷が轟《とどろ》いて大地を揺るがし、まぶしい稲光が暗い空を裂いた。おかげで動物はますます怒りっぽくなり、人間はますます気難しくなった。アイヴィーもホープも、ほかに二人いる助手も、それぞれの仕事からまったく手が離せなかったので、気の毒な受付係のカレンは何度も待合室の床にモップをかけなくてはならなかった。

アイヴィーは気がつくたびにお礼を言ったが、ありがたいことにカレンは常に前向きで、どんな仕事にも笑顔で立ち向かう女性だ。あの明るさは、そう簡単に陰らない。

いずれ事業を拡大することになるかもしれないわね、とアイヴィーは思った。もう一人獣医を雇って、もう少し休みをとれるようにしたほうがいいかもしれない。けれどいまはこの小さめの規模が気に入っている。サンセットの住人も、そのペットも、それぞれがどんなふうにやっているかも、みんな把握できるから。

仕事に追いまくられることの唯一のメリットは、失敗に終わった関係についてくよくよ考える時間がない点……。

いいえ、失敗はしていない。

冷静に見つめなおしただけ。

ホープを待たせているので、いったんオフィスに戻ってハンドバッグを拾った。携帯電話の画面を見ると、電話の不在着信とメッセージがいくつも残っていた。

どれもジェフからだ。

小さく顔をしかめて、メッセージを確認した。電話の合間に、一時間おきに届いていたらしい。

〝やあベイビー、調子はどう？〟

〝電話したんだけど出なかったな。忙しい？〟

わたしの就業時間を本当に知らないの？

〝無視することないだろう。意地悪だな〟

アイヴィーの目は狭まった。

〝仕事のあとにきみの家に寄ろうかな〟

わたしはそこにいないわよ、おあいにくさま。それからわたしのにゃんこの安眠妨害をしないで！

〝話をするべきだと思うんだ。電話をくれ〟

最後のメッセージは十分前だった。

話なんてしたくない。言いたいことは金曜の夜に全部言ったし、たしかにあとから自分は正しかったのだろうかと思いはしたけれど、すべての責任をこちらに押しつけようとしたジェフのおかげで決心は固まった。

そこで電話をする代わりにメッセージを返した――〝今夜は忙しいの〟。男と会うのかと咎められないようにつけ足した――〝ホープと一緒だから〟。

送信した直後に自分のお尻を蹴っ飛ばしたくなった。ジェフに説明する義務なんてないのに。そこでまたつけ足した――〝それにもう終わったでしょう〟。最後に〝ごめんね〟とつけ足したい気持ちをこらえた。

ああ、いい人でいるって不利ね。とりわけなにかを終わらせたいときには。アイヴィーは携帯電話をバッグに突っこんで、ホープが待っている裏口に向かった。ほかのスタッフはみんなもう帰っていた。

「遅刻しちゃう？」

「ほんの数分よ」ホープが言う。「ゲストハウスのオーナーに電話したら、大丈夫だって言ってくれたわ。息子と夕食を終えたばかりだからって」

二人は裏口を出ると、暗い空をにらみながら、がらんとした駐車場をそれぞれの車に向かった。

「そういえばシングルファーザーって言ってたっけ。じゃあ、子どもは男の子？」

「みたいね」ホープは言い、水たまりをよけた。「オーナーのことはよく知らないんだけど、ゲストハウスのなかも外と同じくらいすてきなら、彼が提示してる額を出すだけの価値はあると思う」

「じゃあ、そうであるよう祈りましょう」

コービン・マイヤーは息子を見た。息子、か。いまだに面食らう。どうにかしてこの子の気持ちがわかればいいんだが。ジャスティンは年齢の割に背が高く、ひょろりとした体つきに、どう整えてもくしゃくしゃになってしまう茶色の髪、怒りと不信に満ちた青い目、そして機関車も走らせられそうなエネルギーを備えていた。

そのエネルギーをどうすれば建設的な方向で燃焼させられるかが問題だった。一つ試してみたものの、ジャスティンは不満を隠そうともしなかった。

もしかしたら母親のもとに帰りたいのかもしれない。だがコービンとしては、彼女がこの子から離れてくれてよかったのだとわかっていた。

ジャスティンは友達とも離れたがらなかったが、この子の友達がいるのはオハイオ州南部の町だ。コービンにとっては不慣れな土地。

いまはジャスティンもかつての生活に戻りたがっているものの、時間が経てば新しい生活をもっと好きになってくれるのではないだろうか。そう願いたい。だって、子どもは適応能力が高いものだろう?

とはいえ、子どもについてはほぼなにも知らない。

コービンは両手をポケットに突っこんで息子の部屋をのぞき、咳払いをした。「こんこん」

ジャスティンは顔もあげなかった。

「雨がやんだ。そろそろゲストハウスを見たいって人が来ることになってるんだ。見せるとき、一緒に行こう」

「なんで？」まだ目を合わせようとしない。

ぼくがそう言ったから、という言葉が口から出そうになったものの、子どものころの自分はその返事が大嫌いだったことを思い出したので、どうにか呑《の》みこみ、納得できそうな答えを探した。「おまえはまだ十歳で、一緒にいてくれるとぼくが安心するからだよ」

ようやくこちらを向いた目が、ぎらりと光った。「なんで？」

コービンはため息をつき、部屋に一歩入った。「引っ越したくなかったんだよな。それはわかる。変化はつらいものだ」

ジャスティンは不満そうに鼻から息を吐きだした。

「いまのは、一緒に行くってことかな？　それとも行かないってこと？」

ジャスティンはただ肩をすくめた。

「ぼくはばかだから理解できないって？」

警戒したようにジャスティンが唇を引き結んだ。「そうは言ってない」

「よかった。だってぼくはばかじゃないからね。おまえもばかじゃないから、理解できるだろう？　引っ越しについては、そうするしかなかった。だけどせっかく越してきたんだから、ぼくはこれからを楽しみにしてる」

ジャスティンは口のなかでなにやらもぐもぐつぶやいたが、コービンには聞きとれなかった。どのみち聞きたくないことかもしれない。「この〝変化〟を楽にしてくれそうなことをいくつか思いついたんだ。まず、ぼくが仕事に戻る前に、自転車を買おうと思う」

ジャスティンが顔をあげた。「自転車？」

「ぼくに一台、おまえに一台。ここサンセットの町は、自転車で走るのにぴったりの道が多いみたいなんだ。ぼくは健康でいたいし、おまえは体力がある。一緒に自転車で走って探検しよう。どうかな？」

「ぼく、自転車乗れない」

ほんの少し胸が痛んだものの、どうにか隠した。「じゃあ、まずはうちの敷地内で練習しようか。だれにも見られない場所で。ぼくも乗るのはくそ……いや、ごめん」もはや悪態は禁物で、いまでは日々、格闘していた。「ぼくも乗るのはすごく久しぶりだから、一緒に練習すればいい。そのあと町にくりだそう」

わずかに興奮をのぞかせてジャスティンは答えた。「いいよ」

「それから浮き輪を買って、救命胴衣をつけて、泳ごう。聞いた話では、湖の水はまだ冷たいそうだけど、耐えられるんじゃないかな」

目に好奇心の光が宿った。「うん」

「だけどまず約束してくれ。ぼくが一緒じゃないときは、絶対に湖に近づかないって」

これにはジャスティンもあごをあげた。「なんで？」

この子は本当にその言葉が好きだな。「せっかく一緒にいられるようになったのに、もう失ってしまうのはいやだからだよ」手を伸ばして髪をくしゃくしゃにしたい衝動に駆られたが、それはやめたほうがいいとすでに学んでいた。ジャスティンは毎回、身を引いた。

「まじめな話、湖に入るときは、かならず救命胴衣をつけること」

「それ、だれのルール？」

この質問を抵抗というより関心と受け止めて、コービンはベッドに歩み寄ると、足元のほうに腰かけた。このツインベッドも、新たに買い足したものの一つだ。

「兄貴とぼくは湖のそばで育ったんだ。母さんからは、絶対に一人で泳ぐな、かならず救命胴衣をつけろと厳しく言われてた。湖には下層流という恐ろしいものがあってね、もしも頭を打ってその流れに呑まれて、深みに引きずりこまれたら、二度と見つからないこともあるんだと教えられていた」考えてみると、ぼくも救命胴衣をつけておいたほうがよさそうだ。もしジャスティンと泳いでいて、ぼくが怪我をしたら？　いや、この子をそんな状況に陥らせるわけにはいかない。それなら二人とも、慎重に慎重を重ねなくては。

ジャスティンの目が丸くなったのを見て、必要以上に怖がらせてしまったかもしれないと気づいた。映画『13日の金曜日』に出てくる、クリスタルレイク・キャンプ場のジェイソン・ボーヒーズに任せておいたほうがいい悪夢を、この子の胸に呼び覚ましてしまっただろうか。息子がホラー関連のものに夢中だということは、すでに学んでいた。怖いもの見たさの気持ちを、わざわざあおることはない。

とはいえこれは、危険をしっかり認識しておくのはいいことなのだと学ばせる機会にもできる。「そういうことは起こりうるんだ」コービンは言葉を重ねた。「だから、ぼくに言わずに湖へ行かないこと。だけど、釣りの道具も手に入れよう。いっそゲストハウスを案内したあとに湖まで行って、うちのドックを見てみようか」越してきたのは三日前で、家具を置いたり荷解《にほど》きをしたりでずっと忙しかった。「懐中電灯を片手に、カエルを探すんだ。どうかな？」

細い肩の片方があがって、しぶしぶ興味を示した。「そっちがそうしたいなら」

「そうしたいよ」コービンは立ちあがり、抑えきれずに華奢《きゃしゃ》な肩をそっとつかんで、少年が身をこわばらせたのには気づかないふりをした。「じゃあ靴を履いて。ゲストハウスを案内しに行こう」

息子の部屋を出てから、ほっと笑みを浮かべた。

少しずつ、あの子の心をつかんでいこう。まだほんの数週間だし、いまも変化に適応中なのは当然だ。とりわけ、母親からどうでもいい存在のようにぽいとぼくにあずけられ、振り返られることもなかったのだから。それでもいまはダーシーが気の毒に思えた。彼女はぼくに息子を与え、そうすることで、自身はとてつもない宝物を手放した。

きっと宝物になるだろう——子育てというのがどういうものか、ちゃんと理解できたなら。

2

アイヴィーはホープと並んで私道に立ち、寝室が一つだけというゲストハウスの外観を眺めた。ホープにぴったりの家に見える。そして親友の表情からすると、彼女もこの家にべたぼれなのがわかった。

雨はあがったものの、まだいたるところからしずくが落ちていて、二人とも同じように濡《ぬ》れていた。違うのは、ホープのつややかでやわらかな髪は少ししっとりするだけなのに、アイヴィーの天然パーマはたんぽぽの綿毛になってしまうところだ。

「外階段はないから、ますます安全だよ」家の横手から深い男性の声が聞こえた。

驚くほどハンサムな男性がさわやかな笑顔で現れ、その後ろに一人の少年が続いた。

「家の出入りには車庫を経由する」男性が言い、車庫のほうを手で示した。「リモコンでシャッターを開閉できるし、横手の鍵つきのドアを使ってもいい。電気が切れたときに備えて手動でシャッターを開ける方法も教えるけど、停電するのは悪天候のときだけだ……今日みたいな」

ホープが無言で一歩近づいてきて、アイヴィーに挨拶をゆだねた。

そこでアイヴィーは男性に片手を差しだした。「はじめまして、わたしはアイヴィー・アンダース。ホープの同僚で、一緒に家を見に来たの」

百八十センチ強の男らしさのかたまりが前に出た。湿った風が茶色の髪を乱し、金色を帯びた茶色の目がほほえむ。「コービン・マイヤーだ。どうぞよろしく」アイヴィーの手をはるかに大きな手で一瞬だけ包んでから、後ろに手を伸ばしてそっと少年を押しだした。「こちらは息子のジャスティン」

野球帽を後ろ前にかぶってぶかぶかのカーゴパンツのポケットに両手を突っこみ、ややくたびれたテニスシューズを履いたジャスティンが、つぶやくように言った。「こんちは」

いつもは男性に興味の目を向けないアイヴィーだけれど、いまはまたあれこれ見てまわろうと決めた直後だ。とはいえ、シングルファーザーが理想的な選択肢とは思えない……それがコービン・マイヤーのようなルックスでないかぎり。

ホープにこづかれた。

「いけない、ぼんやりしちゃった。ごめんなさい、今日は一日、仕事に追いまくられて」笑みを浮かべて気まずさをごまかした。「こちらはホープ・メイジ。電話で話してるわよね。物件に興味があるのは彼女よ」

「気に入ってもらえるといいんだけど」コービンがすてきな筋肉を収縮させながら、車庫シャッター二枚をやすやすと持ちあげた。「スペースは二台分、かな。前の持ち主は車一台とゴルフカートを置いていたらしい。ご年配で、湖で釣りをするのにゴルフカートで行き来していたそうだよ。ちなみに、もしここを借りてくれるなら、やってくれてかまわないからね。その、釣りを」奥の隅にある螺旋《らせん》階段を手で示した。「あれをのぼった先がメインの居住空間だ」

アイヴィーはちらりと少年のほうを見た。大人の会話がつまらないのか、少年は私道の脇に歩いていって、雨のせいで地上に出てきたらしきミミズをつまみあげていた。そのまま、草のあいだから根っこをのぞかせた大きな木のそばに向かう。

少年が根っこの上にミミズをのせてやるのを見て、アイヴィーは胸に手を当てた。「なんてえらいの」

少年が驚いて振り返った。コービンとホープもこちらを向く。

「いまあなたがしたのは、すごくやさしいことよ。ありがとう、ジャスティン。わたしもね、土のなかから這《は》いだしてきちゃったかわいそうな子を見つけると、かならず同じことをするの」

「ミミズをつまめるの？」ジャスティンが尋ねた。

「もちろん。あなたがいましたのと同じ理由でね」

「だって、こうしないと干からびちゃうから」

「そのとおり。鳥に見つかることもあるけど、それはそれでいい。命の循環、というやつね。だけど助けられるときはやっぱり助けたいわ」

ジャスティンがぶかぶかのカーゴパンツで両手を拭いながらゆっくり戻ってきた。「昆虫も助ける?」

「ええ」あごでホープを示し、共犯者めいた口調でささやいた。「わたしも彼女も昆虫は平気なの」

「セミも?」ジャスティンがにやりとしてホープを見た。「セミでも、きゃーって悲鳴あげない?」

ホープは笑った。「たいていの昆虫は平気だけど、そうね、あの小さな悪魔にはぞっとさせられるわ。悲鳴はあげないけど、なるべくよけるようにしてる」

ジャスティンのかわいらしい顔に大きな笑みが浮かんだ。「ママもでっかい悲鳴あげてた」胸を張って続ける。「だからママがたたきつぶしちゃう前に、ぼくが助けてやらなくちゃいけなかったんだ」

いまのは――過去形? アイヴィーは少年の母親について考えてしまったものの、もちろん尋ねはしなかった。「ここは湖が近いから、いろんな昆虫に出会えるわよ。蛇にもね。蛇のことは知ってる?」

「街では見たことない」少年が視線をコービンに移してじっと見つめた。「蛇、怖い?」

コービンが即答した。「兄貴とぼくは湖のそばで育ったって言っただろう？　蛇はたくさん見てきたよ。カミツキガメもね。安全なのと避けたほうがいいのと、違いを知っておいたほうがいいだろうな」

「全部避けて」ホープが言い、アイヴィーにささやいた。「うちが爬虫類《はちゅうるい》を扱ってなくてよかった」

「わたしは獣医でね」アイヴィーは少年に説明した。「動物を診るお医者さんのことよ。たいていは犬とか猫だけど、牧場の動物も診るの。だけどいまホープが言ったように、爬虫類は扱ってないわ」

ジャスティンが青い目を丸くして尋ねた。「犬とか猫とお仕事してるの？」

「その表現、すごくいい。ええ、そうよ。楽しそうでしょう？」

「うん」またちらりとコービンのほうを見た。「ペットは飼ったことないんだ」

この切ない告白も、コービンは難なく切り抜けた。「それについては、二人にゲストハウスを案内したあとに相談しようか」

ジャスティンはぽかんと口を開いたが、すぐに顔を輝かせた。「それ、本気？」

コービンも息子に匹敵する笑みを浮かべてうなずいた。「本気じゃないことは言わない」

なんとも奇妙なやりとりだ。わたしの目には、この親子がほとんど他人同士に映る。そう思いつつ、ホープと一瞬、目配せを交わした。

てきた。

コービンはそれを無視した。「さあ、階段へどうぞ」

アイヴィーが先頭を行き、続いてホープが、そのあとをジャスティンとコービンがついてきた。

「掃除はしたが、それだけで」コービンが言う。「ペンキはぼくには問題ないように見えたけど、そうしたかったら明るい色に塗り替えてもらってかまわない」

階段をのぼると、左手に洗面台とトイレとシャワーが一つにまとまったバスルームが、前方には寝室が、右手にはキッチンとリビングが一体になった空間が現れた。

広くはないけれど、間違いなく魅力的だ。アイヴィーが見ていると、ホープはまずバスルームをのぞき、わくわくしてきたのだろう、少し早足になって寝室に入っていった。寝室の壁の一つは全面が鏡張りのクローゼットになっているから、ベッドはその向かい側に置くのがよさそうだ。

ホープがL字型キッチンに移動したので、アイヴィーもあとに続いた。小柄な女性一人にはじゅうぶんな広さだけれど、人をもてなすのは難しいだろう。

とはいえホープが人をもてなすことはない。デートさえしない。常に一人で、たまに簡単な外食をしたりアイヴィーと映画を見たりする以外は、夜は家で過ごす。一人で。

リビングルームの引き戸を開けると、車庫の上のデッキに出られた。窓がたくさんあるので室内は実際より広く感じるし、家の裏と片方の横手には森が、もう片方には湖があるので、この小さな家にはじゅうぶんすぎるほどのプライバシーが約束されていた。

ホープが振り返ってコービンを見た。コービンはキッチンの一歩手前で腕組みをし、彼女が見てまわるのをゆっくり待っていた。ホープが言う。「すごく気に入ったわ」

「それはよかった」コービンが返して、まだホープにたっぷり空間を与えたまま、少し近づいた。「ジャスティンとぼくは引っ越してきたばかりでね、母屋のほうはやることがたくさん残ってるんだけど、こっちはすぐにでも住める状態だと思う」

「ええ。もしよければ決めさせてもらいたいわ」

「即決だね」ジャスティンを見おろして言う。「ぼくたちはちっともかまわないよな?」

ジャスティンは訊《き》かれて驚いたように、あいまいに華奢《きゃしゃ》な肩をすくめた。「たぶんね」

コービンがさりげなく、けれど慎重に、少年の肩に手をのせた。「このあと湖を見に行くことにしてるし、今週は予定で埋まってる。次の月曜と火曜は用事があって、何時までかかるかわからない。そういうわけで、書類を交わすのは来週の水曜でもいいかな」

「わかるわ。身元チェックが必要よね」ホープはそう言ってハンドバッグを探った。「収入証明と、雇用主が書いてくれた推薦状を持ってきたの」

「ちなみにわたしのことね」アイヴィーは言い、片手をあげた。

コービンは笑みをこらえながら書類を受け取った。「じゃあ、水曜でいいかな?」

「ええ……ほかの人に話を振らないと約束してくれるなら」

「ここはもうきみのものだと思ってくれていいよ」

ホープは大きく息を吐きだして、笑った。「ありがとう」

アイヴィーもにっこりした。ホープは見るからにここを気に入っている。職場まで近いうえ、人目につかない立地だからだ。ホープは人嫌いではないし、ペットの飼い主とも上手に接するけれど、深い人づきあいは避けていて、仕事のあとも町の人たちと顔を合わせたがらない。

ゲストハウスを出ようとしたとき、アイヴィーの携帯電話が鳴りだした。画面を見るとジェフからだったので、拒否ボタンを押してハンドバッグに戻そうとしたものの、そうする前にまた鳴りだした。アイヴィーは口元をこわばらせて、着信音をオフにした。

顔をあげると、コービンがこちらを見ていた。ああ、なんてきれいな茶色の目。キャラメル色の虹彩《こうさい》を、より濃い茶色が囲んでいる。さらに囲むのは豊かな黒いまつげだ。やさしい目。だけれど……ベッドルームを想起させる目でもある。

彼の口角があがったのを見て、アイヴィーはその場に突っ立ったままじっと見つめていた自分に気づいた。かっと顔が熱くなる。「ごめんなさい。ちょっと、その……いい景色に見とれちゃって」

「いい景色？」

彼の全身をあいまいに手で示してしまったあとで、自分のしていることに気づき、手をおろした。「見つめられるのにも、きっと慣れてるんでしょうね」

コービンは見るからに笑みをこらえながら、アイヴィーが携帯電話を突っこんだハンドバッグをあごで示した。「なにか困ったことでも？」

「とーんでもない」

おどけた口調にコービンの太い眉の片方があがったものの、不快に思ったというよりおもしろがっている様子だった。

「ごめんなさい」ジェフが頭痛の種なのは、コービンのせいではない。「ちょっと、元彼がしつこくて」いやだ、わたしったら、なに言ってるの？

「ノーって言葉が理解できないタイプかな？」

アイヴィーは自分に嫌気が差して、ぎゅっと口をつぐんだ。これだから、しばらく一人になるべきなのだ。というのも、男性について語ると、思ったままを口にしてしまいがちだから。そこが腹の立つところの一つだとジェフにも言われた。彼ときたら、わたしが別れを切りだしたとたん、こちらの欠点を並べたてはじめたのだ。まるで、そうすればわたしが急に……どうすると？　二人の関係がうまくいっていないのはわたしのせいだと悟って、やっぱり別れないことにするとでも？

まだコービンが見つめているので、アイヴィーは言った。「会話が重要なのは自分が話してるときだけで、それ以外のときは聞こうともしないっていうタイプよ」

「そういうタイプなら、いろんなことを逃したんだろうね」

どうしてわたしは赤の他人に破局の話を聞かせているの？「わたしのことは無視して。ときどき、考えなしでしゃべっちゃうの」

「というより、皮肉をきかせてしゃべってしまう、かな？」コービンがほほえんだ。

意外だったので、少し反応が遅れた。「あなたはホットだって言ったときは、皮肉をきかせてなかったわよ」

これにはコービンも声に出して笑った。「おかしいな、その賛辞は聞きそこねた」

「でも、意味は伝わったでしょう？　あんなふうに見つめる理由はほかにないもの」

携帯電話が今度はメッセージの着信を知らせて震えたので、アイヴィーは顔をしかめ、電源からオフにした。

「ぼくが言いたかったのは」コービンが慎重に切りだした。「電話の主について話すときのきみは少し皮肉っぽかった、ということ。だけど別にいいんじゃないかな、そうなる理由があるなら」

アイヴィーはどうにか気持ちを静めて、ハンドバッグのストラップを引き寄せた。「誓ってもいいけれど、動物相手のときはもっとやさしいのよ」

「虫も助けるしね。二つの美点だ」

美点？　そのとき、ホープが階段をおりようとしていて、ジャスティンもあとに続いているのが見えたので、いまなら安全とばかりにささやいた。「本当にペットを飼うことになったら連絡して。一から相談にのるわ」

コービンの目がますます温かくなった。「ありがとう、アイヴィー」

目を見つめたまま深くハスキーな声で名前を呼ばれて、体がゆっくりほてりはじめた。

ああ、なんてこと。

彼はモーションをかけているの？　それとも、わたしがそう信じて気分よくなりたいだけ？

そもそも、シングルファーザーにモーションをかけてほしいの？　いまのところ、この親子の関係性がよくわからない。コービンは非常によく気のつく父親のようだけれど、息子とは、家族というより初対面に近い同士に見える。なんだか妙だ。

一人で先走る前に、もっと彼のことをよく知るべきだろう。そう結論をくだして、自分も階段に向かった。

すぐ後ろをついてくるコービンを意識しながら慎重におりていき、車庫を出た。夕方の太陽が雲間からのぞいて、雨に濡れた大地をサウナに変え、アイヴィーのカールをいっそうきつくさせた。もしコービンに接近していたら、きっと気にしていただろう。

けれど接近してはいない。ええ、断じて。それにどのみち、暴れたがりのこの髪からは逃げられない。

ジャスティンは天候など意に介さず芝生にしゃがみこんで、また昆虫を探していた。かわいい子。純真な青い目と、めいっぱいの好奇心を備えていて。

アイヴィーは少年に声をかけた。「死んだ虫がいたら、よけておくといいわ。あとで魚の餌にできるように」

「一つ見つけたよ」即座に少年が言い、大人全員がぎょっとしたことに、カーゴパンツのポケットに突っこんだ。

コービンは顔をしかめた。「入れものを用意してやったほうがいいな。二人とも、来てくれてありがとう。ホープ、じゃあまた水曜に」視線をアイヴィーに移して、しばし見つめた。「また町でばったり会えるかもしれないね」

ついさっきあんな結論をくだしたばかりなのに、アイヴィーはそうなるようにと心の隅で願っていた。

次の水曜日、ホープが一人で現れたので、コービンは少しがっかりした。一人で現れたということは、ぼくを信頼しているというあかしだろうか? いや、それは怪しい。ホープが男性に対して見るからに控えめなのは、過去になにかがあったからだろう。であれば信頼は、そうすぐには生まれないはずだ。そういうわけで、シャッターを開けたままの車庫にいても距離を保つよう心がけ、ジャスティンがそばにいてくれるようにした。

だんだんわかってきたことだが、子どもというのはあらゆるものの底流を変えるらしい。たいていの場合、大きく。

ホープの身元をチェックしても問題は見つからなかったが、もともと疑っていなかった。雇用主にあたるアイヴィーの人柄も文句なし。たった一度、町に食料品を買いに行っただけで、動物病院の評判と獣医としてのすばらしい腕前について、じゅうぶん聞くことができた。釣り道具を買おうと車でジャスティンと出かけた際に、クリニックの前を通ってみたときも、砂利敷きの小さな駐車場は車でいっぱいだった。

なにかが当たる音が聞こえたので、車庫の外をのぞいてみると、ジャスティンが棒きれで石を打って湖のほうに飛ばしていた。なかなかいいスイングだ。速さも強さもしっかりしているし、正確でもあるので、石がゲストハウスのほうに飛んでくる心配はない。母屋があるのは息子の左手後方だから、そちらも安全だ。

「野球をしたことがあるのか？」コービンは尋ねた。

「ちゃんとしたのは、ない。通りで友達と遊んでただけ」ジャスティンは緑色のくるみを宙に放り、棒きれのバットを振って、空高く舞いあがらせた。

実が木々を越えていくのを眺めて、コービンは口笛を吹いた。それなら次は野球の道具だな。この町に野球チームはあるだろうか……。

「ここは本当にすてきね」ホープの声でわれに返った。「すぐに越してきてもいいの？」

「いつでも歓迎だ」コービンは言い、鍵のセット二組と車庫シャッターのリモコンを渡した。「それから、ぼくの電話番号を教えておこう。一つは家の電話、もう一つは携帯。前に話したとおり、ぼくらはここに来てまだ日が浅いから、家まわりの問題にはとくに気づいていない。だけどもしなにかあれば、いつでも気軽にかけてくれ。ぼくはほとんど家で作業をしてるから、簡単に連絡がつくはずだ」

なるべく大家らしく事務的に申しでたつもりだったが、それでもホープは目を合わせようとしなかった。

コービンは気にせず続けた。「それからこれは、地元の救急や消防なんかの電話番号が書いてある冷蔵庫用のマグネット。きみはとっくに知ってるだろうけど、不動産屋が二つくれたから、一つあげるよ」

「ありがとう」

「ジャスティンとぼくは、二日前にカヤックと釣り道具と浮き輪を手に入れたんだ。しょっちゅう湖へ行くことになると思うけど、きみも湖畔でパーティを開いたり友達を招いたりしたかったら――」

「そういうことはしないわ」

すばやくきっぱり否定されて、一瞬言葉がつかえたものの、すぐに続けた。「それか、邪魔されずにアイヴィーと泳いだりしたかったら、前もって知らせてくれるだけでいい。

ここうちとは離れてるけど、湖への道は途中で合流するし、ドックは一つだけだからね」

「泳ぐのはあまり好きじゃないの。でも、ありがとう」

戸惑いつつ、コービンは言った。「その、ジャスティンは泳ぐのが好きだとわかってね。あの子の一部は魚なんじゃないかと思うくらいだよ」

ホープが少しためらってから、おずおずと言った。「あなたと息子さんは……。息子さんとは、ずっと一緒じゃなかったの？」

気になることをずばり訊いてくれて助かった。好奇心たっぷりにあれこれ勝手な憶測をめぐらされるよりはるかにましだ。コービンはちらりとジャスティンのほうを見て、声が届かない距離にいるのをたしかめた。息子は木の枝からぶらさがっていたが、幸い地上から五十センチほどしか離れていなかった。

あの子には笑顔にさせられる。

「一緒に暮らしはじめたのは、じつはかなり最近でね。その……」コービンは少し迷ったが、ホープはこれほど近くで生活することになるのだし、ジャスティンともしばしば顔を合わせることになる。本音を漏らすつもりはなかったが、言葉はおのずと出てきた。「あの子の母親が連れてくるまで、ぼくは自分に息子がいるのを知らなかったんだ。彼女は、一人の時間がほしくなったそうだ」

なんと控えめな表現。ダーシーは、わたしにはわたしの人生を送る権利があると主張した。これからはあなたが親をやってちょうだい、と。ジャスティンはその場にいて、うつむいたままますべてを聞いていた。

思い返すとまた怒りがふつふつと湧いてきたが、ジャスティンを——わが息子を——目にするだけで、大きな感謝が取って代わった。たしかに子どもがほしいと思ってはいなかったし、その点については常に用心してきた。ティーンのころでさえ、一度たりとも避妊具なしで行為に及んだことはない。が、どうやらコンドームも絶対ではないのだろう、なにしろジャスティンがいまここにいる。間違いなく血のつながったわが子が。これからの人生、できうるかぎり最高の父親になる努力を続けていくつもりだ。

ジャスティンを見るホープの目に思いやりが宿った。「そうだったの。気の毒に。彼にはすごくつらいでしょうね」

「本人はなにも言わないけど、父と息子で一緒に切り抜けていけたらと——いきたい、と思ってる」そう言ってホープに視線を向けると、彼女はまた目をそらした。つややかな黒髪全体は中央で分けていて、前髪を長めにおろしている。小柄で、少なくともぼくの前では驚くほどシャイで、目の青は息子のそれよりやや色濃い。

ホープは息子に同情し、コービンは彼女に同情した。もしかしたら、うまく言葉にはできないものの、ジャスティンを連想させられるから、かもしれない。傷ついていて、用心深くて、警戒心が強い。初対面のときからこの女性には守ってやりたいという気持ちにさせられたが、それはほとんど条件反射だ。なにしろわがすばらしき母は、どんな冷淡さも許さなかった。〝男はいくつになっても少年〟という格言をくだらなすぎると一蹴し、少年だからといって少女より思いやりや注意力を欠いていいことにはならないと断言した。

これまでにわかった数少ない事実によると、ジャスティンの母親はほとんど育児を放棄していたらしい。ダーシーは、この子は手に負えなくて頑固で、したいようにしかしないと言っていた。が、一緒に暮らしてみてもそんな気配は感じられない。たしかにジャスティンは健康的で活発な十歳児で、あふれるほどのエネルギーに満ちている。しかしかつては自身も同じようなものだったので、それをおかしいこととは思えなかった。

ホープが横で身じろぎした。しまった、考えにふけるあまり、ずっと黙っていた。「すまない」

驚いたように、ホープが一瞬だけ目を見た。「どうして謝るの？」

「ちょっと意識がそれて、ぼんやりしていた」顔をあげて、さまざまな種類の木々と澄んだ青空を眺めて深く息を吸いこみ、湖の香りと、森のへりに生えているスイカズラのにおいを味わった。「いろんなことがあったけど、この土地で息子もぼくも癒やされるよう願ってるんだ」できればホープ、きみも癒やされるように。

ホープはおずおずとほほえんだ。「ここにいるとすごく心が落ちつくものね」

「それでいて、やることはたくさんあるから、元気いっぱいの少年が暇をもてあますことはない」おまけに都会からもダーシーからも遠く離れている。母親からひどい言葉をかけられる心配のないほうが、ジャスティンも新生活に順応しやすいだろう。まあ、ダーシーは息子に会いに来るようなことは言っていなかったが。

むしろ、完全にぼくに引き渡す気だとはっきり示していた。

ジャスティンが木にのぼろうと脚をあげているのを見て、コービンはそちらへ向かいながらホープに言った。「引き止めて悪かったね。くり返しになるけど、なにかあったらいつでも知らせてくれ。きみが隣人になってくれてうれしいよ」

「ありがとう……なにもかも」ホープが言った。

コービンは一つうなずいてからジャスティンに歩み寄った。息子がやすやすと木にのぼっているのを見て、笑みが浮かぶ。落っこちたときはつかまえられるようそばに来たものの、やめさせたくはなくて、呼びかけた。「おまえくらいの年のころ、ツリーハウスでよく遊んだよ」

ジャスティンが上下逆さまにぶらさがって、コービンを見た。「ほんと？」

「母さんの手を借りながら、兄貴とぼくで作ったんだ」

「お父さんは助けてくれなかったの？」

逆さまのジャスティンとこんな会話をするのが愉快だった。「そのときにはもう父さんは亡くなっていてね。だけど母さんが隙間を埋めてくれた」家族についてはざっとしか聞かせていない。しょっぱなからあまり細かいことまで説明してたじろがせたくなかった。

「二人で一緒に作らないか?」

ジャスティンが目を輝かせて体を起こし、枝から飛びおりた。顔をしかめて言う。「でも作り方、知らないや」

「ぼくは知ってるし、喜んで教えるよ」

興奮の陰から疑念がのぞいた。「それ、本気?」

こちらがどんな提案をしても、ジャスティンはそれを、心からは信用できない予期せぬ贈り物のように扱う。もちろん父親は息子と一緒にツリーハウスを作るとも。どうかジャスティンが、あるていどまでなら当然のこととして期待するようになってくれるといいのだが。

「もちろんさ」息子の周りにある見えない壁を壊したくて、コービンは華奢な肩に腕を回した。さりげなくやろうとしたものの、難しかった。実際は、息子の頭を撫《な》でたり髪をくしゃくしゃにしたり、抱きしめたりして、少年らしい肌のやわらかさや髪にこもる陽光の香りを感じたくてたまらないのだ。

それでもいまは、ジャスティンが逃げずにいてくれただけで進歩としよう。

「母屋の近くに手ごろな木がないか、探しに行こう」

ジャスティンが駆けだして叫んだ。「いいの知ってる！」

笑いながら、コービンも駆けだした。


金曜の午後、アイヴィーは唯一の休憩時間に、たまごサラダサンドイッチと紅茶をのどに流しこみながら、昨日ホープから聞いた話を思い出していた。先週目にしたコービンとジャスティン親子の微妙なやりとりを考えても、納得だった。

そうした事情を踏まえても、コービンはとてもよく気のつく父親に見えたし、ジャスティンはあの年ごろのたいていの子と変わらないように映った。

ペットのことでコービンから連絡はまだないものの、彼が忙しいのはよくわかっている。いまでは町の全員が、あの親子が越してきたことを知っていて、うわさによるとコービンはお金持ちらしい。つまり、そういう印象を与えるに足るだけの買い物をしているということ。たいていの人が時間をかけて集めるものを、一気に購入しているのだ――カヤック、パドルボード、空気を入れてふくらませる大きなウォーターフロート、屋外用のラタンの椅子やテーブル、錬鉄製のガーデンセット、釣り道具一式、スポーツグッズなどなど……。まるでなにも持たずに越してきて、あらゆる娯楽の空白を埋めているようだ。

ホープによると、いまはツリーハウスまで作っているらしい。窓の一つから見えたそうだ。二人一緒に木にのぼり、どちらも上半身裸になって、床を作っているところが。

コービンの胸板を表現するにあたり、ホープは惜しみなくほめ言葉を使った。以来、アイヴィーはそのことばかり考えている。

彼はいつ働いているの？　それはどんな仕事？

サンセットは小さな町なので、コービンが庭のために造園家を雇ったことも、ドックを拡張するために地元業者に依頼したことも、アイヴィーは知っていた。そして……。

白状すると、彼のことばかり考えていた。ほかの男性について考えるすきもないほどに。コービンについてうわさが広まったのと同じで、アイヴィーの破局についてもうわさは広まっていた。地元の男性数人から話しかけられたし、一人には一緒にコーヒーでもと誘われた。

仕事が忙しいからとはっきり理由を伝えて、全員、丁寧にお断りした。なにしろ、ジェフに未練があると思われてはたまらない。実際、ジェフが頭に浮かぶのは彼から着信があったときだけだし、彼にはあまり丁寧な態度もとっていなかった。

いつまたコービンに会えるだろう？　いっそのこと、こちらから――

ホープがオフィスの戸口から顔をのぞかせた。「邪魔して悪いんだけど、お客さまよ」

ほんの一瞬、コービンが会いに来てくれたのかと思って、心臓がどきんと跳ねた。もしや夢想することで召喚してしまった？　急いで期待に手綱をかけ、必要もないのに髪を撫でつけながら、きっとペットのことで相談に来たのよと自分に言い聞かせた。笑顔で待ちかまえていると、戸口にジェフが現れて、背後でドアを閉じた。

そんな。期待に満ちた喜びが霧散した。

抑えようもなくしかめっ面が浮かぶ。「なにしに来たの?」

ジェフは愛想のいい笑みを消さなかった。「きみが電話に出ないからだぞ。ほかにどうしろっていうんだ?」

「わたしたちはもう終わったんだっていう無言のメッセージを受け取るとか?」

「なるほど」ジェフが言い、のんびりとオフィスのなかまで入ってきて、デスクの隅に腰をあずけた。「たしかに受け取ったよ。おれたちは終わった」偽りの謙虚さでつけ足す。

「おれがしくじったせいで」

アイヴィーはナプキンで手を拭うと、残りの紅茶を飲み干してから肩をすくめた。「よかった。じゃあ、どうしてここにいるの?」

愛想のいい笑みがさらに輝きを増した。「以前の関係が終わったなら、新しい関係を築けばいいと思ったんだ」

冗談でしょう。わたしは言葉巧みなほうではないから、ずばり要点を伝えたはずだ。それでも念のため、ジェフの目を見て、まばたきもせずにきっぱり言った。「お断りよ」

「そう急ぐなよ、ベイビー。おれたちは長いつきあいだし、いまも友達だろう?」

ベイビーと呼ばれて口角がさがった。

「なあ、アイヴィー。一度はおれに惹《ひ》かれたじゃないか」

惹かれた……過去形だ。たしかにジェフは外見がいい。体は引き締まっているし、のっぽのわたしがとなりにいてもひょろ長いと感じなくてすむくらいに背が高いし、茶色の髪はきちんと整えられているし、青い目は輝いている。

だけどもうどうでもいい。二度とこの男性に恋心をいだくことはない。けれど、もっと違ったかたちなら？　もしジェフが求めているのが友情だけなら、あるいは。

確認のために尋ねた。「友達……そうね。いまはまだ無理だけど、いずれなれると思うわ」椅子を引いて続けた。「残念だけど、その話はまた別の日に。まだ診療時間中なの」

そしてジェフの脇をすり抜けようとしたとき、腕をつかまれた。

「アイヴィー、待てよ」ジェフが親指で親しげに肘の上をこすり、背後に近づいてきた。近すぎる。「友達から始めなくちゃならないなら、それでもいい」声が低くなり、温かな息がこめかみにかかった。「だがおれたちなら、特典つきの友達になれると思わないか？」

なんてこと。いまさらそんな気になられても、皮肉すぎて笑ってしまう。つきあっていたときに何度もきっかけは作ってきた。小さな火花でも散らないかと工夫を凝らした。けれどそのたびにジェフは携帯電話でゲームをするほうを選んだのだ。

なのに別れたいまになって、都合のいいセックスを求めるの？　こちらからくり返しもちかけても拒んでいたころから、まだ一カ月と経《た》っていないのに？

彼に背を向けたまま、あえてたっぷりユーモアをこめて返した。「いいえ、思わないわ。どうもお世話さま」

「おれたちの相性はよかっただろう、ベイビー」

わたしもそう思っていたわ――あなたが興味をなくすまでは。

こちらがなにを始めようとしても、実際に始まるかどうかを決めるのは、ジェフにその気があるかないか、だった。最近はないほうに天秤《てんびん》は傾きがちだったし、二度とあんなふうに拒絶されたくはない。

「そうだったころもあったかもね」最初のころは。「でも、そうじゃなくなって長いわ」

「おっと。いまのは傷ついたな」ジェフが言い、こめかみにキスしようとしてきた。

アイヴィーは急いで彼から離れた。さっと振り返って厳しい現実を突きつけようとしたそのとき、またノックの音が響いてドアが開き、アイヴィーの背中にぶつかった。

ジェフのほうに一歩よろめいてから振り返ると……コービンとジャスティンがいた。

コービンは両眉をあげていて、どういうわけか、明るい顔をキープしようとしているように見えた。「入っていいとホープに言われたんだ。きみが取り込み中だと知らなかったのかもしれないね」

ジェフの両手が肩にのせられていることに、アイヴィーは気づいた。急いで離れてまた一歩踏みだす――今度はコービンのほうに。

うれしくて胸が高鳴るのを感じながら言った。「ジェフはもう帰るところよ」ホープは邪魔をさせるためにわざとコービンを送りこんだの？　それでこそ真の友達。ジェフなどいないふりをして、アイヴィーはほほえんだ。「二人とも、また会えてうれしいわ。どうぞ入って。狭いオフィスでごめんなさい――ジェフ、もういいかしら？」そう言うと、一つしかない予備の椅子をぐいと中央に押しだした。

ジャスティンはあどけない子どもらしく、はちきれんばかりのエネルギーでその椅子に飛びのった。「ペットのことで来たよ！」

こんなにいきいきした顔を見られてよかった。「そうなの？」

「相談にのってくれると言っただろう？」コービンがさりげなくジェフの前に体を入れて、息子のとなりに立った。

いよいよ出ていくしかなくなったジェフが、コービンの向こうから手を伸ばしてアイヴィーの頬に触れた。「話の続きはまた今度」

彼の手から身を引いて、アイヴィーは返した。「今週はずっと忙しいの」そう言って歯を見せたものの、われながら、笑顔というより威嚇に思えた。「でもありがとう」

ジェフの表情は見るからに陰った。

もう少し巧妙なやり方もできたかもしれないけれど、すでに認めたとおり、そういうのはわたしの得意分野ではない。動物に話しかけるのなら、すごく得意。ペットを心配している飼い主の相手だって、お手のもの。けれどしつこい元彼に対処するとなると、そうはいかない。とりわけこんなふうにオフィスが人でごった返していて、仕事が詰まっているときは。

ジェフが鋭い目でコービンを見て、疑わしそうな視線をジャスティンに投げかけてから、向きを変えてゆっくり出ていった。まるで敗北者の姿だけれど、その手は食うものですか。どうせジェフが恋しがっているのはわたしじゃなくて、わが家のふかふかのソファと、うちにいれば無料で手に入る食事だもの。

ジェフが出ていくとほぼ同時にドアを閉じて、そこに背中をあずけた。「ふう。なかなか緊迫した場面だったわ」

「そうかい?」コービンが意外そうなふりをして尋ねた。ジャスティンを見おろす。「おまえはどう思う?」

ジャスティンは肩をすくめた。「ぼく、犬飼いたい」

大人二人は笑った。どうやらこの少年の頭には一つのことしかなくて、そこに大人の問題が入りこむ余地はないらしい。

「それじゃあ、ちょっといろいろ調整してくるから十五分待っててもらえる? そのあと話しましょう」

コービンが言った。「それより、きみの仕事が終わるころに出なおそうか」

「仕事が終わったらすぐ家に帰らなくちゃいけないの。モーリスが待ってるから」誤解されないよう、急いでつけ足した。「うちの年寄り猫のことよ。だから十五分、いい？」

「ああ」

「よかった」すり抜けられるだけ、細くドアを開けた。「なるべく早く戻ってくるわ」

二件の予約をこなすあいだも、われながらびっくりするほどうきうきしていた。ばかげている。彼がここへ来たのは息子がペットをほしがっているからで、わたしに会いたかったからじゃないのに。それでも、犬にワクチン注射をして、蜂に刺された猫の予後を確認するあいだも、笑みは止まらなかった。犬も猫も問題はなく、飼い主はみんなやさしかった。

オフィスに戻りながら、コービンとジャスティンには休憩室で待ってもらえばよかったといまさらながらに気づいた。あちらなら、飲み物やお菓子があったのに。足取りを速めてドアを開けると、親子は壁に貼られたいろいろな図式を眺めていた。犬や猫の骨格を示したものや、フィラリアの影響を示したもの、犬種とそれぞれの気質を示したものだ。

「早かったね」コービンが言う。「深刻なペットはいなかったということかな？」

「これまでのところは、忙しいけどよくある相談ばかりよ。しばらくホープに任せておけるから、犬の話をしましょうか」笑顔でジャスティンを見おろした。「大きいのがいい？　それとも小さいの？」

ジャスティンは肩をすくめた。「わかんない」

とっさに思いついてアイヴィーは言った。「ここに何匹か子犬がいるの。見てみたい？」

ジャスティンはすばやくうなずいた。

「こっちよ」デイジーの部屋に向かいながら、あのジャッカビーがやってきた経緯を説明した。「脚の怪我《けが》はもう治ったけれど、傷跡は残るでしょうね。その部分にはもう毛が生えてこないわ。でも子犬はみんな健康そのものよ。あと三週間は里子に出せないけど、こうすれば、あなたが最初に選べるでしょう？」ドアを開けて、屋外の犬用スペースをあらわにした。

すぐさまデイジーが耳を立て、見慣れない人に気づいてうずくまった。けれど子犬たちはよちよち歩いてきたので、ジャスティンは笑い声を響かせた。

アイヴィーとコービンはしばしその場にたたずんで、心地よい沈黙のなか、見守った。

ジャスティンは庭の中央に寝転がり、子犬たちが体のあちこちをのぼってくるままにさせている。

コービンがすぐとなりにいるので、アイヴィーはその体が放つ熱ばかりか、男らしい香りまで感じた。石鹸《せっけん》か、アフターシェーブローションか。おかげでもっと深く息を吸いこみたくなるし、口元に小さな笑みを浮かべて息子を見守る様子には、胸がきゅんとなる。あらゆる点で、ありえないほど魅力的な人だ。外見も内面も。

「ありがとう」コービンが言った。

いやだ、声に出してほめてしまった？　アイヴィーは問いかけるように見あげた。

「今日のこと」彼が言い、あごでジャスティンを示した。「ぼくが仕事をしなくちゃいけないときに、犬があの子と一緒にいてくれたらと思ってるんだ」

「なるほどね」ちょうどいい機会ととらえて尋ねてみた。「どんな仕事をしてるの？」

「IT関係の、プログラムマネージャーをしてる。仕事は家でできるんだけど、技術者とのオンライン会議や電話なんかが多くてね。ジャスティンがぼくのところに来たとき……」その言い方が気に入らなかったのだろう、首を振って言いなおした。「自分には息子がいたとわかったとき、仕事のほうは長期休暇をとったけど、いずれは戻らなくちゃならない。そのとき犬がいてくれたら、あの子も寂しくないんじゃないかと思ったんだ」急いでつけ足した。「もちろん家で仕事をするから、なにかあってもすぐそばにいられる。だけどあの子には外で遊んでほしいんだ。テレビを見たり、ビデオゲームをしたりするだけじゃなく」

どうやらいろいろなことを前もって考えてきたようだ。親としてのさまざまな責任について理解していることを示して、わたしを安心させたがっているみたいに。「きっと苦労も多いでしょうね」

「ゼロではないが楽しめてるよ。やりがいもあるしね」両手をこすり合わせて言う。「ぼくが願っていた以上に、ジャスティンは新生活にうまく順応してくれてる」

「子どもって案外強いものよ。それにあなたが上手に接してるから、それが役に立ってるんだと思う」

コービンがちらりとこちらを見た。「ホープから聞いた？」

「ええ。かまわなかった？」

「もちろんさ。むしろ、そうなるように期待してた」視線をジャスティンに戻し、笑みを広げる。「本当にすばらしい子なんだ」

どうにかコービンの横顔から視線を引きはがしてジャスティンを見ると、もう目をそらせなくなった。ジャスティンは腹ばいになって片手を伸ばし、ゆっくり近づいていた……母犬のデイジーのほうに。

デイジーは不安そうに耳を倒していたが、それでもしっぽを振って、おずおずと少年の手を嗅いだ。逃げようとはしなかった。

アイヴィーは驚いてささやいた。「デイジーはだれのことも怖がるのに」ジャスティンが人差し指でやさしく撫でてもデイジーがいやがらなかったのを見たとたん、感情がこみあげてきて目がうるんだ。「ああ、すごい子。本当にすごい」ごくりとつばを飲む。「信じられない」

息子を見つめたまま、コービンもささやき声で言った。「あの子は愛情のかたまりなんだ」

アイヴィーはうなずき、そっと呼びかけた。「ジャスティン？」

肩越しに振り返った少年は、なんだか暗い顔をしていた。「この子はとっとくの？」

「そうできたらいいんだけど」心の底からそう思う。「だけどモーリスが犬を怖がるの。年寄り猫だから――」

「ぼく、この子がいい」

心臓がとろけた。深呼吸をしなくては、泣いてしまいそうだった。

デイジーと同じくらい心もとない様子で、ジャスティンが尋ねた。「だめ、パパ？」

コービンの顔に浮かんだ痛切な表情からすると、少年にはまだあまりそう呼ばれていないのだろう。感動しているのがよくわかった。誇らしさを感じているのも。

アイヴィーは隙間を埋めようとして口を開いた。「この子はジャッカビーって犬種でね、ジャックラッセルテリアとビーグルのミックスなの。たぶん四歳くらいかな。体重は五キロ半と、標準より小さめ」デイジーはこれまで厳しい生活を送ってきたけれど、終《つい》の棲家《すみか》を見つけられたら、楽しい日々を送れるはずだ。「一度なついたら、安心してジャンプしたり走ったりするようになるわ。吠《ほ》えるのも大好きよ」

少年は父親を見つめて、祈るような希望と絶対に譲らない意志をこめて待っていた。

「すごくいいと思うよ」コービンが、ついにくぐもった声で言った。「その子もおまえが好きみたいだ」

「うん」ジャスティンは犬を膝に抱きあげて、毛むくじゃらの頭のてっぺんに頬ずりした。

アイヴィーは抑えきれずにコービンのほうに身を倒し、腕と腕とを触れさせた。「もうしばらく子犬たちから離せないの。まだ生後五週間だから」

「ぼく、待てるよ」ジャスティンが言い、子犬の一匹がのぼってこようとして転がり落ちたのを見て、声をあげて笑った。

「ああ」アイヴィーはつぶやいた。「あなたの息子のこと、大好きになっちゃった」

「わかるよ」コービンが言い、アイヴィーの背中にそっと手を添えた。「ぼくもあの子に夢中なんだ」

3

ジャスティンに〝パパ〟と呼ばれるのは、心臓に強い一発を食らうような体験で、コービンはしびれる余韻を味わった。ツリーハウスではだめだったし、自転車でも無理だったし、ボートを提案しても叶《かな》わなかった。

それを、あの小柄な犬は簡単にやってのけた。

ジャスティンはいま、犬の脚の傷跡を慎重にたしかめて、そっと指先を這《は》わせている。それを見ていると、こみあげる感情で膝から崩れ落ちそうだ。いつの日か、どれほど愛しているかを息子に示せるときは訪れるだろうが、焦らずゆっくり進もうと決めていた。順応する時間をジャスティンに与えて、自然ななりゆきに任せようと。ジャスティンはすでにいくつもの選択を奪われている。見ず知らずの新しい親、これから過ごす不慣れな土地、新しい生活。

だから、少しくらい自分で決めていいはずだ。たとえば、どんな犬を飼いたいか。そして……ぼくのことをどう呼ぶか。

今日は大きな進歩を遂げたような気がした。

「ジャスティンとデイジーが仲良くなってるあいだに、少し話せない？」アイヴィーが言った。

気がつけば彼女のすぐそばにいるばかりか、腕を回して背中に手を添えていた……が、向こうにいやがっている様子はない。どうやらぼくはジャスティンを眺めるのに夢中で、無意識のうちに行動していたらしい。アイヴィーに触れるのは自然なことに思えた。必要にさえ思えた。だからそうした。

自分には息子がいたとわかってから、女性のことはほとんど頭から消え去っていた。今後を考えるのに必死で、息子のためによりよい生活を、安心できる日々を用意してやるにはどうしたらいいかと、そればかりだった。

だがいまは？　この女性なら？

アイヴィーのことはとっくに大好きだ。

あの笑顔には、もっと近寄りたい気にさせられる。笑顔ばかりか、いろんな面に惹《ひ》かれる。ジャスティンを好いてくれていることはもちろん重要だが、それだけではない。本人は短所と感じているようだけれど、思ったままを口にするところは愉快だし、ホープへの隠し立てのない思いやりは人柄のよさを感じさせる。動物への献身も、町への貢献も、心から尊敬できる。すでに多くの人から称賛の声を聞いていた。

そんな彼女がいま、フリー。

そこに加えて、個性的かつ魅力的なルックスだ。ほほえむときは大きくにっこりするところも、くるくるの巻き毛をしょっちゅう気にするところも、しゃべるときにすらりとした手がいきいき動くところも、すべて好きだった。

アイヴィーのほうを向いて、背中に添えていた手をおろした。「どこで話そうか？」

「ちょっとなかに入るわね」アイヴィーがジャスティンに呼びかけた。「二、三分、一人にしていい？」

ジャスティンは不満そうにつぶやいた。「ぼく、赤ちゃんじゃないよ」

「もちろんよ。赤ちゃんにデイジーを任せるなんて、ありえない」

いい返しだ、とコービンは思った。しかも、躊躇《ちゅうちょ》さえしなかった。

ジャスティンが顔をあげ、鼻にしわを寄せて尋ねた。「この子、ほんとにデイジーって名前なの？」

いかにもいやそうな様子に、コービンはにやりとした。「気に入らないか？」

少年はちょっと申し訳なさそうな顔でアイヴィーを見てから答えた。「あんまり」

「あなたなら、なんて名前をつける？」アイヴィーが尋ねた。

「なんか、かっこいいやつ」ジャスティンは唇を片方によじって思案した。「オスだったらフレディにする。フレディ・クルーガーのフレディ」

コービンはぎょっとした。

ところがアイヴィーはたいしたもので、笑っただけだった。ジャスティンのほうに歩いていきながら言う。「あの映画を知ってるの？」

「見れるホラー映画は全部見たよ」

「そうなの？」芝生に転がっているジャスティンのとなりに座って、尋ねた。「『エイリアン』は？」

「シリーズ全部見た。けどいちばん好きなのは『エイリアンVS．プレデター』」

「あら、わたしもあれは大好き。おもしろいシリーズ二つを合体させたところがいいのよね」

するとジャスティンは、コービンが見たこともないほど前のめりになって、少し背筋を伸ばした。「メスだからフレディって名前はつけられないけど、リプリーはいいかも」

「リプリーは最高よね」今度はアイヴィーが鼻にしわを寄せる。「制作陣には彼女を殺さないでほしかった。あれにはがっかりしたわ」

「うん、だよね。でも生き返らせられないかな……ちょっと年取りすぎちゃった？」

「シガーニー・ウィーヴァーが？　まさか。彼女ならまだじゅうぶんやれるわよ」

コービンは部外者になった気がした。けれどかまわない。なにしろジャスティンがあんなに楽しそうだ。しかし、アイヴィーもホラー映画好きなのか？　ぼくはむしろアクション映画派だ。さておき、ジャスティンがホラーにのめりこんでいるのを知っているのは、引き合わされてすぐに母親が説明したことの一つだから。

〝テレビの前に座らせて、ホラーチャンネルさえつけておけば、邪魔してこないわ〟

これまでのところ、コービンとジャスティンはほかの遊びで手一杯だ。なにがあってもジャスティンに思わせたりしない――自分はお荷物だ、などと。

兄のラングもホラー映画に詳しいが、アイヴィーまでもとは、なぜか意外だった。

ジャスティンが、眉間にしわが寄るほどじっくり考えて、言う。「ホラーに女の子はあんまりいないね」

「『バイオハザード』のアリスは？」

ジャスティンは首を振った。「アリスって女の子を知ってるんだけど、あんまりいい子じゃないんだ」

「あらら。それじゃだめね」

ジャスティンがしばし考えて言った。「いた！　『ハロウィン』のローリー・ストロードは？」

アイヴィーがぐっとあごを引いた。「あなた、『ハロウィン』を見たの？」

「もちろん。『13金』も全部見たよ。『ジェイソンX』がいちばん好き。ホラーだけどおもしろいから」

「ええと……」助けを求めるような顔でコービンを見た。「あなた、認めてるの？」

ようやく仲間に入れたので、コービンは一歩近づいた。「ジャスティンがホラー映画に夢中なのは知ってるよ」そう言って、息子の髪をくしゃっとさせる。「おまえのおじさんのラングが大喜びするだろうな」

「怖い映画が好きなの？」

「怖いほどいいらしい」

「ぼくも！」ジャスティンがアイヴィーに身を寄せて打ち明けた。「でも『死霊のはらわた』シリーズにはぞっとしちゃった。ちょっとグロいよね」

アイヴィーの両眉はますます高くあがった。「ええ、そうね」

「でも『キャプテン・スーパーマーケット』は好き。アッシュは最高」

アイヴィーが声を太くして言った。「〝これが鉄砲ってやつよ〟」

ジャスティンが笑って小柄な犬を揺すると、犬はしっぽを振って少年に寄り添った。ジャスティンはアイヴィーの声音を真似《まね》して言った。「〝やってみな〟」

「そこも好き！」アイヴィーがにっこりした。

二人のやりとりがまったく理解できないコービンは、また部外者になった気分だったが、ほほえまずにはいられなかった。

「ねえ、提案があるんだけど」アイヴィーがそう言って手を伸ばしてきたので、コービンは助け起こしてやった。アイヴィーはお尻を払いながらジャスティンに言った。「デイジーにはなんでも好きな名前をつけていいわ。あなたの犬になるんだもの。それに、この子は賢いから、新しい名前にもちゃんと慣れるはずよ」

ジャスティンが犬の頭にほっぺたを当てると、犬は少年の顔をなめた。「いやがらないかな」

アイヴィーはやさしい顔で首を振った。「あなたがかわいがれば喜ぶし、大事なのはそれだけよ。さてと、今度こそお父さんと話してくるから、戻るまでいい子にしててね」

またコービンの手をつかんでクリニックのなかに引っ張っていくと、ドアを閉じ、大げさなしぐさで壁に背中をもたせかけた。「あの子、『13日の金曜日』も『ハロウィン』も全部見てる！」

こういう大げさなしぐさも好きだな、とコービンは思った。しかし、映画のタイトルを非難するような口調で言うのはどうしてだ？　肩をすくめて言った。「話を聞いたかぎりでは、この世のホラー映画はすべて見てるみたいだよ」責められる前につけ足した。「あんな年の子どもにどぎついホラーなんて、ぼくなら認めないが、あの子の母親はそうじゃなかったらしい」おそらくダーシーは、ジャスティンに邪魔されないためならどんな手も使ったのだろう。ぼくはまったく違う親になってみせる。

アイヴィーが険しい顔を向けた。「たぶんあの子のお母さんは、なんとも思わなかったのね」

「ああ。残念だけどそのようだ」首の筋肉が引きつった。「会ったときの印象からすると、ダーシーは薬物の問題をかかえてる。ぼくがあの子を引き取ったときもハイになってたようだし、彼女はそうなったのを息子のせいにした」

アイヴィーが手で口を覆った。「あの子の前で？」

「ああ。胸が張り裂けそうだったよ。ぼくはずっと一緒にいるべきだったのに、あの子の存在さえ知らなかったんだ」

「いったいまた、どうして？」

「ダーシーとは十七のときに何度かデートしたんだが、どちらも真剣な交際ではなかった。そうしたらいきなり彼女が引っ越していって、そのあとを知るすべもなかった。十七のぼくは大学の準備をしたり、母の手伝いをしたり、自立しようとしたりするので忙しかったから」いまとなってはどれももっともな理由に思えない。赤ん坊のジャスティンを想像すると、とくに。「それから何年も経《た》ったある日、突然ダーシーが母に連絡してきて、なんとしてもぼくと話がしたいと言ってきた。母は旅行中だったんだが、どうにか段取りをつけてくれて、ぼくらは公園で再会した……そのとき彼女はジャスティンを連れてたんだ」

「驚いたでしょうね」

「最初はそうでもなかった。結婚して家族ができたんだなと思っただけだった。ところが彼女はあの子のいる前で、あなたがこの子の父親よ、そろそろバトンタッチしてちょうだいと言いだした」筋肉がこわばり、はらわたがよじれた。「かわいそうに、あの子はその場にたたずんだまま、全身を固くして涙をこらえてたよ」言葉を切って顔を背けた。きっとこの先何度もあの忌まわしい場面を思い返し、ジャスティンの痛みを感じるだろう。

「彼女に説明を求めなかったの？」

「あの子の前で？　まさか。もうじゅうぶんつらい思いをしてるのに」壁にこぶしを当てて続けた。「ジャスティンの荷物はすべて持ってきてあった。ぼくがなにを言うべきかわからなくて、ぼさっと突っ立ってるあいだに、彼女はその荷物をぼくのＳＵＶにどんどん移していった。ジャスティンはこっちを見ようとしなかったが、怯《おび》えてるのがわかった。それでぼくの腹は決まった」

「引き取ろうと」

「ああ」険しい顔になっているのを感じつつ、ふたたびアイヴィーのほうを向いた。「彼女はジャスティンを抱きしめて、ママはあなたを愛してるけど変化が必要なのと言った。パパのそばでいい人生を送ってねと」

アイヴィーが見つめているのがわかった。「そのときのあなたの気持ちを思うと……」

「自分よりジャスティンの気持ちが心配だった。ちょっと話をしてくるから待っていてくれとあの子に言ってから、大人だけで彼女の車のほうへ行った」

「彼女、なんだかひどく情緒不安定なようだけど」

「控えめに言ってもね。彼女の話では、ある男性と出会ったんだが、彼は子どもを望んでいないとのことだった」

「一人、もういるのに?」

あの日のことを思い出すたび、息苦しくなる。「ぼくは彼女に尋ねた――これは決定事項なのか、それともすぐに戻ってきてまたあの子の人生をかき乱すのかと。そうしたら彼女は笑ったよ、アイヴィー。ぼくは、ジャスティンに聞こえるのが怖くて、それ以上追及できなかった」

「胸が張り裂けそうだわ」

あのとき、まさにそう感じた。いまだって日に何度かそう感じる。「最初の一週間は本当にぎくしゃくしていた。書類が必要だとわかって、ある夜、ジャスティンがベッドに入るまで待ってから彼女に電話をかけた。すべて郵送すると言われたよ」

「届いた?」

「ああ。出生証明書とか、いちばん最近の通知表とか、そういうものがいくつか」あごを動かして続ける。「ぼくは心配になって弁護士に連絡して、ようやく正式な単独親権者になった」

アイヴィーの目を驚きがよぎった。「彼女は親権を手放したの?」

「なにもかもばたばたと過ぎていったから、ジャスティンは気づいていないと思う。そこまであの子に直面させるのは酷じゃないか。重要なのは、もしダーシーがあの子に会いたいと言ってきたら、ぼくは拒絶しないということ。だけどなにがあっても、ぼくのもとから連れ去るのだけは許さない。絶対に」

小さくてやわらかな手が胸板に触れたので、コービンは動きを止めた。理解と思いやりのこもった目で見つめられる。その目は陽光のなかでは明るい緑に見えていたものの、屋内の照明の下では榛《はしばみ》色に映った。

小さな手を手で覆った。

「本当にたいへんだったわね」アイヴィーが言う。「言葉もないわ。そんなことがあったのに完全にくじけなかったなんて、ジャスティンはすごい子よ」

「ああ。どうやってあんなすごい子になれたのか、不思議なくらいだ」

「あなたと出会う前の生活について、話してくれた?」

「ときどき、端々をね。突然どこからともなく浮かんできたみたいに、ぽろりと口にするんだ。ある日ファーストフードを食べたときは、ママのボーイフレンドの一人が同じチェーンを好きで、いつもそこのハンバーガーを買ってきてくれた、と言っていた。うっかりドアで指を挟んだときは、必死に涙をこらえて痛いとも言わないから、ぼくだったら悲鳴をあげてたよと言ったら、男の子はそんなことしちゃだめなんだと返された」もどかしくて歯を食いしばる。「友達について訊《き》いてみたけど、あの子はただ肩をすくめて、同じ建物に住んでた子たちはほとんど年上だったから、としか答えなかった。そしてママは朝が遅かったから、自分はずっとテレビを見ていたと」

アイヴィーの手が左の大胸筋をぽんとたたいた。「でも、『ハロウィン』？　『13日の金曜日』？」

彼女の言いたいことがよくわからなくて、コービンは首を振った。「ハロウィンのお面とホッケーマスク、だっけ？　じつを言うと、見たことがないんだ。もちろん映画の存在は知ってるけど」アイヴィーが顔をしかめたので、尋ねた。「そんなに有害なのかな？」

「ああ、コービン。一度見てみて」声をひそめて続ける。「怖い場面と同じくらい、性的なシーンがあるの」

「ええっ？」なんてことだ。

「それからたくさん、その、女性の裸も。つまり……」両手で自身の胸を示す。「おっぱいとお尻よ」

一瞬、話の筋を見失った。「おっぱいとお尻、か」アイヴィーの言い方が愉快だった。

アイヴィーがこちらに身をのりだして、ささやく。「どぎつい濡《ぬ》れ場《ば》も」

たいへんだ。戸口に戻ってドアを細く開け、そっとジャスティンの様子をうかがった。

息子は仰向けに転がって胸にデイジーをのせ、あちこちから子犬をのぼらせている。ごくありふれた、屈託がなくて楽しいことが好きな子どもにしか見えない。

またドアを閉じてそこに背中をあずけ、うめいた。「あの子が大好きなものをいまから検閲しはじめるのか？　いままでずっと見ていいとされてきたものを」

「あなたはジャスティンの父親よ。彼にとってベストだと思う決断をしていいの」

じつに簡単に聞こえるが、実際はそうではない。

アイヴィーが同情に顔をしかめた。「じつはね、わたしも小さいころによくホラー映画を見てたの。ジャスティンと同じで、大好きだった。屋根裏にはいまも、昔のおもちゃやコミックブックやポスターなんかがひしめいてる。母はほとんど容認してくれてたけど、性的なものにはきっちり線引きをしてた」

「おっぱいとお尻はなし？」

アイヴィーが宙で手をひらひらさせた。「もちろんわたしはどの子もやってるように、母の裏をかいたわ。だけどもし母に知られたら、一週間は外出禁止にされたでしょうね。もしよければ、裸が出てこないホラー映画のおすすめ一覧を作ってあげましょうか。『キャプテン・スーパーマーケット』は怖いというより奇抜でおもしろいんだけど、ジャスティンはもう見てるみたいね。スピルバーグ監督の『グーニーズ』とスティーブン・キング原作の『死霊の牙』なら年齢的にもぴったり。あと、『ジョーズ』のシリーズ全部。サメって本当にどきっとさせられるのよね。ああ、それから『グレムリン』！　文句なしの子ども向け映画よ」

コービンが感心しながら耳を傾けていると、アイヴィーはますますのってきた。「そうだ、『ゴジラ』があるじゃない！　あのシリーズもちょうどいい」ため息をつく。「家に帰ったらインターネットで調べてみるといいわ。〝子ども向け〟〝映画〟みたいな検索ワードで。わたしも週末に屋根裏をのぞいて、手放してもいいと思えるものがあるかどうか見てみる」

これこそチャンスとばかりにつかみとった。「きっとジャスティンは全部見てみたいと言うだろうな」

なにかアイデアがおりてきたようにアイヴィーの目が輝いた。「それってすごくいい考え。ねえ、うちに来ない？　土曜は隔週で仕事なんだけど、日曜は休みなの。まあ、緊急事態でもあれば話は別だけど。そうなったらわたしは休み返上で――」

コービンは人差し指でアイヴィーの唇をふさいだ。なんてやわらかいんだ。「日曜で問題ないし、もし緊急事態が起きても連絡してくれればいい。番号を教えておくよ」

アイヴィーの唇がわずかにすぼまって、かわいい鼻から息が吸いこまれた。

「いいね？」

彼女がうなずくと、人差し指の腹を唇がくすぐった。

しっかりしろ、コービン。だけどこんなふうにアイヴィーと一緒にいると、まだ断片しか知らないジャスティンの過去を思っての胸の痛みが、ほんの少しやわらぐのだ。痛みが消えることはなくても、アイヴィーといると、そこまで苦しくなくなる。

　衝動をこらえて手をおろすと、すぐさまアイヴィーが唇をなめたので、またそそられた。いまは集中しなくては。携帯電話を取りだして、できるだけさりげなく尋ねた。「きみの番号は？　ぼくの番号がわかるように、テキストメッセージを送るよ」

　するとアイヴィーは、少しあたふたした様子で番号を口にした。どうやら気安く電話番号を教えるタイプではないようだが、それはこちらも同じことだ。

　ここ、サンセットではすべてが変わる。夜にクラブで女性と知り合うのではなく、雨の午後にゲストハウスを案内しながら、息子のそばで獣医と出会う。

　そんなことがありうると思うかと一年前に訊かれていたら、ありえないと答えただろう。が、いまはそれこそ正しいと思えた。

　携帯電話がぴこんと鳴ってコービンからのメッセージの着信を知らせると、アイヴィーはにっこりした。

「ジャスティンにはきみから話してやってくれないかな」コービンは提案した。「きっと大喜びするから」言ったあとで、仕事中なのにこれ以上引き止めては申し訳ないと気づいた。「すまない、そろそろ仕事に戻らなくちゃいけないね」

　アイヴィーはこちらを見あげてうなずき、それから首を振った。

にやりとしてしまった。「それはイエス？　ノー？」

アイヴィーが我に返った様子で言った。「ごめんなさい、ぼうっとしちゃって。ゴージャスな男性に電話番号を訊かれるなんて、めったにないことだから」

これはうれしいほめ言葉だ。自分が不細工ではないのはわかっているが、こんなに正面切ってほめられたこともない。「ゴージャス？」

「謙遜する理由はないでしょう」

「謙遜はしない」けれど自分を表現するのにその言葉を使うこともない。なぜこの女性にはしょっちゅう脱線させられるのだろう。「ゴージャスだろうとなかろうと、めったに男がきみに興味を示さない、なんて話をぼくが信じるとでも？」

「どうかしら。長いことジェフとつきあってたから……」言葉を切って請け合った。「でも、また外の世界に出てみようと思ってるところよ」

「よかった」強く集中しなくては、アイヴィーにキスしてしまいそうだった。ジャスティンが近くにいて、待っている、という事実に助けられた。

「というか、そうするつもりだったの。いろんな味を試してみようって」

「いろんな味？」なんだか気に入らない響きだ。

「ジェフは少し前からかなり口うるさくなっててね、わたしはなんていうか、社交を断ってたの。で、彼と別れたあとは心機一転、自分を優先することにしたわけ。自分の望みを」

すばらしい。「いい考えだね。それで……きみの望みは？」

アイヴィーは肩をすくめた。「快適さ、かしら。まず、また別の男性にうちのソファを占領されたくはないわ。とりわけその男性が積極的じゃない……」不意に言葉を止めて頬を染めた。

「積極的じゃないって、なにに？」コービンはうながした。

アイヴィーはぐっとあごをあげた。「貴重な時間を割くなら、その価値がある男性にしたい、とだけ言っておく」

もしやセックスの話をしているのか？　そう思うとじりじりしてきて、壁に肩をあずけてアイヴィーを見つめた。「それで、首尾は？」

アイヴィーはきょとんとした。「なにの？」

「また外の世界に出てみての、さ」

「ああ」咳払《せきばら》いをする。「そうね、これまでのところはずっと忙しかったから……」駆け足で続けた。「だけどもしあなたが興味あるっていうなら時間は作れるかな」

「興味あるよ」

アイヴィーがぱかっと口を開け、また閉じた。「そう」一つうなずく。「もう黙るわ」笑いを抑えきれなかった。手を伸ばしてふわふわのカールをつまみ、そっと頬を撫《な》でた。

「ぼくの前では自分を検閲しなくていい」

「わたし、とめどなくしゃべってしまいがちなの」

「思ったことを口にしてるんだし、ぼくはそこが好きだよ」

アイヴィーはゆっくりほほえみ、はたと腕時計を見た。「犬の話をするために引っ張ってきたのに、すっかり脱線しちゃった。おっぱいとお尻の件で動揺しちゃって」

コービンは両腕を広げた。「じゃあ、いまから犬の話を」

アイヴィーはためらうことなく懸念を述べはじめた。「デイジーがいいとジャスティンが言ってくれて、すごくうれしいわ。そこはわかってね。あの犬のことは大好きだから、いいおうちを見つけてあげたいと心から願ってたの。自分以外のだれかが飼い主になるのは、正直、受け入れにくいだろうなと思ってたけど、ジャスティンになら安心して任せられる。さっきのあんな様子を見てしまったから、とくに」

早口にまくし立てられて、コービンは必死についていった。「でも、があるんだね？」

「デイジーは――ジャスティンがなんて名前をつけるかわからないけど、とにかくあの犬は、すごく活発よ。標準より小柄だけど、そこはかわいさで補ってくれるでしょう。まだ臆病だから、いっぱい愛情をそそいでやらなくちゃいけない。ここからあなたの家に連れていったあとは、あの子が新しい環境に慣れるまで、人間は辛抱強く待つことになる」

本当に動物思いなんだな。「絶対に大事にするよ、アイヴィー。約束する」

「ものを噛《か》んだり、床におしっこをしたりするかもしれないし、それから――」

「なあ」また手で頬を包み、親指で口角をこすった。アイヴィーの肌は驚くほどやわらかで温かい。「約束するよ。ぼくがちゃんとすべてに目を配るし、ジャスティンと二人でめいっぱいの愛情をそそぐ。いいね？」

アイヴィーはふうっとため息をついた。「ええ、それは信じてる。でなければ同意してないわ」おずおずと尋ねた。「子犬たちが大きくなるまでのあいだ、ときどきジャスティンをここに連れてこられない？　そうすればデイジーがなつきやすくなるから」

ありがたい提案にコービンはほほえんだ。「すごくいい考えだ。ジャスティンも喜ぶよ」

アイヴィーの目に目を探られた。「あなたは？」

これはこれは、ストレートな質問。だが問題ない。「きみにまた会えたらうれしいね」

アイヴィーは安堵《あんど》を隠そうともせずに、ふうっと息をついた。「よかった。さて、今度こそ急がなくちゃ」そう言うと、コービンを待たずにドアを開けて、小さな庭に戻っていった。「モンスター好きくん、待たせてごめんね」

「ぼく、待った？」

どうやら息子はデイジーや子犬たちと遊ぶのに夢中で、時間がかかっていることに気づいてもいなかったらしい。

アイヴィーは笑った。「名前は決まった？」

「リプリーにしようかと思ったんだけど、デイジーのままにしとこうかな」犬はジャスティンの膝に座って顔を見あげ、おとなしく背中を撫でられている。「だれかに名前を変えられるのは、たぶんいやだよ」

「正しい決断をしてくれると思ってた」アイヴィーは宣言してジャスティンのとなりに座った。「いくつか提案があるんだけど、どう思うか聞かせてくれる？　お父さんにはオーケーをもらったから、あとはあなたしだいよ」

ジャスティンが慎重な顔つきでちらりとこちらを見た。「いいよ」

あの表情にも慣れてきた。ときどき、ジャスティンは父親を恐れているように見える。それももっともな話で、だれかに多くを与えられる人物は、そのだれかから多くを奪える人物でもあるのだ。いずれジャスティンもぼくを信頼してくれるようになるだろう。頼ってくれるように。そのときまでは、一歩さがって待つべきかもしれない。だが犬の件は別だ。これはすばらしい考え――とはいえ、ほかのことについては買いまくるスピードを落としたほうがよさそうだ。ジャスティンは贈り物で圧倒されているかもしれない。

アイヴィーは、大きな秘密を打ち明けるような口調で話しはじめた。「わたしね、あなたくらいの年だったころ、それから大学に通っていたころも、膨大な数のホラー関連グッズを集めてたの」

ジャスティンの目が丸くなった。「いまも持ってる？」

「全部うちの屋根裏に押しこんであるわ。ほこりをかぶって、たぶん蜘蛛《くも》の巣も張ってるでしょうね」

「ホラー映画のワンシーンみたい」ジャスティンが目を輝かせてささやく。

アイヴィーはうなずいた。「まさにね。で、思ったの、もしあなたにそれだけの勇気があるなら、わたしと一緒に屋根裏へのぼって見てみないかなって」

ジャスティンはデイジーを抱きしめてさっと立ちあがった。「ほんとに?」

アイヴィーはうれしそうに答えた。「ほんとよ。おもちゃもたくさんあるけど、ほとんどはまだ箱に入ったままなの。コレクターにとっては箱に入ってることが大事だからね。それから雑誌でしょ、コミックでしょ、本にポスター。あとはなにがあったかな……お弁当箱とかクリスマス用のグッズとか、お面とか服とか……」勢いが途切れて、最後はこう締めくくった。「とにかくいろんなもの。そういうわけで、日曜に。やってみる?」

「もちろん!」ぱっとコービンを振り返り、また慎重な顔つきに戻った。「いいの?」

コービンは息子と同じ言葉で返した。「もちろん」二人のとなりに膝をついた。「それと、もう一つ。アイヴィーは、できるだけわんこに会いにここへ来てほしいそうだ。そうすれば、うちへ連れて帰るまでにデイジーがおまえになつくだろう?　予定は山盛りだけど、それならねじこめると思う、と答えておいたよ」

ジャスティンはにっこりした。「ぼくたち、そんなに忙しくないよ」

ああ、この子の笑顔が大好きだ。「じゃあ決まりだな」立ちあがり、二人を順番に助け起こした。「そろそろアイヴィーを仕事に戻らせてあげよう」

まるでそれを合図のように、ホープが戸口から顔を出した。「邪魔して悪いんだけど、メイザーソン夫妻がお見えよ」

「すぐ行くわ」アイヴィーは返し、ジャスティンとコービンに説明した。「かなり難しい手術をしたわんちゃんの最初の診察なの。もう行かなくちゃならないけど、来てくれてすごく楽しかった。いまから日曜が楽しみよ」

アイヴィーが足早にクリニックのなかへ入っていくと、ジャスティンは視線をデイジーに戻して、ゆっくり撫でてやりながらやさしく語りかけはじめた。その姿にコービンは胸を締めつけられた。

ジャスティンの細い肩に片手をのせた。「ここはすてきなところだな。デイジーも安心して過ごせるだろう」

「うん。赤ちゃんわんこが三匹もいるから寂しくないしね」

「ママは大忙しだな」

ジャスティンが、遊んでいる子犬たちを眺めてつぶやいた。「子犬と離れ離れになったら寂しがるかな」

「子犬たちにもアイヴィーがすてきなおうちを見つけてくれるさ」

ジャスティンは鼻にしわを寄せてコービンを見あげた。「うん。でも、デイジーは会いたがらないかな」

その答えはわからなかったので、はぐらかすことにした。「日曜にアイヴィーに訊いてみようか」

「うん」デイジーの頭のてっぺんにキスをしてから、子犬たちのそばにそっとおろしてやった。柵に囲まれた庭を出ながら、ジャスティンが尋ねた。「このあとはなにするの?」

「なにしようか。おまえはなにがしたい?」アイスクリームパーラーに行ってもいいし、自転車で町を走ってもいいし、湖へ行くのも悪くない。

するとジャスティンはちょっぴり期待をこめて提案した。「またボートを見に行ってもいいよ」

やれやれ、ついさっき、買い物は控えようと決めたのに。まあ、それでジャスティンがハッピーになってくれるなら……。「したいのはそれか?」

「こないだは楽しかったでしょ」

「そうだな」ジャスティンの背中に手を添えると……息子が逃げなかったのでうれしくなった。息子の体は日増しに角張ってきていて、膝も肘も肩甲骨もごつごつしてきたが、それを包んでいるのが少年らしいかわいらしさなのだ。そんな息子に触れるだけで、コービンの胸は愛《いと》おしさに震えた。「見に行く時間はあると思うよ」

車の手前まで来たとき、ジャスティンが言った。「ぼく、好きだな」

「デイジーが？」

「アイヴィーさん。すごくかっこよくない？」

「すごくかっこいいな」

サンセットに越してきたのは、ジャスティンが夢中になれるなにかを見つけられるようにと思ってのことだった。ところがどうやらぼく自身、そんななにかを見つけたらしい。

最後の診察が終わってペットと飼い主が帰っていくと、アイヴィーはすぐさま正面ドアに鍵をかけてそこに背中をあずけ、ホープに告白した。「デートすることになっちゃった」

ホープはとたんに興奮した様子で叫んだ。「だからあんなに長いこと話してたのね？」

「ええ。まあ、いわゆるデートじゃないんだけどね」

ホープは片手を腰について尋ねた。「じゃあ、どういうデート？」

「それはね、コービンが息子をうちに連れてきて、一緒に屋根裏をあさるっていうデートよ」アイヴィーは笑った。「考えてみたら、デートですらないのかも。だけどコービンはまた会えるのが楽しみだって言ってくれたし、ジャスティンがデイジーを引き取るまでのあいだ、頻繁にここへ顔を出してくれることになったし」

ホープが驚きに口を開いて息を呑《の》んだ。「デイジーを手放すの？」

予期しなかった反応ではない。「誓って言うけど、わたしも同じくらい驚いてる。でもね、ホープ、あの坊やは子犬たちとデイジーの両方を見て、デイジーを選んだの」

「たしかにすてきな話ね」ホープがまだ納得できない顔で、慎重に言った。「ただ、あなたはこのまま手元に置いておくんだろうなと思ってたから」

「そうしたいのはやまやまだけど、モーリスがいやがるもの。あのおじいちゃん、昔から犬が嫌いでね。だけど仕事中は留守番させなくちゃいけないし、そうしたらこっちは働いてるあいだずっと心配することになるでしょう？」

「そうね」ホープは唇をすぼめた。「子犬のほうは？　もう里親は見つかった？」

「本気で任せられそうだと思える人は、一人も」そこが問題だ。「でもまあ、あと数週間は猶予があるわ」

「里親が見つからなかったら、ここにいさせてもいいんじゃない？　小さなマスコットとして」

悪い考えではない。「あなたはどう？　新しい家はペットを飼ってもいいの？」

思ってもいなかった質問だったのだろう、ホープは口を開けて、また閉じた。それから答えた。「わからない。でも、訊いてみてもいいわよね？」

「もちろん。コービンはすごくいい人だから、もし子犬の一匹か二匹でも、あなたに飼ってほしくないと思ったら、正直にそう言ってくれるはずよ」

アイヴィーは笑いをこらえ、ハンドバッグを拾いにオフィスへ向かった。「二匹いれば、お互い遊び相手ができるでしょう？」

「それはそうね」

ホープが完全に反対しているようではなかったので、アイヴィーはうれしくなって尋ねた。「そのほうがよければ、わたしからコービンに訊いてみましょうか？」

「ありがとう。でも彼とは自分でやりとりできるようにならなくちゃ。こういう話しやすいことから始めるのがいいかもしれない。いまのところ、コービンはそばにいてもそんなに怖くないし」

そこへ受付係のカレンが戸口から顔を出した。「ほかに用事がなければ、わたしはそろそろあがります」

「わたしたちも出るところよ」アイヴィーはハンドバッグのストラップを肩にかけて照明を消した。三人一緒にオフィスを出ながら言う。「いつものことだけど、カレン、今日もあなたがいてくれなかったらお手あげだったわ」

「その言葉、忘れないでくださいね」カレンは茶目っ気たっぷりに言い、去っていった。

アイヴィーは裏口に鍵をかけると、自身の車に向かいかけていたホープを呼び止めた。

「ねえ、調子はどう？」

「二匹？」

「順調よ。どうして？」

ホープが本当の意味で〝順調〟だったことはない。過去にこうむったトラウマのせいで、いまも心に無数の傷を負っているのだ。それについて知っている人はごくわずかだけれど、アイヴィーとホープは出会ってすぐに仲良くなり、なにもかも打ち明け合えるようになっていた。

戸惑った顔のホープを見て、そもそもこんな質問をするべきではなかったと思った。

「なんでもない。忘れて」

「ああ」アイヴィーが本当はなにを訊きたかったのか、わかったのだろう、ホープは首を振った。「男の人と話すこと、コービンの家のすぐそばに一人で家を借りたこと、ね？」

要約すると、そうなる。「引っ越しはいつ？」

「じつは今夜、お試しで泊まってみようと思ってて」ホープが新たな期待をにじませて、アイヴィーの腕に腕をからめた。「最低限必要なものを箱に詰めてきたの。服何枚かと寝袋もね。男の子を何人か雇って、今週末にベッドとドレッサーを運んでもらうことにしたんだけど、ちょっと散財して、新しいラブソファとテーブルを買ったの。そっちは来週初めに届くはず」

「すごい」訊きたいことはたくさんあるけれど、まずはこれから。「男の子って？」

「食料品店でアルバイトしてるハイスクールの学生たち。三人に頼んだわ。親切で、いつも礼儀正しいの」

おそらくその子たちは、ホープには特別に親切なのだろう。なにしろこの女性はきれいなだけでなく信じられないほどやさしい。「緊張してない?」二十一歳のホープは、年齢が近い男性のそばにいるとたいてい緊張するのだが、ハイスクールの学生なら、まだ少年と呼べる十五歳かもしれないし、年の近い十八歳かもしれない。

ホープは少し間を置いて、クリニックの裏の駐車場を眺めた。いまでは二人の車しか残っていない。「もう四年経《た》つんだもの。そろそろ少し前進しなくちゃ。それには、十六歳の男の子たちは安全な第一歩に思えたの。作業は昼間のことだし、窓はすべて開けておくし……」言葉を切って首を振る。「いつかは歩きださなくちゃいけないでしょう?」

親友をしっかり抱きしめたかったものの、そうするとたいてい二人とも泣きだしてしまうので、代わりにある決心をした。「明日の土曜は仕事が終わったら、一緒にあなたの家へ行く。日曜のコービンとの約束はキャンセルするわ。そうすればついていられる――」

「だめよ」ホープは少し笑って、アイヴィーがこらえたハグをよこしたものの、一瞬のことだった。言葉にならない愛情を伝える短いハグ。「あなたはコービンと会うのをすごく楽しみにしてるんでしょう? わたしはそう聞いてすごく喜んでる。それに……今回は自分一人でやってみたい。過去は過去として、歩きだしてみたいの」

「だけど一人でやらなくても」

　ホープの笑みが震え、今度は先ほどより長く、そっと抱きしめてきた。「どうして血のつながった母と姉よりあなたのほうが、ずっとやさしくしてくれるのかしらね」

「さあ。たぶん、肉親は近すぎるからじゃない？　起きたことにも、あなた自身にも。だから違う見方をしたのかも」

　ホープは首を振った。「いいえ、二人はわたしを責めただけ。もともと二人とも、あの男《ひと》が結婚してくれることになって大喜びしてた。それもこれも、向こうがお金持ちだから。そして、わたしがわざと邪魔をしたんだと思いこんだ」

　アイヴィーのなかに怒りがこみあげてきたものの、どうにか抑えた。この話はすでに聞いて知っているけれど、それでも、会ったことさえない人たちに怒鳴り散らしたくなる。

「お金より家族のほうが大事に決まってるわ。なによりあなたは当時ほんの十七歳だったのよ。男性を巧みに誘導して襲わせるなんてできると思う？」

　だれかが代わりに怒ると、ホープはいつもどこかうれしそうに見えた。もしかしたら、家族は怒ってくれなかったからかもしれない。

　ホープの口元にかすかな笑みが浮かんで、悲しみを払った。「家族は結局、わたしが黙っていて、だれにも知られずにすんだならと思ってたんでしょう。そうしたら姉はあのまま結婚できたし、相手のお金を手に入れられただろうから」

「ばかばかしい。お金より大切なものはたくさんあるわ」たしかにアイヴィーはお金に苦労していないし、したこともないけれど、それでも人として、それくらいのことはわかる。

「ええ、そうね」ホープは車のロックを解除してドアを開け、車内にこもった日中の熱を外に出した。「あれ以来、二人には会ってないし、クリスマスにカードが一通届いたきりで、電話もかかってこないわ」

「きっと恥ずかしくて連絡できないのよ」

これにはホープもにっこりした。「きっとね。会えなくて寂しいけど、自分があの町に戻るとは思えないわ。いやな思い出が多すぎて」

レイプ未遂がだれでも知るところになると、ホープは人の注目を浴びるようになったという。彼女を襲おうとしたくず男との婚約を姉がすぐに解消しなかったから、なおさらだったそうだ。いつかわたしがその町にのりこんでいって、全員に地獄を見せてやる。だけどいまのところは、ホープのために話題を変えよう。「じゃあ、今夜は新しい家でキャンプなのね？」

「すごく楽しみにしてるから、どうか心配しないで」

「了解。ただし、落ちついたらメッセージをちょうだい」

「わかった。さあ、そろそろ気難し屋のおじいちゃん猫のところに帰ってあげて。それからアイヴィー」

「なに？」

「大好きよ」

ああ、もしホープがわたしの妹だったなら、全員をぶちのめしていたのに。「わたしも大好き」二人は笑顔で別れた。

アイヴィーは車に向かいながら、今回の引っ越しがホープにとっていい結果につながるよう祈った。コービンの家のすぐ近くで暮らすことに決めたという事実だけでも、いい兆候だ。

コービンはホープの不安に気づいているだろうか。おそらく、イエス。彼は鈍い男性ではない。それでも、わたしから事情を説明しておいたほうがいいかもしれない。そうすれば、ホープのために目を配ってくれるのでは？　ちょっと考えてみよう。明日、ホープ本人と相談してもいい。

そして日曜にはまたコービンと会える。いまから楽しみで仕方がない。

4

ゲストハウスの長い私道に車で乗り入れたホープは、一人ほほえんだ。これからここがわたしの家。仕事のあとにコーヒーやシリアル、牛乳、ランチョンミート、調味料、パンといった必要最低限の買い物をした。早く新しい家に落ちつきたくて、わくわくしていた。私道からして美しい。いろいろな種類の大きな木々がありがたい木陰を提供してくれて、あたりにはスイカズラの甘い香りが漂っている。そして鳥。さまざまな鳥がそれぞれの声を響かせている。人目を気にしなくていい空間、美しい景色……ああ、なんて幸せ。

もう長いあいだ、懸命に節約をして真の自立を手に入れようとしてきた。十七の若さで家を出たうえ、当時は精神的にぼろぼろでもあったので、まずは生きることに必死で、いろいろなことをあとまわしにしてきた。心のなかでは怒りと恐怖がせめぎ合っていたものの、そのおかげで、絶対に倒れてなるものかと思えもした。

アイヴィーに支えられて、クリニックで働きながら二年制大学の準学士号を取得した。近く勉強を再開して、いずれは獣医になりたい。アイヴィーのクリニックにはもう一人、獣医がいてもいいと思うから。

仕事があって、アイヴィーのような親友がいて、ちゃんとした目標まである人に、社交なんて必要？　わたしには必要ないし、家族もいらない。母と姉を許せる？　答えはイエス。けれど四年のあいだに向こうは一度も謝ってこなかった。まあ、被害者はわたしだと認めようとしないあの二人が、そんなことをするわけもない。

つらつらと思い返しながらハンドルを切って、私道のカーブを曲がったとたん、ゲストハウス周辺を見まわしている男性が目に飛びこんできた。急ブレーキを踏んで土ぼこりと砂利を撒《ま》き散らすと、男性が振り返った。

目の上に片手をかざして、こちらを見ている。

心臓が飛びあがってのどをふさぎ、息をするのも難しくなった。急いで逃げだすのが正解に思えたものの、男性は笑顔で手を振ってきた。それでもホープが車を前に進めないでいると、男性のほうから近づいてきた。

コービンと同じくらい背が高くて、体つきはややがっしりしていて、見えるかぎりで言うと、ものすごくハンサム。

わたしには関係ないけれど。

白い野球帽を手にしてミラーサングラスをかけたこの人物の素性はまったくわからない。着ているものは、ごくふつうの夏用のTシャツとカーゴパンツとスニーカーだけれど、その下の肉体は〝ふつう〟とはほど遠く、筋肉質で引き締まっている。

ホープはドアにロックをかけると、いつでも走り去れるようにギアをバックに入れた。ばかみたいに見えてもかまわない。胸のなかで恐怖が駆けまわって逃げろとせっつき、落ちつきを失いかけているのだから。

「やあ」男性が言ってサングラスをはずすと、気さくな明るい茶色の目と濃いまつげが現れた。やっぱり、とてもハンサム。

それでも関係ないけれど。

男性が車の横まで来て腰をかがめ、車内をのぞきこんだ。一瞬、ただ見つめていたが、すぐに笑顔が輝きを増した。「だれもいないからあきらめて帰るところだった」

ホープは震える手でほんの少しだけ窓を開けた。しかめっ面になっていて、歓迎しているようには見えないだろうと知りつつ、尋ねた。「どなたですか？」

「ラング・マイヤー。コービンの兄だ」答えて間を空けたのは、ホープが名乗るのを待ったのだろう。あるいはもう少し窓を開けるのを。どちらも起きないままでいると、男性の顔から笑みが薄れた。「いきなり訪ねてきて弟を驚かせようと思ったんだが、家は留守だし携帯にも出ない。なにか知らないか？」

わたしが知っていること？　あなたはうちじゃなくコービンの家のほうで待つべきだということとか？「彼が住んでるのは、道の向こうにある大きな家よ」

ラングと名乗った男性が車のルーフに手をのせてうなずいた。「ああ。住所は知ってるから先にそっちへ行ってみた。弟の姿が見当たらなかったから、泳いでるのかもしれないと思って湖へ行くことにした。そうしたら木のあいだにこの家が見えたんで、もしかしたらと——」

「ここにはいません」

男性はかがめていた腰を起こすと、ゆっくりサングラスをかけなおして野球帽をかぶり、両手をポケットに突っこんだ。もはや笑みは完全に消えていたが、口調はいまもさわやかだ。「そうか。邪魔して悪かったな」

男性が向きを変えて悠然と去っていくのを見て、ホープは臆病者の自分が心底いやになった。恐怖心のせいで不親切な態度をとった。ほとんど意地悪なくらいだった。

もう少し窓を開けて呼びかけた。「待って」

男性が立ち止まり、三秒経《た》ってから振り返った。色濃い眉がサングラスの縁より高くあがっている。

咳払《せきばら》いをしてものどを締めつける不安は追い払えなかったけれど、それでも必死に声を出した。「コービンは午後にわたしの友達と会ってたの。どこへ行ったか、彼女なら知ってるかもしれない。少し待ってもらえるなら、電話してみるけど」

男性はしばしためらってから、うなずいた。「助かるよ。けっこうな距離を運転してきたんじゃなければ、弟が戻るまで町で時間をつぶしてるんだが――」

「気にしないで。ただ、先に車を停《と》めさせて」ホープは車庫シャッターのリモコンを取ろうとしたが、はっと気づいてその手を引っこめた。たとえ車庫でも、家のなかにこの男性を入れると思っただけで息苦しくなった。そこで、車はいったん車庫の前に停めることにした。ハンドバッグから携帯電話を取りだして、アイヴィーの番号にかけた。

親友は三度めのコールで応じた。「やっほー。どうしたの？」

「じつは、コービンのお兄さんって人がここにいて」いやだ、これじゃあなんの説明にもなっていないし、声にめいっぱい不安をこめてしまった。

「ここって？」

「わたしの新しい家」

急に警戒をあらわにしてアイヴィーが尋ねた。「あなたは大丈夫？」

ホープは声を落として答えた。「わたしは車のなかにいて、ドアをロックしてる。彼はすぐそこにいるの」ゴージャスそのもので、待っている。「たしかにコービンに似てるから、信じていいと思うんだけど」

「いますぐそっちへ行こうか？」

やっぱり、アイヴィーはいつだって頼れる。どんなに厄介なタイミングでも。「いいえ、わたしは……」大丈夫？　本当に？　しっかりしようとホープは首を振った。いまは用件があって電話をかけている。「コービンに電話したんだけど、出ないんだって。どこにいるか知らない？」

「ごめん、知らないわ。でも湖に行ってるなら電波が届かないかもね。あそこはいつもそんな調子だから。こっちの携帯会社は通じるのに、あっちはつながらない、みたいな」そしてきっぱり言った。「いまからそっちへ行く。あなたは車のなかにいて。十分で着くから」

「そんな必要は——」言いかけたときにはもう電話は切れていた。さあ、ラングにどう説明しよう。

ホープの不安を感じ取ったように、距離を保ったまま彼が尋ねた。「どうだった？」

そのこと自体が驚きだった。たいていの男性はわたしの緊張を無視するか、からかってくるか、なのに。ホープは意を決して窓をさらに開け、外に顔を出した。「友達は……その、来てくれるって。十分くらいで着くって」

「弟はその女性と会ってたって言ったよな？」この事実を楽しんでいるような顔でうなずいた。「おれもぜひ会ってみたいね」

「ええ、それは……」いつまで車のなかに隠れているの？　目が見える人ならだれでも、この男性がコービンの肉親とわかるくらい、二人は似ているじゃない。それに、ラングは怖そうには見えない。むしろ思いやりがあるのだろう、なんでもないことのように距離を保ってくれている。「わたしからもコービンに電話してみる」念のため、本当に兄弟なら知っているはずのことを訊《き》いてみた。「番号は？」

ラングがゆっくり二歩近づいてきてすらすらと番号を告げたので、ホープはほっとしつつ携帯電話に入力した。三度鳴って、コービンが出た。

コービンが出ないというラングの言葉を信じていたので、ホープはぎょっとした。それでも彼はコービンの番号を暗唱できたのだから、怪しむことはないはずだ。「もしもし」

「ホープ？」コービンが電話の向こうでなにやらつぶやいた。きっとジャスティンに、だろう。続けて尋ねた。「なにかあったかな？」

「そのようなの」警戒の目でちらりとラングを見て言う。「あなたの、その、お兄さんって人が来てて」

「ラングが？」コービンは笑った。「本当に？」

またラングがほほえんだのを見て、ホープは説明した。「あなたに電話したけど出ないから、それで、その……うちのほうに来たんだって。その、ゲストハウスのほうに」

「ボートの試運転で湖に出てたんだ。電波が届かなかったんだろうね。きみがいてくれて助かったよ。二、三分でそっちへ行くから、その場を動くなと兄貴に伝えて」言うだけ言うと、コービンは電話を切った。

ホープは張りつめた息を吐きだした。自分を鼓舞して車のドアを開け、外に出たものの、車からは離れなかった。「すぐこっちへ来るそうよ。ボートで湖に出てたから、携帯の電波が届かなかったんだろうって」

ラングはがっくりした顔で尋ねた。「あいつ、ボートを買ったのか？」

そんな表情がすてきであるはずはないのに、この男性の場合はすてきだと思った。「さあ。わたしは知らないわ」

「買ってないといいんだが。さもないと、おれのサプライズの一部がぶち壊しだ」また周囲を見まわす。「しかし、ここはいいところだな。すごく静かで」

「ええ。なのに町に近いの。職場までもすぐだし」

「へえ。職場って？」

「動物病院よ」わたしは、どうしてこんなことまで話してるの？

「動物病院？」ラングがおうむ返しに言う。サングラスをかけているので目は見えないものの、ホープは全身を眺められているような気がした。「それはいいな」

いま、わたしは品定めされた？　そう思うと胃がきゅっと締めつけられたけれど、いやな感覚ではなかった。「じつはここ、あなたの弟さんの家なの」

ラングがまた小さなゲストハウスを眺めて、木立の向こうを手で示した。「あいつはあっちに住んでるんだと思ってたが」

「そうなんだけど、このゲストハウスも彼のもので、わたしはそこを借りてるの」言った直後に口をつぐんだ。自分から情報を提供するなんて、一度もしたことはないのに、どうしていまはこんなにおしゃべりになってるの？

「なるほどな」片方の口角があがる。「悪い条件じゃないといいが」

「いい条件じゃなかったら、わたしには借りられないわ」言葉が勝手に転がりでたので、驚いた。アイヴィーと違って、わたしは気軽におしゃべりしない。少なくとも、これまではしたことがない。

「弟を待ってるあいだに、おれの甥《おい》っ子のことを聞かせてくれないか？」ラングはそう言ってほんの少し近づいてきたものの、追い詰めているような印象は受けなかった。「もし会ったことがあるなら」

「あるわ」自然と緊張がほぐれた。この話題なら怖くない。「ジャスティンはすごくかわいらしい子よ。年の割に背が高くて、ちょっとシャイなの」

「背が高いのはきっとうちの家系だろうが、シャイだって？　それは絶対にマイヤー家の血じゃないな」上のデッキを支えている車庫の柱に寄りかかった。「見た目は弟やおれに似てるか？」

「会ったことないの？」

「携帯電話の小さな画像なら見たことあるが、それだけだ。甥っ子のことを聞いて、こっちに来るためにひとまず事業を売りに出してね。運よくすぐに買い手がついたから、さっさと荷造りをして、車を飛ばしてきたというわけだ」両腕を広げる。「どれほどそわそわしてるか、きっときみにもわかるだろうな」

「ええ、少しね」警戒しつつも楽しくなってきた。「その、ジャスティンも髪は茶色だけど、あなたのより明るい茶色だと思う。目の色は、ごめんなさい、覚えてないわ」売却したという事業のことを訊いてみたかったけれど、そうすればわたしについてもっと質問していいのだという印象を与えてしまう？

そのとき、ラングがはっとした。「いまの、聞こえたか？」

聞き違えようのない、砂利道を転がるタイヤの音がした。「きっとわたしの友達よ。コービンは自分の家へ向かってるだろうから」

ところが私道のカーブを曲がって現れたのはコービンのSUVだった。ホープの車の後ろで停まって、急いで出てきたコービンが、大きく両腕を広げて兄に挨拶をした。

「ラング！　来るとは知らなかったよ。知ってればジャスティンと一緒に出迎えたのに」

「サプライズさ」ラングが大きな笑みを浮かべて弟に歩み寄ると、兄弟はがっしり抱き合い、背中をたたき合って笑い合った。

気がつけばホープ自身、ほほえんでいた。目を丸くして驚いているジャスティンを見てしまっては、なおさらだ。どうやらホープが圧倒されたのと同じくらい、おじに圧倒されているらしい。

ラングが弟から離れて少年のほうを向いた。「おい、まじで背が高いな！　本当にまだ十歳か？」しげしげ眺めながらジャスティンに近づく。「ちびっ子を想像してたのに、ほぼおれと変わらないくらいでかいじゃないか」

ジャスティンは失笑し、笑みをこらえて返した。「そこまでじゃないよ」

「そうか？」ラングが今度はコービンに言う。「十歳どころか十六歳に見えるぞ」

コービンが、誇らしさとしか表現できない顔で返した。「たしかに実際の年齢より大人に見えるね」

これにはジャスティンも得意げな顔になった。

ラングがいとも簡単に少年とやりとりするさまに、ホープは見入ってしまった。これが甥っ子との初めての対面のはずなのに、なんてリラックスしているんだろう。

「ぼくも兄貴も背が高かっただろう？　母さんにしょっちゅうそう言われてた」コービンが言い、息子の肩に腕を回した。「ラングおじさんは兄弟のうちでやんちゃなほうだから、注意しろ。なにを言われても信じるんじゃないぞ」

「よく言うぜ！　いいか、ジャスティン、いたずらばかりしてたのはおまえの父さんのほうだ。おれは二歳年上だから――」

「つまり三十歳のご老体だ」

「――困ったことから助けだしてやるのはおれの役目だった。朝から晩まで大忙しだったんだぞ」

みんな会話に夢中だったので、後ろでアイヴィーが車を停めたことにはだれも気づかなかった。そのアイヴィーが車をおりて言う。「もし三十の彼がご老体なら、三十一のわたしはどうなるのってことになるから、さっきのはいますぐ撤回したほうがいいかもよ」

たいへん、とホープは思った。そうではなくて、コービンの発言についてではない――アイヴィーが冗談で言ったのは明らかだ。そうではなくて、駆けつけてくれた友達はふだんよりラフな服装をしていたから。ゆったりしたショートパンツ、くたびれたサンダル、ぶかぶかのTシャツ、そして頭のてっぺんでぞんざいにまとめたふわふわのカールはいまにも爆発しそう。

コービンは笑った。「アイヴィー、きみも来たのか。まるでパーティだな」

アイヴィーは笑みをこらえて両眉をあげた。「それよりさっきの年齢発言は？」

「撤回するよ。しかしそんな格好のきみはむしろ二十歳に見えるから、このご老体に一歩リードだね」

ラングが飛びかかるふりをしたので、コービンは後ろに飛びすさり、ジャスティンは声をあげて笑った。

ホープはアイヴィーと目配せをした。心のなかで同意する――まったく男って、わたしたちとは大違いね。

コービンが手早く全員を紹介してから、尋ねた。「それで、ラング、どう思った？」

「おまえは女性の趣味がいいと思ったね」

アイヴィーが咳《せ》きこんだ。

コービンが言う。「そのとおりだよ。でもぼくが訊いたのは兄貴の甥っ子のことだ」

「おれの甥。くそっ、なんていい響きだ。感動して泣きそうだよ」言葉とは裏腹に、またにやりとして、ジャスティンに近づいた。「おじさんがやりすぎても許してくれよ。ハグが日常の家庭で育ったんだ」そう言うと、ジャスティンの返事も待たずに抱きあげてくるりとターンしたので、アイヴィーはぶつからないよう大急ぎで逃げて、ジャスティンはまた笑った。

アイヴィーがコービンの腕をぽんとたたいて言った。「男同士、楽しんで」そしてホープのほうに歩いてきた。

「ディナーを食べていってくれ」コービンが呼びかける。「二人ともね。兄貴のことだから腹ぺこのはずだし、ジャスティンも底なし沼だ。ピザを頼んでもいい。ここまで届けてもらえるだろう?」

「ええ」アイヴィーは答えたが、誘いについてはホープにゆだねてくれた。

楽しい雰囲気をしらけさせたくはないけれど、仕方がない。「ありがとう。でも、たくさん荷物をおろさなくちゃいけなくて」

「今夜はここで眠るんですって」アイヴィーが教える。ホープがこっそり手振りで、あなたは誘いにのってと伝えているのには気づいていないらしい。「残りの荷物は週末に届くから、いまのところは、彼女の車に積んであるものだけ家のなかに運びこむの」

小さなハッチバックの助手席と後部座席が箱でいっぱいなことに、ラングはとっくに気づいていたはずだ。けれどいま、それについてなにか言うのではなく、ジャスティンの腕を持ちあげて、軽く二の腕を握ってから言った。「ふむ、じゅうぶん強そうだ」そして自身の腕を差しだす。「つまり、喜んで手伝いたがってる、でかくて強い男どもが三人いるってわけだ。きみはなにをどこへ置いてほしいか、命令するだけでいい」

コービンも言う。「それが終わったらうちへ移動して、ピザを食べよう。いい？」

アイヴィーは本当は誘いにのりたいのに、わたしを気詰まりな立場に置かないよう、気持ちを抑えてくれている。けれど不思議なことに、こうして兄弟の笑い声と大っぴらな愛情表現に包まれていると、いつもほどそわそわした気持ちにならなかった。「いいわ」ついに答えると、アイヴィーが驚いたのがわかった。もちろん男性陣のほうは、これがどんなにめずらしいことかわかっていない。たとえ少人数とでも、わたしが人づきあいをするなんて。「ありがとう」

すかさずアイヴィーが乗じた。「モーリスはもう餌を食べて、またうたた寝しはじめてたから、わたしも仲間に入れて」

ジャスティンがぶかぶかのショートパンツのウエストをぐいと引っ張りあげて、任せろと言わんばかりに前に出た。「よーし、運ぶぞ！」

アイヴィーにとって、男性がそばにいても警戒したり緊張したりしていないホープを見るのは、これが初めてのことだった。まあ、コービンとラングの兄弟は、ひっきりなしに悪意のない罵倒でじゃれ合いつつもジャスティンに注目することを忘れず、少年の強さから速さから賢さからルックスのよさまで、すべてをほめちぎっていたのだけれど。そして最後の一つについては、間違いなく自分たち譲りだと言わんばかりだったのだけれど。兄弟がじつにリラックスしているからこそ、少年もリラックスできているように見えた。

ホープが笑うたびに、アイヴィーは親友をつかまえて祝福のハグをしたくなった。不安のない幸せな人生を送るホープを見られるなら、なにも惜しくない。ホープの心の平穏は十七というまだ感じやすい年齢のときに奪われ、今日にいたるまで、それは彼女の心に消えないしるしを残したように思えていた。

そんなホープがいま、目の前でのびのびしている。こんなにうれしいことはない。

「すべて順調かな？」コービンが尋ね、小さなキッチンにまたいくつか箱を運んできた。

アイヴィーはにっこりした。「ええ、とっても」

見つめるコービンの目にぬくもりが宿った。「なにかいいことがあったんだね」

「そうなの」そっとのぞくと、ラングとホープとジャスティンが最後の数箱を車からおろすところだった。「あんな彼女は見たことがなくて」

「男がいても緊張してない姿ってことかな？」

すごい観察力。「あなたとお兄さんは、なににおいてもすごく肩の力が抜けてるから、周りも緊張するのは難しいわ」

コービンが手を伸ばしてきて、頭のてっぺんのまとめ髪からほつれた長いカールをちょんと引っ張った。「彼女の事情について、そのうち聞かせてもらえるのかな」

「ええ、と思う」おかしな話だけれど、これだけの短期間でもう彼を信頼するようになっていた。

コービンの視線が口元におりてきた。「じゃあ、今夜が終わるまでにぼくがきみにキスしたら、どう思う？」

キス！「本気で言ってるの？」体が熱くなってしびれてきた。「そうね……すごくすてきだと思うわ」

車庫のほうから階段をのぼる足音が聞こえてきたので、コービンは指でアイヴィーの頬を撫《な》でてから一歩離れた。「じゃあ、あとで。今夜車まで見送るときに、かな？」

アイヴィーが速攻でうなずくと、コービンは静かに笑った。笑われたってかまわない。約束のキスがいまから楽しみ。

ホープが新品の寝袋を寝室で広げても、男性陣はからかったりしなかった。それどころかラングは床に膝をついて寝袋をチェックし、素材を撫でつけて言った。「ふかふかだな。クッションが効いてる」振り向いてコービンを見た。「おれたちが裏庭で使ってた古い寝袋を覚えてるか？　まったく、あのときはビーチタオルの上で寝てるようなものだったよな。クッションがぜんぜん入ってなくて」

「忘れられるわけないだろう？」コービンが返した。「ツリーハウスでも使ったね。そうしたら蚊の大群が宴会を開いた」

「うちにもツリーハウス、あるよ」ジャスティンが自慢する。「ていうか、もうすぐできるっていうか。まだ作ってるところ」

「この子は働き者でね」コービンが言い、またジャスティンの肩に腕を回した。

「気づいてるさ」ラングが返して立ちあがる。「パパとおれを足したより多く荷物を運んだんじゃないか？　もしかしたらよぼよぼのおれたちをかかえて木にのぼれるほど腕力があるかもしれないぞ」

アイヴィーは言った。「お兄さんの口ぶりだと、わたしたちはもう老人のカテゴリーに入ってるみたいね」

その言葉で、コービンが胸を突き刺されたように左胸を押さえてよろめくふりをしたので、ジャスティンは笑いながら父親を支えた。コービンが言う。「さっきの失言を一生後悔しそうだ」

アイヴィーはふざけて彼を押し、ホープのほうを向いた。「これでおしまい？　ほかにやっておくことはない？」

ホープの顔は満足感で輝いていた。「ええ。家具が届くまでは、これで完了」

完了して、見るからに今後への期待に胸をふくらませている。あとでまた様子を知らせてくれるようにと念押ししておこう。そうすれば、ホープも一人ぼっちではないと感じて安心できるだろうから。

コービンが言った。「デッキの向かいと家の裏には投光照明がある。湖へ行くまでの道をずっと照らしてくれるほどの明るさだよ」

「電気代は――」ホープが言いかけた。

「気にしなくていい。きみには定額料金を払ってもらうから心配ないんだ。毎月の家賃に含まれてるし、請求書はぼくのところに来るからね」

それだけでもアイヴィーは彼にキスしたくなった。一度ではなく、二度。

もしかしたらキス以上のことも。まったく、わたしときたらコービンに接近する口実ばかり探している。自由で開放的になろうと決めた当初は、コービンのような男性なんて考えてもいなかったのに。

理想の父親だという事実のせいでますます魅力的に思えるなんて、不思議。十歳の息子がいる彼とどうやったら男女の仲になるきっかけを作れるのか、わからないけれど、いまはただ、彼のことをもっとよく知るというプロセスを楽しもう。

ええ、わかっている。そんなのはもともとの計画の対極だ。でも、だからなに？　コービンは、身近な存在で、信じられないくらいハンサムで、こちらに関心があって……。ほらまた、口実を探している。

「湖といえば」ラングがぽんと手をたたいた。「おまえの家に、おまえとジャスティンへのサプライズを置いてきたんだが、もしかしたらダブったかもしれないな」

「聞いたかい、ジャスティン？」コービンが息子を階段のほうへうながす。「ラングおじさんがなにを持ってきてくれたのか、見に行こう」

「〝ラングおじさん〟」コービンの兄が言い、大きな満足の笑みを浮かべた。「聞き飽きる日は来そうにない」

「世界一のおじさんになるの？」アイヴィーはからかうように言った。

「もちろんさ」ラングが得意げな顔で言う。「おれはなにをやらせても優秀だからな」そしてすばやく、思わせぶりな顔でホープを見たので、アイヴィーは凍りついた。

親友は男性に注目されるのが好きではないし、関心をもたれると緊張する。あからさまなちょっかいも、それとない誘いも、ホープを困らせるだけなのだ。

ところがラングはさらりと続けた。「おじきになるのだって楽勝さ。まあ見てろ」

ホープがみじんも不安を示さず、ただ楽しげに笑ったので、アイヴィーはうれしい驚きを感じた。早くホープと二人だけになって、ラングへのそんな反応について尋ねたい。けれどいまは親友がリラックスして楽しんでいる姿を味わうとしよう。

全員で森のなかの小道を進み、コービンの家に向かった。頭上では木々が枝を広げ、足元では地上にのぞいた根っこがつまずかせようとする。コービンはそばにいて、ときどき草を押さえてよけてくれたり、棒きれで蜘蛛《くも》の巣を払ったりしていた。

ジャスティンが前方に駆けだしたとき、コービンが呼びかけた。「先に行くな」けれどジャスティンは駆け足を緩めず、コービンも気にした様子はなかった。「あの子はいつもアクセル全開なんだ」

アイヴィーはほほえんだ。「あの年ごろの子らしい」

ラングが言う。「思い返すと、おれたちもいつも走ってたな」

「で、ぼくがいつも勝ってたね」

「競走だ！」言うなりラングが全速力で走りだし、コービンも即座にあとを追った。

アイヴィーはまたホープと顔を見合わせた。「わたしたちもやるべき？」

「やりましょう」そしてホープも駆けだした。

ええ？　あなた、そんなに足が速かったの？　アイヴィーは笑いながら必死に追いつこうと、サンダル履きで可能なかぎり速く走った……そしてコービンの私道を見つめているみんなの背後で急ブレーキをかけた。そこには、光り輝く船内機つきのモーターボートがあった。

なんてこと。

ラングは得意げに腕組みをし、ジャスティンとコービンは船の周りを回った。

やがてコービンが顔をあげた。「嘘だろう?」

「ご覧のとおり、嘘じゃない」ラングが気取った様子で一礼し、言った。「サプライズだ」

コービンは呆然《ぼうぜん》として、うなじを片手でこすった。「でかいな」

「あの湖にはそれほどでかくないさ。買う前に調べたんだ。覆いをはずして船内に入ってみろ。浮き輪と水上スキー用の板とロープとライフジャケットと……とにかく必要なものは全部揃《そろ》ってる」

コービンの口角の片方があがった。「すごいな」続けて女性陣に言う。「兄貴はときどき浪費家になるんだ」

「いやだ、なに言ってるの」アイヴィーは完全に真顔で冗談を返した。「ただのモーターボートじゃない」すると男性二人が笑った。

ジャスティンには冗談がわからなかったようだ。「ぼくらに買ってくれたの?」

「ああ。で、どう思う? おれは世界一のおじさんか?」

するとジャスティンはラングに飛びついてぎゅっと抱きしめた。

「うん!」そして猛スピードで説明しはじめた。「パパと二人でボートを探してたんだけどね、これは大きなけつだんだから時間をかけなくちゃいけないって言われてて、そしたらボートはもうあって、それもぼくらが今日乗ったのより大きいんだもん」

ジャスティンが息を吸いこんだすきにラングが言った。「水上スキーを教えてやろう。おまえのパパに教わってもいいぞ。これだけは、あいつのほうがうまいからな」

「たしかに」コービンが言い、女性陣のほうを向いた。「二人は、水上スキーはやる？」

ホープは首を振った。アイヴィーの知るかぎり、レイプ未遂事件のあと、ホープは湖に入ったことも水着姿になったこともない。

「タイヤのチューブでやったことはあるけど、ボートを操縦する人が絶対にわざと放りださないって誓ったときだけよ」アイヴィーは顔をしかめた。「ジェフが一度、友達のボートを操縦したときは、ちっとも楽しくなかった」

コービンがちらりとこちらを見た。「へえ。どうして？」

「あの人、本当にわたしを放りだしたの。それも、大きな亀やナマズや、ありとあらゆる種類の蛇がいるってわかってる入り江によ」思い出すとまた腹が立ってきた。「家に帰って大げんかしたわ」

ラングが言う。「ジェフって野郎は――」

「操縦が下手なんだな」コービンがすかさず口を挟み、悪態をつこうとした兄を一にらみしてからジャスティンのほうを小さくあごで示した。そしてアイヴィーに言う。「うちの母もタイヤのチューブに乗ってたよ。で、ぼくらは、もし母を放りだしたりしたら地獄が待ってると知っていた。だから、ぼくのことも兄貴のことも信用して大丈夫だ」

ラングは胸に十字を切ったが、こうつけ足した。「ちなみにおれは、放りだされるのが好きだけどな」そしてかぶっていた野球帽をジャスティンの頭にのせた。「おまえは？」

「どうだろ」ジャスティンは肩をすくめた。「たぶん好き」そしてまたボートの周りをうろうろしはじめた。

ラングが腰に両手をついて弟を眺めた。「で、まだボートは買ってないんだよな？」

「甘やかしすぎないようにしようと決めたところなんだ」コービンが言う。

アイヴィーはそれ以上、抑えきれなくなってコービンに尋ねた。「詮索するつもりはないんだけど、それってつまり、買おうと思えば簡単に買えてたってこと？」アイヴィー自身は購入を検討したことがないし、こんなに豪華な一艘《いっそう》は夢見たことさえないので、正確な値段は知らないものの、間違いなく八万ドル以上はするはずだ。続けてラングに尋ねる。「そしてあなたはそんなふうに、プレゼントとしてボートを買えるわけ？　気軽に、ぽんと？」

コービンはむにゃむにゃとなにかつぶやいたが、ラングはなんでもないことのように肩をすくめた。「なんだ、コービンから聞いてないのか？」

「ああ」コービンが言った。「彼女にはまだ預金通帳を見せてない」

アイヴィーは笑った。「あなたたち、そういうショーで全国を回るべきよ。兄弟のかけ合い、すごくおもしろいわ。それから言っておくけど、経済的に安定してるのが悪いことだなんて思ってないわよ」

「家族の相続財産とか、そういうんじゃないんだ」コービンが言って肩をすくめた。「両親が結婚して間もないころ、父は落ち目だったスポーツ関連企業の業績をうまく好転させてね。それから時間をかけて再投資して、全国に規模を広げていった。父が死んだあとは母が引き継いだけど、いまはもう日々の経営には関わってない。ラングとぼくはもちろん株を所有してるし、それぞれに投資もしてる」

「じゃあ、働く必要はないの？」

「必要はない」ラングが答えた。「だが二人とも働いてる」

「人としてそうするのが当然だからね」コービンが説明した。「それに、忙しくしてないと、兄貴もぼくもすぐに退屈してしまう」

そんな話は、少年にとってはどうでもいいことなのだろう。ジャスティンが尋ねた。

「なか、見てもいい？」

「もちろんさ」ラングがボートの覆いをはずしはじめた。「おれと探検してるあいだに、おまえのパパにピザを頼んでもらおうぜ。腹が減って死にそうだ」

「ぼくも」返したジャスティンはもう、小猿の器用さでボートトレーラーの車輪によじのぼっていた。

コービンが愛《いと》おしげにほほえんでから、アイヴィーの背中に手を添えて家のほうにうながした。「ホープ、きみも一緒に来るかい？　それともボートを探検したい？」

ホープは祈るように両手を組んで下唇を噛《か》み、うっとりとボートを眺めていた。

ラングがその表情に気づいた。「手を貸してくれると助かるんだが。覆いのそっち側を持ってくれないか」

ホープは数秒ためらってから、アイヴィーに笑顔を投げかけた。「こっちを手伝うわ」

すごい、すごい！　アイヴィーは興奮を隠して穏やかに言った。「なにかあったら声をかけて。すぐ出てくるから」

ホープはうなずいてボートのほうへ向かい、きまじめに覆いをつかんで、ラングがはずすのを手伝った。

コービンが身をかがめ、アイヴィーの耳元でささやいた。「驚いた顔だね。彼女があんな感じで関わるのはそんなにめずらしいことなのかな？」

アイヴィーがちらりと振り返ると、ホープはまさにあるべき姿に見えた――先ほどまでちょっかいを出してきていたハンサムな男性とやりとりをする若い女性に。「ものすごくわくわくしてるわ」ささやき返した。「だけど驚いてもいる。ふだんの彼女なら、少しでも自分に気がありそうな男性のことは全力で避けるから」

「放っておいて大丈夫かな」コービンが心配そうな顔でちらりと振り返った。「ジャスティンがちょうどいいお目付役かもしれない。あの子はなにも見逃さないから。要は、兄貴はときどき突拍子もないことをやるんだ」

「ええっ、まさか」そんなことは端《はな》から明らかだったので、アイヴィーは笑った。「ちっとも気づかなかったわ」

するとコービンに短く抱きしめられた。

なんてすてきな感覚。だってこの男性の体はとても硬くて温かい。おまけにいい香りもするから、ついゆっくり深く息を吸いこんでしまう。

コービンが言う。「断っておくけど、ラングは軽率に一線を越えるようなことはしない。絶対にだ。ただ、ちょっかいを出すとなると、しないとは言えない」

「お兄さん、どんな女性にもちょっかいを出すんじゃない？」

「まあね。でも、いまはいつもより慎重な気がするよ」玄関に着くと、コービンが鍵を開けて、アイヴィーを先に入らせてくれた。

興味津々で、見えるところすべてにすばやく視線を走らせる。広いリビングの上方にあるロフトまで開けた設計の、すばらしい家だった。あちこちに豪華なソファがさりげなく置かれているものの、これみよがしな印象はまったくない。「すてきな家ね」

「ありがとう。湖に面した窓が気に入ってるんだ。裏のデッキもね。問題は、マスタースイートがそこにあるということ」そう言って、玄関ホールとリビングのあいだのドアを指差した。「ほかの寝室は上と下にあってね。慣れない家の、しかも別々の階で眠るのはジャスティンが不安になるんじゃないかと思ったから、ぼくも上の部屋を選んだ。吹き抜けのロフトを挟んだ対面の部屋だから、プライバシーについては問題ないんだが、上のバスルームはあの子専用にしたんで、ぼくはマスタースイートのバスルームを使うために階段をおりてこなくちゃならないんだ」

話に耳を傾けながら、アイヴィーはわざと目をしばたたいて言った。「わたしが育った家はもっと古くて、一つしかないバスルームを家族全員で使ってもなんとか生き延びてきたから、あなたも死にはしないわよ」

するとコービンは声をあげて笑った。「階段ののぼりおりは毎日の運動だと思おう」

「そうこなくちゃ」

コービンはじつに愉快そうな顔で、玄関ホールの左手にあるもう一つの階段を指差した。こちらは下へおりる階段だ。「ラングには下の部屋を使ってもらおうと思ってる。先に言っておくけど、そっちにもちゃんと専用のバスルームがあるよ」

アイヴィーは圧倒されて尋ねた。「いくつ寝室があるの？」

「使ってないマスターと、上に二つ、下に二つ。バスルームは三つと、シャワールームが一つ。とはいえ、このへんの物件はぼくが覚悟していたよりずっと安いんだ」

「それにあなたはお金持ちだしね」からかっているのだとわからせるために、肘でちょんと小突いた。

「ラングの言葉を信じないほうがいいよ。ぼくらは暮らしに困りはしないけど、豪邸に住んだりプライベートジェット機を買ったりはしないから」

落胆したふりで顔をしかめた。「じゃあ、うなるほどのお金持ちじゃないの？　残念」

「おや、きみが興味を示したのはそのせい？」コービンが冗談で返す。「ぼくのお金が目当てだな？」

アイヴィーは大胆に彼の全身を眺めてため息をついた。「ほかにどんな理由があるっていうの？　だってあなたは背が高くて体も引き締まってて、こんなにホット。文句なしにセクシーよ」手で顔を扇《あお》ぐ。「しかもおもしろくて気さくで、いい父親の要件をすべて揃えてて、お兄さん思いで――」

コービンがにんまりして言った。「それ以上言われたら赤面してしまうな」

アイヴィーは笑った。「お金で印象は変わらないわ。わたしも暮らしに困ってるわけじゃないし、去年の夏には自分用のカヤックだって買ったんだから」

「まさか」コービンがまたふざけて言う。

「急に思いついてね」ちらりと見あげるとコービンがにやりとしていたので、必死に真顔を保った。「そのために貯金する必要もなかったわ。銀行からお金をおろしただけ」

「へえ。じゃあ、もしぼくが金目当てだったら、きみこそが成功への切符だな」

おかしさがこみあげてきて、アイヴィーは笑った。「そうよ。わたしたち小さな町の獣医がなにより大事にしてるのは収入ですからね」紙幣を持っているように指先をこすり合わせる。それからコービンのほうに身をのりだして、言った。「ときどきお金以外で支払いを受けることもあるの。屋根の取り替えとか庭の手入れとか。一度、男の子が犬の手術代の代わりに一カ月間、うちの芝生を刈ったこともあるわ」

コービンの表情がやさしい笑みに変わった。「その子のためにそんな条件を?」

「もともと苦労してる一家だったし、その子はハイスクールとアルバイトで忙しかったから。それでもその老犬をすごく大事にしてた。予防接種は欠かしたことがなかったし、ノミ取りやなんかも怠らなかった。それで、腫瘍を取らなくちゃいけなくなったとき、一家はうろたえたわけ。そこまでのお金は出せないし、ほかの請求書を先送りにするくらいしか手がなかった」肩をすくめる。「わたしはほかにどうすればよかった?」

「診療を拒否する獣医もいるはずだよ」コービンが両手でアイヴィーの顔を包んだ。「だけどきみは問題を解決する方法を思いついた」

友達モードから親密モードにひとっ飛び――不満はまったくない。「だって動物が大好きだし、動物を大事にする人も大好きだから」

親指が両頬をやさしくこする。「まったく、きみはすてきだな」

心臓がおかしくなってきた。なにしろこんなふうに——顔立ちすべてを記憶しようというように、じっと見つめられている。ごく平凡な顔立ちを。まあ、目を背けたくなるほどではないけれど、コービンみたいな男性にこんなふうに見つめられたことは一度もない。

「どうした？」親指があごの下におりてきて、もう少し上を向かせた。「自分がどんなにすてきか、知らないのか？」

「わたしはただのわたしよ」ありふれた人生を送ってきた、小さな町の獣医。「すてきだなんて、男性に言われたことはないわ。言ってくれるのはホープだけ。いつもほめてくれるの」

「男はばかだからな。そしてホープは正しい」

アイヴィーはたくましい胸板に片手を置いて、返した。「すべての男性がばかってわけじゃないでしょう？」

「もちろん」またじっと見つめて視線を唇で止め、そっと体を引き寄せた。「ぼくはばかにならないと約束するよ」

わたしに、約束？　いやだ、ますます心臓がおかしくなってしまう。

胸の高鳴りをごまかして軽く流そうと、冗談めかして言った。「大金持ちじゃないけど、ばかでもない。みごとに帳尻が合うわね」それから、どきどきを鎮めるための時間を稼ごうと、まじめな口調に戻して言った。「ホープは気詰まりな状況を避けるのがすごく上手になってるの。だからあなたのお兄さんの突拍子のなさは本当に楽しんでるんだと思う」

コービンは話題の転換を受け入れて、アイヴィーを熱い視線から解放すると、両手をおろして一歩さがった。まるで、ついさっきまでの胸の高鳴るひとときなど存在しなかったように。

「ジャスティンもだ。あんなにすんなりラングに馴染《なじ》んでくれて、本当によかったよ。兄貴がいてくれたら助かるのは事実だけど、まあ、あのボートはちょっとやりすぎだな」

こちらがどうしたいか、声に出して言わなくてもわかってくれるなんて、すごい。気まずい雰囲気になることもなく、コービンは難なくわたしの意図を察してくれた。彼と一緒にいればいるほど、もっとほしくなる。けれど、〝もっと〟ってどのくらい？　それに、手に入れると決めた〝自由で開放的な夏〟はどこへ行ってしまったの？

コービンと出会って、どこか遠くへ飛んでいってしまった。

「じゃあ」彼に続いてキッチンに向かいながら尋ねた。「ボートはほしくなかった？」

「もちろんほしかったよ。湖畔に住んでるんだからね」うなじをさすり、悩ましげに言う。

「じつは、手に入れることのいい点と悪い点について考えてたんだ」

「もう考えなくてよくなったわね」簡単なテーブルと椅子が置かれたキッチンの先には、広々とした正式なダイニングルームもある。その奥には屋根つきのデッキがあって、虫の心配をしなくていい網戸張りのポーチまでついていた。どちらを向いても木々の緑が見えるけれど、なにより目をみはらされるのは沈む夕日の光景だった。

「きれい」

「だろう？」コービンも夕日に目を向けて、カウンターに寄りかかった。「いまのところ、ここでの暮らしは順調だ。ジャスティンも落ちついてきたし、いろんなことに慣れてきた」唇をこする。「あの子には、愛されてると感じてほしいんだ。ぼくがいろんなものを買ってくれるから、じゃなく、ぼくの息子だからという理由で。これからはずっとぼくに面倒を見てもらえて、守ってもらえるからという理由で。なのに、そのぼくが有頂天になって新しいプレゼントを買い与えてばかりいたら、あの子の苦しみに気づけなくなるかもしれない」

「いわば〝買収〟してると思われたくないのね」アイヴィーは彼の腕にそっと触れた。「でもジャスティンは賢いし、子どもって動物と同じで、なかなか鋭いものよ。相手が純粋な気持ちかどうか、ちゃんとわかってしまうの」

「だといいな」コービンが軽くアイヴィーを引き寄せた。「なんだか十年分、追いつかなくちゃいけないような心境なんだ。できるだけ早くあの子にすべてを見せたいし、すべて話したいし、すべて与えたい。ぼくはこれまでいろんな面で恵まれていたと思うけど、なにより、愛してくれる両親がいた。十二のときに父が死ぬまで、両親はいつもそばにいてくれたし、いつも支えてくれたんだ。そして父が死んだあとは、空いた穴を母ができるかぎり埋めてくれた」

「お母さんは近くに住んでるの？」

コービンは首を振った。「車で四時間ほどの距離に。でもいまは熱いロマンスを楽しんでるところでね」にやりとする。「ビンゴ大会である男性に出会ったそうだ。いい人で、子どもはいないらしい。母に夢中らしいよ」

「あなたはその男性が好き？」

「幸せそうな母を見るのが好きかな」手を伸ばしてまたアイヴィーの髪に触れ、くるくるのカールを指先でいじった。「いつもの母ならとっくにここへ飛んできて孫息子とご対面してるだろうけど、いまは彼のキャンピングカーでアメリカ横断ドライブの最中なんだ。途中、いろんな名所で止まりながらね」

「楽しそう」やさしく髪をもてあそばれる感覚を強く意識しながら、アイヴィーはほほえんだ。

「ジャスティンはどんな贈り物にも大喜びしてくれる」コービンが続けた。「でも、贈ったぼくの喜びにはかなわない」

「どちらにとっても、まだすべてが新鮮なんでしょうね。大丈夫、じきにちゃんと調節できるようになるわ」こんなひとときを彼と分かち合うのは、驚くほど自然なことに思えた。

アイヴィーは片手で彼のあごに触れた。「あなたたちと出会ってまだ日が浅いわたしが言うのもなんだけど、ジャスティンはもうリラックスしてるように見えるもの」

コービンが首を回してアイヴィーの手のひらにキスをした。「サンセットはいいところだから、そういう効果があるんだと思う」

「効果があるのはあなたの愛情なんじゃない？」

「愛情か。うん、あの子を心から愛してるよ。ダーシーに爆弾を落とされてほんの数分でもう愛情は芽生えてた。その日が終わるころには、あの子を守ってやりたいという思いでいっぱいになってた。あの子に安全だと感じてほしくて」

「ジャスティンはお母さんを恋しがってる？」

「口では言わないけど、そうなんじゃないかな。一度その話をしてみようとしたんだが、ジャスティンは押し黙ってしまったから、そのあとは無理に聞かないようにしてる」

「時間が必要なんでしょう。このままよく目を配ってあげて、思いやりを示してたら、きっとそのうち彼のほうから話してくれるはず」

コービンの視線がほんの一瞬、目から口元におりた。「そう願ってるよ」

アイヴィーは衝動に屈してつま先立ちになると、彼の唇に唇を重ねた。励ましのやさしいキス。少なくともそのつもりだった。けれどひとたび唇が触れてしまうと……。

5

コービンは用意できていなかった。それでもアイヴィーの体がぴったり押しつけられたとたん、瞬時に準備万端になった。

いったいアイヴィーのなにが、ぼくにこれほど強烈な影響を及ぼすのだろう？　彼女のなににうながされて、ごく私的なことを話し、ごく親密なことを考えてしまうんだ？　出会ってまだ数日なのに、ずっと前から知っていたような気がする。

アイヴィーはいつでもおもしろいし、あの唇からなにが転がりだすかわからない。一緒に笑えるばかりか、ときには自身を笑いの種にもするから、えらぶらない気さくな人だとわかる。

そしてもちろん魅力的だ。明るい茶色の髪は小さなくるくるカールのかたまりで、アイヴィーその人と同じくらい予測がつかない。大きな緑色の目は大胆にもなれば思いやりでいっぱいにもなるし、ユーモアの光を宿したりやわらかな気遣いをたたえたりもする。

仕事のときの白衣もすてきだったが、今日のようにカジュアルな服装もまたいい。ショートパンツにTシャツという姿がセクシーなはずはないのに、着ているのがアイヴィーだと、その笑顔と世話好きなところ、困っている動物への愛情とが相まって、とびきり甘くて抗しがたい存在になり、心への強烈な一発になってしまうのだ。

女性との交際など考えてもいなかった。いることさえ知らなかった息子と新しい生活を築き、慣れない土地に移り住んで、家を整え、この土地の人たちと知り合うという作業でいまは手一杯なのだ。

大わらわのはずなのに、なぜかアイヴィーはそこに難なく収まった。ほかのことでは必死に格闘していると感じるのに、アイヴィーとのやりとりは……ただただ心地よかった。

そして体と体を密着させることにおいても、アイヴィーは難なく収まった。感情に押し流されずに踏みとどまっていられるのは、ひとえに息子と兄と隣人がそばにいるからだ。

まあ、それと、肝心のアイヴィーゆえでもある。先ほどは彼女が一歩しりぞいたのを感じたので、こちらも落ちつこうとした。どんなかたちでも無理に迫るようなことだけはしたくない。こちらがどんなふうに感じていようと、急ぎすぎたり踏みこみすぎたりは絶対にしない。

ところが、またしてもアイヴィーのほうから踏みこんできた――なんとうれしい驚き。

こんなふうにキスされると……というより唇を攻められると、もしやこの女性はずいぶん長いあいだ、きちんと慈しまれていなかったのではと感じてしまう。

例の元彼とやらは、世界一の愚か者に違いない。

アイヴィーは何度も唇を重ねながら、少しずつキスを深めていった。彼女の唇は甘く情熱的で、腕のなかの体はやわらかい。そしてときおり漏らす飢えたような声には、たまらなくそそられる……。

笑い声が近づいてきて、正面玄関が開く音が続いた。コービンはすばやく体を離したものの、抑えきれずにもう一度だけ、いまでは湿っているアイヴィーの唇にそっとキスをした。「ぼくらはピザを注文してるはずだった」

アイヴィーはとろんとした表情でそっと自身の唇に触れ、震える息を吐きだした——それからこうささやいて、コービンの心臓を止めた。「もう少し人生を楽しむことに決めたときは、息子とコメディアンのお兄さんがいる男性なんて、頭になかったのに」

もう後悔しているのか？「つまり？」いまあんなキスをしておいて、さっそく考えなおしたくなった？

「つまり、あなたはわたしのどんな想像をもはるかに上回ってる、ということ。そもそもこのあたりでいい相手に出会える可能性は低くて……その、町の男性ほとんど全員を知ってるけど、だれもわたしのつま先をきゅっと丸めさせてはくれないわ」

ほら、また笑わせる。「つま先をきゅっと丸めさせる？　なんだかおかしな趣味に聞こえるな」

戸口の先から、ラングがジャスティンに早く来いよと呼びかけるのが聞こえた。

アイヴィーが声を落として言った。「森のなかを駆け抜けるなんてティーンのころ以来よ！　それにあの冗談の応酬。あなたとお兄さんのやりとりはすごくおもしろかったし、自分も加われてすごく楽しかった。それからこの、男性の家でのピザパーティ……初めての経験よ」

これほど単純なことを、ぼくと同じくらい喜んでくれているのか。「楽しんでもらえてるならよかった」

「ええ、ものすごく楽しんでるわ」そう言ってキッチンを見まわし、あるものすべてに興味を示す。「仲間に入れてくれてありがとう。最初のデート選手権があったとしたら、これが一等よ」

「じゃあ、これはそう？　最初のデート？」アイヴィーが赤面したのを見てにやりとしながら、キッチンの電話を取った。この家も湖に近いので、携帯電話の電波はいつも安定しているとはかぎらない。仕事のこともあるので、固定電話を引くほうが理にかなっていた。

「わたしはデートだと思ってるわ」アイヴィーが鼻にしわを寄せた。「でも、こういうことは悲しいくらいご無沙汰だから。ジェフとは二年つきあってたんだけど――いえ待って、彼の名前を出すのはよくないこと？　たぶんそうよね。でも事実だからしょうがない。とにかくその二年のあいだ、ここまで楽しかったことは記憶にないわ」

どうしてそんな能なしと、そんなに長いあいだ一緒にいたんだ？　アイヴィーほどの女性には、もっとましな相手がいるはずだ。

巻き毛をつまんで引っ張ると髪はまっすぐに伸びたが、手を離すとまたくるんとカールした。そのさまに笑みが浮かぶ。「ぼくも楽しんでるよ。だから今日のこれをなんと呼んでもかまわない。ただ、もしこれがデートなら、ずいぶん気楽だと言いたかったんだ」

「まあ、息子連れのデートは一味違うでしょうね」

ラングが会話に入ってきた。「これまではそうだったかもしれないが、ラングおじさんがやってきたからには……」両眉を上下させる。「いつでもおれにお守り役を頼んで、二人で好きに過ごしていいんだぞ」

「ホープはどこ？」尋ねるアイヴィーの口調に、ラングが口を挟んだことを気にした様子はなかった。

「彼女、ジャスティンと二人で不気味ないも虫を見つけたんだ。おれは関わりたくなかったから逃げてきた」ぞっとしたように身震いする。「すぐ来ると言ってたよ」

「怖がり兄貴」コービンはからかうように言い、アイヴィーに尋ねた。「きみとホープはどんなピザが好きかな？」

「なんでも好き。ペパロニとソーセージも、全部のせも。ああ、だけどアンチョビはだめ」顔をしかめた。「においが苦手で」

「ぼくもずっとそう思ってた」コービンは言い、電話に向きなおった。

一分後、ジャスティンとホープが虫についてあれこれ言いながら入ってきた。ホープがアイヴィーに言う。「見たこともないくらい大きなタバコスズメガの幼虫をジャスティンが見つけたの。すごく大きかった！」

「めちゃでかかったよ」ジャスティンが言い、興奮して前に飛びだす。「太ってて緑色だった」からかうような目でちらりとラングを見る。「おじさんはびびってたけど」

「おっ、ばかにするのか？」

おじの言葉をどう受け止めたらいいのかわからなかったのだろう、ジャスティンは表情をこわばらせて動きを止めた。

コービンは笑って息子の髪をくしゃくしゃにした。「ばかにするに決まってるだろう、ラング。いいかげん、虫嫌いをどうにかしろよ」ばか兄貴め、ぼくの息子を不安にさせて。

ラングはすぐさま察知して、ジャスティンを軽く小突いた。「おまえのパパとは小さいころからばかにし合ってきたんだ。大事なのはやり方さ」

「愛情をこめて、ね」ホープがめずらしく口を挟み、そんな自分に気づいてすぐに赤くなった。

「そのとおり。おれは弟を困らせるが、愛情をこめてやる」それから少しまじめな顔になって、ジャスティンの肩に手をのせた。「冗談として、悪意なくやるなら、まったく問題ないし、さっきのおれも冗談で返しただけだ。おれのことはそう簡単に侮辱できないぞ」

「本当だよ」コービンは言った。「何度も試したけど、そのたびに笑って流された」ジャスティンに笑顔が戻ったので、気まずい瞬間が過ぎたのを悟り、話題を変えようとして続けた。「たしかにおじさんは虫を見ると悲鳴をあげて逃げだすかもしれないが――」

ラングが鼻で笑う。「そんなことはしてない。ちょっとよけただけだ」

「――おまえやアイヴィーに負けないくらい、ホラー映画が大好きなんだぞ」

これをきっかけに全員が、それぞれ好きなモンスターや映画について語りだした。コービンは時間ができしだい、アイヴィーから忠告された映画をチェックしようと思っていたのだが、ジャスティンが『13日の金曜日』のジェイソンや『ハロウィン』のブギーマンについて熱心に話しても、兄はそういうことを気にしていないようだった。

そうこうするうちにピザが届いた。ラングが皿とナプキンを用意し、コービンがコーラを出して、五人全員でテーブルを囲んだ。コービンの左にアイヴィーが、右にジャスティンが座ったので、自然とホープはラングと並ぶ格好になった。これまでいろんな兄を見てきたが、今日のような兄は初めてだった。完全に〝ラングおじさん〟モードでありながら、同時にホープを強く意識している。

コービンはちらりとホープを見て、よく観察してみた。たしかにキュートだが、自身の魅力をアピールしようとはしていない。実際の年齢よりも若く見えるし、こんなに地味な服があるのかというような装いだ。つややかな黒髪に、たまご形の色白な顔、深い青色の大きな目。ラングを見つめるその目はまるで狼《おおかみ》に魅入られた羊のようで、もちろん警戒しているが、それでも興味をいだいているのがわかる。彼女の控えめさは、見ていて気の毒になるほどだ。

ラングも同じように感じているのだろう、ホープのほうに顔を向けるたびに表情がやさしくなる。兄もいまでは三十歳。いろいろ経験してきたので、ホープの警戒心や不安をじゅうぶん感じ取っているに違いない。

それでも二時間にわたって、五人で食べたりしゃべったり笑ったりふざけたりと、じつに楽しく過ごした。ここで兄と息子とアイヴィーと一緒に過ごす時間は、家族で集まっているときと同じくらいなごやかなひとときだった。

ホープはほとんどしゃべらず、アイヴィーが会話に引きこもうとしてもあまり効果はなかったが、終始笑顔のままみんなの話に興味津々で耳を傾けていた。ジャスティンはその正反対。人の輪が楽しくてたまらないのか、最初はボートについて、それから犬のデイジーについて、休まずラングに語りつづけた。

〝いいおじさん〟のラングは要所要所で的確な質問をした。子犬たちの話が出ると全員がアイヴィーを見たものの、彼女は軽くはぐらかし、あまり語ろうとしなかった。きっと相反する感情に悩まされているのだろう。あれほど動物が大好きなのだから、手放すときはつらいに決まっている。

ちょっと考えてみようか……。

アイヴィーがあくびをしながら伸びをした。「明日も仕事だからそろそろ帰らなくちゃ」

ホープが急いで言う。「わたしも」

「ええーっ」ジャスティンが不満そうに言った。楽しい時間が終わってほしくないのだ。

コービンも同じ思いだった。息子がこれほど楽しんでいるのだから、なおさら。

アイヴィーが少年にほほえみかけた。「デイジーは朝にわたしと会うのが習慣になってるの。仕事がない日も朝に顔を出してね。で、これ以上ここにいたら、わたしは目覚まし時計が鳴っても起きられないだろうし、そうしたらあの子と遊んでやる時間がなくなるというわけ。それに、うちの年寄りにゃんこのモーリスがお留守番してるから、帰ってやらなくちゃ」

「おうちに行ったらモーリスに会える？」

「もちろんよ。でも忘れないで。モーリスは年寄りで気難しいから、そばにいるときはうんと静かにしてやってね」

「そーっと撫《な》でる。それならいい？」

アイヴィーは愛情たっぷりの笑顔で答えた。「あなたはデイジーにもすごくやさしかったものね。モーリスにもやさしくしてくれるって信じてる」

ジャスティンはにっこりした。

空になったピザの箱をラングが片づけはじめた。「おれのiＴｕｎｅｓのアカウントに『ドラキュリアン』がセーブしてある。女性陣が帰らなくちゃいけないなら、おれと一緒に見るか？」

「見る見る！」ジャスティンがコービンに向けた目には、切望と不安がありありと浮かんでいた。「パパも一緒に見たい？」

パパと呼ばれることに飽きる日は来ないだろう。

しかし、その『ドラキュリアン』とやらも、ジャスティンに見せるべきではない映画なんじゃないだろうか？　ちらりとアイヴィーを見たものの、明るい笑顔が大丈夫よと告げていた。

アイヴィーが言う。「きっとあなたも気に入るわ。大人も子どもも楽しめる映画だから」「完璧な一日を締めくくるのに、それ以上のものは思いつかないね」ホラー映画は苦手だが、ジャスティンの幸せそうな顔を見られただけで、なんでも受けて立つという気にさせられた。「だけどその前にアイヴィーとホープを送ってくるから、ちょっと待っててくれるか？　戻ってきたら、ぜひ一緒に見たいな」ジャスティンがかたわらに寄り添っているところを想像する。ポップコーンを用意して、同じボウルからつまんでもいいかもしれない。

「了解」ラングがピザの空箱とごみ袋を手に、答えた。「こっちはジャスティンにごみ入れの場所を教わって、片づけをしておく。そのあと、おれが使っていい部屋に案内してもらおうか」

さすが兄貴だ。母は怠け者を育てなかった。「ジャスティン、下の部屋をおじさんに見せてあげて」

「かっこいい部屋だよ」ジャスティンが言う。「ベッドがあるけど、それ以外はなんもないの。パパは、あそこにジムを作ろうって言ってる」ラングからごみ袋を受け取る。「来て。見せてあげるよ」いたずらっ子は続けた。「そういえば、こないだ下で蜘蛛《くも》を見つけたなあ」

「そんなことを言うなら、おまえの部屋にテントを張ってキャンプするぞ」

コービンは笑顔で二人を見送った――ふと見ると、ホープとアイヴィーも同じことをしていた。ただ、ホープのほうは少し混乱した顔をしている。ラングについて、どう思ったらいいのかわからないというような。アイヴィーのほうは純粋に楽しそうだった。

「率先して家事をやる男性、ですって」アイヴィーが言い、ホープを小突く。「目の保養だと思わない？」

ホープの頬がピンク色に染まった。

「ぼくらはいいしつけをされたからね」コービンは説明した。母の鋭い目のもとで育ったおかげで、きれい好きが染みついた。ふと、頬を染めたホープが向きを変えた——小さな笑みを浮かべて。ふむ、興味深い。

アイヴィーの背中に手を添えると、ホープがまず歩きだして、三人で玄関に向かった。

「ラングは頼りになる兄貴だから来てくれてうれしいよ」コービンは言った。「まあ、思っていたより早かったけど」

「来るのを内緒にしてたのは、あなたたちを驚かせたかったから？」

「モーターボートをサプライズにね」

ホープがまだ笑顔を浮かべたまま、ゲストハウスにつながる小道に向かった。「事業を売却したと言ってたけど」

「どうかしてるよな。だけどぼくらは家族だから……」コービンは言いかけてアイヴィーの前に進み、とげだらけの枝を押しのけた。もう少し道を整備したほうがよさそうだ。早急に手を打とう。「兄貴がスポーツ複合施設を売りに出すことに決めたのは知ってたけど、思ってたより早く片がついたらしい」

「スポーツ複合施設？」女性二人が同時に言った。

すでに日は暮れていたが、地平線にはまだ赤やオレンジ色の筋が残っている。焼けるような日差しがなくなったおかげで、蒸し暑さもやわらいできた。湖でのどを鳴らすカエルの声と、絶え間ないコオロギの歌が混じり合う。穏やかな夜だ。こんな夜をもっと過ごしたい。

「そうだよ。ほら、野球のバッティング練習場、屋内サッカー場、屋外の野球場、ソフトボール場――」

「すごい」アイヴィーが言った。「それがお兄さんのものだったの？　それともご家族の事業の一部？」

「すべて兄貴のもので、ラングにはぴったりの仕事だった」

「スポーツマンだから？」ホープが蜘蛛の巣を手で払いながら尋ねた。

男性は怖いのに昆虫はなんともないのか。おもしろい。兄と同じでコービンも、ある種の虫とは関わりたくないと思うほうだ。神経質というわけではないし、必要ならもちろん立ち向かう。だが、選べるなら蜘蛛は避けたい。

「ラングは生まれつき運動神経がよくて、どんなスポーツでも上手にこなす」コービンは言った。「だけど、どれも真剣には取り組まなかった」

アイヴィーが笑った。「お兄さんが真剣に取り組むものなんてあるの？」

「家族かな」ぼくのため、母のため、そしていまやジャスティンのためなら、ラングはなんでもするだろう。「ジャスティンが住んでた町の近くにぼくが引っ越しただけでも、兄貴にとっては事件だったんだよ。ぼくは最初、ジャスティンの生活をあまり変えてしまうのはよくないと思ってそうしたんだが、じきに考えなおすことになった」

「過去とは一回さよならしたほうがいいと思うようになった？」アイヴィーが尋ねる。

「母親はいなくなったし、ジャスティンはそれほど地域につながりがなかったから、そのほうがいいと思えてきたんだ。すべてを変えてみよう、ただし、よりよいほうに、と」

アイヴィーはうなずいた。「新しい楽しみと新たな第一歩を与えることにしたのね」

「ラングはすぐにでも来たがったんだけど、まずは二人でやってみたかった。ほかの家族が押しかけてくる前に、もっとよく知り合うべきだと思ったんだ。いちばん近い家族は母と兄貴だけだけど、クリスマスやなんかには顔を合わせる親戚もいる。きみたちは？」

ホープは急にうつむいて、じっと足元を見つめた。

なにかまずいことを言ってしまったに違いないが、それがなにかはわからなかった。

アイヴィーが手をつかんできて、ぎゅっと握った。見おろすと、アイヴィーが小さく首を振ったので、ホープに対してはこれ以上詮索しないことにした。

アイヴィーが言う。「わたしは一人っ子よ。両親は、一人でじゅうぶんだと思ったのね」

「きみが手に負えない子だったから？」からかうようにコービンは言った。

「たぶんね。母の口ぶりからすると、悪い子ではないけど自分のやり方を曲げない子だったみたい。苦労をいとわない子だったんだって。なんて言うとがんばり屋さんみたいだけど、本当のところはわたし、自分のことしか考えられないの」

ホープが、なにをばかなことをと言わんばかりに鼻で笑った。

「なにかに本気で取り組むと、周りが目に入らなくなっちゃうの。小学校でも大学でもそんな調子だったし、この町のクリニックを引き継いだときもそうだった」

「信じちゃだめよ」ホープがきっぱり言う。「アイヴィーはすばらしい人」

「同感だ」コービンは言い、親指でアイヴィーの指の関節を撫でた。「だけどきみだってそうだよ、ホープ。息子と一緒に虫探しをしてくれる人ならだれでも、ぼくにとってはすばらしい人だ」

ホープが緊張をといて笑った。「いつでも任せて」

ゲストハウスの私道まで来ると、アイヴィーがそばから離れてホープに言った。「家のなかまで見送るわ」

「大丈夫よ」ホープが言い、やましそうにちらりとコービンを見た。

ゲストハウスのなかは暗く、外の照明は一つもついていないので、夜に包まれているように見えた。コービンはいい雰囲気だと感じるが、ホープは？　きっと同じようには感じていないのだろう。触れたら壊れてしまいそうな気配をまとっている。

「ぼくはかまわないよ」コービンは二人に言った。「ジャスティンにはラングがついてるから心配ない。ここで待ってるから、どうぞごゆっくり」

アイヴィーのきれいな緑色の目が感謝で輝いた。「ありがとう」ホープが車庫の横手のドアの鍵を開けると、アイヴィーが先に入っていった。

おそらくホープのためにずっとそうしてきたのだろう——ごく最初のころから。必要なときは守り、できるかぎり支え、ありったけの心で思いやってきた。

それだけで、ぼくにとっては真に尊敬できる女性だ。


ホープとアイヴィーは無言のまま階段をのぼったが、二人だけになったとたん、興奮が弾けたのをアイヴィーは感じた。

ホープの両手を取り、勢いこんで言う。「信じられない、コービンって最高じゃない？」

ホープが笑った。「ええ、そうね」

「それに彼のお兄さん」そう言ってホープの顔を探ると、親友は目をそらそうとしたものの、アイヴィーは逃さなかった。「ねえホープ、恥ずかしがらずに認めて。彼のことが好きなんでしょう？」

ゆっくりと口角があがって、美しい笑みが咲いた。「ものすごく不思議なんだけど……彼はほかの男の人とは違うって感じるの」

「ああ、ホープ」娘を誇りに思う母親のようにホープを引き寄せて、温かく抱きしめた。自身のコービンへの思いに浮かれるよりも、親友の告白を喜ぶ気持ちのほうがずっと強かった。「よかった、本当に」

ホープは照れて笑いとばした。「向こうも興味があるとはかぎらないわ——だめよ、あるはずだなんて言わないで。やっぱりなかったってわかったら、がっかりするもの」

それもそうだと考えて、アイヴィーは唇を引き結んだ。「まあ」慎重に言う。「とくに深い意味はなくても、男性がちょっかいを出してくることはあるものね」

ホープが無意識に手をあげて、髪を撫でつけた。

親友は、外見を気にする習慣がない。清潔感はあるものの、おしゃれとはほど遠い。アイヴィーにとっては助かるところだ。なにしろわたしもおしゃれとは言えない。けれどアイヴィーの髪が手に負えないのと違って、ホープの黒髪はなめらかでつややかで、きれいな青い目と引き立て合っている。加えてしみ一つない肌にやさしい笑顔ときたら、目が合うだけで男性にとってはラッキーというものだ。

アイヴィーは腕の長さだけ体を離して言った。「これについてはわたしを信じて。あなたはすごくキュートだから、ラングがちょっかいを出すのは当然よ。あなたが半分でもチャンスを与えてたら、きっとほかの男性だって同じことをしてる」

「チャンスなんて与えたくない」ホープがそわそわして言った。「絶対におろおろしてしまうもの。みっともないし恥ずかしいし、ときどきそんな自分がいやになるわ」

アイヴィーの胸は締めつけられた。「自分を嫌ったりしないで。どんな感情でも、それはあなたが感じたこと。なんにも悪くない」首を傾《かし》げて言った。「それに、ラングはあんなにハンサムでおもしろいんだから、あなたの反応は当然よ」

ホープはもどかしげに首を振った。「こんなこと、考えるのも無駄なのに。だって自分がなにか行動を起こすとは思えないもの。もし彼に間違った印象を与えたら、すごく気まずいことになるわ」自分を抱きしめるように体に腕を回して向きを変え、痛々しいほど小さな声で続けた。「わたしの過去を知ったラ、ラングがどんな反応をするか。彼はきっとまだわたしのことをごくふつうの女の子だと思ってる……実際は違うのに」

考えただけでも苦痛なのだろう、ホープが身震いするのがわかった。近づいて、こちらも小さな声で語りかけた。「あなたが経験したことを彼が理解できないなら、気まずいことになるだろうけど、たぶんあなたが考えてるような気まずさにはならないと思う」出会ってからこれまでのあいだにコービンについて知ったところからすると、彼は良心の人だから、その兄も同じだと思っていいだろう。ホープを心配したり案じたりすることはあっても、面倒だと突き放すことは絶対にないはずだ。

ホープがごくりとつばを飲んだ。「もしかして……なにが起こりうるか最初から教えておけば、がっかりされることもなかったりする？」

「事情を伝えておけば、きっと役に立つでしょうね」アイヴィーは言った。

ホープがくるりと振り返った。「彼に話すの？」

「あなたがそうしてほしければ、ね。だけどホープ、本物の男なら、善良な男性なら、きっとわかってくれるはずよ」

ホープは信じることを恐れているようにそっと言った。「あの二人は善良な男性?」

「わたしはそう思う」少しためらったものの、もう少しホープの背中を押すべきだと感じた。親友が男性に興味を示すなんて、前例のない話だ。ラングに興味を示したことが、その先へ進むための慎重な第一歩になるかもしれない。ホープは愛情も思いやりも果てしなく備えているけれど、正しい相手を見つけなくてはならないし、それがラングでないのなら、早急にわたしが追い払うまでだ。「わたしにどうしてほしい?」

「あなたから話してもらうのがいいかもしれない。なにも教えておかなかったら、ラングに変人だと思われるもの」

アイヴィーは励ましの笑みを浮かべた。「それはないと思うけど」

「ええ、そうよね。でも……その、外にいたとき、彼がすぐそばまで近づいてきて、それで……想像がつくでしょう? わたし、怯《おび》えたうさぎみたいにぱっと逃げてしまったの。そうしたら彼はしげしげ見つめて、わたしはその場から動けなくなって。すぐに向こうはなにごともなかったみたいな態度になったんだけど、距離は保ったままだった」両手で顔を覆う。「嫌われてると思わせてしまったかも」

その場を想像して、アイヴィーは顔をしかめそうになった。おそらくラングは不意をつかれただろう。ホープのことは大好きだけれど、ラングにも公平でありたい。ホープの両手首をそっとつかんで、顔からおろさせた。「本当は、彼のことが好きなのね?」

「ろくに知らない人よ」

「関係ない。直感に従うの。わたしは出会ってすぐコービンにびびっときたわ。そしてわたしの見たかぎり、あなたはラングのことが好き」

「ええ、好きよ。あなたもでしょう？　おもしろいし、いいおじさんになろうとがんばってるし、それに……」

アイヴィーは笑った。「ええ、同感よ。それからね、あなたがものごとをありのままに見られるようになったんだとわかって、すごくうれしい」

ホープは唇を噛《か》んだ。「感じるの……彼はいい人で、女性を傷つけたりしないって」

ああ、胸が張り裂けそう。「そんなことをするのは薄汚い虫けらだけよ。断言してもいいけど、もしコービンが当時あなたのそばにいたら、きっと味方になってくれたわ」それだけでなく、問題のろくでなしに間違いをきっちりわからせていたのではないだろうか。そう思ってしまうくらい、コービンは信頼できる男性だ。「そのコービンのお兄さんなんだから、ラングも同じことをしてたわよ」

ホープが祈るように両手を組んだ。「事実を知ったら、彼はどう思うかしら」

それはわたしにも知りようがない。ラングについてこれまでにわかったわずかなことから推測はできるけれど、推測がいつも当たるとはかぎらないからだ。そしてホープの家族がいい例であるように、兄弟姉妹がまったく異なる場合もありうる。片方は正直で思いやりがあるけれど、もう片方は自分勝手で意地悪ということもあるのだ。

アイヴィーは励ましの笑みを浮かべた。「わたしがコービンに話してみるから、まずはそこから始めましょう。ね?」

不安と興奮の両方をたたえて、ホープがうなずいた。「お願いだから、わたしはなにも期待してないってこと、はっきりさせておいてね」

「もちろんよ」

「もし笑いとばされたら、そこまで。深追いはしないって約束して」

「約束する」こんなホープの姿を見られるなんて、新鮮すぎる。「こういうふうに考えてみて。もし向こうが興味をもってなければ、これ以上ちょっかいは出されなくなる。そうすれば、彼のそばにいても心配しなくてよくなる」

ホープは大きく息をついた。「ありがとう、アイヴィー。あなたは本物の親友よ」

友達として当然の親切に、そこまで感謝するなんて。ホープはいまも四年前のできごとを基準に周囲を判断しているのだろう。「車庫のドアは出るときに鍵をかけておくし、かけたらかけたってメールするから、安心して休んで。ここでの最初の夜を楽しんでね。それから、もしなにかあったら迷わず連絡すること」

約束どおり、アイヴィーは車庫の横手のドアに鍵をかけて、確認のために二度引っ張ってから、ホープにメッセージを送った。親友が屋外照明をつけてくれていたので、あたりは昼のように明るかった。日が暮れたことを示すのは、投光照明が投げかける光の外の深い暗がりと、頭上のインディゴブルーの空でまたたく星々だけだ。

ホープから返信が来たので、車庫の正面に回ると、コービンが柱に寄りかかっていた。長い脚をくるぶしで交差させて、思いにふけるような顔をしている。アイヴィーは身動きもせずにその様子を眺めた。コービンはこちらに気づかないまま、遠くを見つめている。急に父親になって、考えることは無数にあるに違いない。

アイヴィー自身は、子どもについてあまり考えたことがなかった。考えるとすれば、子どもがペットをどう扱うか、くらいだ。なかにはこちらが不安にさせられるような子もいる。犬や猫を人形のように扱っていいと思っていて、ペットが喜ぼうといやがろうと、人間の赤ん坊の服を無理やり着せてしまうような子だ。それからペットを無視したり、最悪、いじめて楽しんだりするような子も。そういうときはこの口がしゃべりすぎてしまっても気にしないし、一線を越えるのもいとわない。子どもはペットを尊重すべし――以上。

もちろんジャスティンのように、動物に心を寄り添わせる子もいる。自然にそれができる子もいれば、親の目のもとでペットの正しい扱い方を教わる子もいる。きっとコービンはそういう親だろう。

あの男性を好きにならない理由なんてあるの？　あるとしても、まだ見つかっていない。

コービンと出会う前に好みのタイプを訊《き》かれていたら、こんなふうに答えていただろう——くしゃくしゃのブロンドヘアで、その金色が湖でよく過ごすせいで少しあせていて、あとは日焼けした肌に、青い目。過去にそういう男性が何人か、湖畔でバレーボールをしていたり、湖でパドルボードやカヤックに乗っていたり、ドックで釣りをしていたりするのを見たことがある。どれも見覚えのない男性だったので、きっと観光客だったのだろう。しばらく真剣な交際はしないと決めたとき、そういう男性を候補に考えもした。気楽で無意味な遊びを楽しみたいなら、この町に長居をしないセクシーガイよりいい相手がいる？理想的でしょう？

それなのに、そういう男性のだれにも、コービンに感じるような熱い興奮を呼び覚まされなかった。

いまでは明るい茶色の目と温かな茶色の髪のほうがずっと好み。それからあの肩と、あのたくましい長い腕と、あの——

「おかえり」

しまった。みごとな肉体の称賛すべき点を一つずつカウントしていたのに気づかれた。と思ったものの、心のなかで肩をすくめた。わたしに注目してほしくないなら、そんなにすてきな外見でいないことね。「ごめんなさい」にんまりして言い、彼のほうに歩きだした。「そうやって光に包まれてるあなたが、あんまりまぶしかったから」

コービンが魅惑の口元に男らしい笑みを浮かべた。「そのうち顔に火がつきそうだ」

「今日はつかない？」

「ああ」穏やかな声で言う。「今日はつかない」

最後にこれほど熱っぽい目で男性に見つめられたのはいつだろう？

たぶん、これが初めて。

コービンがあごでホープの家の窓を示した。「彼女は大丈夫かな」

やっぱりこの人は完璧だ。内面にも外見にもこのうえなく惹《ひ》かれる。「ええ、今夜のところは」彼に飛びつきたい衝動をこらえて続けた。「その話をしてもいい？」

「ホープの話ということ？」

アイヴィーはうなずいた。「時間はあるかしら」

「ラングのことだから、持ってきた荷物は一日、二日分だけじゃないはずだ。部屋に運ぶ作業でジャスティンを忙しくさせてくれてると思うよ」

「お兄さんはこのままずっとここにいるの？」

コービンは首を振った。「いや。だけど夏のあいだはどこにも行かないんじゃないかな」

「あなたはいやじゃない？」いま住んでいる家にだれかが転がりこんでくるなんて、想像もできない。とはいえ越してきたばかりのコービン父子《おやこ》と違って、わたしも老猫のモーリスも日々の生活サイクルがすっかり定まっている。

「兄弟だからね」コービンが言った。

そんなふうに親しい家族がいるというのはきっとすてきなことなのだろう——そう考えたと同時に、思いはホープに戻った。

「じゃあ、まず話をして、話が終わってもまだ時間があったら、ちょっとキスをしましょうか」説明が必要かもしれないと思って、つけ足した。「あなたの家のキッチンでしたキスにすっかり世界を揺るがされちゃったんだけど、果たしてあれは例外だったのか、それともあなたは本当にキスが上手なのか、確認したいの」

コービンのささやきだけでなく燃える目にも、約束は宿っていた。「時間ならあるよ」

よかった。アイヴィーは周囲を見まわし、どこまで声が届くだろうかと考えた。それからコービンの手を取って言った。「車のなかで話しましょう。ここにいたらツツガムシにやられちゃう」

「それは避けたいね」

運転席のドアに手を伸ばしたとき、コービンが後部座席のドアを開けた。「後ろのほうが広いだろう?」

小さな車なので後ろでも広々とはいかないけれど、少なくともコンソールは邪魔にならない。「いい考えね」そう言って先に乗りこむと、彼が向こう側に回らなくていいよう、すばやく奥へ詰めた。

コービンがドアを閉じたとたん、二人は深い影に包まれた。「じゃあ、ホープの話を」忘れかけていたなんて、ひどい親友。けれどコービンが大きな体で狭い空間を占めていて、暗がりで目を輝かせて、男らしい香りで攻めてくるから……。呼吸するのを忘れなかったことをほめてほしいくらいだ。

アイヴィーは咳払《せきばら》いをした。「ラングがホープにちょっかいを出したんだけど」

「ああ。兄貴はうろたえただろうね、気さくに返してくる女性に慣れてるから。ホープは興味を示されて、かなり怖がってるように見えた」

「そんなことは！」ラングが気をそがれるような展開にだけはしたくない。ただ……。

「その、たしかにホープはたいていの人を怖がるわ。でも、だからってラングに興味がないわけじゃないの」

「彼女を見てると、なぜかジャスティンを思い出すよ。輪に入りたくてたまらないのに、がっかりされるのを恐れてるみたいで」

アイヴィーは張り詰めた息を吐きだした。コービンは本当に観察力がある。「ホープは十七のとき、お姉さんの婚約者にレイプされかけたの」

コービンが凍りついた。「驚いたと言いたいが、それくらいひどいことがあったんじゃないかと予想はしてた」手を伸ばしてアイヴィーの手を取る。「頼むから、そのくず野郎は刑務所にぶちこまれたと言ってくれ」

「ああ、そう言えたらどんなにいいか」彼の手は大きくて頼もしくて、しっかり包んでくれる。「襲われただけでもひどいのに、ホープの家族は……ホープに責任をなすりつけたの。お姉さんはどうしても婚約を破棄したくなかったから、内緒にしてるようホープに言ったそうよ」

「なんてことだ」

コービンは事実なのかと訊きもしなかった。ホープを見ていれば、とても苦しい経験をしたのはだれにでもわかるのだろう。けれど、あの親友が世界から逃げたくなったのも当然なのだ。

「お姉さんの婚約者はお金も影響力も持ってる家の出で、ホープは自分の家族の支えがなければ法廷に訴えても勝ち目はないとわかってた。最初に家族に打ち明けていれば、だれにもなにも言うな、で終わってたかもしれない。だけど事件が起きたのは、大勢が集まるパーティのときでね。ゲストのほとんどが屋外にいたすきに、ホープはトイレを借りようとして二階へあがったの」

わたしがこうして語るだけでもつらいのに、それを経験したホープはいったいどれほどの苦しみを感じたことだろう。

「お姉さんの婚約者はこっそりついてきて、彼女がトイレから出てきたところに襲いかかった。最初、ホープは頭が真っ白になって、悲鳴をあげなかったし抵抗もしなかった。だって、相手は赤の他人じゃなかったから。数カ月前から知っていて、ちっとも好きじゃなかったけど、そんなことをする人間だとは思ってもいなかった」

「お姉さんの婚約者だろう？　もちろん思うわけがない」コービンは言い、握っていたアイヴィーの手を掲げて、励ますようにそっと指の関節にキスをした。

ここまで来たら最後まで話してしまったほうがいい。「ホープはだれもいない寝室に引きずりこまれたの」しゃがれた声でささやくように言った。「体にはあざが残ったわ。ひどい場所にね」息苦しくなってくる。「だけどあの子はそこで激しく抵抗した。爪でそいつの目を引っかいて悲鳴をあげさせて、なんとか逃げだした。そして寝室を飛びだすなり助けてと叫んだ。で、お姉さんより先に数人が駆けつけて、人目につかない部屋に連れていってくれた」

「それなのに、家族はホープを支えなかったのか？」コービンの声には、アイヴィーがしょっちゅう感じる怒りがにじんでいた。

「家族は婚約者のお金がほしかったの。お姉さんは、妹の勘違いだと思った。お母さんは、下の娘の過剰反応だと思った」ぎゅっとコービンの手を握る。「だれが襲ったのか、みんなにわかる前に警察が呼ばれた。その日の写真を見たことがあるけど、本当に、誤解しようがなかったわ。もちろんホープは町を出て、それ以来、家族からは連絡がない」

「なんてつらい経験だ」コービンが手を離し、アイヴィーに腕を回して引き寄せた。「彼女はきみと出会って救われたね」

「わたしも、彼女と出会って救われたわ」

コービンはしばしアイヴィーの体に腕を回したまま、背中を上下にさすっては、ときどききぎゅっと抱きしめていた。やがてこめかみにキスをして言った。「ぼくから兄貴に話そうか？　近づかないようにと忠告したほうがいいかな？」

「それが……そうじゃないの。ホープが男性に少しでも興味を示したのは、わたしと出会ってからはこれが初めてでね。ふだんなら、男性に視線を向けられただけで可能なかぎり遠くへ逃げるのよ。あなたのお兄さんはしつこく迫らなかったし、それはいいことなんだけど、ただ、ホープはほかの女性とはペースが異なるってことを知っておいてほしいの。わたしと違って――ちなみにわたしは、なるべく早くあなたとのあいだを進展させたいと思ってるけど――ホープはこの四年間、キスもしていない。もしラングが辛抱強いタイプじゃなかったり、ホープのことを機能不全だと思ったりするなら、そうね、近づかないほうがいいでしょうね。さもないとわたしに消されるから」

コービンがふっと笑った。「もし兄貴がそんなことを思ったら、ぼくはきみに協力するよ」そっとアイヴィーのあごをすくった。「だけどハニー、兄貴はそんな人間じゃない。善良だし、自慢できる存在だ」

「やっぱりね」過去の経験のせいで、ホープが同様に確信できなかったのが悲しい。

「兄貴の気持ちは代弁できないし、どうするつもりなのかはわからないけど、ぼくから説明しておくことならできるよ」

「そう言ってくれるんじゃないかと思ってた」アイヴィーは唇をなめた。「ああ、キスのほうを先にすればよかったわ」なぜって、これほど悲しくて深刻な話題のあとにキスを楽しむのは難しい。

「こんなふうに考えたらどうかな」コービンが鼻の先に軽くキスをした。「今後の楽しみができた、ってね」その残念な結論とともに後部座席のドアを開けると、アイヴィーを車からおろした。

6

日曜の朝、空は暗いままで空気はよどんでいた。午前なかばには嵐が来て電気の状態が不安定になり、やがて停電が起きた。クリニックは休診日だったものの、アイヴィーは母犬のデイジーと子犬たちが心配になってきて、コービンとジャスティンが訪ねてくる数時間前に、犬たちを家に連れてこようと決めた。

幸い、いまクリニックにほかの動物はいない。余裕をもって帰ってこられるだけの時間もある。そこで、レインポンチョと膝丈のゴム長靴で完全防備し、ハンドバッグをつかむと車庫に向かった。バックで私道から出たとたん、車の窓に雨がたたきつけてきた。あまりの勢いに、ワイパーも追いつかないくらいだ。

ホープのことも心配になってきたので携帯電話から発信し、運転しながら話そうと、スピーカーフォンにしてコンソールに置いた。

「大丈夫？」開口いちばん、ホープが尋ねた。

「こっちは停電。そっちはどう？」

「同じよ。ろうそくが必要になるなんて考えもしなかったけど、この状態が続くなら買いに行ったほうがいいかも。昨日のうちに寝室を整えておいてよかったわ。今日なら絶対、無理だった」

「じゃあ、例の男の子たちが運んでくれたの？」

「みんなすごく親切だったわ。マットレスやボックススプリングをかついで、あの狭い階段を器用にのぼらなくちゃいけなかったのに。全員にチップを弾んでおいた」

「あなたらしいわ」雨が通りにたたきつけるので、のろのろと車を走らせるしかなかった。

「わたしも手伝えたらよかったんだけど」まあ、マットレスやボックススプリングをかついであの階段をのぼれはしなかっただろうけれど。

「あなたは仕事だったでしょう？　それにわたし、楽しかった」ホープが少しためらってから小声で打ち明けた。「ラングがね、手を貸すって申しでてくれたの」

初耳だ。「隠しごとして！　なんで黙ってたの？」

ホープが笑って答えた。「申し出は断ったからよ。でもねアイヴィー、彼、すごく親切だった。手を貸そうかと言われたとき、ありがとう、でも一人で大丈夫だからと答えたら、もし気が変わったらいつでも知らせてくれとだけ言ったのよ。彼がしつこく食いさがらなかったのは、もしかして、あなたが説明してくれたから？」

「コービンにね。ラングはコービンから聞いたんでしょう」

長い間が空いた。「彼、どんな反応をしてた?」

「コービン? あなたの代わりに怒ってたわよ」きっとそうなるだろうと思っていたとおりに。「それで、兄貴の気持ちは代弁できないけど、教えておいたほうがいいと思うって言ってた。あまりしつこくあなたに迫らないようにって」アイヴィーはおずおずと尋ねた。

「これでよかった?」

「と思う」ホープが苦悩の声を漏らした。「ものすごく気詰まりだけど、それでも表沙汰にできてほっとしてる感じ。表沙汰って言っても、この数人のあいだだけの話だけど。サンセット中に知られたくはないわ」

「当然よ。ほかの人たちが知ることにはならないから安心して」

「ラングがね、電話番号を教えてくれたの」

親友の声に静かな高揚を聞きつけて、アイヴィーはほほえんだ。「かけてみる?」

「無理よ。少なくとも、いまのところは。でも、彼の番号を知ってるってすてきだなって感じてる。でね、わたしも番号を教えておいた」

これぞ進歩。「やったじゃない」

「まだ自分が男性となにかするところは想像もできないけど」

「想像なんてしなくていいの」アイヴィーは急いで言った。「自然ななりゆきに任せるだけでいい。まずは会話、ね? 大きな一歩よ」音声がぷつぷつ途切れはじめた。じきに切れてしまうだろう。「そろそろ切るわ。電波状況が悪いみたい。だけどもしなにかあったらいつでも連絡して。じゃあまた」

「ありがとう。運転、気をつけてね」

クリニックの裏口近くに停車するころには、稲光がほぼ絶え間なく光って、暗い空にストロボ効果を与えていた。小さなひさしが土砂降りから守ってくれたものの、ドアの鍵を開けるころはずぶ濡《ぬ》れになってしまった。冷たいしずくが顔を伝い、レインポンチョの首筋から内側へ入っていく。クリニックに足を踏み入れると、ゴム長靴がリノリウムの床で滑った。

デイジーが心配で、薄暗い院内を小走りで犬小屋に向かった。静まり返っているのは、荒れる嵐に邪魔をされて、アイヴィーが入ってきた音が聞こえなかったからだろう。

ドアを開けると、デイジーが驚いて吠《ほ》えはじめたものの、アイヴィーだと気づいたとたん、低く伏せた。子犬も真似《まね》をする。アイヴィーが現れたことで、デイジーは見るからに安堵《あんど》していた。

「そうよね、ごめんね」床に座ってすべての犬を撫《な》でてやる。怯《おび》えて疲れ果てた犬たちを十五分にわたってなだめていると、ようやくみんな落ちつきを取り戻したので、全員をやわらかい毛布と一緒に移動用のケージに入らせた。雨風が静まった瞬間をとらえて車まで走り、犬は後部座席に落ちつかせた。

コンソールに置きっぱなしにしていた携帯電話を確認すると、コービンからの不在着信があった。

きっと約束をキャンセルするのだろうと思うと、落胆が押し寄せてきた。もちろん頭では理解している。こうして悪天候のなかを出てきたけれど、楽しいとはほど遠い。それでも朝からずっと、二人が来るのを楽しみにしていたのだ。

コービンの番号に発信してから車を出した。電波状況が悪いので、お互い声はよく聞こえなかったものの、いま外にいると伝えたときのコービンの驚きは聞き取れた。コービンとジャスティンがこちらに向かっていると聞いて、アイヴィーも同じくらい驚いた。早めに家を出てぶらぶらしていたら嵐が来てしまったので、もし迷惑でなければ、約束より早く着いてもかまわないだろうか、というのだ。

鏡をのぞかなくても、ひどい見た目になっているのはわかった。雨が降るといつも髪は爆発するのだけれど、いま、くるくるカールはレインポンチョのフードからあちこち飛びだしている。おまけにこの寒さなので、鼻が赤くなっているに違いない。

それでもコービンは来たいと言っているし、わたしは彼に会いたいのだから、わたしの見てくれには我慢してもらおう。「いつでも来て」嵐の音に負けまいと、大きな声で言った。「十分ちょっとで帰るわ」

悪天候のせいで車通りはほぼゼロに近かったため、八分で帰宅した――が、コービンの

SUVはもう私道に停《と》まっていた。アイヴィーに気づいたコービンが車からおりてきて、車庫シャッターを手で開けてくれる――なにしろ停電中だ。アイヴィーはゆっくり車をなかに入れた。アイヴィーが車をおりる前にコービンが車庫に入ってきて、ジャスティンも飛びこんできた。

少年は新品の明るい緑色のレインコートと長靴姿で、期待の笑みを浮かべている。コービンはウインドブレーカーをはおっているものの、頭はむきだしだ。そのせいでずぶ濡れになった髪を、いま、両手で後ろにかきあげた。

アイヴィーは車をおりて二人に挨拶した。「自分が出かけた理由は知ってるし、ジャスティンはその理由を喜んでくれると思うけど、あなたたちはどうして出かけたの?」

「家を出たときは小雨だったんだ」コービンが言う。「なにか食べてからここに向かおうと思ったんだけど、そうしたら空模様が」

「代わりにぼくのレインコート、買ったよ」ジャスティンが言い、不気味な黒い蜘蛛《くも》が側面に描かれたネオンカラーの長靴を見おろした。

「かっこいいじゃない」アイヴィーは言い、なにも考えずに足を掲げて、自身のひよこ柄の黄色い長靴を見せた……直後に、穿《は》いているのがショートパンツだったことを思い出した。膝はずぶ濡れだし、鳥肌が立っている。「わ、わたしの長靴もかわいいでしょう?」

「ぼくはぼくのが好き」ジャスティンが素直に言った。

アイヴィーは噴きだした。

コービンが視線を落とし、アイヴィーの膝を見て片方の眉をあげた。「ぼくはすごくかわいいと思うよ」

話題を変えなくちゃ！「ねえ聞いて」首を倒して車を示す。「後ろの席にサプライズが乗ってるの」

「なんだろ？」ジャスティンがアイヴィー越しに車内をのぞきこもうとする。

「こんな天気のなか、デイジーとちびっ子たちをクリニックに置き去りにしてると思うと耐えられなくなって、連れてきたの」

さぞかし喜ぶだろうと思っていたのに、ジャスティンの表情は曇った。さっと下を向いて、目を合わせようとしない。

「ジャスティン？」アイヴィーはそっと近づいて話しかけた。「デイジーに会いたくない？」

「やっぱりデイジーを飼うことにしたの？」

「ええ？　違う、違う。デイジーはあなたの犬よ。嘘じゃない」たちまち少年が顔をあげたので、アイヴィーは抑えきれず、少年の湿った髪を撫でた。「わんこたちだけにしておきたくなかった。それだけよ」

「でも、おじいちゃん猫がいやがるって言ってたじゃない」

「そうね。たぶんモーリスはむすっとして、わたしをにらみつけて、ソファの下に隠れるでしょうね。それか、ベッドの下に」少年の頬を手で包んだ。「だけど、せっかくあなたが来てくれたんだから、デイジーたちと引き合わせるのを手伝ってほしいな。どう？」

ジャスティンが疑念に目を狭める。「ほんとにデイジーはぼくの犬？」

アイヴィーは胸に十字を切った。「誓ってそうよ」

ジャスティンの顔から不安が消えて、喜びに輝いた。「じゃあ手伝う！　デイジーはぼくのこと、好きだもんね？」

「デイジーはあなたのことが大好きよ」アイヴィーが後部ドアを開けると、小柄な犬が現れた。移動用ケージの側面に鼻を押しつけて、しっぽをぶんぶん振っている。

ジャスティンがケージのドアの金属格子の隙間から人差し指を突っこんで、デイジーの鼻に触れた。腰をかがめてそっとささやきかける。「やっほー、デイジー。嵐が怖い？　だいじょぶだよ。ぼくがいるからね」

コービンがそっとアイヴィーの手をつかんだ。「ありがとう」

「なにが？」

コービンがあごで息子を示してから、言った。「ケージはぼくが運ぼう」

「助かるわ」助手席に置いていた携帯電話とハンドバッグを拾ってから、家のなかに通じるドアに急いだ。ここを開けると汚れた靴や服を脱ぐためのマッドルームになっていて、モーリス用のトイレも置いてある。

そして……モーリスは多忙だったらしく、コービンとジャスティンにとってはすてきな歓迎というわけにはいかなかった。

「ごめんなさい！」アイヴィーは消臭スプレーをつかんで、せっせと噴射した。

コービンが平然と言う。「きみは猫を飼ってるんだから、猫用トイレがあるのは当然だ。気にしないよ。そうだろう、ジャスティン？」

ジャスティンはにおいに顔をしかめてつぶやいた。「うん、まあね」

玄関ホールにつながる戸口にモーリスがでんとかまえていた。堂々とした姿勢で人間の行く手をふさぎ、驚きの顔で客人とケージを見つめる。老猫がくんくんにおいを嗅いだとき、アイヴィーにはこんな声が聞こえた気がした――〝犬？ まさか犬を連れてきたのか？〟。ふわふわの灰色の毛が逆立って、しっぽがふだんの倍の太さにふくらむ。モーリスは背中を丸めて、ぎろりとにらんだ。

「連れていくわ」アイヴィーはそう言って手を伸ばしたが、猫は裏切り者めと言いたげにうなって、さっとよけた。

「モーリス！」アイヴィーはたしなめた。「お願いだから協力して」

ざらついた〝にゃーお〟の声を残して、老猫は廊下を駆けていった。

「あーあ。これで何時間もすねたままだわ」

コービンとジャスティンが顔を見合わせて、にんまりした。

「人に話すみたいに話すんだね」ジャスティンが言う。

「そうよ。だってもう十五年も〝よき相棒〟なんだから」ひたいをさする。「わたしと同じでモーリスも、自分の好きなやり方が決まってるのよね」いまのところは仕方がないと切り替えて、笑顔で二人のほうを向いた。「それはさておき、濡れた長靴はここに置いて、レインコートはそのフックにかけて。コービン、先に荷物を置いてきていいかしら。そのあとケージをもらうわ」すばやく長靴を蹴って脱ぎ、ベンチの下に置いてから、水のしたたるポンチョをどうにか取り去った。

それを見ていたコービンの両眉がまたあがった。

アイヴィーは自分の体を見おろして、その理由を悟った。ぶかぶかの白いTシャツはずぶ濡れで、ブラをつけていない胸のふくらみにへばりついていた。

ありがたいことにジャスティンはおニューの長靴を脱ぐことに集中していた。

アイヴィーはさっとコービンに背を向けた。「いけない、着替えなくちゃ。すぐ戻るから、くつろいでて」顔を真っ赤にして、モーリスに負けないすばやさで逃げだした。短い廊下を駆け抜けると、キッチンを過ぎて寝室に入り、音を立てずにドアを閉じて、そこにぐったりと背中をあずけた。

どうしよう、十歳の息子がすぐそばにいるコービンに、とんでもないものを見せてしまった。恥ずかしさで顔から火が出そう。唯一の救いは、ジャスティンがわたしの失態に気づきもしなかったこと。

ほてった顔をしばし手で扇《あお》ぎ、ドアから離れて小さなバスルームに向かった。

鏡をちらりと見たとたん、愕然《がくぜん》とした。ふだんでも言うことを聞かない髪は、完全な無法状態になっていた。急いで撫でつけようとするものの、手に負えない。歯を剥《む》いて、鏡に映る自分にうなった。

きつめのカールをおしゃれに見せられる女性もいるけれど、わたしはそんな一人じゃない。

コービンが初めて家に来てくれて、二種類の動物が衝突しようとしていて、まだ嵐が続いているいまこのときに、めかしこんでいる時間はないと判断し、寝室に戻って服を脱いだ。

なにを着よう？　なにを着る？

犬の吠える声が聞こえたので心配になり、とりあえず別のTシャツをつかんだ。ダークグレーの地に、白でNOPE《いいえ》と胸にプリントされた一枚だ。黒と灰色のパジャマパンツを見つけて手早くそれらを身につけたとき、ドアをノックする音が響いた。

「アイヴィー？」ジャスティンがドア越しに小声で呼ぶ。

大股二歩でドアにたどり着き、さっと開けた。「どうしたの？」

少年は笑顔で見あげ、アイヴィーの手を取ると、小声でうながした。「ちょっと来て」

不安が好奇心に変わった。ジャスティンのしぐさに信頼を感じつつ、あとに続くと――

床に座ったコービンが長い脚を前に伸ばし、デイジーと子犬たちがその膝にのって……老猫モーリスがかたわらに寄り添っていた。

驚いた。アイヴィーは胸に手を当てて、爆発しそうな感情を抑えた。

コービンが片手で老猫の首をやさしくさすり、もさもさの毛を撫でつける。もう片方の手は、子犬たちが逃げださないよう見張っている。そしてときどき前かがみになっては、デイジーの小さな丸い頭に鼻をこすりつけていた。

その光景に、アイヴィーは完全に心を撃ち抜かれた。

「いいでしょ？」ジャスティンがぎゅっと手を握った。「行こう。でもすっごくゆっくりね。パパが、このおじいちゃん猫はしんけいしつだって言ってたから」

「あなたのパパは本当に頭がいいのね」まさかあのモーリスが、あれほど犬の近くに行くなんて。ふだんは人も嫌いなのだ。ジェフのことはいつも避けていた。

わたしが寝室にいたのはほんの十分ほどなのに、コービンはいったいどうやってこんな芸当をなしとげたの？

ジャスティンが手を離して床に両手両膝をつき、そっと近寄っていく。モーリスがそれに気づいてコービンに寄り添い、のどを鳴らしはじめた。

だめ押しだった。間違いなく、この瞬間に恋に落ちた。コービンと出会って日は浅いけれど、わたしの愛猫が彼を信頼したのだ。

大地を揺るがすような衝撃ではない。むしろ、じんわりと骨に染みるような感覚。

アイヴィーも猫を驚かさないよう、床に両手両膝をついて、モーリスのそばに寄っていった。白いものが混じってきた猫の長いひげは顔の周りでカールして、目の上の長めの毛もうねっているから、いつでも不機嫌な顔に見えるものの、のどを鳴らす声だけがそれを裏切っていた。

「おまえはやさしいおじいちゃんだよな、モーリス」コービンがやさしく話しかけて猫の背を撫でる。「怯えた小さなわんこが訪ねてきても、気にしないよな?」

答えるようにモーリスが体を伸ばして、デイジーのにおいを嗅いだ。犬のほうは凍りつき、しっぽだけを動かしながら、なりゆきを見守った。子犬の一匹が仲間に加わろうとしたものの、モーリスに前足でぴしゃりとはたかれて、お尻をついてきょとんとした。

ジャスティンが小声で笑った。「大丈夫だよ」そしてその子犬を膝に抱きあげた。

アイヴィーは鼻をすすった。「二人とも、なんてやさしいの。こんなに感動的な場面には、心の準備ができてなかったわ」

「みんな仲良くできそうだ」コービンが言う。

「それでもデイジーはぼくの犬だからね」ジャスティンが忠告した。

これにはアイヴィーもにんまりしてしまい、するとコービンもにやりとして、じきに全員で静かに笑いだした。

いやがる動物はいなかった。


ホープは嵐にこぶしを振りあげたものの、雨も風もやむ気配はなかった。憎たらしい。「どうして立ち往生なんてしちゃったの？」そう自問するのも二十回めだ。いまから少し前、よく響く大きな音とともに電力は途絶えた。黒雲と陰気な空がほとんどの光を遮っていて、まだ午後二時だというのに日暮れに思えた。せめて懐中電灯を手に入れなくてはと雨具を着こみ、車に乗って発進し……私道を出たところでぬかるみにはまったのだった。

わたしったら、なんて腕のいいドライバー！　どうしたらこんな状況に陥れるの？

どうしたらいいのかはわからないけれど、月曜の朝に車が必要なことはわかっている。仕事に行かなくてはならないからだ。アイヴィーはいまごろコービンと一緒だろうし、それは絶対に邪魔したくない。

唇を噛《か》んで考えた。ラングは母屋に一人だろうか。それとも、彼も出かけた？

いきなり携帯電話が鳴ったので、びくんとした。ああ、心臓が飛びだしたかと思った。発信者をたしかめもせずに画面を親指でスワイプし、大きな声で言った。「もしもし！」

緊張の一瞬のあと、笑い声が聞こえた。「間が悪かったかな？」

唖然《あぜん》とした。ラングだ。「ごめんなさい！　嵐のせいで……車の屋根にたたきつける雨の音がうるさくて、よく聞こえないの」

「この天気のなかを出かけたのか？」

「それは……」窓の外をちらりと見ると、車の周りに池ができつつあった。「まあ、そんな感じ？」

「そんな感じ、というと？」

「懐中電灯とかろうそくとか、あったら助かるものを買いに行こうとしたの。調理要らずの食品とか。そうしたら……立ち往生しちゃって」

ラングは冷静と忍耐の権化のように尋ねた。「立ち往生って、どこで？」

「うちの……私道？」

「よくわからないのか？」

ホープは目を狭めた。「うちの私道よ」

「なんでまたそんなことに？」

わたしを笑っているの？　いつもは隠れているかんしゃくが急に目を覚ました。「もう切るわ」

「待てよ」にやにやしているのが声からわかる。「だから電話したんだ。じつはおれも買い物に行くところで、必要なものはないか、きみに訊《き》こうと思った。だがそういうことなら、迎えに行くから一緒に行かないか？」

一度にいろんなことが起きた。心臓は猛スピードで打ちはじめ、全身の肌がかっと熱くなり、恐怖がこみあげてきたものの、同時に好奇心も芽生えた。「それは、その……」

「ホープ」驚くほどやさしい声だった。「店まで行って買い物をすませたら、きみの車を見てやるよ」

「ぬかるみにはまってるの」ほかにはまだなにも言えそうになかったので、とりあえず説明した。「抜けだそうとしたら庭をめちゃくちゃにしてしまいそう」

「だろうな。じゃあ、どうする？」ラングはそう言って、待った。やがて誘うようにつけ足した。「三分でそっちに行けるが」

ホープは考えすぎてしまう前に、目を閉じて言った。「いいわ」緊張で全身が固くなった。

「よし」ラングの声に変化はなかった。押しつけがましい雰囲気も、警戒すべき興奮も聞きとれない。「じっとしてろ。タオルを持っていく」

電話が切れたとたん、過呼吸が起きるかと思った。車内の空気が重たくなって、温度があがった気がする。意図的に呼吸をゆっくりにしてみると、ほんの少し楽になった。ひりひりするような緊張感で凍りついたまま運転席にじっとしていると、私道の先にヘッドライトが見えてきた。彼は怖くない、と自分に言い聞かせる。彼は理解してくれる。大丈夫。

アイヴィーがわたしを間違った方向へ押しだすわけがない。

その最後の説得で心が静まった。これまでに出会っただれよりもアイヴィーを信頼していた。アイヴィーしか信頼できないときもあった。

ラングが助手席側にトラックを寄せて、停めた。それから帽子をかぶったので、外に出て迎えに来るつもりだとわかった。そんなことをしたら二人ともずぶ濡れになってしまう。そう思った瞬間、勇気に背中を押された。

大きく手を振ることで〝待って〟と伝え、エンジンを切ってハンドバッグをつかむと、彼のトラックの助手席まで直行できるようにコンソールをのりこえた。不機嫌な空をもう一度にらんでから上着のフードをかぶり、ドアを開けてトラックに走った。

たどり着く前にドアは開いたものの、座席が高いので乗りこむのに少し時間がかかった。いたるところに水滴をしたたらせながら顔をあげる――と、甘やかすようなラングの笑顔が目に飛びこんできた。広いはずの座席が急に縮んでいく気がして、これでは彼に近すぎるし彼しか見えないし彼の香りがわかるし彼を感じてしまう――

「今日はちょっと湿気が多いな」

皮肉っぽい冗談のおかげで募っていた緊張が緩み、どうにかほほえむことができた。

「ちょっとね」

ラングが当たり前のように大きなビーチタオルを差しだした。「雨があがってしまえば、きみの車をぬかるみから出すのもそう難しくないだろう。見たところ、もともとあったわだちにはまったんだな。つまり、これまでにも大勢が同じ箇所で行き詰まったということだ」

タオルの端で水のしたたる顔を押さえながら、そっと自分の車を振り返った。ほかの人も同じ箇所で同じ目に遭ってきたなら、それほど間抜けな気もしない。「そうね」

「コービンとおれであそこに砂利を足してもいい。弟が帰ってきたら相談しておこう」

「ありがとう」

「どういたしまして。寒くないか？」

ああ、この人はなんてやさしくて、なんてさりげないんだろう。おかげでどんどん緊張がとけていく。「ええ、大丈夫よ」タオルであちこち押さえながら、なにか言うことを思いつこうとしたが、ほとんどなにも思いつけなかった。「本当に感謝してるわ。どうしたらいいかわからなくて途方に暮れてたの」

「なあ」ラングはこちらに手を伸ばしかけたものの、思いなおしたようにすぐ引っこめた。「いつでも電話してくれていいんだぞ」

ホープはうなずいたが、いまの言葉に考えてしまった。「いつまでここにいるの？」

「コービンの家に？」ラングが肩をすくめる。「しばらく、だな。ジャスティンと本当の意味で知り合って、弟は大丈夫だと確信がもてるまで」

「コービンなら大丈夫でしょう?」

「わからないぞ、ホープ」じっと嵐をにらんでから、視線をこちらに向けた。「いきなりおまえは父親だと言われて、しかも息子は赤ん坊じゃなくもう十年も生きていたなんて知らされたら、どうだ? なかなかきついと思うぞ。罪悪感や怒りが津波のように押し寄せてくるだろう。なのにコービンはよくやってる。じゅうぶん頼もしい父親だ。それでもわかるんだ——あいつはまだ自分の考えや感情と格闘してるってな。シングルファーザーの日常っていうもののなかに足場を見つけようとしてるって」

水滴をできるだけ拭ってしまうと、タオルをたたんで膝にのせた。「あなたたち兄弟は仲がいいのね」

「コービンとおれか? ああ」昔のことを思い出したのか、笑みが浮かんだ。「昔から仲はよかった。あいつが頭痛の種だったときもな。だが父が死んだあとは……」笑みが薄れた。「思うにおれたちは、兄弟で力を合わせて、母を支えようとしてたんだろう。で、母のほうはおれたちを支えようとしてくれてたから、しばらくは機能不全の愛情祭りみたいなことになっていた。いきなり放りこまれた状況に幸せのラベルを貼ろうとして、それぞれが必死になってたんだ」

「すごくつらかったでしょうね」

「父を喪《うしな》ったのは最悪だった」声が低くなり、少しざらつく。「父と母は……いろんな意味で完璧な夫婦だったんだ。伴侶を亡くして、母は本当にしんどかったと思う。おれは十四だったが、一家の長にならなくちゃいけないんだと思いこんだ」

「そんな若さで」

ラングが鼻で笑った。「母からしたらほんのガキさ。おれがなにを考えてるのかすぐに見抜いた母は、あっという間に仕切りなおしてくれた」

この四年間で初めて男性と二人きりだということも忘れ、ホープはシートベルトを締めなおして尋ねた。「どうやって？」

「コービンとおれを座らせて、三人でじっくり話をした。母は、いまもわたしがボスだとはっきり言った――ちなみに母はえらそうなボス役を務めるのが大好きだ。それからこう続けた――助けてくれるのはうれしいし、そういう思いやりをもった人に育ってくれて喜んでもいるけれど、あなたたちにはこれまでどおりでいてほしい。つまりいたずらをしたり、ときにはだらしなかったり、まったく完璧じゃなくていい。わたしはそのたびに間違いを指摘する。悲しみは悲しみとして受け止めればいい、なぜならそれこそお父さんが喜ぶことなんだから、と」

なんてすてきな悲しみへの向き合い方。「なんだか目に浮かびそう――あなたのお母さんが息子たちに語りかけてるところも、三人全員がお互いに感じてる愛情も」

ラングがトラックのギアを入れて私道を進みはじめた。「すべてバラ色だったなんて思わないでくれよ。若いころはコービンもおれも、うるさくてやんちゃで屁理屈《へりくつ》だらけのばか野郎で、けんかばかりしていたんだから。だがまあ、たいていの男子はそうだな」

「ジャスティンがこれからどんなふうになるか、二人ともわかってるみたいね」楽しかった。楽しい以上だった。アイヴィー以外のだれかと、こんなに長くてこみいった会話をしたのは本当に久しぶり。少なくとも、クリニックに連れてこられたペット以外の話題で。

「かもしれないが、いまのところジャスティンはおれたちとは違うな。ふてくされてるわけじゃないが、たいてい感情を内に抑えてる。おそらく大きな不安を心の奥底に隠してるんだろう」

その見立てに驚いて、ホープは尋ねた。「そう思うの?」わたしの目には、ジャスティンはいつも笑顔の、とてもやさしい少年に見える。

ラングが車を幹線道路にのせながら、片方の肩を回した。「たぶん、きみも控えめだから気がつかないのかもしれないな」

なぜいまの言葉で侮辱されたと感じるのか、わからなかったものの、ずいぶん久しぶりに人からどう思われるかが気になった。「みんながみんな、社交的で感情をおもてに出すとはかぎらないでしょう」

ラングはちらりとこちらを見たものの、曇天と降りつづく雨のせいで、意識は道路に集中させたままだった。「ああ、そうだな。シャイな人もいるし、ものすごくやさしい人もいる。生まれつきおとなしい人も」

そして臆病者も。ホープは湿ったタオルを撫でて、ラングのほうを見ないまま言った。「わたしはその全部に当てはまる」それを聞いても彼はなにも言わず、先をうながしているように思えたので、思い切って続けた。「しかも、すぐ不安になるの」

「おれといてもか？」

土砂降りに負けまいと必死に働くワイパーが、濡れた地面を転がるタイヤの音と車の屋根をたたく激しい雨音に、シュッシュッシュッという音を足していた。

ホープは正直に打ち明けた。「あなたといるときは、そんなに不安にならないかも」

「よかった」

打ち明けても怖じ気《おけ》づかれなかったことに安堵しつつ、ホープはそっと彼を見た。なんてすてきな横顔。コービンと同じで、りりしいあごに男らしい鼻だけれど、髪はいつも弟より少しくしゃくしゃ。「どうしてあなたは違うのか、よくわからない」ささやくように言った。

「化学反応のせいさ」ラングが迷いもなく言った。「おれたちのあいだにある」

ホープはまばたきをして、じっと彼を見つめた――すると、引き結ばれていた唇がにやりと笑みを浮かべた。ホープは尋ねた。「化学反応？」

「きみ自身も含めた全員が思ってるほど、おれはきみが繊細だとは思わない。だからはっきり言わせてもらう」

警戒心が目覚めた。「なにを?」

「おれの考えを。真実を」またちらりとこちらを見た。「いいな?」

いいもなにも、あなたのトラックにあなたと二人きりでいるいま、わたしになにができるっていうの?

どのみちラングは許可を待つこともなく、ただ先へ進んだ……まるでふつうの女性と話しているみたいに。

「ホープ、おれはきみのことをものすごくホットだと思ってる。そのつややかな黒髪と、問いかけるような青い目も好きだ」眉根を寄せる。「最初に目を引かれたのはそこだった。まあ、男に注目されることには慣れてるだろう?」

まさか! ちっとも慣れていない。最後に注目されたのは……だめ。あの男のことは考えたくない。

ラングがまた反応を待たずに先を続けた。「だがおれもばかじゃないから、きみが怖がってることにはすぐに気づいた。おれは距離を保ったよな?」

「ええ」それには感謝している。

「だがそれでもきみに惹《ひ》かれたのはたしかだ。ほほえんでいいのかわからないと思ってるみたいな、かすかな笑顔。警戒心いっぱいにおれをじっと見つめる目。じつにおかしな反応を引き起こされたよ。笑えるって意味のおかしいじゃなく、なんというか、混乱させられるというか。きみをセクシーだと思ってるのに、撤退せよというメッセージを受け取って、不安そうなきみのめちゃくちゃキュートな姿《すがた》を目の当たりにして」

アイヴィーにもキュートだと言われたことがある。じゃあ、本当なの？　悲しいかな、いまではまじまじと自分を見つめることさえできなくなっている。ごくりとつばを飲んで言った。「わたしの目には、そうは映らないわ」

「自分自身が、ということか？」

うなずいたあとでラングが道路を見据えているのに気づき、咳払《せきばら》いをした。「わたしはずっと……」怖かった、とは言えない。「……長いあいだ、不安だったの」

「四年、だってな。どこかのくず野郎がきみにひどいことをしてからずっと、か」ふうっと息を吐きだす。「おれは違うってわかってくれるよな？」

頭ではわかっている。けれどそれとは関係なく、体が勝手に反応するときもあるのだ。

「わかってるわ。ただ、やっぱりいまもびくびくしてしまうの」

ラングは食料品店の駐車場に車を入れて、店の入り口近くに空きスペースを見つけた。トラックのギアをパーキングに入れたものの、エンジンは切らないし、こちらを見ることもしない。降りしきる雨を見つめたまま、あごをこわばらせて、ささやくように言った。

「きみがくぐり抜けてきたことも、どんな思いをしてきたかも、わかるよなんてことは絶対に言えない」両手でハンドルを握りしめ、不意にこちらを向いた。「だが想像力は腐るほどもってる。一晩中、きみのことを考えて過ごした。すぐにでもきみに会いに行きたかったが、それはやりすぎだとわかってた」

まっすぐな視線にとらえられて、ホープは目をそらせなかった。薄暗いトラックのなか、薄茶色の目に魔法をかけられる。彼は近づいてきていないのに、二人の距離は消えてしまったかに思えて、自然と呼吸が速くなった。

「電話をかけて、きみがぬかるみにはまってると知ったときは、正直、やったと思った」視線をホープの顔に走らせて、両頬とあご、唇を眺めてから、また目を見つめた。「きみのもとに駆けつける完璧な理由が手に入ったからな」

ホープは首を振った。「わたしのところに来たかったなんて、信じられない」

「それはきみが、魅力的な女性を見てしまった男じゃないからさ。おれの目に映るものを、きみは見ていない」ハンドルを握っていた両手から力が抜けて、一心な表情もやわらいだ。「おれが感じるものを、きみは感じていない」

心臓が一瞬止まって、ホープはささやいた。「それはなに?」

「言っても怒らないでほしいんだが、筆頭は守りたいって思いだ」少し考えてから、しっかりうなずいた。「おれはきみを守りたい。おれと一緒にいれば安心だと感じてほしい」

怒りはたしかに芽生えたものの、好奇心に負けた。「そう感じてると思うわ」

ラングがうれしそうに短くほほえんだ。「もっときみを知りたい。そんなことは可能だと思うか？」

ああ、可能だと思いたいけれど……。「わからない」

「だったら、やってみるっていうのはどうだ？　で、もしどこかの時点で圧を感じたら、すぐおれに言う。おれだって完璧な人間じゃない。そこをわかってくれ」

われながら驚いたことに、笑みが浮かんだ。「完璧な人間っていう印象は受けてないわ」

「よし」からかわれたのに、ラングは真剣そのものだった。「ぶっちゃけていこう。おれがときどき失敗する可能性はあるから、そのときは迷わず指摘してくれ」

「じゃあ……わたしたち、一緒に過ごしたりするの？」

「そう願いたい。こんなふうにただ出かけたり、きみがそうしたければデートしたり。家が近いんだから、夜にコービンとジャスティンとおれで映画を見るときなんかは来てくれてもいい。午後に湖で泳ぐのも悪くないな」

「水着を持ってないの」

「じゃあ買え。それか、Tシャツとショートパンツで泳げ」

ぬくもりに全身を包まれた。そうしたい。急に、ラングの言ったことすべてが楽しくてわくわくするような、本当に可能なことのように思えてきた。少しめまいを覚えつつ、うなずいた。

「すばらしい」ラングが身をのりだして、フロントガラスの外を見た。「雨が少し弱まってきたな。店まで走るか?」

ついやわらかな笑みが漏れた。この男性はすべてにおいて肩の力が抜けているので、こちらまで緊張がとけてくる。「いいわよ」

ラングもほほえんだ。「買い物がすんだら、どこかでなにか食べるか? まあ、この悪天候のなかでやってる店があればの話だが」

速攻でうなずいてしまった自分に、また笑いが漏れた。「ほとんどのお店は発電機を持ってるから……ええ、ぜひ」

ラングがわざとおどけた顔で両手をこすり合わせた。「しめしめ、思ってたより順調だな。さて、行くぞ。競走だ」

ホープは考える前にトラックから飛びおりて、雨のなかを駆けだしていた。屈託なく笑い、ばかみたいに幸せな気分だった。

背後でトラックのドアがばたんと閉じる音がしたと思うや、ラングのスニーカーが濡れた地面をたたく音が近づいてきて、すぐに彼が横に現れた。さらには後ろ向きで走って、ホープをあおりもする。「ほら遅いぞ! それで精一杯か?」

ホープは速度をあげて彼を抜き去ると、その勢いで危うく自動ドアにぶつかりそうになった。ドアが開いてラングが追いつき、くすくす笑うホープをよそに、驚いてこちらを見ている買い物客の前で真顔を保った。
楽しい。わたし、心の底から楽しんでいる。それも、男性と一緒に。
そのとき悟った――新しい世界が開かれようとしていると。ああ、早くアイヴィーにな
にもかも話して聞かせたい。

7

それからの一カ月で、コービンとアイヴィーはわくわくするけれど心地いいパターンに落ちついていった。コービンとジャスティン親子は最低でも週に三回、当初の予定どおりクリニックを訪ねるのではなく、アイヴィーの家に来る。おかげでジャスティンはゆっくりデイジーと遊べるし、アイヴィーは二人に会えて楽しい時間を過ごせる。たいていの夜、コービンは夕食を持ってきてくれたので、アイヴィーはただシャワーを浴びて着替えればよかった。それでも二度ほど夕食を作ると言い張ると、ジャスティンは好きなものを教えてくれた。大好物はミートローフだけれど、アイヴィーお手製のフライドチキンも気に入って、パパがファーストフード店で買ってきてくれるのよりずっとおいしいと宣言した。

犬嫌いなはずの老猫モーリスは、なんとデイジーのことが大好きになった。アイヴィーが外出するときは、子犬たちはマッドルームから出られないようにしておくものの、孤立することはめったにない。あの老猫は、柵を越えてマッドルームの猫用トイレに向かうと、たいてい長居をするのだ。全員がそこに集まっているのをアイヴィーが見つけることもしょっちゅうだった。モーリスが嫌いではない犬など出会ったことがないのだから、驚きだ。たぶん、デイジーがとても小柄で臆病な犬で、モーリスには友達のように接するからだろう。

屋根裏にのぼるのは、アイヴィーとジャスティンのお決まりコースになった。初めてのぼったときのジャスティンときたら、すっかり大喜び。周囲を見まわす少年の声ににじむ感動は、いまも忘れられない。

「すごい」数秒の間。「すごい！　これ、ほんとに全部一人で集めたの？」

「何年もかけてね」アイヴィーはそう言って少年の肩に手を置いた。「わかったでしょう？　わたしもあなたに負けないくらい、ホラー関係のものが大好きなの」

「もしかしたらぼく以上かもしれないね」少年は熱をこめて言い、このうえなく慎重な手つきで『エイリアン』のアクションフィギュアを持ちあげた。

アイヴィーはお宝に出会ったときの興奮をあらためて感じつつ、その場で決めた。「ねえ、『エイリアン』関係のグッズを全部、下に持っていかない？　そうすれば、こんなほこりまみれのごちゃごちゃから離れて、じっくり見られるでしょう？」

「ほんとに？」ジャスティンはわーいと歓声をあげて、そのあとは家に帰る時間が来るまでずっとフィギュアで遊んでいた。二人が帰ったあと、アイヴィーはそれらをふたたび屋根裏に片づけるのではなく、ゲストルームに運んだ。

次に父子《おやこ》が訪ねてきたときは、古いモンスター映画のポスターをすべて下に持っておりた。フランケンシュタイン関連のグッズもいくつか下におりてきた。磁器製の貯金箱や、かつてアイヴィーが作って色を塗ったねじ巻き式の人形数体などだ。ほどなくゲストルームは懐かしいコレクションでいっぱいになり、アイヴィーはいろんなものをジャスティンにプレゼントするようになった。

たしかに貴重なコレクションだけれど、屋根裏でほこりを集めているだけなのだから、かまわないでしょう？ どのみち自分が絶対に売らないことはわかっていた。ジャスティンはプレゼントされたもの一つ一つに大喜びしてくれたし、未練がましく手元に置いておくよりも、そのほうがずっと価値がある。

ラングがジャスティンの部屋に棚を作ったので、少年はそこにいろんなグッズを誇らしげに並べたものの、お気に入りは腕や脚を動かしてポーズを変えられる昔ながらのモンスターらしい。コービンによると、たいていそれらで遊んでいるとのことだった。

今夜、父子はアイヴィーの家に来ていて、大人二人はキッチンテーブルでパイの残りをつついている。ジャスティンは犬と猫を従えて、リビングルームで古いコミックブックをめくっていた。開いた戸口から見ると、少年は仰向けに寝転がって、デイジーがその右に、モーリスがさらにそのとなりに寄り添い、子犬たちは少年の上や周りで遊んでいた。

コービンが最後の一口を頬張ってから椅子の背にもたれ、平らなお腹を両手でさすった。

「きみが料理を始めてから二キロ近く増えたよ」

アイヴィーはにんまりした。「なに言ってるの。ジャスティンと一緒にしょっちゅう走ってるんだから、体重が増えるすきなんてないでしょう」

コービンはまだ仕事に復帰していない。代わりにジャスティンとジョギングをしている。あるいはカヤックに乗ったり、泳いだり。二人は永遠に忙しい。

「一緒に走りはじめたときは、あの子がここまでジョギング好きになるとは思ってもみなかった。無尽蔵のスタミナだよ。たいてい、ぼくがそろそろやめようかという段になっても、あの子はまだまだ走れるんだ」ジャスティンのほうを見て、声を落とした。「いいパターンができてきたと思う。朝はジョギング、昼間はいろんな用事、夕食はきみととって、夜の映画の前に泳いだりカヤックに乗ったりする。この日々を変えたくはないんだけどね、そろそろ仕事に戻らないと」

わたしとの時間を短縮しなくてはいけないとしても、仕方ない。コービンのことがよくわかってきたので、彼がジャスティンとのきずなを育みつづけるだろうこともわかっている。息子との時間を大切にしていることはだれが見ても明白だから、となると、ほかのなにかを手放すしかない。つまり、わたしとの時間の一部を。

頭では理解できても、受け入れるのが簡単というわけではなかった。「仕事は家でできるって言ってたわね」

コービンがうなずいた。「五月と六月は完全にオフにしたんだが、七月はもうすぐそこまで来てるから、そろそろ復帰するころあいなんだ。週三十時間くらいから始めるけど、いずれは四十時間プラスアルファになるだろうな」

アイヴィーは手を伸ばして彼の手を取った。二人きりの時間はいままでもじゅうぶんかぎられているけれど、コービンはいつも別れ際にキスする方法を見つけてくれていた。彼はもうやるべきことを山ほどかかえているのだから、さらに負担を増やしたくない。

むしろ彼が楽になるように、自分の欲求を抑えつけて、尋ねた。「これからはなかなか会えなくなるって言おうとしてるのよね？」

「ええ？　違うよ」ちらりとジャスティンを見て、また声を落とした。「とんでもない。別の解決法を提案するつもりだった」

アイヴィーはほっとしてほほえんだ。「ぜひ聞かせて」

「ぼくらがデイジーと子犬を引き取ると言ったら、どう思う？」

予想外の言葉だった。犬を引き取る？　そうなったら……すごく寂しくなってしまう。

「それがどうして解決法になるの？」

「アイヴィー」コービンが穏やかな口調で語りかけた。「きみは、本心では子犬を手放したくないし、ジャスティンも同じ思いだ。ラングは、犬の世話にも全面的に協力すると言ってくれてる。ジャスティンのことでも手を貸してくれてるんだが、あまりかかりきりにはさせたくない。なにしろ兄貴はホープとつきあいはじめたから」

そうなのだ。親密な交際ではないし、軽いキスさえまだの仲。それでもホープは毎日のときめきで輝いていた。ラングは毎晩ホープに会いに来て、二人は森のなかを散歩したり、ドックで夕日を眺めながら静かなひとときを過ごしたりするそうだ。ただ、いずれラングがそれ以上を求めるようになるのでは、とホープは心配していた。そのとき自分は〝それ以上〟を与えられるのだろうか、と。

それでもいまのところは、親友は幸せのオーラに包まれていた。クリニックを訪れるペットの飼い主さえ、ホープが明るくなったことに気づいていた。

「あの子犬たちにすっかり愛着をもってしまったのはたしかよ」

「で、きみと同じくらいあの子たちを大事にしてくれそうな人、信頼して任せられる人はそう多くないんだろう？」

アイヴィーはこれについてしばし考え、コービンとジャスティンなら信頼できると結論をくだした。「だけど、そうなるとますますあなたがたいへんにならない？」

コービンが手を引っ張ってアイヴィーを立たせ、椅子のそばに引き寄せてから、膝の上に座らせた。アイヴィーのウエストに両腕を回して、やさしくほほえみかける。「考えてたんだ――願ってたんだ、毎晩、ぼくらの家で一緒に夕食をとりたいと思ってくれないかなと。できたら一緒に泳いでくれないかなと」身をのりだしてキスをしたものの、息子が近くにいるので、唇を軽く触れさせるにとどめる。「そうすれば、ぼくらの日課がもっと満ち足りたものになる」

思いがこみあげて、アイヴィーはたくましい胸板に寄りかかり、首筋に顔をうずめて両腕を回した。「そうできたら最高よ」

コービンの手が背筋を上下にさする。「でも、があるんだね？」

「毎晩、モーリスを置いていけないわ」

「モーリスはお出かけが嫌いかな。一緒に連れてくることはできない？　デイジーに会えれば喜ぶだろうし」

なんだか本当にお互いの生活を縒《よ》り合わせようとしているみたい。アイヴィーは回した腕に力をこめた。「短時間ならケージでの移動も大丈夫だと思う」急にすべてが変わろうとしているような気がしたけれど、かまわなかった。自分の気持ちならもうわかっている。ほとんど初めて出会った日から、ずっと変わらないままだ。

「じゃあどうかな。賛成してくれる？」

彼の首筋があまりにいいにおいなので、抑えきれずに一瞬、肌を吸ってしまった。反応してコービンがぴくりとすると、アイヴィーもそれに反応した。少し体を離してうなずいた。「ええ。ただし条件が一つ」尋ねるすきを与えずに続けた。「都合が悪くなったときは、いつでもそう言って」

「きみもだよ」また唇を重ねて短いキスをする。「きみと一緒にいたいけど、無理強いはしたくないんだ」

ジャスティンの笑い声が響いたので、二人同時にそちらを向いた。少年が高く掲げたコミックブックを、子犬の一匹がつかまえようとしている。するとジャスティンは、デイジーやモーリスの邪魔をしないよう慎重にコミックブックをコーヒーテーブルに置いてから、やんちゃな子犬を抱きあげた。

ああ。「あなたの息子が大好きよ、コービン。本当にほれぼれする」

「ありがとう」

彼の言い方とその言葉の重みに、アイヴィーは驚いた。たちまち金茶色の目に溺れる。この男性と朝まで一緒にいられたら、どんなにいいだろう。けれどそんな願いを実現させる方法はまったく思いつかないので、声に出して言うことはしなかった。それでも願っている。心の底から。

ジャスティンが子犬を抱いたままキッチンに入ってきた。「この子は男の子？　女の子？」

アイヴィーは慌ててコービンの膝からおりようとしたものの、コービンは腕をほどこうとしなかったし、ジャスティンもなにかが変だと思っている様子ではなかった。そこで少年から子犬を抱き取って掲げ、宣言した。「男の子ね」毛色も目の色も、子犬はみんな同じで、性格をのぞけばそれぞれの目立った特徴はまだ現れていない。「男の子二匹に女の子一匹よ」

ジャスティンが首を傾《かし》げてささやいた。「どうやってわかるの？」

いたずらっぽい光がコービンの目にまたたいた。「そうだよ、アイヴィー。どうやってわかるんだ？」

ところがどっこい、こちらは獣医になって長いのだ。ひそひそ声で答えた。「男の子にはペニスがあって、女の子にはないのよ」子犬を太ももの上に固定し、小さな丸いお腹をあらわにさせた。「ね？」

ジャスティンが大まじめな顔で眉間にしわを寄せ、じっと子犬を観察した。「うん」ふたたび好奇心が満たされると、ジャスティンはいかにも子どもらしく、すぐさま別の話題に移った。「じゃあフレディ・クルーガーからとって、フレディって名前にしてもいい？」

「まだその名前をつけたいのね？」アイヴィーは少し考えるふりをした。「ふーむ、この子も気に入るんじゃないかしら」

ジャスティンはちょっぴりいたずらっぽく尋ねた。「もう一匹の男の子はジェイソンでどう？」

アイヴィーはほとんど笑いをこらえられなかった。「いいんじゃない？」ため息をついてつけ足す。「となると、またメスのわんこと女の子の名前の難しさに逆戻りね」

「リリーは？　コミックブックを読んでたら、フランケンシュタインの怪物はリリーと結婚したよ」

「いい考え！　リリーって響きもぴったりじゃない」

するとジャスティンがゆっくり近づいてきて、一瞬ためらった直後、細い両腕をアイヴィーの首に回してぎゅっと抱きしめた。まったく予期していなかったその行動に、アイヴィーは驚きと感動の両方を覚えつつ、片腕で少年を抱き寄せて、太陽に温められた髪と肌の香りを吸いこんだ。

いまもコービンの膝の上にいたので、コービンは長くたくましい腕で難なく二人ともを包みこみ、それぞれの頭にキスをした。

ジャスティンがもぞもぞと逃げながら尋ねた。「パイ、まだある？」

アイヴィーはもう一度少年を抱きしめたかったものの、ジャスティンが我慢できる愛情表現には限界があるとわかっていたし、いまのハグで満足するべきだと思いなおした。

「ええ、あるわよ」コービンにならって、ジャスティンのおでこに軽くキスしてから子犬を返すと、おまけでコービンにもキスをして、ついに彼の膝から立った。

最初は気楽に楽しむつもりだったのに、家庭的な過ごし方がすっかり気に入ってしまった。

こんなことってあるのね。

ラングはポケットに両手を突っこみ、うつむいて考えにふけりながら、二つの敷地に挟まれた森のなかを歩いた。甥《おい》っ子のジャスティンにあれこれ指示されながら、弟のコービンとこの道を改良した。いくつか照明をつけてもいいだろうが、今宵《こよい》は頭上の月が明るいので、蜘蛛《くも》の巣に突っこむこともないだろう。

ホープの家をあとにしたばかりで……いまにも発火しそうだった。

彼女が欲しかった。ものすごく。

その一方で、ホープの恐怖心が薄れていくどんな小さな兆候にも喜びを感じた。初めて出会ったとき、こちらに向けられた目は警戒心をたたえていた。それと、好奇心を。本人が気づいていなくても、ラングにはわかった。

だがもう一つ、恐怖心にも気づいた。女性に怖がられたことは一度もない。じつに居心地の悪い感覚だった――となると、当のホープはどんな思いをしていたのだろう？

コービンから初めて事情を聞いたときは、さまざまな感情に襲われた。まずはもちろん、彼女を守りたいという気持ち。ラングは大きなこぶしとかなりの腕力を備えた分厚い肉体の持ち主だ。ホープにはそれを脅威ではなく盾とみなしてほしい。脅威だなどと、絶対に思ってほしくない。

弟を支え、甥と仲良くなろうとここまで駆けつけたときは、まさか自分が女性とつきあうことになるとは思っていなかった。それも、ホープのような女性と。

だがいま、こうして悶々《もんもん》としている。

彼女に触れたくて。キスしたくて。

信頼してほしくて。

二人の関係は微妙なもので、ホープはいまもときどき臆病になるから、こちらは慎重にならざるを得ない。それでも会うたびに前進している。今夜は、一心に唇を見つめられた。ホープもおれを欲しがっているのだ。いずれは手に入れてみせる。

だが、そのあとは？

玄関から入った家のなかは静まり返っていた。コービンとジャスティンはもうベッドにもぐったのだろう。そこでラングはスニーカーを脱ぎ、明かりはつけずに家のなかを進んだ。階下の自室に向かおうとしたとき、二階から抑えた声が聞こえてきた。

二人におやすみを言おうと、下ではなく上に向かった。

ジャスティンの部屋から淡い光が漏れていて、コービンが尋ねる声が聞こえた。「どうした？　パパに話してごらん」

「なんでもないよ」

邪魔したくなかったので、二人から見えない位置で足を止めた。

コービンが少したためらってから言った。「大事なのは、おまえはぼくの息子で、ぼくはおまえを愛してるってことだよ。ぼくらはここに馴染《なじ》んできたと思うけど、どうかな?」

沈黙。

「おまえになにか気がかりなことがあるときは、ぼくにはわかるんだ。ぼくになにか気がかりなことがあるときは、きっとおまえにわかるようにね」ベッドがきしむ音で、弟が腰かけたのだろうとわかった。「ぼくらはチームなんだ。おまえとパパは」

「ラングおじさんも?」

「そうだよ」

「アイヴィーも?」

おやおや、とラングは思った。あのちび助、鋭い質問をぶつけたな。弟も気の毒に。静寂が広がっているのは、きっとどう答えたらいいのかわからないのだろう。

やがてコービンが言った。「アイヴィーのことは好きだよ。おまえもだろう?」

「うん」

「気がかりなのはそれ? アイヴィーに関係があること?」

今度はジャスティンが黙りこみ、やがてラングにほとんど聞こえないくらい小さな声で尋ねた。「ぼく、またママと会うの?」

なんてことだ。

ラングは片手で目を覆い、のどが狭まるのを感じた。ジャスティンのいかにも不安そうな声を聞いて、これ以上ないほど胸を引き裂かれた。そして気の毒な弟は、息子をこれ以上傷つけないような答えを必死に探している。あの子をあんなふうに捨てたダーシーが恨めしい。ラングはあごが痛くなるほど歯を食いしばった。

「ママに会いたいかい？」やがてコービンが尋ねた。

「わかんない」痛々しい数秒が流れた。「ママはママだから、会うべきなんだと思う」

「こうするべき、は考えないでおこう。それより、どうしたいか、だ。いいかい、ジャスティン、どんな答えも間違いじゃない。おまえがなんて言おうと、ぼくはずっとおまえを愛してるし、絶対に――」

「会いたくない」

ラングは髪に手を突っこんでぎゅっと引っ張った。くそっ、目から汗が出る。

「じゃあ……」コービンが少し口ごもってから言った。「質問したのは、これからどうなるのか、知っておきたかったから？」

「うん」シーツがこすれる音がした。

そっとのぞくと、ジャスティンはベッドの上に起きあがってヨガのように脚を交差させて座っていた。骨ばった肩を丸めている。「会っても平気だと思うけど、ぼく、ここから離れたくないんだ」

「大丈夫」コービンが静かに約束した。「もしママがおまえに会いに来たとしても、なにも変わらない。おまえはここでぼくと暮らすんだ」

「ほんとに？」ジャスティンがコービンににじり寄った。

「おまえはぼくの息子だ。なにがあっても絶対に手放したりしない」コービンが息子を膝の上に引き寄せて、しっかり抱いた。「愛してるよ、ジャスティン。心の底から愛してる」ジャスティンの頭のてっぺんにあごをのせる。「ママはね、やらなくちゃいけないことができたんだ。だけどパパは知ってるよ、ママもおまえを愛してる」

ジャスティンがしばし考えて言った。「でも、ぼくを遠くへやったよ」

「遠くじゃなくて、ぼくのところに、だろう？　だって、ぼくほどおまえを愛せる人も守ってやれる人もほかにいないって、ママは知っていたから。ママはつらい思いをしていて、いちばんいい方法を選んだんだ。わかるね？」

ジャスティンは目をこすり、鼻をこすってから、うなずいた。「うん」

「よし。じゃあ……少しは落ちついたかな？」

「うん」ジャスティンはもぞもぞと父親から離れてまたシーツの下にもぐった。「ありがと、パパ」

ラングは静かに後頭部を壁にもたせかけ、甥の苦しみに胸を痛めた。いったいコービンはどうやって耐えている？　見あげたことにあの弟は、言うべきこともその正しい言い方もきちんとわかっているらしい。ダーシーを擁護するなんて、おれだったらきっとできなかっただろうが、かといって母親にきれいさっぱり捨てられたのだとジャスティンに教えても、なにもいいことはない。コービンはそれを理解しているのだろう。

まったく、おれの弟はたいしたやつだ。

目を閉じて廊下に立ち尽くし、頭のなかと胸のなかが荒れ狂うままにしていると、ジャスティンの声がした。「おやすみ、ラングおじさん」

ぱっと目を開けた。くそっ、ばれてたか。戸口から顔をのぞかせると、コービンがにやにやしてこちらを見ていた。

「ジャスティンにおやすみを言いに来たのかな？」コービンが尋ねる。「それともハグしてほしいのか？」

「そう言われるのを待ってたんだよ」先ほどまで涙ぐんでいたことに気づかれまいと、にやりとして大股で入っていった。

「だろうね」コービンが言い、息子のおでこにキスをした――いまではもうジャスティンがいやがって逃げなくなったことの一つだ。「おやすみ、ジャスティン。なにか必要になったりもう少し話したくなったりしたら、いつでもぼくの部屋においで。いいね？　いつでもだ」ジャスティンがうなずくと、コービンは立ちあがってラングに場所を譲った。

ラングは甥のそばに腰かけて尋ねた。「歯は磨いたか？」

「うん」ジャスティンが証明しようと、にっと歯を見せて笑った。

「パパにおやすみ前の本を読んでもらったか？」

ジャスティンは唇をとがらせた。「ぼく、赤ちゃんじゃないよ」

「もちろん違うが、おれのわがままにつきあってくれよ」ラングはナイトテーブルに置かれていたコミックブックを手にした。「こいつはよさそうだ」狼男《おおかみおとこ》。絵のほうもすばらしい。

「それはもう読んじゃった」ジャスティンが言う。

「まじか。これ全部、読めるのか？」

またしてもジャスティンが言った。「ぼく、赤ちゃんじゃないよ」ただし今回は笑いながら。

「だがな、おれの読み方は一味違うぞ」モンスターらしい、不気味な笑い声を立ててみせる。「どうだ？」

ジャスティンは興味を引かれたのだろう、うなずいて、ラングにもう少し場所を空けようとベッドの奥に体をずらした。

コービンがほほえんだ。「三十分だけだよ。もう夜遅いからね」

「了解」コービンが出ていくと、ラングは楽な姿勢になった。ジャスティンもくつろごうとして、かたわらに寄り添ってくる。まるで、毎晩こうしてきたみたいに。そうとも、今夜を皮切りに、毎晩恒例の行事にしよう。ジャスティンがこんなふうにすぐそばにいることが、ぜひ当たり前になってほしい。

　ラングが大げさに誇張して読みはじめると、ジャスティンはまんまと魅了されてくれた。すっかり楽しんでいたとき、ふとダーシーが気の毒になった。一人で子育てという一大事をかかえこみ、幾多の苦労もあっただろうが、結局彼女はみずからこのすばらしい少年を手放したのだ。

　いつかは彼女を理解したい。なぜ息子がいることをコービンにずっと黙っていたのか知りたい。なぜ息子がいないほうがいいと信じるにいたったのかをわかりたい。もし彼女がもっと早くコービンに打ち明けていたら、家族全員、喜んで力になったのに。

　だがダーシーは別の道を選び、だから今夜、いまこの瞬間、ジャスティンはおれたちと一緒にいる。

　きっかり三十分後に読み終えたときには、ジャスティンのまぶたは重たくなって、口は何度もあくびをしていた。

　ラングは慎重に甥の頭を枕に寝かせて、首までふとんで覆ってやった。横向きになっていた少年の髪はいまや片側だけぺしゃんこになっていたので、やさしく撫《な》でつけてやる。

「愛してるぞ、ジャスティン」

　もう目を閉じた状態で、ジャスティンがむにゃむにゃと返した。「ぼくも、ラングおじさん」

ああ。その深い言葉はまっすぐ胸の奥まで浸透して、完全にラングという人間を変えてしまった。子どもについて考えたことなどなかったのに、これほどの短期間で、一人の少年を全身全霊で愛するようになるとは、まったく不思議な話だ。コミックブックを脇に置き、枕元の電気スタンドをそっと消すと、ドアをほんの少し開けたまま部屋をあとにして、弟を捜しに行った。

コービンは裏のデッキで湿った夜の空気を吸いながら、心癒やされる湖と木々の音に耳を傾けていた。ぼくは正しいことができただろうか。正しいことが言えただろうか。ジャスティンを手放す？　どんな状況下でも絶対に無理だ。

「よう」ラングが引き戸から出てきて、手すりにもたれているコービンのとなりに来た。少しして、尋ねる。「大丈夫か？」

「ああ」口ではそう言ったものの、実際は違った。本当のところは。しばらくして言った。「ぼくもジャスティンと同じ不安をかかえてる。もし、ダーシーの気が変わったらどうしよう？」

「彼女はちゃんと署名して、親権をおまえに譲ったんだろう？」

そう、ありがたいことに。つまり法的には彼女に正当な根拠はない。だが倫理的には？　なにしろ産みの母親だし、ダーシーとジャスティンには一緒に過ごした十年という時間がある。そこは無視できない。

「ジャスティンを手放す気はないから、誤解しないでくれ。そうするしかないなら、法廷で彼女と争う」

「そしておれたちが勝つ」ラングが言い、一人で戦わなくていいんだぞと言外に伝えてくれた。

「あの子はぼくの息子だ。絶対に手放さない」

ラングが静かに言った。「わかってるさ」

「でも、だからといってダーシーがあの子に会いたがるのは止められない……それに、いずれはジャスティンのほうが母親に会いたがるかもしれない」緊張が募って首がこわばり、手すりの上で両手をこぶしに握った。「どちらかがそういう気持ちになったとしても、理解はできる。だけど怖いよ。いろいろ知ってしまったいま、どうやったら彼女を信頼できるんだ？」

ダーシーは父親であるぼくに息子の存在を隠しつづけてきたが、ジャスティンがあまりに手に負えなくなると、いらないペットのように捨てたのだ。あの日、ダーシーはハイになっているように見えた。少し不安定で、間違いなく配慮に欠けた。そしていま、こちらはずっと不安にさいなまれている……彼女はほかにどんなことをするだろう？　もしそのほうが好都合だと思ったら、ジャスティンを連れていこうとするのか？

肩にそっとラングの手が置かれた。

「ダーシーにはあの子を傷つける力がある」コービンは目を閉じた。「少し時間はかかったけど、ようやくジャスティンも落ちついてくれたんだ。もう最悪を予期してるみたいな目でぼくを見ることはなくなった。ふつうの少年に戻ってくれた」

「それをぶち壊す力が彼女にはある、と」

コービンの口元はこわばった。「ああ」

ラングが手すりに背中をあずけ、コービンのほうを向いた。「一つ訊《き》きたいことがある。なにも隠さず正直に答えてくれ」

「ぼくがそうしなかったことがある？」

「いや。だが父親だったこともないだろう？」

「たしかにね」湖のどこかから水が跳ねる音が聞こえた。投光照明の光の筋を虫が出たり入ったりする。雲が流れて月を隠し、またあらわにした。「言ってくれ」

ラングが息を吸いこんだ。「できたら、しばらくゆっくりしたい」

それを聞いて驚けって？「とっくにそのつもりだと思ってたよ」ラングおじさんにとって甥っ子がとてつもない吸引力をもつのはわかっているが、それだけではないのも感じた。ラングは弟のぼくを心配していて、支えたいと思っているのだ。プラス、日を追うごとにホープとの距離も縮まっている。

ラングが片手をあげた。「ああ、だがおれが言いたいのは、ここにいたいってことだ。おまえの家じゃなくてもいい。もちろんこれまで快適に過ごさせてもらってるけどな」

ようやく意味を理解して、コービンは尋ねた。「つまり、サンセットに根をおろすということ？」

驚く話ではないのかもしれない。母は目下、キャンピングカーで恋人のヘイガンと旅行中だが、できるだけ早くここに来ることはわかっている。もしぼくになにかあっても、かならずジャスティンを守り、慈しんでくれるだれかがいるとわかっているのはありがたいことだ。家族がきっと引き受けてくれる。

どんな理由があったにせよ、息子を最優先にできないうえに、問題もかかえている女性一人にしかジャスティンが頼れない、などという事態には、二度とならない。

「あのちびっ子にはもうすっかり心を奪われた」ラングが夜を眺めて言う。「だがおまえが心配でもある。いや、おまえが立派な父親だってことはわかってるぞ」

コービンは鼻で笑った。「冗談じゃなく、ときどき完全に途方に暮れるよ」

「まあ、そういうときもあるだろうな。でなけりゃ、おまえは人間じゃない。だがな、ここまでだけでもおれはものすごく感心してるんだ」

「ぼくもそれくらい自信がもてたらいいんだけどね」このごろは自身のあらゆる選択を疑ってしまう。

「じゃあ、おれがいると助かるか？　それとも逆か？」ラングが目を見て言った。「おれはここにいたい。おまえとジャスティン、両方のためにな。だがそれは、おれの存在がお荷物じゃなく支えになる場合だけだ」

「支えになるよ」コービンは言った。「今夜だって……」首を振る。「ぼくは言葉を失ってた。あの子をただ抱きしめてやりたかったけど、あの子の不安を無視はしたくなかった」

「ジャスティンはまだほんの十歳だぞ、コービン」

「あの細っこい両肩に大きな荷物を背負った十歳だ。それがもう一つの問題。どうやってあの子の質問を尊重しつつ、答えすぎないでいるか。法廷だの親の責任だの、あの子が心配しなくていい大人の問題だのを、もちだしたくないんだ」ラングに感謝の笑みを投げかけた。「あのとき現れてくれて、ぼくは感情の流砂から引っ張りだしてもらえた。言ってる意味はわかるかな」

「おれも呑《の》まれかけてたから、ああ、わかってると思うよ」

「よかった。それなら好きなだけゆっくりしていってくれ。この家はじゅうぶん広いから、兄貴がいても問題ない」

「すばらしい」ラングは満足そうにうなずいた。「じゃあ決まりだな」

兄弟はそのまま、さざなみの立つ湖面で踊る明るい月光を眺めていた。

兄がサンセットにとどまるつもりだと知って、コービンの緊張はいくらかほぐれた。だがその先は？「兄貴のことはわかってるつもりだ。ぶらぶらしてるだけで満足できる人間じゃない。なにか考えてることでもあるのか？」

「まあな」ラングが腕組みをして手すりに寄りかかった。「サンセットにはスポーツ複合施設があってもいいと思わないか？」

これまた驚く話ではなかった。ラングは向上心が強く、難しいことに挑戦するのが好きなのだ。「みんな喜ぶと思うよ」コービンは言った。「でも小さな町だから、もうかるかな？」

「おれはもっと金持ちになれないって？」ラングがにやりとして肩をすくめた。「おまえに言われたとおり、おれももう三十だ。じじいじゃないが、そろそろ少し落ちついてもいいころだと思ってる」

「なるほど」コービンは笑みをこらえた。「その計画にホープは関わってくるのかな？」

ラングは首を振った。「さあな。いまはただの友達で彼女は満足してる」

それを聞いてコービンは顔をしかめた。「兄貴を〝友達ゾーン〟に足止めさせてる？」

「そんなにひどい場所でもないぞ」ラングが静かに打ち明けた。

「相手がホープなら？」

「彼女はほかの女性とは違う。彼女へのおれの気持ちも違う」不機嫌な声で笑う。「キスもまだだってことを考えると、わけがわからないだろう？」

兄の忍耐に驚いて、コービンは言った。「じゃあ、キスしろよ」

ラングは首を振った。「彼女がどんな目に遭ったかを知ってるだろう?」

頭のなかで渦を巻く混乱を少しのあいだ忘れられるとばかりに、コービンはラタン製の椅子を引き寄せて、どかりと腰かけた。「キスにもいろんな種類がある。まずは軽いキスから始めて、徐々に深めていったら?」

「彼女を急《せ》かしたくない」

軽いキスでもやりすぎだって? 気の毒なラング……いや、気の毒なホープ。「本人からはなにか聞いた?」

「いや。おまえから聞いたことしかおれは知らない」ラングがあごを動かす。「だが、なんというか、いろいろ感じるんだ。あれとこれとを足してみれば、天才じゃなくても答えは出せる」

「話してみたら?」コービンは提案した。「ぼくの知ってるかぎりでは、ホープはこれまでアイヴィーにしか話してないらしい。親友のアイヴィーに話すのと兄貴に話すのとでは、まったく別ものなんじゃないかな」

ラングも椅子を引き寄せた。「だから難しいんだ」

兄の問題のほうが自身のかかえるものよりはるかに解決しやすいとばかりに、コービンは肩をすくめた。「やってみなくちゃわからないじゃないか。もしホープがためらったら引きさがる。だけどそうしなかったら……」意味深に言葉を切り、つけ足した。「兄貴の視点が加わったら、彼女も喜ぶかもしれないよ」

ラングはしばし考えていたが、納得した顔ではなかった。「おまえとアイヴィーはどうなってる？　彼女、すごくいい女《ひと》だよな。人への接し方が好きだ」

「兄貴への接し方も？」

ラングはにやりとした。「彼女はおれのことが好きだからな」そしてコービンのほうに首を倒した。「だがおまえに向ける目ときたら、まるで感謝祭のごちそうを見るみたいだぞ」

兄はいつも暗い気分を明るくしてくれる。「知ってるよ。まったく、あれには刺激される」アイヴィーは抑えるということをしない。性的な関心も含めて。「そのうちそうなるだろうけど、いまのところは、ほかに優先事項がある」

「ジャスティンがいちばんか？」

「なにをおいてもね」ダーシーが失敗したことを、ぼくはかならず成功させる。なにしろダーシーにはなかった強みがあるのだ。ぼくは愛を知っている。なにが愛で、なにが愛ではないかを――両親が示してくれたおかげで。できることならそれをジャスティンにも受け渡したい。「ありがたいことに、アイヴィーは理解してくれてるんだ」

「だろうな。めったにいない女性だよ」ラングは両腕を広げた。「だがな、ジャスティンとおれだけの時間を作ってもいいんだぞ。おれはかまわない。あいつと二人で映画を見てもいいし、釣りに連れていくのも楽しいだろうし――」

コービンはほほえんだ。「二人で楽しむ方法は何十通りもありそうだね」

「だったらおれに任せろ」ラングが言った。真顔になってつけ足す。「そうだ、ホープを呼ぶのもいいよな。彼女にしてみたらジャスティンの状況だし、おまえは自由な時間を手に入れられる。あいつがいたほうが気も楽だろう。おれにはウィンウィンの状況だし、おまえは緩衝材だ。あいつがいたほうが気も楽だろう」


「かもしれないね」コービンは言い、アイヴィーと二人きりで過ごしたいと思う自分は身勝手なのだろうかと考えた。ほんの数時間。それだけあれば、本当にしたいと思っているとおりのキスができる。

それ以上も。

ラングが身をのりだした。「どのみちおれはここにいる。おれが状況を少し楽にしてやれる方法の一つだぞ」

「今週は毎晩、アイヴィーがうちに来ることになったんだ。モーリスも連れてね」兄の怪訝《けげん》な顔に気づいて、続けた。「アイヴィーの猫だよ。言っておくけど、アイヴィーにとってこれはすごい譲歩なんだぞ。アイヴィーは例の犬と子犬もここに連れてくる。そうすればぼくが仕事に復帰してもジャスティンは一人ぼっちじゃないだろう？」

「おれもいるぞ」

「犬の世話を手伝ってもらえるかな」

「ああ、任せとけ。だがデートはどうする？　せっかく完璧な解決法を提示してやったのに、煮え切らないとはどういうことだ？」

ぼくが、煮え切らない？　現状、アイヴィーとの関係性は文句なしなので、わざわざそれをいじってぶち壊しにするような危険は冒したくない。反面、ぼくも彼女も立派な大人で、二人のあいだの化学反応ときたら天井破りの勢いだ。「次の週末は？」思い切って尋ねた。

「いいぞ。どうとでも、おまえの都合のいいようにしろ。幸いおれの予定はがら空きだ」

コービンはほほえんだ。「まずはアイヴィーに訊いてみるよ」

「こいつ、間違いなくイエスって返ってくると知ってるくせに」ラングが笑った。「感謝祭のごちそうだぞ？　飛びつくに決まってる」

コービンは満足の笑みを浮かべた。たしかにアイヴィーはぼくを求めていることを素直に認めている。それでも、いま兄にはこう言った。「予定が決まったら知らせるよ」

ラングがしばし黙ってから、口を開いた。「いいもんだな」

「この環境が？」水辺というのは、妙に落ちつくところがあった。まるで、かかえている問題がどこかへ消えていくような。「ああ」

ラングがにやりとした。「これのことだよ」そう言って、自身とコービンのあいだを手で示す。「兄弟で話せるっていうのはさ。悩みを打ち明けたりとか、そういうやつのことだ」

　コービンは笑った。「うん、そうだね。いいものだ」

「ホープはそういうことができなかった」もどかしげにうなじをさする。「ひどい目に遭ったのに、姉さんは支えてくれなかった。いったいどういう家族だ？」

「間違いなく、ぼくらの家族とは違うね」

「いつかホープが本当の意味で心を開いたら、きっとおれたちのことを好きになる。家族としてな。彼女にもそういう基盤があったらいいと思うんだ。別に、アイヴィーだけじゃ不足だと言ってるんじゃない。彼女はじゅうぶん大きな支えだ。ホープがアイヴィーを姉のように慕ってることなら、聞かなくてもわかる。だがじつの姉もホープを支えるべきだった。たとえ親が支えなかったとしても」

「異論はないよ」これまでの人生で、こちらが母と兄に大きく頼ったときや、またその逆のときが、何度もあった。家族のいない人生など想像できない。「もしかしたら、いつかホープがまた家族と支え合えるときが来るかもしれないけど、それまでは、ホープにはアイヴィーがいる」兄の決意の表情を見て、そっとつけ足した。「そして、いまではぼくらもね」

「ああ」ラングがくたびれた様子で立ちあがり、コービンの肩に手を置いた。「ちびっ子は明日も早いぞ。そろそろ休め」

「すぐにそうするよ」

兄が引き戸を閉じて家に入るまで待ってから、背中を丸め、膝のあいだで両手を緩く組んだ。そうしてがっくりうなだれる。ぼくは生まれて初めて、自分の手に負えないのではないかと本気で恐れている――そう気づいて、胸が騒いだ。

息子を愛している。あの子の人生をいいものにできるなら、なんだってやる。それでも、ダーシーが戻ってくるかどうかはわからない。戻ってきたとして、彼女がジャスティンのためを思ってくれるかどうかも。

8

アイヴィーにとっては診察続きの忙しい一日だったので、ホープといつものおしゃべりを楽しむことはできなかった。それでも親友のいきいきした様子から、ラングとの関係はいまもいい感じなのだとわかった。早く詳しい話を聞きたい。わたしからも報告したい。月曜と火曜はコービンの家で過ごしたが、意外にも老猫のモーリスはこのお出かけを楽しんでくれた。最初は新しい環境を少し警戒していたけれど、賢い猫なのですぐにジャスティンに気づいたうえ、デイジーとの再会には大喜びしていた。

この犬となら寄り添っていたいらしい。デイジーのそばにいると、モーリスはふだんより若々しくはしゃぎがちで、総じて幸せそうに見える。もしかしたら年齢を重ねて不機嫌になっていたのはわたしのほうで、それを気の毒な猫に投影していただけなのかもしれない。そう考えると、なんだかへこむ。

けれど状況はずっとよくなったし、コービンはモーリス用のトイレまで用意してくれていた。いまのところ老猫は鼻であしらっているものの、幸い事故は起こしていない。というより、あのモーリスのことだから、事故を起こすときは意図的にやっていたのかもしれない。なにしろ、腹を立てたときほど猫用トイレの外で用を足しがちなのだ。機嫌が悪いときに飼い主にそれと知らせる、うまい方法のつもりなのだろう。

今日は秘蔵のモンスターグッズのなかからいくつか、ジャスティンにあげるつもりで持ってきたので、なおさら仕事の終わりが待ち遠しかった。日に日に、コレクションのすべてをあの少年にあげてしまいたくなっていた。屋根裏に押しこめて保管しているよりも、あの子に楽しんでもらえたほうがずっといいに決まっている。もちろん、先にコービンに相談しなくてはならないけれど。かなり贅沢《ぜいたく》なプレゼントになるから。

「ふう」ホープが戸口から入ってきて壁に背中をあずけると、ファイルフォルダーで顔を扇《あお》いだ。「今日は目が回りそうね。一度もペースダウンしなかった気がする」

アイヴィーは親友を眺めた。漆黒の前髪はひたいにへばりつき、頬はほのかに染まっている。こめかみには汗がにじみ、シャツはところどころ肌にくっついていた。診察の予定が詰まっていたところに、緊急手術が二件、飛びこんできて――幸いどちらも首尾よく終わった――そのうえエアコンまで故障した。クリニックで働いているのが冷静かつ我慢強い女性ばかりで本当に救われた。

アイヴィーはほほえみ、汚れた白衣を脱いで回収容器に入れてから、シンクで手を洗った。「へとへとの様子ね。家に帰ってゆっくりしたら？」ホープが唇を噛《か》んだので、アイヴィーの笑みは広がった。「それとも、ほかにしたいことでもあるの？」

ホープがすばやく周囲を見まわし、カレンもほかの助手も近くにいないのを確認してから、ささやいた。「一時間後にラングとボートに乗るの」

すてき。日が暮れて涼しくなったころに湖へ出るなんて。「いいじゃない、楽しそう」

ラングと二人きりになることにホープが同意したのだと思うと、胸が躍った。湖なら完全に二人きりというわけではないけれど、これもまた前進だ。

「ええ、でもね……」ホープが近づいてきて、さらに声をひそめた。「わたし、水着を買ったのよ」

アイヴィーはあごが落ちそうになるのを寸前で抑え、大きな笑みを浮かべた。「やったじゃない！」これは大きな一歩というより飛躍だ。ホープは襟ぐりが開いたトップスさえ着ない。むしろ甲冑《かっちゅう》のごとく体を隠してくれるものばかり選ぶ。「あなたの水着姿、きっとすてきよ」

「最初は町で買おうかと思ったんだけど、やっぱりそれは無理と思って、だからネットで注文したの。かわいい水着よ。黒のワンピースで、腰のところにちょっとスカートがついてて」

腰のところにちょっとスカート。まさにホープらしい。「見てみたいわ」

ホープがすばやく携帯電話を取りだして、画像アプリを開いた。「見てくれる？　ありがとう」安堵《あんど》をこめて言う。「鏡の前で写真を撮ってみたの。これで大丈夫かどうか、不安で」携帯電話を胸に押しあてる。「でも先に約束してね。本当の感想を言うって」

「ホープったら。あなたには絶対に嘘をつかないわ」

「そうよね、わかってる。でも、なかには善意の嘘もあるでしょう？　いまは百パーセント正直な意見が聞きたいの。ラングの前で恥をかかないように」

ホープとこんな話をしているなんて――親友が本当に男性に興味を示すなんて――信じられなくて、アイヴィーは胸に十字を切った。「誓います。さあ、もうじらすのはやめて、早く見せなさい！」

ホープは下唇を噛んだまま、ついに携帯の画面をこちらに向けた。

アイヴィーはゆっくりそれを受け取った。丸い襟ぐりはごく浅く、腰のスカートは太ももまで届く長さだけれど、それを着ているホープは目をみはるほどだった。親友は、思っていたより曲線に恵まれていたらしい。上品だけれど、とびきりセクシーだ。「ちょっとあなた、彼の世界を揺るがしちゃうわよ」

言った瞬間、後悔した。ホープはラングの世界を揺るがしたいと思っていないかもしれない。いまの言葉で怯《おび》えさせてしまったかも。

おずおず顔をあげると……ホープのまばゆい笑顔が待っていた。

ホープがうれしそうに尋ねる。「本当にそう思う？」

アイヴィーは喜びを抑えきれずに大きな笑みで返した。「あなたはもう少し前進する心の準備ができたんだと思うわ。当たり？」

「それは……ええ」ホープは自分で自分を抱きしめた。「わたし、彼にキスしたい。いつもそのことばかり考えてる」ふっと笑って続けた。「考えるのをやめられないの」

親友のときめきに、こちらまで胸がきゅんとする。「きっと向こうも同じことを考えてるわ」アイヴィーは言い、もう一度、手元の画像を見た。ホープの脚はすらりとしてかたちがよく、ヒップはほどよく丸みを帯びていて、ウエストは細い。水着の襟ぐりからは控えめな胸の谷間が見えそうで見えない。「こんなに魅力的なんだもの。ラングはよだれを垂らすわよ」

「もっと胸が大きかったらよかったんだけど」

これには驚いて、笑ってしまった。「ばか言わないで。その華奢な骨格に巨乳なんて、ちぐはぐよ」自信をもって断言した。「そのままがいいの」

ホープがまた不安そうにささやいた。「もし彼が誤解して、わたしがキス以上を求めてるって思ったらどうしよう？」

いろいろな意味で、ホープは初めての恋に浮かれ、新しい経験を慎重に求めているティーンエージャーのようなものだ。「水着姿になったからって、誘惑したことにはならないわ」アイヴィーはきっぱり言い、携帯電話を返した。「みんな着てるし、あなたが着たとしても、それだけ彼の前ではリラックスできるようになったっていう意味しかない。ラングはばかじゃないから、ちゃんと理解できるはず。でもご存じのとおり、わたしはなんでもずばっと言っちゃうほうじゃない？　今回はあなたもそうしてみたら？　キスしたいけど、したいのはキスだけだって言うの。そうすれば誤解は生まれない」

　そこへ受付係のカレンが顔をのぞかせた。「そろそろ帰りますね。ああ、いまはとにかく冷たいプールに浸《つ》かって、マルガリータをあおりたい」

　アイヴィーは笑って手を振った。「それだけの働きをしてくれたものね。どんなときも支えてくれて、本当に感謝してるわ」

「お礼を言うのはこっちです。先生がここまで腕のいい獣医じゃなかったら、今日はあのわんこを救えなかっただろうし、そうしたらわたしの一週間はぶち壊しだったもの」

　その犬は車にはねられて、一時間かそこらは瀬戸際の状態だった。全員にとって、じつに厳しい試練だった。

「回復にはまだ時間がかかるけど、いいご家族に飼われてるから、大事にしてもらえるでしょう」

「よかった」カレンは言い、頭を引っこめながら続けた。「裏口以外は戸締まりできてます。それじゃあ、また明日」

　いつもどおり、アイヴィーとホープは同時にハンドバッグを手にした。二人はしょっちゆうシンクロするのだ。それぞれサングラスをかけながらオフィスを出て、アイヴィーが裏口に鍵をかけるあいだ、ホープは待っていた。それから一緒に向きを変えて……ぴたりと足を止めた。

ジェフが自身の車のフェンダーに寄りかかり、出迎えるような笑みを浮かべていた。

「嘘でしょう」アイヴィーはつぶやいた。この数週間、ジェフからはメール数件しか届いていない。一度、食料品店でばったり出くわしたことはあるけれど、そのときもアイヴィーはただの知り合いのように挨拶をして、足早にその場を去っただけだ。

クリニックを出てみたら彼が駐車場で待ちかまえているとなると、まったくわけが違う。

「わたし、いたほうがいい？」ホープが小声で尋ねた。

「まさか。早くあの水着でラングをあっと言わせてきて。で、あとで詳しいことを聞かせて。それからね、いつもどおり、もしなにかあったら迷わず連絡して」

ホープがちらりとジェフを見た。「あなたもよ？」

「ありがとう」アイヴィーはそう言って親友と別れると、重たい足取りでジェフのほうへ向かい、どうにかほほえもうとした。「どうも」

ジェフが手を伸ばしてきて、アイヴィーのこめかみにへばりつく湿った巻き毛に触れようとした。「忙しい一日だったのか？」

信じられない。以前はわたしの一日が忙しかったかどうかなんて、ちっとも気にしていなかったのに。たいてい日が暮れると冷蔵庫に一直線で、ビールを片手にわたしのソファにどっかり座って、テレビを見るか携帯電話をいじっていた人が。

かろうじて笑みを浮かべた。「エアコンが故障して。修理の人が直してくれたんだけど、ちょっと前にようやくだったから……帰るときもまだ暑かったの。だけど明日の朝には涼しくなってるでしょう」コービンに会えるのをずっと楽しみにしていたので、足止めされたことがもどかしかった。「それより、ここでなにしてるの？」

「きみと話がしたいんだ」そう言うと、寄りかかっていた車から離れた。

アイヴィーはとっさに一歩さがって彼とのあいだに距離を置いた。あらためて見てみると、ジェフはなんだか疲れているみたいで、顔のあたりがやや痩せたようだ。

少し心配になってきた。「大丈夫なの？」

「きみがいなくて？」ジェフが悲しげな笑みを浮かべる。「そうでもないな」

「ジェフ」アイヴィーは穏やかに言った。「あなたもわかってるはずよ。わたしたちがどんな関係だったにせよ、わたしが別れを切りだす前に、それはもう終わってた。だから、どうかあなたも前へ進んで」

ジェフはあいまいにうなずいた。「おれがばかだったんだよな。わかってる。気を緩めすぎて、だらけすぎた」大きく息を吐きだす。「ちゃんときみの面倒を見なかった」

「だれかに面倒を見てもらう必要はないけど、興味を示してもらえてたら、うれしかったかもね」

ジェフが唇を引き結んで視線をそらした。「おれは身勝手なばか野郎だった。きみがいることも、きみに愛されることも、当たり前だと思いこんでた」

同情がこみあげてきた――だってわたしはもう、ジェフを愛していたとは思っていない。「あなただけのせいじゃないわ。関係がまずくなるのは双方に責任があるもの」そう、わたしだって気になることを放置していた。どうしてなのか、いまならわかる。それほど重要ではなかったからだ。

相手がコービンとなると、まったく別の話。

状況もまったく別だ。なにしろコービンは恋愛関係よりはるかに重要で優先すべきものをかかえている。当然ながらジャスティンが第一。だけどアイヴィーにしてみたら、そこがますますコービンを愛すべき人にする。

そのうえコービンはいつもわたしを強く意識していてくれるのだ。

「きみに責任はない、アイヴィー。むしろ、ずっと我慢してくれてたんだろう？　だが知らせておきたかったんだ、おれはいまジムに通っていて、自分をたたきなおしてるって」

真剣な目でアイヴィーを見つめ、ささやくように言った。「これからは努力する」

さあ困った。不愉快なジェフなら対処できるけれど、悔やんでいるジェフですって？

謙虚で誠実なジェフ？　どう返すべきかと必死に考え、期待の顔で待っているジェフに、どうにかあいまいな笑みを見せた。「そう、すごいのね。きっと次につきあう女性が喜んでくれるわよ」

「アイヴィー……」

「だけどそれはわたしじゃないの」お互いのために、はっきりさせておかなくては。「どうかわかって。あなたが前へ進んでなくても、わたしは進んだのよ。幸せなの」衝動的にジェフの右手を両手で包んだ。「あなたにも幸せになってほしいけど、わたしとじゃ幸せにはなれないの」

「きみといたときが人生でいちばん幸せだった」

「そんなことないって、自分でもわかってるでしょう?」ぎゅっと手を握ってから離そうとしたものの、ジェフのほうは離そうとしなかった。アイヴィーは言葉を重ねた。「最初はお互い楽しかったけど、すぐにマンネリ気味になった。でしょう?」

「きみを愛してるんだ、アイヴィー。これからもずっと愛してる」

アイヴィーは心のなかで顔をしかめた。

ジェフは握った手を掲げて、アイヴィーの指の関節にキスをした。「だが言ったことは本心だ。もし友達にしかなれないなら、受け入れる」

アイヴィーは手を振りほどいて言った。「もちろんわたしたちは友達よ」ジェフを憎んでいるわけではないし、幸せになってほしいと言ったのも本心だ。ただ、わたしとでは幸せになれないだけ。

「だったらそのうち二人で会えるよな」

断りたかったものの、そこまでの仕打ちはできなかった。「かもね」あらぬ期待をさせないために、つけ足した。「だけどわたしが仕事で忙しいのは知ってるでしょう？　しかもいまはつきあってる人がいる。空き時間はあんまりないわ」

「子どもがいる男のことか？」

「ええ」

「そいつはきみを愛してるのか？」

これには一瞬ためらった。「どうかしら」コービンも同じくらいわたしに心惹《ひ》かれていると思いたいけれど、彼を急《せ》かすつもりはなかった。「つきあってまだ短いから」

それでも、もしコービンとの関係が終わったらジャスティンにも会えなくなるのがものすごく悲しいくらいには、長い。ああ、いままでそのことを考えなかったなんて不思議だ。わたしが愛しているのはコービンだけじゃない。ジャスティンのことも愛している。一緒にいる時間が――あの父子《おやこ》とだけでなく、デイジーと子犬たち、老猫モーリスとも一緒にいるひとときが――大好き。

「アイヴィー？」ジェフが手を伸ばし、アイヴィーのあごをすくった。「ハニー、なにか困ったことでもあるのか？」

ええ、そうよ。困ったことだらけ。なんとしても、コービンがわたしと同じ方向に進みたがっているのかどうか、突き止めなくちゃ。さもないと、立ちなおれないほどの失望を味わうことになる。

とはいえジェフには関係ない話なので、彼の手からあごを離して、無理やりほほえんだ。

「ごめんなさい。今日は長くて暑くていらいらさせられる一日だったから、本当に、そろそろ行かなくちゃ」

「そいつに会いに？」

笑顔がこわばった。「もちろん、そうよ」お願いだから現実を見て。

「わかった。これ以上は引き止めない。だけどハニー、もしそいつとうまくいかなくなっても、おれがいることを忘れないでくれ。きみが望むかたちでいいから」そう言ってかがむと、アイヴィーの頬にキスをして短く抱きしめてから、向きを変えて自身の車に乗りこんだ。

アイヴィーも急いで自分の車に乗りこみながら、返事をしなくてすんだことに感謝した。以前はベッドまでともにしていた相手なのに、いまはほっぺに軽いキスをされただけでも飛んで逃げたくなった。

モーリスの待つ自宅に帰り、シャワーを浴びて服を着替え、コービンの家に向けてふたたび出発するまでに一時間ほどかかった。心の奥がざわざわしていた。あれほど固く決心したのに、ジェフに申し訳ない気持ちでいっぱいだった。わたしは彼を誤解していたの？　どうやらそうらしい。

もちろんジェフと別れたことは悔やんでいない。別れなければ、いまコービンと一緒にいられなかったのだから。だとしても、もう少しやさしくできたんじゃない？

ケージを片手にコービンの家のドアをノックするころには、自己嫌悪に陥っていた。ドアを開けてくれたのはジャスティンで、その明るい笑顔にたちまち心が軽くなる。ジャスティンはすぐに超特急でしゃべりだし――子犬たちがしたこと、デイジーがまた少し打ちとけたこと、モーリスのために買ってきた猫用おもちゃのことなどなど――アイヴィーの手をつかんでなかに引っ張った。

デイジーが耳を立てて、角を回って駆けてきた。アイヴィーを見つけるとうれしそうにわんと吠《ほ》え、何度かくるくる回る。犬の声を聞きつけたモーリスが、ケージのなかからじれったそうにみゃーおと鳴いた。

「早く会いたいんだよ」ジャスティンが言う。

「そのようね」アイヴィーは床に膝をついて、猫用ケージの小さな金属製のドアを開けた。モーリスは謁見を許した王子さまのごとく堂々と出てきた。「あら気取ってる」アイヴィーはからかうように言った。「早く遊びたくてたまらないくせに」

犬と猫が角を曲がっていくと、ジャスティンもあとを追った。

　また一人になったアイヴィーは、猫用ケージのドアを閉じて脇に置いた。罪悪感にさいなまれつつ、コービンがいるはずのキッチンに向かおうとしたが、二歩進んだだけで、コービンが冷たい飲み物を手に現れた。

　アイヴィーを見て、眉間にしわが寄る。「やあ」

「遅くなってごめんなさい」

「もう来てくれたじゃないか」かがんで唇を重ね、温かい、独占欲の漂うキスをした。おかげでアイヴィーの心を陰らせていた思いも消えていく。

　流されるつもりはなかったのに、あまりにも心地いいので、自然とすり寄ってしまった。両手でたくましい胸板を撫《な》であげて、首に到達する。家にいるときのコービンはいつもやわらかなTシャツを着ていて、布はぴったりと筋肉を覆っている。手のひらには気持ちいいし、目にはごちそうだ。

　かたやわたしはぶかぶかのTシャツにデニムのショートパンツにぺたんこサンダルで、なんとも垢抜《あかぬ》けない……けれど、どうでもよかった。コービンが批判するような目で見たり、このラフな服装についてなにか言ったりしたことは、一度もない。

「うーん」そのコービンが気持ちよさそうにうなり、少し首を傾けてキスを深めた。空いているほうの手でアイヴィーの背中を抱き、もっと引き寄せる。

　ああ、この人に溺れてしまいたい。一日かけて、味と感覚をじっくり堪能できたらどんなにいいか。

別の部屋からジャスティンの笑い声が聞こえたと同時に、二人の唇は離れた。

それでもコービンは体を離さないまま、探るように見つめた。「なにがあった?」

アイヴィーはたくましい胸板に頬をあずけた。「ひどい一日で」

「かわいそうに」今度はこめかみにキスをして、そっと鼻をこすりつける。「いいにおいだ」

これにはアイヴィーもほほえんでしまった。「シャンプーを変えたの」

「そうじゃなくて、きみが、だよ」体を離して冷たい飲み物をアイヴィーに渡してから、肩を抱いてキッチンのほうにうながした。「夕食はもう少しでできる。今日はついに仕事のミーティングがあってね、だけど首尾よく終わった。ラングはちょっと前にホープと出かけたよ」

それで思い出した。「ホープの水着姿は見た?」

コービンは首を振って、アイヴィーのために椅子を引いた。「いや。兄貴が彼女の家まで迎えに行って、そのまま湖へ向かったから」

アイヴィーは椅子に腰かけて、小声で言った。「そうだったの。じつは写真を見せてもらったんだけどね、ホープの水着姿、すごくすてきだったの。彼女が自分の殻を破って出てこようとしてるんだと思うと、ものすごくわくわくするわ。本当によかった」

コービンがほほえみ、指二本でアイヴィーの頬を撫でた。「きみがここにいてくれてうれしいよ」

彼の真意がわからなかった。「わたしもここにいられてうれしい」まばたきをして見つめ、尋ねた。「なにかあった？」

「なにも」もう一度キスをしてから向きを変え、コンロに歩み寄った。「ポークチョップのパン粉焼きとマカロニチーズとサラダ。あと十分で完成だ」

「ジャスティンのリクエスト？」

「あの子のお腹は底なし沼でね」上手にポークチョップを裏返す。「きみは疲れた顔だな。どんな一日だった？」

いつもこうやって訊《き》いてくれる。まるでわたしの気分を察知する能力があるみたいに。アイヴィーは飲み物を口にしながら、手術のこと、エアコンが故障したことについて語り、最後にジェフがいきなり現れたことを話した。

そこにいたるまでコービンは熱心に耳を傾けて適切な相槌《あいづち》を打っていたものの、急に動きを止めると、フォークを片手にゆっくり振り返り、鋭い目で見つめた。「ジェフ？　きみの元彼？」

「そう。何度か電話やメールが来てたんだけど、ほとんど無視してたの」鼻にしわを寄せる。「でも向こうはわたしの就業時間を知ってるから、駐車場で待ち伏せされちゃって」

一秒か二秒、コービンはあごを動かしてから、見るからに努力して苛立《いらだ》ちを抑えつけた。「それで、きみはどうした？」

「わあ、いまのすごい。あんなに怒ってた顔が、ちょっと興味があるだけの顔になった」コービンの目が狭まったのを見てアイヴィーは笑い、椅子を立ってコンロの前に歩み寄ると、彼の手からフォークを取ってポークチョップをつついた。「わたしたちはもう終わったんだってはっきり言っておいたわ。だから心配する必要なんてない。たとえ明日、あなたとのことが終わったとしても、ジェフのところには戻らないから」

「ぼくたちは終わったりしない」

「もちろんそう願ってる！　じゃなくて、わたしが言いたかったのは、どんな状況だろうとジェフはもう選択肢にならないってこと。だけど……」

コービンがフォークを取り返してコンロに置いた。「だけど？」

ああ、コービンみたいな男性が所有欲をむきだしにするなんて、信じられない。信じられないし、とても光栄だ。アイヴィーはコンロの火を落として、彼の体に両腕を回して尋ねた。「ジャスティンがこっちに来るまでどのくらいある？」

コービンもしぶしぶといった様子でアイヴィーに腕を回し、キッチンの向こうに呼びかけた。「ジャスティン？」

別の部屋から声が返ってくる。「なーにー？」

「手を洗っておいで。そろそろ夕食だ」

「わかったー」

コービンが抱き寄せた。「数分だな。だから手短に聞かせてくれ」

「ジェフとわたしはなんでもない。誓うわ」顔をあげて目を見つめると、意を決して告白した。「わたし、あなたに夢中になりかけてる。だからあなたが心配するようなことはどこにもないの。心配するべきなのはむしろわたしのほう――」

不意に唇を奪われて言葉が途切れたものの、今度のキスは強く早いものだった。「そんなことないよ、アイヴィー。ぼくに関しても、きみが心配するようなことは一つもない」

うれしい。この件をもちだしてよかったと安心しつつ、にっこりした。「わたしってば、最高についてる！」

しぶしぶといった感じで浮かんだ笑みが、短い笑いに変わった。「ときどききみはどうかしてるな。自分でもわかってるんだろう？」お尻をぽんとたたいて、コンロの前から追い払う。「だけど、そのおかげでエゴを満たされる」

「お互いさまね」カウンターに身をのりだして、尋ねた。「夕食を手伝うわ。なにすればいい？」

「じらすのをやめて、元彼となにがあったのかを話してくれればいい」

たしかにテーブルはもう用意されているし、調理もコービンが順調に進めている。「そのようね」

「アイヴィー」

「わたし、ジェフを誤解してたみたい」声に出して言ってしまうと、やっと話せるようになった。「いまは、ひどい男だと思ったことを申し訳なく感じてる」コービンが信じられないと言わんばかりの顔を向けたので、アイヴィーはもどかしさにため息をついた。

「本当よ。あなたにも今日の彼を見せたかった」

「遠慮するよ」

「コービン」アイヴィーは、彼がマカロニチーズを鍋からボウルに移してテーブルに置くまで待って、続けた。「だれかに申し訳ないと思うのと、その人に惹かれるのとは、まったく別の話よ」

「だけど、それこそ彼の狙いという気がするな。向こうはきみがどういう人かを知ってる――」

「わたしはどういう人?」

「心が広い」コービンが険しい顔で言う。「やさしくて思いやりがある」

すてきなほめ言葉。「たいていの人がそうでしょう?」

「いいや、たいていの人はそうじゃない。彼はきみの気持ちを軟化させようとしてるんだろうし、きみが一人のところをつかまえようと、そんなふうに待ち伏せしてるのは気に入らないな。ストーカーみたいだよ」

「わたしは一人じゃなかったわ。ホープと一緒だった」

「次はだれとも一緒じゃないかもしれない」

そう言われると……考えてしまった。「ジェフは危険じゃないわ」そう請け合ったものの、彼と二人きりになるのはひどく気詰まりではあるだろう。

「当ててみようか」コービンが言い、腕組みをした。「彼は、友達になりたいと言ったんじゃないか?」

大当たり。「ええと、まあ、そんなことを言ったかも」

コービンが天を仰ぎ、また呼びかけた。「ジャスティン?」

「すぐ行くー」

「ちょっと様子を見てくるわ」アイヴィーは言った。男性に混乱させられていない状況で少し考える時間が必要だった。

コービンのそばを通りすぎようとしたとき、腕をつかんで引き止められた。もどかしげな、意を決したような顔で見つめられる。その視線が口元におりてきたと思うや、またキスされた。ジェフのことで言い合っているより、こっちのほうがずっと楽しい。

「おえっ」ジャスティンが言いながら入ってきた。

二人は即座にぱっと離れた。コービンは我を忘れた自分に戸惑っているような顔だ。

アイヴィーは安心させようとその胸板をぽんとたたいてから、ジャスティンのほうを向いた。「わたしとキスするのは気持ち悪い？」そう言って少年を引き寄せ、音を立てて頬にキスをすると、ジャスティンはけらけら笑って身をよじった。

ところがアイヴィーが放してやったら、驚いたことにジャスティンは強く抱きしめてきた。この子に惜しみなく抱きしめられたのはこれが二度めで、一度めと同じくらい貴重なことに思えた。

ジャスティンの頭上でこっそりと、深い満足の笑みをコービンに投げかけた。「もう腹ぺこよ。すごくいいにおい。さあ、食事にしましょう」

9

ホープがさりげなさを装いつつ――しかしみごとに失敗しつつ、水着の上にはおっていたカバーアップを取り去ってボートの座席に置いたとき、ラングは完全に固まった。彼女がカバーアップ姿で現れただけでもじゅうぶん驚かされたのだ。すらりとした脚を――美しい脚を、あらわにして。

好奇心むきだしにじろじろ見てしまっては、気恥ずかしい思いをさせたりうろたえさせたりするだけだろうから、ミラーサングラスをかけていたことに感謝した。

ホープがすばやく幅広のサングラスをかけて、笑顔で尋ねた。「もう出かけられる？」

容易ではなかったが、どうにか声を絞りだした。「ああ。荷物はおれが持とう」大きなトートバッグを引き受けて、怖がらせないよう、そっと背中に手を添えた。

ホープが逃げなかったので、ますます思考は渦を巻いた。

そしていま、湖の真ん中でボートに二人きり、水着を――可能なかぎり肌を隠す、尋常ではないほど控えめな水着を――まとったホープを前にしたラングは、まるで初めて本気になったガールフレンドとフットボール場の観覧席裏へいちゃつきに行くハイスクール生の気分を味わっていた。

ホープが息を詰めているようだったので、ボートの速度を落とし、広い湖を漂うだけにしてから、まっすぐ彼女のほうを向いた。サングラスを頭の上に押しあげると、ホープの頬がバラ色に染まった。

「よく似合ってる、ホープ」

ピンク色の舌が、さっと唇を走った。「気に入った？　初めて着るの」

愛《いと》おしさが性的な関心を上回りかけた。ホープは一見やわだが強い女性だ。目に浮かぶ純真な期待には打ちのめされそうになる。その瞬間、ラングは悟った。この女性が二度と傷つかないためなら、おれはなんだってやる。

まずは本人が自信を見つける手助けをしよう。ホープには自信をもつ根拠がある——その知性や心の広さ、人生を前へ進めたいという願い、過去から歩きだして恐れのない未来を探索したいという欲求のなかに。

ホープは長いあいだ、自分にはそれらがないと思いこんできた。

「ああ、気に入ったとも」彼女が安堵《あんど》したのを見て、そっとつけ足した。「しかし、きれいな脚をしてるな。もっと見せるべきだぞ」

ホープがまた唇をなめた。「どうして見せないかは知ってるでしょう？」

「ああ」そっと答えた。「知ってる」ほかのボートからじゅうぶん離れていることをたしかめてから、半身を彼女のほうに向けた。「だがここにはきみとおれしかいないし、おれのことは信頼していい」

「信頼してるわ」ホープが息を切らした声で、急いで返した。やはり周囲を見まわしたものの、さほど多くないほかのボートで湖に出てきている人たちは、こちらにまったく関心を払っていなかった。「考えてたんだけど……」

筋肉がこわばったが、ラングは無言で待った。

「……その、わたしにキスしたい？」おずおずと尋ねてから、ラングが答える前に早口で続けた。「キスだけよ。わたしはしたいし、できると思うんだけど、自信がなくて――」

「キスだけだ」ラングは言いながらもう操縦席から立って、一歩近づいていた。ゆっくり息を吸いこんで、しくじるな、と自身に警告する。考える時間を与えすぎたら彼女は不安に呑《の》まれるかもしれないし、最悪、怯《おび》えだすかもしれないので、そっとあごに触れて上を向かせると、唇に唇を軽くこすらせた。

ただのキスなのに、絶大な効果があった――少なくともおれのほうには。ホープがどう感じたのかはまったくわからなかった。

体を離すと、ホープはまだ目を閉じていた。ラングはほほえんで、そっとホープの髪を指で梳《す》いた。想像していたとおり、極上になめらかだった。「ホープ？」

ホープがごくりとつばを飲んだ。「いまの……悪くなかった」まばたきをして目を開ける。「というより、よかったわ」

「それはどうも」急《せ》かすな。急かすな。操縦席に戻って尋ねた。「飛ばしてほしいか？ゆっくりがいいか？」

ホープが急にぽかんとして、尋ねた。「なんのこと？」

思わずにやりとしてしまいそうになった。「ボートを飛ばしてほしいか、ゆっくり走らせてほしいか。今日の湖は混んでないから、これまでどおりゆっくり走らせることもできるし、ちゃんと座席に着いてなにかにしっかりつかまっていてくれるなら、こいつにどれほどのパワーがあるかを見せてやることもできる」

ホープがぱっと笑みを浮かべた。「飛ばして」そう言ってラングのとなりの助手席に腰かけると、足をしっかり踏ん張ってから、言った。「わたしはいつでもいいわよ」

その体勢のせいで、ホープの脚に興味深いことが起きた――ほのかな筋肉が浮かんで、締まった足首が強調されたのだ。こんなに小柄な女性が、おれの人生に莫大《ばくだい》な影響を及ぼしている。

ラングも笑みを浮かべた。「つかまってろよ」そしてゆっくり加速させていくと、風に髪をなぶられたホープは声をあげて笑った。船は数回弾んだだけで波間を切り裂いていく。頭上ではタカが舞い、倒木では亀が日光浴をしていた。

二十分にわたってボートを走らせながらも、上を向いたホープの顔や、陽光を受けてつややかな髪が輝くさま、口元に浮かんだ穏やかな笑みには、しっかり気づいていた。

愛しているかもしれないと思ったガールフレンドは過去に数人いたものの、こんな感じは初めてだった。ホープといると、あらゆる感情がより豊かに、温かく、鋭くなる。

向こう岸の入り江が近づいてきたので、ぐっと速度を落とした。翼を広げて立つサギが用心深くこちらを見ている。岩だらけの湖岸沿いでは、大きな鯉《こい》が一匹、水面のすぐ下をゆうゆうと泳いでいた。

ホープがウインドシールドの向こうを見ようと、立ちあがった。「四年もここに住んでるのに、湖のこのあたりまで来たのは初めてよ」

ニレの木が頭上に枝を広げ、影を落としていた。「ところどころが浅いから、これ以上入り江に入ると、プロペラが壊れるかもしれないな」

「すごくきれいね」

横顔だと、ホープはますます繊細に見えた。視線でその輪郭をなぞる。なめらかなひたいから漆黒のまつげ、ほんの少し上を向いた鼻、開いた唇まで。そんなつもりはなかったのに、この女性が好きだから、求めているから、自然と体も見てしまった。

ちらりとこちらを見たホープの笑みが、薄れた。「ラング？」

くそっ。興味をごまかそうと、早口に尋ねた。「日焼け止めは塗ったか？　あとでひりひりすると困るからな」

それでごまかされることも、不安になった様子もなく、ホープはうなずいた。「ええ。どのくらいボートに乗るかわからなかったから、念のために持ってきておいた」

「ここで錨《いかり》をおろそうか？　ちょっと泳ぐのもいいな」

ホープの目が丸くなった。「ここで？」いびつな湖岸とそびえる木々と暗い水を見まわして、眉をひそめる。「さすがにそれは……」

「湖のほかの場所なら、もっとリラックスできるか？」

「湖のほかの場所なら、魚がいない？」からかうように言った。「今日は眺めるだけにしておく。それでもいい？」

「どうとでも、きみのしたいように」

「だけどあなたは泳いで。わたしに気兼ねなく」

「それなら、きみはスイムデッキに座って、おれはちょっと泳いでくるっていうのはどうだ？」運がよければ、冷たい水で頭をすっきりさせられるかもしれない。

「スイムデッキ？」ホープが興味を示して周囲を見まわした。

「後ろのほうにあるやつだ。ボートから湖への出入りが楽なように、低く設置してある」

なんでもないそぶりでモーターを切り、立ちあがってシャツを脱いだ。

ホープの熱い視線をひどく意識しながら。

肩に降りそそぐ太陽は気持ちがいいものの、ホープから寄せられる関心はそれ以上だった。

座席の下の収納から重たい錨を取りだして、舳先《へさき》に近づき、固定用の金具にロープをからめた。

「上手なのね」ホープがもっとよく見ようと近づいてきた。「それは特別な結び方？」

ラングはにやりとした。「ロープの輪っかはこの金具にぴったり合うようになってる」

彼女の関心がうれしくて、ボートの各所の特徴や錨のおろし方について、しばし説明した。

「少しは流されるだろうが、岸に近づきすぎることはない」

ホープが胸板をちらりと見て言った。「あなたは、その、救命胴衣をつけるの？」

「おれは泳げるが、そうしてほしいと言うなら――」

「ええ、お願い」ホープがあごをあげた。「だってもしあなたが溺れたら、わたしはどうしたらいいの？」

「ボートを駆って助けを呼びに行くとか？」

ラングが言い終える前にホープは首を振っていた。「無理よ。ボートの操縦なんて、したことない」

「ちょっと泳いできたら、教えてやるよ」

彼女がリラックスできるまで、ゆっくりいこう。運に恵まれればボートの操縦も気に入ってくれて、もっと頻繁にここへ来られるようになるかもしれない。ホープのまつげがあがって、濃いブルーの目にじっと見つめられた。「いいわ。でも一つ、いいかしら。飛びこむ前に……」ほんの少し近づいてくる。「……もう一度、キスしてくれない？」

ラングはうなったが、やはりホープの気が変わってしまうのはいやだったので、そっと両肩をつかんで引き寄せた。「きみが望むことならなんでもする。きみはただ、望みを言えばいい」

「ありがとう。わたし――」

唇で唇を封じた。今回はもう少ししっかり、もう少しゆっくり。ホープの肩は小さくて、太陽で温《ぬく》もった肌はなめらかだ。彼女は身動き一つしなかったが、息遣いは速かった。顔を離そうとしたとき、小さな手のひらを胸板に感じた。高まる欲望にきつく手綱をかけつつ、唇に唇をこすりつけた。

それでもホープは逃げなかった。そこで今度は羽根のように軽く、舌で下唇に触れた。ホープが深く息を吸いこんで、驚いたようにささやいた。「あなたとのキスが好き」

「おれがきみとのキスを好きなレベルには負けるだろうな」つまり、これ以上進んでしまう前に抑えなくてはいけないということ。「そろそろ泳いでくる。いいか？」

ホープはうなずいた。「ええ」

ベルト式のライフジャケットを装着してバックルを留め、水に出入りするためのプラットフォームに乗ると、湖に飛びこんだ。一気に全身、冷たい水のなかにもぐったが、ベルトのおかげですぐに水面に戻ってきた。すっきりしつつもまだ興奮状態のまま、プラットフォームの上で両腕を重ねると、笑顔でホープを見あげた。「来いよ。ここに座っておしゃべりしてくれ」

ホープは慎重にプラットフォームに移動してきて腰かけたものの、両足は脇に引っこめていた。「蛇とか大きな亀とか、そういうのは本当にいないのね？」

「いたとしても、おれが水をばしゃばしゃさせて追い払ってやる」

ホープがほほえみ、そっとへりから水中をのぞいて、ついに用心しながら足を浸した。

「冷たい」

肘が彼女の膝に触れた。もう三十歳なのだから、そんなことには気づくのさえおかしいのに、相手がホープとなると、どんなささいなことにも気づいてしまう。「そんなに悪くないぞ。七月中旬には風呂みたいになるだろう」

「湖のことに詳しいのね」

「ずっと水辺で育ったからな。コービンもおれも、歩くのと同時に泳ぎを覚えた。一日中湖で過ごしてもいいくらいだったが、おれたちだけで行くことは母が絶対に許さなかった」にやりとする。「母は見張ってるのが好きなんだ」

ホープが太陽を見あげた。「お母さんも泳いだ？」

「たまにな」肩をすくめた。「たいてい本を持ってきて、日陰で読んでいた。で、なにかあると顔をあげておれたちを叱った」

「たくさん叱られたのはどっち？」

「水のなかで？　となると、おれだな。なにしろ、いつもすごい技を見せようとしてたから。ほら、ドックから後ろ向きに宙返りして飛び込んだり、大木の上のほうまでのぼったり」

ホープが笑った。「死ななかったのが驚きね」

「こうしてジャスティンのそばにいると、まったく別の視点で見られるよ。母が正気を失わなかったことこそ驚きだ」

「ジャスティンはいい子よね」

「ああ」ラングは言い、太陽に温められて染まったホープの頬を見た。「本当に水に入らないのか？」

「今日はやめておく。少しずつ慣れていきたいの」

「じゃあ、おれも戻るか」のぼりおり用の小さなはしごは使わずに、両腕の力で全身を持ちあげて、ホープのとなりにどかりと座った。湖の水がホープの脚や腕にかかり、ラングの下にできた水たまりが流れていって、ホープのお尻を濡《ぬ》らした。

ホープは笑った。

またキスせずにはいられなかった。今回はホープも受け身ではなく、完全に〝参加者〟だった。まるでラングの反応を予期していたように、両腕をあげて首に回してきたのだ。焼けつくような刺激。そして、頭がぼうっとする。

キスがこんなふうになりうると、なぜおれは知らなかった？

願っていたより早く事態が展開するなか、ホープの経験不足につけいることなく楽しめる最良の方法を考えていたとき、不意に彼女が悲鳴をあげてぱっと逃げた。

失望に胸が沈むラングをよそに、ホープは急いで足をあげて水から離れた。

「なにかに噛《か》まれた！」

なん……だと？　まったく予想外の言葉だったので、すぐには理解できなかった。それに、いまも呼吸が速かった。

ホープが怯えた顔で言う。「水のなかになにかいる！」

「水のなかにはいろんなものがいるさ」

「それはわかってるけど」もどかしげに、また水中を見おろす。「わたしは一度も入ったことがないから」

「虫は怖がらないじゃないか」ラングは指摘した。

「だって虫は見えるもの。でも、こんなに暗い水のなかは……」

ラングは首を振った。頭をすっきりさせるためだが、同時に、なにも危険はないと否定するためでもあった。質問しようと口を開いたものの、水中をのぞきこむホープの顔つきを見たとたん、言葉がどこかに消えた。思わず笑いを漏らすと、鋭い視線が飛んできた。ラングがおもしろがっていることに気づいて、ホープが目を狭める。

おかげでますます笑いがこみあげてきた。

ホープに小突かれたものの、その手に熱はこもっていなかった。ホープが唇を引きつらせて言う。「本当よ。なにかにつま先を噛まれたの」

「大丈夫か？」笑顔で尋ねた。

「ええ」自身の足を見おろす。「足の指はいまも全部揃《そろ》ってる」それから、笑いをこらえて認めた。「ちょっとびっくりしただけ」

ラングは小さな足を片手で包んだ。「どこも異常はない」湖のなかをのぞく。「ほら、あそこ」銀色を帯びた魚を指差した。「小型のブルーギルだな」

「わあ。あれなら……ちょっとかわいい」そう言うと、足はプラットフォームからおろさずに、両腕で膝を抱いたまま、魚をしばし眺めてからまたちらりとこちらを見た。「でも、ほかのなにかだったかもしれないわよ」

まったく、おもしろいことを。「きみはものすごくおいしいからな」からかうように言った。「魚を責められない」

ホープの表情が変化した――熱を帯びたのだ。「あなただっておいしいわ。あなたとのキスは楽しかった」

「よかった。きみがそうしたいなら、もっとキスしよう」

「それ以上はなしで？」

「決めるのはきみだ。もっと欲しくなったら、言ってくれ。ならなければ、キスだけだ」

今度の笑みは、安堵と期待の笑みだった。信頼の笑み。

威力のある笑み。「ありがとう」

たったいま、心のど真ん中を奪われた。


アイヴィーが壁かけ時計を見あげると、針は午後九時過ぎを指していた。本当にそろそろ家に帰らなくてはいけないのだけれど、本当に帰りたくなかった。コーヒーテーブルの後ろの床に座って、ジャスティンとビデオゲームで競っていた。これまでのところ、ぼこぼこにされている。完敗だ。もちろんジャスティンは何度もやったことがあって、わたしは初めてだけれど、それでも……だって、彼はほんの十歳よ？　どうしてわたしはうまくコントロールできないの？　わたしが操作しているドライバーは車を衝突させてばかりなのに、ジャスティンのドライバーはいたるところでポイントを稼ぐのだ。

後ろのソファに座っているコービンが言った。「ジャスティンはこのゲームが本当に得意なんだ」

「黙って、気が散る」言った瞬間、また衝突してゲームオーバー。「もう！」コントローラーを手放してコービンの脚に寄りかかり、大げさにうめいた。

ジャスティンが意気揚々として言う。「勝ったー！」

「そうよ、あなたの勝ちよ」アイヴィーは少年の髪をくしゃくしゃにした。「子どもに負けた！」

「ぼく、もう十歳だから子どもじゃないよ」

「だけどわたしはあなたの三倍の年齢よ」アイヴィーは返した。「比べたらあなたは坊やなの」

「ふうん」ジャスティンが膝立ちになり、父親の座っているソファに両手をかけた。「ママは、ぼくは自分で自分の面倒が見られるって言ってたけど」

静寂が雷鳴のようにおりてきた。アイヴィーはぞっとして少年を見つめたものの、すぐに考えなおした。きっとこの子の母親は、なにかしらの論理が通った文脈でそう言ったに違いない。あるいは励ましのつもりで。「そうなの？」

「うん。ママにお世話してほしいって思うのは赤ちゃんだけだって言ってた」

恐ろしい告白に、ますますコービンが身を固くした。ジャスティンの言い方がじつになんでもないような口ぶりなので、意味は疑いようもなかった。

「そうねえ」張り詰めた衝撃からコービンを解放してあげたくて、アイヴィーは考えるように言った。「わたしからすると、あなたはあるていどのことなら自分でちゃんとできる年齢でしょうね。たとえば、言われなくても歯を磨くとか、デイジーにちゃんと餌と水をあげるとか」

ジャスティンが肩をすくめた。「ママは、ぼくは一人で大丈夫だって」

これにはコービンが文字どおり飛びついた。「おまえ一人を残して出かけたことがあったのか？」

「ときどきね」エネルギーのかたまりのごとく、ジャスティンが膝で跳ねる。「お仕事しなくちゃいけないときとか、デートのときとか。でも大丈夫だったよ、ぼく、もう十歳だもん」

コービンの体から緊張感がにじみだす。「ダーシーはどこで働いてたんだ？」

「知らない」母犬のデイジーと猫のモーリスが子犬たちを引きつれて近づいてきたので、ジャスティンはそちらを向いた。「でも、働くのは夜だった」

アイヴィーはそっと尋ねた。「暗くなってから？」

「うん」少年はもはや大人に背を向けて、動物たちだけを見ていた。つい先ほどの勝利の喜びも忘れ去られたようだった。

アイヴィーとしてはむやみに追及したくなかった。ジャスティンがこんなふうに心の戸を閉ざしたのは、うっかり微妙な話題をもちだしてしまったことに気づいたからのように思えた。

コービンもそれを察したのだろう。「十歳はなかなかのお兄ちゃんだが、ぼくは父親だから、おまえの世話をするのが楽しいよ」

ジャスティンがちらりと振り返った。「ママと違って？」

「ああ」コービンが言う。「ものすごく違うよ」そして一歩踏みこんだ。「ぼくは絶対に、夜におまえ一人を置いて出かけたりしない」

「なんで？」

「一つには、危険だからだ」

「うん、それはママも言ってた。外が真っ暗になる前に、なかに入ってドアに鍵をかけなさいって。そうしないと、だれかにさらわれちゃうかもしれないからって。でもときどき忘れちゃうこともあった」デイジーを抱きしめて、小声で言う。「うちの前の廊下は電気が切れてたから、夜はちょっと怖かったかな」

コービンがどうにか心を落ちつかせて身をのりだし、みごとな冷静さで尋ねた。「アパートメントの鍵をかけわすれたことがあった？」

「じゃなくてね。鍵はいつも玄関マットの下に入れとくことになってたの」子犬の一匹がジャスティンのショートパンツを噛んだので、少年は笑顔になった。「でも一回、ママが忘れて持ってっちゃった」

アイヴィーは膝にのってきたモーリスをありがたい気持ちで撫でた。この老猫は、わたしが動揺して愛情が必要になったときは、いつでもそれとわかるらしい。「そのときあなたはどうしたの？」

「廊下で寝た」眉間にしわを寄せて子犬の耳を掻《か》いてやり、咎《とが》めるように言った。「自分が鍵を持ってっちゃったのに、ママはぼくを怒ったんだよ。そのことがあってからは、うちのなかにいなくちゃいけなくなったんだ」

コービンに寄りかかったアイヴィーは、彼と視線を合わせた。支えを、理解を、目で伝えたかった。どうかそのまま冷静でいてと。コービンの表情は……打ちひしがれていた。無理もない。話しているうちに、ジャスティンの口調と表情は少しずつ変化してきていた。不穏な記憶は心の奥深くにしまいこまれていたのだろう。つまり、それだけ思い出したくないできごとだったということだ。

コービンはコービンらしく、自制心を取り戻した。どれほど胸を引き裂かれていようと、口調にも表情にも出さずに言った。「で、どのくらい怒られたんだ？」

ジャスティンは鼻をこすり、目をそらして答えた。「おとなりのドリスさんがぼくを見つけて、ママにものすごくどなったの。たぶん、だからママはぼくを怒ったんじゃないかな」

まだ十歳でしかないジャスティンに、どうしたら大人の行動を理解できるだろう？　問題は自分ではなく母親にあったのだと、どうしたらわかるだろう？

少年の唇が震えた。「ママを怒らせるつもりも、困らせるつもりもなかった。ほんとだよ！　ただ、どうしたらいいかわからなかったんだ」

アイヴィーは小さな肩に手をのせた。ジャスティンから流れだすさまざまな感情を感じる。コービンからは、なおさら。そのあまりの強さと激しさに、息が詰まりそうだった。

「ねえ、どうしてドリスさんはあなたを自分のおうちに呼んでくれなかったの？」

「くれたよ」ジャスティンが急いで言った。「ドリスさんはいつもぼくにすごくやさしくしてくれてたんだけど、ママが好きじゃなかったから、話しちゃいけないことになってたの。ドリスさんが警察を呼んで、警察がぼくを連れてっちゃうから、だめだって」怯えた目でちらりとコービンを見る。「ぼくはどこにも連れてかれたくなかった。でも、パパがいるのは知らなかった」また犬だけを見つめて、撫《な》でることに集中する。「ドリスさんは、心配しなくていいよって言ってくれて、枕と毛布を貸してくれて、廊下で一緒に座って朝までお話してくれた」

「ドリスさんは本当に親切なおとなりさんだね」コービンが言う。

「でもママは、意地悪な――」慎重な顔で大人を見て、続けた。「――あばず、なんとかって」

アイヴィーは咳払《せきばら》いをして、なにか言うことを思いつこうとしたものの、なにも浮かばなかった。

「ママはペットを飼うのもだめだって言ってた。一緒にビデオゲームもしなかったし、駆けっこもしなかったし、なんにもしなかった」いろいろなことを思い出してきたのだろう、下唇が震えだした。「なんかあるとすぐぼくのことを怒って、たまに……たまに、ママがいつ帰ってくるかわからないときもあった！」

アイヴィーはのどがふさがれるのを感じながらも、必死に冷静な顔を保とうとした。あまり激しく反応して、これ以上、ジャスティンを動揺させたくなかった。

コービンが手を伸ばしてジャスティンの両脇をつかまえ、抱きあげて膝の上に座らせた。息子をしっかり抱きしめて、あやすように揺する。「これからは、パパがどこにいるかわからないときはないからな。おまえが置き去りにされることもない。いいね？」

「ぼく、ずっとここにいたい」ジャスティンが同じくらいしっかりコービンに抱きついてつぶやいた。

このままでは泣いてしまうと思ったアイヴィーは、モーリスを抱いたままそっと立ちあがり、父と息子だけの時間を与えようとキッチンに向かった。デイジーは悲しみに戸惑ってついてきたので、自然と子犬たちも追ってきた。

角を曲がってすぐ壁にもたれかかり、ずるずると滑りおりて床にお尻をついた。モーリスがあごに頭をぶつけてきて、デイジーはかたわらに寄り添ってくる。もう何年、何十年と、楽しいときも悲しいときも動物に頼ってきた。いまも変わらない。みんなはわたしが動物から多くを与えていると思っているけれど、実際は、わたしのほうが動物から多くをもらっているのだ。猫と犬を順番に抱きしめてキスをし、差しだされた癒やしを受け取って、少しでも返せているようにと祈った。

小さな少年がぽつんと置き去りにされて、母親に顧みられることなく廊下で眠っているところを思うたびに、また少し胸が砕けた。

涙をこらえていたとき、コービンの声が聞こえた。「前にこの話はしたよな？　おまえになにも起こらないよう、ぼくが守るって約束しただろう？　それでもまだ心配かい？」

数秒の静寂が広がったので、コービンが息子の髪を撫でて安心させているところをアイヴィーは想像した。やがてジャスティンがつぶやくように言った。「ていうか、ぼく、このほうがずっと好きってだけ。楽しいから」

「ぼくもだよ」

「パパはすごくやさしいし」

「そうありたいと思ってるけど、パパも人間だから、ときどき失敗するかもしれない」穏やかな口調になって続けた。「たとえそういうことがあったとしても、それだけだ――純粋に、失敗。おまえを愛してないとか、ここで一緒に暮らしたくないとか、そういう意味じゃない」

「うん」

「ジャスティン……」コービンは一瞬ためらってから続けた。「いつでも話してくれていいんだからな。それをわかっててくれ。もしなにか心配なことが出てきたら、一緒に解決しよう」

「でも、もしそのとき、パパがどこかに行かなきゃいけなかったら?」

「仕事で遠くへ行かなきゃならないことはめったにないし、もしそういうときが来たとしても、ぼくが帰ってくるまでラングおじさんがおまえのそばについててくれる。うれしいだろう?」

「うん」ジャスティンは少しためらってから、聞く者の胸を裂くような不安そうな声で尋ねた。「パパは絶対、帰ってくるよね?」

「だれだろうと、なんだろうと、ぼくを引き止められはしない。絶対だ」また短い静寂が広がったあと、コービンがつけ足した。「ぼくたちはもっと話をしたほうがいいな。おまえについて、ぼくが知らないことはいっぱいあるみたいだ」

「ぼく、赤ちゃんじゃないよ、ほんとに」

「ああ、わかってる」コービンが愛情をこめて言う。「だけどおまえは十歳の男の子だし、あんまり早く大人になってほしくないんだよ。わかるかい?」

「たぶんね」

「なにか気になることがあったら、いつでも言うって約束してくれるか?」

「ママは、ぼくが邪魔するのをいやがってたよ」

「おまえのママは自分の問題をかかえてたんだ。ぼくは違うから大丈夫。暮らしは落ちついてるし、ぼくたちにはもうこの家がある」

「ラングおじさんがくれたボートもあるよ」

「そうだな。ボートも」

「デイジーもいるね」

笑みを浮かべているのがアイヴィーにもわかる声で、コービンが言った。「デイジーはもうぼくらの家族の一員だ」

「ラングおじさんとアイヴィーも?」

「ラングおじさんはぼくの兄さんだから、そうだな、家族だ。アイヴィーはすごく仲のいい友達だ」

「家族になれる?」

アイヴィーは手で顔を覆って肩を震わせた。盗み聞きなんてするんじゃなかった。わたしが話題になると知っていたら、キッチンよりもっと遠くへ行っていたのに。けれど実際はここにいるので、ジャスティンの気持ちを思って胸を痛めつつ、こんな立場に置かれたコービンを気の毒に思った。

そしてやきもきしながらコービンの返事を待った。

「世の中には血のつながらない家族もいるんだ」コービンが説明する。「だからアイヴィーのことは家族と呼んでもいいと思うよ」

「よかった。そのこと、気になってたから」

ああ、あの子の小さな胸に安らぎを。アイヴィーは鼻をすすった。

「じつはね」コービンがそっと言った。「ぼくもときどき心配になることがあるんだ。ラングおじさんやアイヴィーだってそうだよ。だれだって心配になるけど、それを打ち明けると少し楽になるんだ。わかるかい？」

「たぶんね」

ジャスティンはよくこの返事をする――〝たぶんね〟。まるで、言われたことを本当には信じていないように。この年齢でこれほど疑い深くなるなんて、いったいどんな人生を送ってきたのだろう？

ジャスティンが落ちついてきて、張り詰めた空気がやわらいできたのを感じたのか、コービンが言った。「こういう腹を割った会話をするのは好きだな」

「はらをわった、ってなに？」

「本当に大事なことを話し合う、という意味だよ」

「ぼくのことをどんなに愛してるか、とか？」

アイヴィーはこぶしを口に押しあててすすり泣きをこらえた。まったく、泣きじゃくらずにこんな会話ができるなんて、コービンは間違いなく世界でいちばん強い人だ。わたしには無理。

「ああ」コービンが言った。その声はかすかにしゃがれ、やさしさがこもっていた。「おまえのことを心の底から愛してるよ」

ジャスティンが共犯者めいたひそひそ声で尋ねた。「ぼく、アイヴィーを悲しい気持ちにさせちゃったかな？」

コービンが返す。「彼女もおまえを愛してるから、おまえが一人でいたときのことを心配したんだと思うよ」

「泣いてるかもしれないね」ジャスティンが言う。「赤ちゃん《ベイビー》は泣くよ」

「アイヴィーは赤ちゃんじゃないから、そういうことは言うべきじゃないかもな」

「たぶん泣いてるよ、だって女の子だもん。でしょ？」

コービンが笑った。「それは間違いなく言うべきじゃない。アイヴィーはすごく強い女性だぞ」

「それでも泣くでしょ」ジャスティンは譲らない。

「人はそれぞれ、違ったかたちで感情を表すんだよ。ぼくがおまえをしっかり抱きしめたのは、そうすると安心するからだ」肩をすくめるような口調で言った。「アイヴィーは少し涙ぐんだかもしれないけど、おまえだって泣いていいんだよ」

「パパは泣いたことある？」

「長いこと泣いてないな。最後に泣いたのは、パパのパパが亡くなったときだ」コービンはしばし黙ってから続けた。「泣きたくなったときは、家族と話すことにしてる。パパのママか、兄さんのラングとね。おまえも泣きたくなったときは、ぼくらのだれかと話すといいかもしれない」

「そっか」ジャスティンは言った。「でもアイヴィーのそばでは泣かないよ」

「もし泣きたくなっても、アイヴィーは気にしないさ」

それを合図と受け取って、アイヴィーは目を拭ってよろよろと立ちあがった。壁の向こうをのぞくと、二人がこちらを見ていたので、顔に笑みを貼りつけた。「ちっとも気にしないけど、先に断っておくわ。もしあなたが泣いたらわたしも泣く。だってテレビのＣＭでだれかが泣いてるのを見ただけで泣いちゃうんだから」片方の肩をすくめた。「ホープも似たようなものだけど、うちの受付係のカレン――会ったでしょう？　彼女はまるで揺るぎない岩よ。泣いたところは一度も見たことない」

二人が目をぱちくりさせたので、またどうでもいいことをぺらぺらとしゃべっていた自分に気づいた。

ジャスティンがしげしげと見つめて眉をひそめる。「お鼻が真っ赤だよ」

「そうよ。泣くと不細工になるの」

「アイヴィーは不細工じゃないよ」ジャスティンが急いで言った。「すっごくきれいだよ」

ああ、この子にはどんどん心を奪われていく。「うれしいことを言ってくれるのね。ありがとう」笑みを浮かべた顔が痛かった。本当は、またむせび泣きたくなっていた。「さて、そろそろ家に帰らなくちゃ」

まさにそのとき、ラングが玄関を開けた。大きな笑みを浮かべている――が、それもジャスティンがコービンの膝の上にいて、アイヴィーの頬に涙のあとが残っているのに気づくまでのことだった。「おいおい」アイヴィーの顔を探るように見てから、不安そうに視線をジャスティンに移すと、少年は急いで鼻をこすって父親の膝からおりた。ラングは最後に視線を弟に向けた。

静かに玄関を閉じて、言う。「その、おれのいないあいだに、なにかあったのか?」どういうわけか――あるいはさまざまな感情が張り詰めすぎて限界に達したのか、ラングの苦悩の表情を見て、アイヴィーはくつくつと笑いだした。たちまちコービンとジャスティンにも伝染する。

そうして三人で笑いに笑っていると、ラングの目からは不安が消えて、アイヴィーの泣きたい気持ちもどこかに飛んでいった。いま、目を拭っているのはまったく別の理由からだった。

不意に大きな幸せを感じた。この人たちを愛している。三人ともを。その気持ちが変わるとは思えない。

まだ残っていたいけれど睡眠時間も大切だから、そろそろお開きにしなくては。残念。なにしろコービンの家のほうが、自分の家よりずっと〝帰る場所〟のように思えはじめていた。

10

家の外に出ると同時に、アイヴィーがコービンの胸板に触れて、そっと尋ねた。「大丈夫なの？」

ポーチライトの明かりのおかげで、アイヴィーの目と鼻がいまも赤く、頬に涙のあとが残っているのもわかった。コービンは、ジャスティンを抱きしめたときと同じくらいしっかり彼女を抱きしめたくなった。「ああ、大丈夫だよ」片手に猫用ケージをさげて、もう片手をアイヴィーに回したまま、一緒に彼女の車へ向かった。

アイヴィーが肩に首をあずけてきた。「あなたってすごいのね。わたしはぜんぜんだめ。ジャスティンは自分の子でもないのに」

「あの子はもうぼくのそばにいるんだから、絶対に守ってみせる」またアイヴィーが涙ぐみそうになったのを感じて、言った。「じつは、今夜のことには励まされたよ」

「そうなの？」

説明するのは簡単ではないが、アイヴィーには話しておきたかった。この女性に深い気持ちを打ち明けるのは、いつもの他愛《たわい》ないおしゃべりと同じくらい、ごく自然なことに思えた。「ジャスティンは少しずつぼくに心を開きはじめてる。わりと最近まで、口数が少なくて内にこもってたんだ。まあ、気持ちはわかるけどね――世界が引っくり返されたんだから。慣れ親しんでいたものすべてから引き離されて、父親だと名乗る男に受け渡されて。そういうわけで、ぼくが言うこともぼく自身も、一切信用できなかったけど、それをぼくに言うことは恐れていた。ぼくらはまるで一緒に暮らす他人同士だったよ」

「そのうちの一人は、若くて傷ついてて、すべてを警戒してたのね」

「ああ」ジャスティンはずっと、ひどく警戒心が強かった。そして、いつも不安そうだった。「ぼくのほうは、とっくにライフスタイルが定まってたのに、いきなりパパと呼ばれたことに圧倒されて、失われた時間を取り戻そうと必死だった」ちらりとアイヴィーを見る。「だけどわかったよ、焦ってはだめなんだと」

「いまはどんな感じ？」アイヴィーが尋ねた。

「いまは、ジャスティンが不安を打ち明けてくれるようになった。これまでのことを少しずつ話してくれるようになった。一緒にいるはずだった時間を思うと――取り戻せない時間を思うと、胸が引き裂かれそうになる。だけどもし親子でいろいろ話をすれば、あの子が過去を打ち明けてくれれば、二人でその距離を多少は縮められるんじゃないかと思うんだ。あの子を不安にさせるものを一つずつ取りのぞいていって、願わくば、親子の関係をもっと強いものにできるんじゃないかと」

アイヴィーが足を止めてこちらを見あげた。月光が、ふわふわの髪の周りに光輪を投げかけている。「あなたのこと、心から尊敬する。こんな人には会ったことないわ」

コービンは手にしていた猫用ケージを、私道に停《と》まっているアイヴィーの車の横におろした。「同じ言葉を返すよ。きみはもう、ぼくらの生活の一部だ」ふわふわの髪を撫《な》でつけると、おもしろいことに巻き毛はすぐさま起きあがって、幾筋か指にからまった。「ぼくはいま、いろいろかかえすぎてる」

「わかってるわ」アイヴィーが急いで言った。「急《せ》かさないって約束する」

思ったことを口にするところがかわいい。「好きなだけ急かしてくれていいんだよ」口元にかがみこんで、ささやいた。「うれしいから」

続くキスは、いろいろなことを物語っていた。いずれ結ばれたときは激しいものになるだろうこと。二人は結ばれる運命だということ。そして、ぼくが彼女を求めているのと同じくらい、彼女もぼくを求めていること。

昼越しにささやいた。「ラングが日曜にジャスティンと出かけたがってる。つまり、ぼくらだけで過ごすチャンスだ」

「セックスするチャンス？」

ひたいをひたいに押しあてて静かに笑い、アイヴィーをきつく抱きしめた。「その気だと思ってくれていい。百パーセントその気だと。だけど二人でどこかへ出かけたっていいんだ。ディナーとか映画とか、なんでも」

アイヴィーがあごに、唇に、キスをして、笑顔で見あげた。「うちで料理するわ。映画を見たいなら、よさそうなのを配信で見ましょう」手のひらで胸板を撫であげて、肩をつかむ。「でもね、わたしがいちばんしたいのは、別のこと。なんだか最近はとりつかれてるみたいよ。だってそのことしか考えられないんだもの」

ああ、そこまで求められるとは、くらくらする。「じつはぼくもだ」

モーリスがじれったそうに、にゃーおと鳴いた。いまは激情に流されているときではない。二人だけの時間はじきに訪れる。

もう夜遅いし、アイヴィーは疲れた様子なのに、明日も仕事だ。それでもあと一つだけ話しておきたいことがあった。

「ジェフのことだけど」

アイヴィーがぽかんとして尋ねた。「彼がどうしたの？」

「きみが彼とよりを戻すつもりはないと言ったのはわかってる――」

「絶対にないわ」

「だけど、ぼくらのあいだにはもう共通認識ができたよね？」

アイヴィーがぐいとあごをあげた。「共通認識？」

なるほど、先走ってしまったらしい。すばやく思考を巻き戻して、言いなおした。「ぼくらのあいだには共通認識があってほしいんだ」

「具体的に、どういうこと？」

あまり楽しそうな声ではない。むしろ少し怒っているようにも聞こえる。まずいな。

「ジェフがなにを企《たくら》んでるか、きみはわかっていなくても、ぼくはわかってると思う。彼が友情を利用してよりを戻そうとしてるのが、気に入らない」

アイヴィーが一歩さがって腕組みをした。「あなたが信用できないのは、ジェフ？　それともわたし？」

罠《わな》を察知してコービンは軽く笑った。「もちろんきみのことは信じてるよ。だけどジェフは……まったく信じられない」またアイヴィーを引き寄せた。「彼をかわいそうだと思ってるんだろう？」

「だから？」アイヴィーが腕組みをほどいて寄り添ってきた。「むしろぼくをかわいそうだと思うべきだ、なんて言わないでよ」

「ええ？　違う、そういう意味じゃない」同情なんて無用だ。「ぼくを憐《あわ》れむ理由なんてない」

「一つもね」アイヴィーが同意した。「どんな困難にも立ち向かっていける人だもの」

まあ、最近はそうする以外に選択肢がないのだが。「できるだけのことをしてるつもりだ。ラングが来てくれて助かってるし、きみには心から感謝してる」アイヴィーの不機嫌な顔が少しずつやわらいできた。「きみのおかげでなにもかもスムーズになってる。いろんな面で」

「よかった。わたしのせいでややこしくさせてないかって心配してたの」

「まさか」アイヴィーのあごをすくった。「それで、共通認識のことだけど。きみとぼくだけで、ほかの人間はなし」とくにジェフはなし。

「問題ないわ」アイヴィーがこちらを手で示す。「あなたのほうが、ジェフよりずっといいもの」

なぜその言葉が気に障ったのか、わからなかった。今日は長い一日で、感情を大きく揺さぶられたから、だろうか。「じゃあ、ぼくは二つの選択肢のうちのましなほう、ということ?」

「それは……そうよ」

彼女の口調には〝当然でしょう〟という響きがあった。「じゃあ、もしぼくと出会ってなかったら?」

アイヴィーがいたずらっぽい笑みを浮かべ、目を輝かせて身をのりだしてきた。「そのときは、つかの間の刺激を求めて町にくりだしてたでしょうね」ぽんと胸板をたたく。

「でもこのほうがいい。危険はないし、これ以上の刺激は手に負えないもの」

危険はない？　くそっ、その言葉も気に入らないぞ。「どういう意味かな」

アイヴィーが肩をすくめた。「あなたといると、いつもわくわくさせられるの。心拍数があがっちゃう」

もどかしさが募った。「〝刺激〟じゃなくて、〝危険はない〟のほう」

「ああ」アイヴィーがさらに近づいてきて、笑顔で見あげた。「あなたは信用できる人。ほとんど会った瞬間からそう思えた。どういうわけか、善良な人だってわかったのよね。たぶんジャスティンへの接し方のせいだと思う。それと、デイジーへの接し方。それから、わたしを見るときの目。本当の意味でわたしを見てるみたいな」

「もちろんちゃんと見てるよ」うなじを片手で抱いて、唇を引き寄せた。「たいていの男はきれいな女性に気づくものだ」それを聞いてアイヴィーがくすっと笑ったのが気にかかった。

「自分をきれいだと思わないのか？」

アイヴィーがひょいと唇をひねった。「現実を見ましょうよ」

「いいね、ぜひそうしよう」

「自分の見た目は知ってるわ。鏡は持ってるし、ヘアブラシも持ってる」

そうとも、このワイルドで独特で愛らしい髪……。コービンはくるくるの巻き毛に指を通した。「きみの髪はありえないくらいセクシーだ」

これには自嘲気味の笑いが返ってきた。「わたしの髪はカオスよ。雨が降ったら目も当てられない。ヘアゴムで結わえても、頭から逃げだそうとしてるみたいにあちこちぴょんぴょん飛びだしてくるの」

まったく、笑みが止まらない。「ぼくはきみの髪が大好きだ。見た目も、自然な手触りも」言いながら手をそっと握って巻き毛をつぶし、また手を開いて、カールが勢いよく戻るさまを愛《め》でた。「極上にやわらかいし、きみがあれこれヘアケア製品をつけていないところも好きだな」

「使ってもどうせ役に立たないから」

こめかみに鼻を押しあてて、ささやいた。「おまけにいいにおいだ」

アイヴィーが少し呼吸を乱して言う。「それは……ヘアローションのおかげね」

この女性に賛辞を受け入れさせるのは不可能に近いが、そんなところさえ愛《いと》おしく思えた。「きみだよ、アイヴィー」舌で耳たぶに触れるとアイヴィーがわなないたので、そっと歯を立てた。「きみ自身が、いつもすごくいいにおいなんだ」

アイヴィーが両手で肩につかまって首を傾け、もっとじらしてと誘った。

「それから、どきっとするような目をしてる」

やや夢うつつの声でアイヴィーが言った。「わたしが？」

「太陽の下だと緑色が強いけど、じつは金色の点も全体に散らばっていて、すきあらば目の輝きを足そうと待ちかまえてるんだ。それがいまみたいに暗いところでは、その金色が存在感を増して、圧倒する」

「ふうん……」息遣いが速くなる。「知らなかった」

「あまり自分の目を見つめて過ごすことはない？」

アイヴィーがやわらかに笑った。「ないわ。どうしてそんなことするの？」

答える代わりに、のけぞらせて顔を見つめた。「鼻は優雅だ」

笑いがこみあげたように、アイヴィーの唇が引きつった。

「それにこの唇……」身をのりだして下唇にすばやく舌を這《は》わせると、アイヴィーが口を開いたので、ゆっくり、深く、味わいはじめた。ざらついた声でうなるように言った。

「きみの唇には少し正気を失いそうになる」

「それは、わたしには好都合」アイヴィーが片手をあごに添えて、あの美しい目で探るように見つめた。「じゃあ、わたしのことが大好きなのね？」

冗談が好きで、かわいいアイヴィー。「好き以上、と言っていいと思うよ」

その告白にはまばゆい笑みが返ってきた。「わたしがくだらないことをぺちゃくちゃしゃべっても？　いらいらしない？」

これは不安の現れか？　だとしたら、おそらくジェフのせいだ。「思ったことを口にするところが好きだよ。好きじゃないって人がいたら、その人は自分に自信がないだけだ」

「そう思ってくれる？　その、たしかにわたしはしゃべりすぎるところがあるけど、悪意をもってやってるわけじゃないのよ」

「きみはぼくが知ってるなかで、いちばん思いやりのある人の一人だよ」

彼女の指先が唇に触れた。「そう思ってくれるなら本当にうれしい。改善しようと努力してるのに、努力したくなくなってきちゃった」

「ぼくを信じて、アイヴィー。きみはなに一つ変わらなくていい」

「最初、人生を仕切りなおそうと決めたときは、変わろうと思ってたの。だけどやっぱりわたしはわたしが好き。このままの自分が、自分のあり方が好き。わたしっていう人間に心から満足してる」

当然だ。アイヴィーはすべてを揃《そろ》えている。いい家、いい仕事、町の人からの敬意、親友……。「その人生のなかに、必死にがんばってる少年とおかしな兄貴つきの男が入っていける余地はあるかな?」

アイヴィーが両腕をコービンの首にからめて、ぎゅっと抱きしめた。「あなたたちがわたしの人生にいてくれたら、すごくうれしい」

愛《ラブ》。ああ、ぼくは猛スピードでのめりこんでいる。だが、そうならないわけがない。アイヴィーと出会うまで、自分がこの女性を必要としているとは知らなかった。

いまはもう、彼女がいない未来など想像できない。

縦長の浴槽に浸《つ》かって、香りつきのキャンドルが洗面台のへりで灯《とも》るなか、噛《か》んで遊ぶおもちゃのねずみをくわえたモーリスをかたわらに、アイヴィーはじき訪れる瞬間に思いを馳せていた。もう一時間以上、こうしている。

リラックスして、自分を甘やかして、コービンが訪ねてくるときを妄想していた。ほとんど湯に沈んだ体の周りを、保湿力のある泡が漂う。ライラックの香りがして、なめらかな肌触りだ。爪はもう磨いたし、髪には浸透力の高いコンディショナーを使った。ベッドの上にはいちばんきれいなブラとパンティのセットが広げてある。

ああ、なんだか夢みたい。

簡単にシャワーですませることに慣れてしまっていた。なぜならジェフが待っていたから。けれど、わたしがわたし自身のために多少の時間をかけても、コービンなら文句を言わないとわかっていた。

コービンはわたしを好きだから。すごく。ものすごく。

それがわかっているという事実を抱きしめたとき、電話が鳴ったのでぎょっとした。閉じた便座の蓋に置いておいた携帯電話のほうを向いて、眉をひそめた。

ふと、かけてきたのはコービンに違いないと思いつき、くつろいだ姿勢から身を起こすと、片腕を伸ばして携帯をつかんだ。

ところが発信者はコービンではなくホープだった。アイヴィーは笑顔で応じた。「やっほー。どうしたの？」

「いまは大事なデートの準備中よね」ホープが言う。「だから手短にすませるわ。ビッグニュースよ。なんだと思う？」

最近ならなんでもありうる。新たに広がった世界を楽しんでいるホープは、見たこともないくらい幸せそうだった。「なんだろう。あなたがラングにキスしたのはもう知ってるし」ホープはすぐにその〝事件〟を打ち明けてくれたのだけれど、アイヴィーとしてはこのまま親友が前へ進みつづけ、その過程で過去を葬り去れるよう願っていた。「で、ラングもあなたにキスしたのよね」

「両方すごくすてきだったことも忘れないで」

アイヴィーは笑った。「どうしたら忘れられるの？　それこそいちばんいいところじゃない」ホープとのあいだが今後どう転がろうと、ラングはもうわたしのなかでは特別な存在だ。「で、ビッグニュースって？」

「今日、コービンがあなたの家に行ってるあいだ、ラングがジャスティンの面倒を見ることになってるでしょう？　それでね、わたしも仲間に入らないかって誘われたの！　三人で映画を見に行って、食事して、そのあと湖のビーチへ行くのよ」

ビーチといっても実態は湖の向こう側にある砂浜にすぎないのだけれど、このあたりの人はみんな、朝昼夜とそこに集まる。どうやらラングは弟のコービンにたっぷり時間を与えるつもりらしい。アイヴィーは心のなかで歓声をあげたが、この電話はホープのためのものなので、すぐに頭を切り替えた。「楽しそうじゃない」日曜の午後ならビーチはひときわ混んでいるだろうから、ホープがそこへ行くというのは、これまた大きな一歩だ。

「あとで詳しく聞かせてよ。見た映画のタイトルとか、どのレストランに行ったかとか、例のめちゃかわ水着を持っていったのかとか……」

「あの水着のあと、みんなのためにウォーターフロートもいくつか買ったの。一つはフラミンゴのかたちでね、きっとあなたにぴったりよ」

アイヴィーは笑った。「うれしい！　どうもありがとう」

「わたしのは明るいオレンジ色。ビーチで使うつもりだけど、コービンの家に置いておいてくれるって」

「湖畔の生活にすっかり染まったみたいね」

「何年もこの町で暮らしてきたのに、湖がどんなに楽しいか知らなかったなんて、どうかしてるわよね」

アイヴィーはほほえんだ。ホープが楽しいと思えるのは、ラングと一緒だから。その点だけでも彼はやはり特別な存在だ。

それから十五分、二人はおしゃべりをした。アイヴィーは浴槽に浸かったまま、ときおり香りつきの泡を両腕にすりこんだ。

モーリスはおもちゃのねずみに飽きてくるりと一周し、鼻をしっぽのそばに収めて居眠りを始めた。その毛を見れば、アイヴィーと同じくらいこの老猫にも湿気の影響が及んでいるのがわかった。全身、小さな巻き毛だらけになっている。

それで思い出した――髪を整えるのにかなりの時間がかかる。そこで、明日の朝イチで詳細を聞かせてくれるようホープに念を押してから電話を切ると、しぶしぶながら浴槽を出た。

コービンが現れるまで一時間しかないけれど、なんとしても最高の姿で出迎えたい。

コービンは約束の五分前に到着した。気がはやったから、ではない。そもそもアイヴィーのことは休みなく考えているのだ。彼女がぼくの人生に及ぼした影響について、息子の人生に及ぼした影響について。

あいにく前方の縁石には別の車が停まっていて……それはジェフの車だった。

ジェフとは会わないでくれと言ったときにアイヴィーが示した態度を思い出し、過剰反応するまいとこらえた。心の広いアイヴィーには、あの男がつけいるすきを狙っているのだとわからないのだ。車をおりて静かにドアを閉じ、歩道に向かった。数秒後、ジェフに呼びかけられた。

「おい、きみはアイヴィーの友達だろう?」

コービンは足を止め、一秒かけて笑みを顔に貼りつけると、振り返った。「ああ。そちらは？」

「彼女のボーイフレンドだ」

「へえ。彼女から聞いた話と違うな」

ジェフが片手で髪をかきあげた。「その、元彼ってやつさ」そう言って、じっとコービンを見る。「きみの名前は知らないな」

「コービン・マイヤーだ」それ以上、友好的にはなれなかった。

ジェフが前に出て手を差しだした。「よろしく。この町には越してきたばかりか？」

くそっ。この男とは関わりたくない――しかしアイヴィーは、ジェフとは友達だという立場を崩そうとしなかった。「二カ月前に、息子と一緒に越してきた」そして越してきたとほぼ同時にアイヴィーとくっついた。「兄も移ってきた」

「じゃあ、サンセットに根をおろすのか」

ぼくを追い払いたいって？　今度はもっと純粋な笑みを浮かべた。「そのとおり」

ジェフが両手をポケットに突っこんで、アイヴィーの家の玄関を見た。「ちょっと顔を見に来ただけなんだ」

「タイミングが悪かったね」真っ赤な嘘をつく。「これから二人で出かけるんだ」

もちろんアイヴィーがそうしたいと言ったらそうするが、お互い、二人きりの時間を一秒も無駄にしたくないと思っているという予感があった。

ジェフがあきらめずに尋ねた。「へえ。どこへ？」

きみには関係ない。コービンはまっすぐ目を見て答えた。「ふつうのデートだよ」そして一歩離れた。「じゃあ、このへんで。きみが寄ったことは伝えておくよ」

「挨拶だけしていこう」ジェフがとなりを歩きだした。

信じられない。苛立《いらだ》ちが募ってきて、失《う》せろと言ってやろうかと思った――そのとき、ぱっと玄関が開いた。

アイヴィーが視線をコービンからジェフに、ふたたびコービンに移す。それからにっこりして言った。「窓からあなたたちが見えたの」

コービンは敵に見せつけようと身をのりだし、彼女の唇に唇を触れさせた。なるべく冷静に、片手でジェフを示す。「顔を見に来たそうだけど、ぼくっていう先約があると伝えておいた」アイヴィーが赤くなったので、コービンはほほえんだ。「ところで、今日はきれいだね――いや、今日も、か」丁寧に化粧をしているし、髪はいつもよりなめらかだ。

「ありがとう」アイヴィーが自身の髪に触れた。「がんばっちゃった」

コービンは笑った。この女性は本当に、こちらがまったく予期しないことを言う。

アイヴィーが大げさなほど申し訳なさそうな顔でジェフをちらりと見た。「せっかく来てくれたのに悪いんだけど、今日は本当に予定があって」言いながらまた髪に触れる。

「いやだ、湿気がもういたずらしはじめてる」

すぐさまジェフもコービンも、そんなことはないと言いはじめた。ジェフのほうが声が大きいことにコービンはますます苛立ったものの、ジェフの動機について忠告しようとしたときのアイヴィーの態度をまた思い出したので、ここは一歩さがって彼女にゆだねることにした。

「二人とも、ありがとう。だけど二人とも、嘘が下手ね。自分でも頭が大きくなってるのを感じるくらいなのに。まあ、それはいいとして」あきらめのような苛立ちのようなため息を漏らし、ジェフのほうを向いた。「次に来ようと思ったときは、先に連絡して」

「連絡するといつも忙しいと言うじゃないか」ジェフが不満そうに返した。

コービンは笑みを抑えきれなかった。仕事のあとのアイヴィーが忙しいのは……ぼくと一緒にいるからだ。

アイヴィーがしばしコービンを見てから、ジェフに二歩近づいた。そして声をひそめたものの、コービンには一言一句が聞こえた。

「ジェフ、この話はしたでしょう。わたしにはもう新しい相手がいる。だから空いてる時間はほとんどないの」

「残念だな」ジェフは咎《とが》めるような目でちらりとコービンを見てから、片方の肩を回した。

「おれはただ、話したかっただけなのに」

アイヴィーは苛立ちと同情の両方を感じているようだった。ジェフの腕に触れて言う。

「明日、休憩中に電話する。それでいい？」

ジェフがゆっくりほほえんだ。「うれしいよ、ハニー。ありがとう」

「話すだけよ、ジェフ」

「わかってる」

「ならいいわ。じゃあ……」コービンのそばに戻ってきた。「さよなら」

言うなりアイヴィーに腕をつかまれて家のなかに引きずりこまれたので、コービンは笑いそうになった。アイヴィーが玄関を閉じて鍵をかけ、まばゆい笑みをこちらに向けた。

この急な変化が不思議で、コービンは尋ねた。「そんなににこにこしてるのは……どうしてかな？」

「それは、あなたがすてきだったから。わたしにあの場を任せてくれたでしょう、それがうれしいの。たったいまご覧になったとおり、ジェフはときどき頑固なんだけど、どういうわけか最近はすごくみじめな頑固者になっていて、だからあなたが一歩引いててくれたのがうれしかったの」

「みじめなんだとしたら」コービンは言った。まだあの男の真意を疑っていた。「それはきっと、いまごろになって自分が失ったものの価値に気づいたからだろうね」

「わたしのこと？」アイヴィーが尋ねる。

「そう、きみだよ」両手を彼女の肩にのせて、近づいた。「きみを見てると、ぼくまで彼をかわいそうだと思いそうになる」だが思わない。ジェフがあきらめないことはわかっているし、実際こんなふうにいきなり訪ねてくるのは、少し不気味だ。

もしぼくがいなかったら、アイヴィーは彼を家に入れていただろうか？　そんなことはないと思いたい。「それで……明日、電話するのか？」

アイヴィーが小さな手のひらを胸板に押しあてた。「ええ。だって最後にもう一度、ものごとをはっきりさせる必要があるみたいだから」

「たとえば？」

「たとえば、わたしはもう彼に興味がないこと。元さやはありえないこと。どこかで偶然出会ったら礼儀正しくするけど、一緒に過ごすつもりはまったくないこと」

それが聞けて、コービンは大いに安心した。「よかった」かがんでキスしようとしたものの、急にモーリスが足首にからみついてきたので、動きを止めて老猫に声をかけた。

「やあ、モーリス、ぼくに会いたかったのか？」

「驚いた」アイヴィーが笑顔で飼い猫を見おろす。「モーリスがお客さまにご挨拶したことなんてないのに」

モーリスは賢い猫なので、ジェフがいるときは隠れていたのだろう。コービンはしゃがんで老猫のあごの下を掻《か》いてやった。「ぼくらは友達だものな。デイジーを連れてこなくてごめんよ」

　モーリスは咎めるようにコービンを見てから、悠然と去っていった。

「あらら、すねちゃった」

　コービンはにやりとしてアイヴィーを見あげた。「きみとあの猫との関係は最高だね」

「わたしもそう思う」そしてすまなそうな笑みを浮かべた。「あの子におもちゃをあげてきていい？　すぐに戻るわ」

　アイヴィーはそう言うと戸棚を開けて、やわらかい布製の魚とボール、押すときーきー音が出るねずみのおもちゃを取りだした。それらを前足のそばに置かれても、モーリスはぷいとそっぽを向いた。

　コービンは壁に肩をあずけたまま、アイヴィーがおもちゃのねずみで必死にモーリスを釣ろうとするさまを笑顔で見守った。しばらくしてようやく努力が実った。モーリスはしぶしぶといった様子でねずみを前足でたたき、音を立てながら飛んでいったねずみをにらんだ。じっと見つめ、重たいお尻をぴくりとさせてから、飛びかかった。

　アイヴィーが急いでこちらに戻ってきて、コービンの手をつかんだ。「来て」また引きずるようにして廊下を進み、寝室に連れこむと、ドアを閉じた。

　コービンは笑みをこらえて尋ねた。「お急ぎかな？」

「当たり前でしょう」アイヴィーがしかめっ面でこちらを見た。「あなたは違うの？」

アイヴィー・アンダースのような女性は二人といないだろう。「違わない」そして二人の距離を詰めた。「出会って一分と経《た》たないうちからきみが欲しかったんだ」

「同じよ」アイヴィーが両手をシャツの下に滑りこませて、胸板を撫でた。「ああ、こんな感触じゃないかと思ってた」

小さくて有能な手に撫でまわされて、火がついた。「こんなって、どんな？」

「完璧な、よ」アイヴィーが言い、つま先立ちになってシャツをたくしあげると、胸板のほとんどをあらわにした。

ほてった肌に唇をこすりつけられて、コービンはますます熱くなった。もっと好きなようにさせようと、シャツを頭から引き抜いて脇に放った。

「ああ」アイヴィーが肌の上でつぶやく。「あなたって本当においしい」

コービンは笑いをこらえて彼女のシャツの裾をつまんだ。「ちょっと平等にならないか？」

アイヴィーがちらりと見あげた。「そうするべきよね。わざわざクローゼットの奥からとっておきのきれいなランジェリーを掘り起こしたんだから」

「言うね」両手をふわふわの髪にうずめて、じっくりとキスをした。アイヴィーが少しとろけたのを感じた瞬間、ウエストに片手を回してシャツの下に滑りこませる。「こんなにやわらかい肌は初めてだ」

アイヴィーが目を閉じたまま、首をそらして尋ねた。「なにと比べてるのかしら?」

コービンはまた静かに笑って彼女ののどにキスをし、シャツをたくしあげていった。極上の香りや深くなっていく息遣いにどんな影響を及ぼされるかについて、言えばどんな返しが来るか、大いに察しがついた。早く彼女を裸にして、いたるところに触れたくて、頭からシャツを引き抜くと、脇に放った。

ご自慢のブラは淡いピンク色のレース製で、すでにとがった胸のいただきがわかるほど透けていた。コービンは体をそらしてとくと眺めた。彼女のショートパンツはローライズで、それを引っかけている腰ときたら、なんと魅惑的なことか。くびれたウエストとは対象的に、きれいな丸みを帯びている。

こちらから頼む前に、アイヴィーがショートパンツを押しさげて脚を抜いた。ポーズをとって、言う。「ね? 上下セットなの」

冗談を返したかったものの、できなかった。興奮しすぎていた。

「あなたの番よ」アイヴィーが言う。「平等、平等」

「よしきた」すばやくスニーカーを蹴って脱ぎ、デニムの留め金をはずしてファスナーをおろすと、そそり立ったものに注意しながら押しさげた。ポケットに入れておいたコンドームをいつでも取れるようベッドの足元に放ったとたん、アイヴィーがしがみついてきて貪欲に唇を重ね、両手で体を撫でまわしはじめた。

そう来なくては。

彼女の大胆さを誘いと受け止めて、負けじとお返しした。みずみずしいヒップに手のひらを這わせ、腰に腰をぴったり押しあてる。その感覚に、二人同時にうめいた。

我を忘れかけながら唇を重ねていると、いきなり彼女のブラがはずれた。どうやらアイヴィーは必死になって片手を背中に回し、ホックをはずそうとしていたらしい。

アイヴィーが唇をなめて、じっと顔を見つめたままブラのストラップを肩からおろすと、二人のあいだに落とした。

欲求を隠そうともしないところに圧倒されたコービンは、片手を伸ばして左胸を包み、手のひらで重みを感じながら愛撫《あいぶ》した。「なんてきれいなんだ」

「わたしのおっぱいが?」

いやいや、さすがに今回は笑わないぞ。「きみのすべてが、だよ。どこもかしこもだ」親指で胸のいただきを転がす。「きみほど欲しいと思った女性はいない」

アイヴィーが震える息を吸いこんで……すばやくパンティをおろした。

少しペースダウンさせるべきなのだろうが、それどころではなかった。二人だけの時間をゆっくり楽しむのがどれほど満たされるものなのかは、あとで教えよう。いまは欲望でなにもわからない。

ボクサーパンツをおろし、二人でベッドに移動した。触れたりキスしたりするたびに、これはかりそめの時間なのだと頭の隅で思う。二人だけの時間はかぎられていて、それが終わったら自分がどうなってしまうのか、わからない。彼女のすべてがこれほど完璧なのだから。

胸のいただきにかがみこんで、まずなめてからしゃぶると、低くざらついたあえぎ声が耳をくすぐった。ああ、何時間でもこうしていたい。時間をかけて彼女に示したい……。

なにを？　ぼくたちは運命の相手だと？

まさにそんなふうに感じていた。先走っているのはわかっているが、だからなんだというんだ？　とっくにアイヴィーのことは人生に欠かせない一部だと思っている。ほかのすべては恐ろしく複雑なのに、これだけはとても単純な事実だと。

アイヴィーが背中を弓なりにして、無言の要求をした――ふだんはあれほど思ったままを口にする女性なのだから、ずいぶんめずらしいことだ。彼女がなにを求めているかはわかっていたので、片手をしなやかな体に這わせ、曲線と肌のきめ、お腹のくぼみと腰のカーブを味わいながら、太もものあいだに忍ばせていった。

アイヴィーが一瞬、動きを止めて、うめいた。

秘めた部分は熱く濡《ぬ》れていた。指でじっくり探索すると、彼女が待ちかまえているのがわかった。

指二本を奥に滑りこませ、口で胸をいたぶると、アイヴィーが歯を食いしばって言った。

「早くして、コービン」

異論はなかった。先ほど置いたコンドームに手を伸ばす。股間に装着するさまを、息を弾ませて見つめていたアイヴィーが、歓迎するように両腕を広げた。

そんな彼女にのしかかり、舌をからめた深いキスをしながら、ゆっくり貫いていった。

ああ、完璧だ。

またしてもアイヴィーが急かさんとばかりに両脚をあげて腰に巻きつかせ、みずから腰を動かしはじめた。勢いに呑《の》まれて自制心を忘れたコービンは、その熱狂的なペースに応じた。いたるところを小さな両手が這いまわり、飢えたように唇を吸われ、彼女のあげる声はほかのすべてと同じくらいセクシーで、まさかこんなに早くと思ったときに、アイヴィーが首をそらして体をこわばらせ、長く激しい絶頂の声をあげた。

快感にまみれたその姿を余すところなく見つめていたコービンは、彼女の体が緊張からとけた瞬間に、みずからも解き放たれた。

11

「現実が願望を上回っちゃった」

　コービンはゆっくり目を開けてにんまりした。さすがアイヴィー、まったく予期しないことを言ってくれる。両肘をついて起きあがると、うっとりした表情に出迎えられた。

「うれしい感想だな」

　アイヴィーが片目を開けてため息をつき、また目を閉じた。「同じ感想を返すなら、いまよ」

「そう?」くしゃくしゃに乱れた彼女の髪を撫《な》でつける。この女性となら永遠にこうしていられそうだ。「きみがどんなにすばらしいか、述べるべきかな?」それではとアイヴィーのとなりに移動し、体重で押しつぶすのをやめて彼女を引き寄せた。「それとも、きみがどんなふうにぼくの理性を吹っとばしたかを語るべき?」

「わたしが?」アイヴィーがひどくうれしそうな顔になった。「それって、揃《そろ》いのブラとパンティのせい?　男の人ってそういうのが好きなんでしょう?」

いまはもう欲望で張り詰めすぎていないので、その言葉にふさわしい笑いで応じた。

「きみがなにを着てても関係ないよ、アイヴィー。だけど正直に言えば、あれはすごく刺激的だった」唇に唇をこすりつける。「でもそうじゃなくて、きみのせいだ。きみがなにをしても、ますますきみが欲しくなる」

「安心した。だって、上下セットのランジェリーは二組しか持ってないんだもの。買い物なんかに時間を使いたくないわ」

「そんな時間があるならぼくと過ごしてほしいな」

アイヴィーがこちらを見あげ、緑色の目を輝かせた。「同感よ」

はたとあることを思いついた。すばやく細部まで考えて、問題ないと判断した。「二人だけの時間をもっと過ごせたらいいと思わないか？」

「それは……ええ」胸板を見つめて、肩に指先を這《は》わせる。「でも、あなたがいろんなことをかかえてるのはわかってるし、やっぱりジャスティンが最優先でなくちゃ」

ああ、アイヴィーのこういうところこそ最大の魅力の一つだ。こちらの状況と、そこから派生するあれこれを、きちんと理解してくれる。「もしデイジーとモーリスが別々に暮らさなくてもいいとしたら、それもいいことだと思わないか？」

アイヴィーの表情にかすかな警戒心が宿った。「うちの子は手放さないわよ」

「もちろんさ。そんなことは考えてもない」なにをばかなことをとぎゅっと抱きしめて、ここは遠回しにいくのではなく要点から話そうと決めた。「きみとモーリスの両方がうちに来るっていうのはどうかな?」アイヴィーの目が丸くなったので、急いで続けた。「きみはほぼ毎日働いてるから、どのみち家では食べて眠るだけだろう?」

アイヴィーの目がますます丸くなる。「あなたと一緒に寝てほしいの? あなたの家で生活してほしいの?」片方の肘をついて、上ずった声で言う。「あなたと一緒に寝てほしいの? あなたの家で?」

胸のふくらみに大いに気を散らされながらも、どうやったらいちばん説得力がある言い方になるか、必死に考えようとした。「別に、この家を手放したりする必要はない。ただ仕事が終わったら、まっすぐぼくの家に来る。クリニックからはうちのほうが近いしね。プライバシーが心配なら、一階のマスターベッドルームを使ってくれていい」

アイヴィーが口を開いてまた閉じ、すばやくまばたきをした。

「こんなふうに考えてみてくれ――きみはモーリスだけを置いて仕事に出かけなくてよくなるし、モーリスのほうもデイジーと一緒にのんびりできるようになる」

アイヴィーは寝室を見まわした。「服を少し持っていかなくちゃならないけど――迷惑じゃない?」

「迷惑なわけがない。きみといるとこんなに楽しいのに」手のひらでそっと肩を包んでふたたびベッドに横たわらせ、身をのりだしてやさしくキスをした。「きみがいるとすべてが明るくなるんだ。ジャスティンとの新生活にはわくわくしてるけど、自分の人生が予期してなかったカーブを曲がったことには途方に暮れるときもある。ぼくはもう自分一人だけじゃなく、自分よりもっとずっと大事な存在も背負ってるから」

アイヴィーの笑みには深い理解がにじんでいた。「かわいい息子をね」

「あの子はぼくにとってなにより大切だけど、不安で夜も眠れないときもある」指先だけでアイヴィーの髪を後ろにかきあげた。「そこへきみが現れて、そうしたら、なぜかすべてがあるべき場所に収まった。いまでは明日も、来週も、来月も、きっとうまくいっていると思えるんだ」

「あなたがうまくいかせるわよ。それだけのことができる人だもの」

コービンは笑顔でひたいにひたいを押しあてた。「ほらね？　そんなことを言ってくれるから、未来は明るいと思えるようになるんだ。母と兄以外で、そこまでぼくを信じてくれる人は思いつかないよ」

「この時点でもうあなたのお母さんが好き」

「よかった。母もきっときみのことが大好きになる」

アイヴィーにしてはめずらしく――しかも、先ほどあれだけ急いで服を脱いでセックスを求めた女性とは思えないほど――控えめに、尋ねた。「わたし、お母さんと会えるの？」

「母は間違いなくじきに現れる。ここまで我慢してるのが信じられないくらいだ」前もって忠告しておいたほうがいいだろう。「念のために言っておくと、母は兄貴のもっとうるさくて横暴なバージョンだよ。ラングとぼくへの要求は多いけど、ふだんはそれ以上に与えてくれる。ときどき、考える前にしゃべってしまうところがあって――」

「あらうれしい。共通点があった」

「――気に入った人をすぐに抱きしめる癖がある。もしきみを抱きしめなかったら……」

冗談めかして言葉を切る。

「たいへん。どうしよう」

「ありえないさ」きっと母はアイヴィーに出会ってものの数分できつく抱きしめているだろう。「断言してもいいけど、ちょっと困るくらい抱きしめてくると思うよ」

あの色っぽい唇の片方がひょいとあがった。「負けないわ」そう言って、指先で彼の鎖骨をなぞる。「わたしたちが一緒にいるところをジャスティンに見せてもいいの？」

「そんな心配はいらない」コービンはやわらかな頬をそっと手のひらで包んだ。「きみはいい影響にしかならないからね。きみを間近で見ていれば、健全で自立していて向上心のある女性というのがどういうものか、あの子にもわかるようになる」

アイヴィーがこのうえなくやさしい目でささやいた。「ありがとう」

「ジャスティンは自分の頭で考えて、自分なりのやり方で気持ちを整理していかなくちゃならないが、どんなかたちであれ、ぼくは力になりたいと思ってる。おまえのママは母親失格だった、なんて言ってもなんの役にも立たない。そもそも、なぜ彼女があの子にいろんな仕打ちをしてきたのか、ぼくはまったく事情を知らないんだから」だとしても、ダーシーは息子をおろそかにして、息子からぼくを遠ざけた。それは絶対に許せない。だが頭では、あまり厳しくダーシーを裁いてはいけないとわかっていた。家族の揺るぎない愛情と深い理解に恵まれて育ってきた自分には、理解できない点もあるだろうから。

「それについてはわたしも考えたの」アイヴィーが言う。「もしかして、彼女の人生は楽じゃなかったんじゃない？」

「白状すると、よく知らないんだ。何度か気楽なデートをしただけでね。ひどい男に聞こえるだろうが、ダーシーの一家が引っ越していったときも、気づきもしなかった」唇をよじる。「いまならわかるけど、そのとき彼女はもう妊娠していたんだな」

「あなたはまだ十七だった？」

「ああ……たぶん最初のデートのときだと思う」とはいえ、過去を振り返っていても現在は変わらない。「ジャスティンがぼくらの関係を知っても、問題ないと思うよ。だってアイヴィー、きみを見てごらん。強くあるべきときは強くて、意義のある仕事をしていて、周囲からは尊敬されていて、ちゃんと自立して自分の家まで持ってる。そのうえ思いやりにあふれていて、パワフルだしおもしろい。どんなかたちであれ、ぼくの息子に悪影響になるところは一つもない」

「わたしのなかのいいところだけ見てくれるのね」かすかに笑みが震えたものの、あごをあげて言った。「ありがとう」

　ぼくはそこにあるものを見ているだけだ。目がついていて、少しでも観察力のある人なら、きみに出会って数分でわかるものを。「ぼくの家に来てくれる?」

「ええ、そうしたい。あなたの言ったとおり、この家はわたしたちのどちらかがちょっと一息つきたくなったときのためにキープしておくけど」ちらりと見あげて続けた。「約束してくれる? 何日か試してみて、ちょっと休憩したくなったらちゃんと言うって」

「約束するよ」休憩したくならないことはわかっているが。

「よかった」そう言うと、腕を伸ばしてコービンの首に巻きつけた。「わたしもそうしたくなったらちゃんと言う」

　楽しい気分が曇った。「ぼくらが邪魔になるかもしれないと思ってる?」朝まで一緒にいることをのぞけば、この一週間と大差ないはずだが。

「いいえ。だけどあなたを縛りたくないから、公平であろうとしてるの。前へ進むにも、一度に一歩ずつ、でいきましょう」

　一緒に暮らせるのだし、いちばん大事なのはそこだと思いなおして、うなずいた。「わかった」調子にのるわけではないものの、尋ねてみた。「今夜から始められそうかな?」

「それは……ごめんなさい」アイヴィーは笑ってコービンを抱きしめた。「先にいろいろ準備しなくちゃ。でも準備が整ったら、すぐに。それでいい?」

「なんでも手伝うよ」

七月に入るころには、アイヴィーはすっかり新しい環境に馴染《なじ》んでいた。うちに来ないかとコービンに誘われた二日後、どうにか必要最低限の荷物を彼の家に運んだ。そのあとは週に一、二度、少しずつ荷物を移動させていた。

そしていまでは、本当に彼らの家族の一員になった気がしていた。

うれしいおまけは、以前よりホープと会えるようになったこと。というのも、夕食で集まったり、みんなでモーターボートに乗ったり、焚《た》き火《び》を囲んで静かにおしゃべりしたりがしょっちゅうなのだ。男性陣が忙しいときは、湖で女同士、ウォーターフロートでのんびりする。人生はこれまでよりはるかにのびのびと快適なものになっていた。

暑い夏の一日を終えて、アイヴィーはマスターベッドルームでシャワーを浴び、着替えをした。自宅から持ってきた増えつづける衣類は、すべてここに置いている。老猫のモーリスはたいていこの部屋のベッドで眠るものの、アイヴィーが一緒でなくても気にしていないようだった。

ジャスティンは最初、自身のベッドでデイジーを寝かせようとしたのだが、小柄な母犬はかならず洗濯室の子犬たちのもとへ戻っていった。どうやらそこが快適らしく、まるで犬だけの空間と思っているようだった。

そんな犬たちも昼のあいだはジャスティンにべったりで、少年がハーメルンの笛吹き男であるかのごとく、ついてまわった。ジャスティンがこれに大喜びだったおかげで、コービンも仕事に復帰するのが楽になった。

子犬たちはもうそれぞれの里親を見つけても問題ないくらい大きくなったが、だれもそのことを話題にしないので、アイヴィーも黙っていた。手放すのが正しいこととは思えなかったし、きっとジャスティンも同じように感じている。

キッチンに入ってみるとだれもいなかったものの、デッキのほうからみんなの声がした。ダイニングルームを抜けて屋根つきのデッキに向かうと、あたりにはバーベキューグリルで焼けるリブの香りが漂っていた。グリルの前にラングが立ち、そのそばにホープが腰かけている。親友は例の水着姿で腰にビーチタオルを巻き、まだ湿っている髪は後ろに撫でつけていた。このごろはうっすら日焼けして、顔にはいつも笑みが浮かんでいる。

コービンがこちらに手を差し伸べたので、のんびりとくつろいだ気分でそちらに向かうと、膝の上に引き寄せられた。老猫のモーリスは手すりのそばのひだまりに横たわり、庭で遊ぶジャスティンと犬たちを眺めていた。

絵に描いたような完璧な夕暮れで、これほど満ち足りた気分は初めてだった。

ラングとホープをちらりと見ると、二人は熱心に小声でおしゃべりをしていたので、いまのうちにとコービンにささやいた。「今日、ジェフから電話があったの」

コービンの表情は陰ったが、口調は穏やかだった。「彼の日課になってきたみたいだね」

「日課っていうほどじゃないわよ」この一カ月は三、四回だけだ。自宅にほとんどいないから、ジェフがまた訪ねてきたかどうかはわからない。気になりつつも、電話は短めに切りあげるよう心がけているので、本人に確認できていなかった。

コービンの肩に頭をあずけて言った。「やっと彼も現実を受け入れられるようになったんじゃないかしら」

やさしくアイヴィーの背筋を撫でながら、コービンが尋ねた。「どうしてそう思う?」

「彼に言ったの、あなたはとてもいい人よって――あのね、コービン、全体的には本当にそうなのよ。それからこうも言った、わたしはほめるところしかないような人間だって」コービンののどにキスをする。「そんなことを言えたのは、あなたがしょっちゅうそう言ってくれるからよ」

「だって本当のことだ」

アイヴィーはほほえんだ。コービンのやまない賛辞にも慣れつつあった。慣れて、素直に喜ぶようになってきた。「それから説明したの――純粋に、あなたとわたしは相性が合わないんだって。あなたはわたしの欠点にいらつくし、わたしはあなたの欠点にいらつく。で、お互いがお互いについていいと思ってることだけじゃ、それを補うには足りないんだって」

「ぼくときみの関係とは違って？」

からかうように尋ねた。「わたしに欠点があるって言いたいの？」

コービンが笑った。「欠点があるのはぼくだよ」

アイヴィーは彼のお腹をつついた。ああ、この体が大好き。けれどいちばん心を打たれるのは、この男性の考え方や意欲、家族への愛情、そしてすべてをよくしようという強い思いだ。「わたしにだって欠点はあるわ。でも、それだけのことじゃない？　わたしたちはこんなに補い合えるから、欠点だって笑い合える」それに気づいたのは、最初の一週間が驚くほどスムーズに進んだあとのことだ。二週めはさらにスムーズだった。そしていまやコービンと過ごす毎日が証明している――良好な関係というのは両者が支え合い、補い合うことを基盤にしているのだと。

コービンが返事をしかけたとき、ジャスティンが大きな声で言った。「パパ、ドックにアヒルがいるよ！」

「おーい」コービンは、水際へなだらかにくだる道を駆けていく息子に呼びかけた。「ジャスティン、ぼくなしでドックに行くな」

デイジーと子犬たちがにぎやかに吠《ほ》え立てていて聞こえなかったのだろう、ジャスティンは返事をしなかった。

コービンはすぐさまアイヴィーを膝からおろし、庭におりる階段に向かった。「ジャスティン、待て!」

モーリスが起きあがって耳をぴくぴくさせた。

ラングがグリルの火を止める。「どうした?」

アイヴィーはコービンを追いながら返した。「ジャスティンが一人で湖のほうへ」

ホープが立ちあがって手すりにつかまり、叫んだ。「ああ!」そのとき、水が跳ねる音が響いた。

「ジャスティン!」コービンは瞬時に駆けだし、長い脚で息子との距離をまたたく間に縮めた。アヒルが鳴いて、デイジーは怯《おび》えたように木のそばでうずくまり、子犬たちは興奮して跳ねまわった。

ドックにたどり着いたコービンはすばやく左右を見まわし、迷わず水に飛びこんだ。

アイヴィーは早鐘を打つ心臓を抑えるように胸に手を当てて、どうしたら助けられるだろう、なにをしたらいいだろうと考えていた。

数秒後、コービンが叫んだ。「つかまえた! ジャスティンはぶじだ」

アイヴィーは詰めていた息をほっと吐きだし、手早く子犬たちを集めはじめた。幸いラングとホープも来てくれたので、犬は二人に任せ、自身はドックの先へ向かった。

Tシャツを体にへばりつかせ、ずぶ濡《ぬ》れのショートパンツは脱げかけたジャスティンが、うなだれたままはしごをのぼってきて、ドックに立った。

コービンがそのとなりでドックに両手をつき、腕の力で体を持ちあげる。唇はまっすぐ引き結ばれていて、表情は険しい。数秒のあいだその場に立ち尽くし、両手を腰について深い呼吸のたびに胸を上下させていた。深く呼吸をしているのは、怒りと恐怖心を抑えようとしているからだろう。

「ルールはわかってるよな、ジャスティン」やがて口を開いたコービンの口調は穏やかだった。それでも彼が髪をかきあげようとして両手を掲げたとき、ジャスティンはびくっとして離れた。

「ごめんなさい！」

なんてこと。ジャスティンの反応はまるで……ぶたれたみたいだ。アイヴィーは胸を痛めつつ、少年を強く抱きしめて大丈夫だからと安心させてやりたい衝動をこらえた。わたしにはわかっているけれど、ジャスティン自身がわかる必要がある。そして、いまはコービンに任せるべきだ。

コービンが一瞬、目を見開き、息子を引き寄せて抱きしめた。二度つばを飲んでから、口を開いた。「まず第一に、ぼくは絶対におまえをぶったりしない。絶対にだ」

ジャスティンは身動きもせず、両手を脇に垂らしたまま、華奢《きゃしゃ》な背中を波打たせていた。

「第二に」コービンが体を離して息子の顔を見つめ、今度は不満そうな声で言った。「パパは死ぬほど怖い思いをしたぞ。いいか、ルールがあるのには理由があるんだ。どんなルールか、言えるかい？」

　ジャスティンは父親と目を合わせようとしなかったものの、うなずいた。「一人で湖に入っちゃいけない」早口になって続ける。「でもわざとじゃないんだ！　アヒルが羽をばたばたしはじめて、ぼく、びっくりして転んじゃって……落ちちゃった」

「そういうことがあるから、救命胴衣をつけずにドックへ近づいちゃいけないんだよ。どんな理由があっても」

「アヒルがいたから、よく見たかったんだもん」ジャスティンがつぶやくように言う。

「人魚がいようと関係ない。黄金の入った壺《つぼ》があろうと。フランケンシュタインの怪物が近くを泳いでいようと。なにがあっても、ぼくか別の大人を待つこと。そしてかならず救命胴衣をつけること。わかったね？」

　ジャスティンはうなずいて、あごが胸にくっつくほど深くうなだれた。

　アイヴィーは耐えられなくなってきたが、干渉したくはなかったので、静かに声をかけた。「さっきの騒ぎでデイジーがびっくりして、子犬たちは駆けまわったの。子犬たちはまだ泳ぎを知らないのね」

　ジャスティンがさっと顔をあげてこちらを見つめた。「デイジーは大丈夫？」

「みんな大丈夫よ。ちゃんとつかまえたし、いまはラングおじさんとホープが見てくれてる」

「だけどジャスティン、おまえがちゃんと見ておくはずだっただろう？　デイジーたちも庭に出してやりたいと言ったとき、そうすると約束したはずだ」コービンが息子の肩に手をのせた。「覚えてるか？」

ジャスティンはしょげた様子でうなずいた。「覚えてる。でもさっきは忘れちゃった」

「うん、ふだんはちゃんと面倒を見てるもんな。だけど、こういうのが湖のそばで暮らす危険の一つなんだ。おまえにはきちんと理解しておいてほしい。わかったね？」

少年は全身からぽたぽた水を垂らしていた。鼻をすすったものの、泣いている様子はない。少年がそっと父親を見あげて尋ねた。「怒ってる？」

「いいや」コービンが地面に膝をつき、手の端でジャスティンのあごをあげた。「ぼくらはみんな人間だろう？　そして人間は間違える生き物だ。さっきのは間違いだったし、パパは怖かったよ。ぞっとした」

「ぼくが湖に落ちたから？」

「そうだ」

ジャスティンは水面を見渡した。「肘をぶつけちゃった」震える息を吐きだして、つけ足す。「ぼくも怖かった。沈んでいくとき」

「救命胴衣をつけて泳ぐのには慣れてきたみたいだが、つけないで泳ぐのは、それとは大違いなんだ。近々、ビーチへ行って泳ぎ方を教えよう。ただし、覚えたら救命胴衣をつけなくてもいいという意味じゃないぞ。泳ぎ方を知っておけば、万が一、また事故が起きたときに役に立つからだ」コービンは言葉を切って深く息を吸いこんだ。「だけどルールは覚えていてほしい。わかったね？」

ジャスティンはうなずいた。

「おれも怖かったぞ」ラングがぶらりとドックにやってきた。「コービンはパニクった声だったし、あんな声を出すことはめったにないからな」

「そうなの？」

「そうさ」ラングが少年の肩に手をのせた。「父親ってのはそういうもんだ」

アイヴィーが家のほうを振り返ると、ホープは芝生に座って子犬にじゃれつかれていた。ラングが弟に心を落ちつかせる時間を与えようと、甥《おい》っ子に向けて続けた。「泳ぐときは注意しろと、おれたちが母さんからどんなに厳しく言われていたか、パパから聞いたろう？　いまのおまえより年上になっても、なにかあったときのために、水に入るときはかならず居場所を母さんに知らせておかなくちゃならなかった。さっきおまえがぶつけたのが、肘じゃなく頭だったらどうなってたと思う？　はしごにつかまれなかったら？」

「水のなかには下層流っていうものがあるんだ」コービンが説明する。「だから、落ちた場所にずっといられるわけじゃない。もし気を失ったら……」また心を落ちつかせようとして、一瞬目を閉じる。「もしおまえをすぐに見つけられてなかったら、パパは自分がどうなっていたかわからない」

「怖かったから？」

　不安そうだったジャスティンは徐々に話に魅了されているような顔になってきた。アイヴィーはその反応に驚いた。もしかして、いままでだれからもこんなに心配されたことがないの？

「すごく怖かったよ」コービンが言い、地面に尻をおろした。たくましい両腕を膝にかけて、じっとジャスティンを見る。「二度と一人で湖に近づかないと、名誉にかけて約束してくれ。どんな理由があっても近づかないと」

　ジャスティンはすばやくうなずいた。「もしフランケンシュタインの怪物が泳いでても」

　コービンがにやりとして息子を引き寄せ、もう一度抱きしめた。

「しまった」ラングが急に鼻をひくひくさせた。「おれのリブ！」言うなりデッキのほうへ駆けだした。

　ジャスティンが沈んだ顔でその後ろ姿を見送る。「お肉、ぼくのせいでだめになっちゃった？」

「いや、大丈夫さ」コービンが立ちあがった。「肘を見せてごらん」

「なんともないよ」

　それでもコービンは息子の肘を掲げ、口笛を鳴らした。「これは痛いだろうな」

アイヴィーはそっとのぞいて、同情に顔をしかめた。ジャスティンの肘はすりむけて、もうあざができていた。「曲げられる?」

「うん」証明しようと少年が肘を曲げ伸ばしする。

「乾いた服に着替えてこようか」コービンが息子に言ってから、アイヴィーのほうを向いた。「わんこたちは任せていいかな」

「もちろんよ」アイヴィーは、この難しい状況へのコービンのみごとな対応に感動するあまり、少し泣きそうになっていた。立てなおすのに一、二分あると助かる。「行って。デッキで待ってるわ」

「ありがとう」コービンは片手をジャスティンのうなじに添えて、一緒に歩きだした。

アイヴィーは芝生に戻り、座っているホープのとなりにどさりと腰をおろした。「ああ、どきどきした」

ホープはあっちへこっちへ逃走しようとする子犬たちを連れ戻しつづけていた。「アイヴィー、親にぶたれたことはある?」

二人はあいだに母犬のデイジーを座らせて、アイヴィーが子犬の一匹を膝に抱き、ホープの負担を軽くした。「一度、幼かったころ——たぶんジャスティンの半分くらいだったころに、キャンプ場で迷子になったことがあるの。ジャスティンがアヒルを追いかけていったみたいに、わたしはチョウチョを追いかけていった。チョウチョが飛んでいっちゃったときには、森のなかで一人きりだった。あたりに見覚えのあるものは一つもなかった」

ホープが半身をこちらに向けた。「どうなったの?」

「わたしは地面に座って泣きじゃくった。最終的に父がその声を聞きつけて、グリズリーベアの勢いで森のなかを突進してきたわ」遠い昔のあの日のことを思い出すのはずいぶん久しぶりだ。「父は震えていて、目は少し血走ってた」父の姿を見てどんなに安心したかを思い出し、笑みを浮かべた。「父はわたしをがくがく揺すぶって、お尻をたたいてから、いつまでって思うくらい長いあいだ、わたしを強く抱きしめてた」

「コービンも似たような反応をしたわね」

「お尻をたたく部分はのぞいてね」ちらりと家のほうを振り返ると、ラングがてきぱきとリブを大皿に移していた。「あとになって、父から寿命が十年縮んだと言われたわ。それから三日かけてお説教された――どんなことが起こりえたか、わたしがいなくなったら父と母がどれだけ打ちのめされていたか」

「できたぞー」ラングが大声で呼びかけた。

「お父さんの反応、ちょっとうらやましい気がする」ホープが立ちあがってお尻から芝草を払い、子犬二匹を腕のなかに抱きあげた。「親にそこまで怒られた記憶はないわ。わたしがルールを破ったってわかってるときでも」

「たとえばどんなとき?」アイヴィーはデイジーと最後の子犬を抱きあげた。本当に、そろそろこの子たちのおうちを見つけてやらなくては。でも……もう少し。

「そうね。たとえば……夜に姉とこっそり家を抜けだしたときとか。近所の家でパーティがあったんだけど、父は姉に行っちゃだめって言ったの。それなのに、夜にわたしがふと目を覚ましたら、姉が窓から抜けだそうとしてたから、わたしもついていった」

なだらかな斜面をのぼりながら、アイヴィーはにんまりした。「あなたが家をこっそり抜けだしてパーティに行くなんて、ちょっと想像できない」

「本気でパーティに行きたかったわけじゃないの。ただ、チャリティが心配で」

「チャリティって、お姉さん？」アイヴィーは驚いて言った。「いままで名前を教えてくれてなかったこと、気づいてる？」

ホープがぴたりと足を止めて、アイヴィーを見つめた。「わたし、教えてなかった？」

「ええ。いつも〝彼女〟か〝姉〟って言ってた」

ホープが思案顔になって首を振った。「それはたぶん、そこがいちばん重要だから。彼女はわたしの姉で、姉は……わたしを愛するのをやめてしまった」ホープが目を丸くしてまたアイヴィーを見た。「わたしのせい<ruby>じゃない</ruby>ことを理由に」

「ええ、そうね」コービンが息子の状況にどう対処したかを見て、ホープは記憶を呼び覚まされたのだろうか。こうして話しはじめたことには大きな意味があるに違いない。

「ねえ――」ホープが震える笑みを浮かべた。「――わたし、姉を許すわ」

二人とも、また歩きだしたけれど、歩調はゆっくりに保った。「どうしていま？」「それは、わたしがいますごく幸せだから、だと思う」ホープがデッキを見やり、テーブルに料理を並べているラングを眺めた。「彼はなにも約束してないし、わたしも約束を求めてない。これがいつまで続くのかもわからない。来週までか……それともずっとか。でも、わたしたちのあいだがどうなろうと、自分が前より強くなったのはわかってる。明日はもっと不安なく、一日に向き合えるってわかるの。過去はもうそんなに重要だと思えなくなってきたから、チャリティが過去になにをしたかもそんなに重要じゃなくなってきたのよ」首を振って、困ったような笑みを浮かべた。「言ってる意味、わかる？」

「完全にわかるし、すごくうれしい」ホープは新しい視点を手に入れたのだ。親友が、ラングとのロマンスが続くことを願っているのは知っているけれど、これで本当にロマンスを手に入れられるようになったのだとわかったし、それがなにより重要だ。「あの兄弟はサンセットの町に大成功をもたらしたわね」

ホープが共犯者めいた笑みを浮かべた。「少なくとも、わたしたちにはね」デッキにのぼる階段の手前で足を止め、尋ねる。「あなたは心からコービンを愛してるんでしょう？」アイヴィーは返事をためらわなかったものの、声はぐっとひそめた。コービンに打ち明ける心の準備が整う前に、本人に知られたくない。「わたし、そんなにわかりやすい？」「わたしにはね」二人とも腕が犬でいっぱいなので、ホープはただ身を寄せて、友人同士のように肩に肩をぶつけた。

姉妹のように。

「ジェフといたときのあなたはこんなじゃなかった」ホープが周囲を見まわし、犬たちを地面におろした。「ここでコービンといると――この環境のなかに彼の息子といると、あなたはまさにあなたらしく見えるわ。まるで、ずっと前から運命づけられてた場所にいるみたいに」

そんなことを言われたら心拍数があがってしまう。「すごくすてきな表現だし、まったくもってそのとおりよ。ここのすべてが〝正しい〟って感じるの。あんまりそう感じるものだから、ちょっと怖いくらい」

「怖い?」

「だって、わたしが知ってるめちゃくちゃすてきな女性と違って、もし明日これが終わってしまったら、わたしは自分がどうなっちゃうかわからないもの。ジェフと別れたときは解放感を覚えた。だけどコービンと別れたら、きっと致命的なパーツを失ったみたいな気分を味わうでしょうよ」

ラングが手すりから身をのりだしてきた。「ひそひそ話のお二人さん、なにかおもしろいことを話してるんだろう。ちょっと教えてくれよ」

「だーめ。残念でした」アイヴィーは笑顔で答えた。「リブは焦げちゃった?」

「へりが少し焦げたかもな」ラングが手すりを離れ、階段をおりてきた。「ほら、手を貸そう」アイヴィーから子犬を受け取り、ホープに片腕を回して、三人一緒に階段をのぼった。

ああ、ここでの暮らしは絵に描いたよう。

永遠に続けられたらどんなにいいか。

その夜、コービンはベッドのなかで天井を見あげ、月光がもたらす影の踊るさまを眺めていた。頭の後ろで腕を組み、かたわらにはアイヴィーが寄り添っている。そろそろ眠れていいころだ。

それなのに、息子について考えつづけていた。父親である自分が知らないこと、ジャスティンが心のなかに封じこめていることを。ああ、くり返し不意打ちを食らわされるのではなく、醜悪なできごとの数々を一瞬で知れたなら、人生はずっと楽になるのに。

ジャスティンが身をすくめたさまを思い出した。まるで、ぼくにたたかれると思ったみたいだった――

「どうしたの？」アイヴィーの小さなやわらかい手が胸板を撫でた。「大丈夫？」

悩みごとがあるといつもこんなふうに気づかれてしまうのだから不思議だ。こんな人はいままでいなかった。「眠ってると思ってたよ」

「なんとなく目が覚めて」アイヴィーが起きあがって片腕で体を支え、コービンを眺めた。漏れ差す月光が頬で、首筋で、ゆったりしたTシャツを盛りあげる胸のふくらみで踊る。アイヴィーが向きを変えて時計を確認し、あくびをこらえた。「もう日付が変わってる。眠れないの？」

彼女まで完全に起こしてしまいたくなかったので、両腕を伸ばして胸板に引き寄せた。

「きみがここにいてくれて本当にうれしいよ」ぼくのそばにいてくれて。

アイヴィーがもどかしげな声を漏らした。「わたしもうれしいけど、それじゃあ質問の答えになってない。わかってるでしょう、わたしにはなんでも話してくれていいのよ」

「明日、話すよ」

「いま眠れないんじゃない、コービン。わたしも目が覚めちゃったし」

「ごめんよ」頭のてっぺんにキスをする。「寝よう」

一分近く静寂が広がったあと、アイヴィーが言った。「ジャスティンは大丈夫よ」

「ああ」これからはそうかもしれない。だがこれまで十年も……。

「しーっ」アイヴィーがささやいた。「過去のことは考えない。未来について考えるの。あなたたち二人ともにとって、どんなにきらきらした未来が広がってるかを」

そんな言葉をかけられて、ほほえまずにいられるだろうか。「きらきらした未来が広がってるかな？」

「あなたが父親なんだから、当然でしょう。もちろん、たまにはあの子を甘やかしちゃうだろうし、厳しくしなくちゃいけないときもあるでしょうね」両手を胸板の上で重ねて、笑顔で見あげた。「だけどなにより、あなたはあの子を支えて、愛して、そばにいる。ずっとね」

コービンは彼女の目にかかっているやわらかな巻き毛に触れた。「ずっとだ」日を重ねるごとに、そんな未来をきみと分かち合いたくなる。

「じゃあ」アイヴィーが女王のようにきっぱり言った。「もう寝られるわね」

ああ、きっと寝られる。彼女をしっかり抱いたまま、シーツで二人の体を覆いなおした。

「おやすみ、アイヴィー」彼女の呼吸が深くなるまで待ってから、ささやいた。「ありがとう」

12

アイヴィーは右手の痛みに気づかないふりをしつつ、左手で携帯電話を操って、コービンあてに親指でメッセージを入力した。

〝今夜は遅くなるから夕食は先に食べて〟

すぐに返信が来た。〝なにがあった?〟

鋭い人。アイヴィーはほほえんで返信した。〝せつまいはあとて〟しまった。入力ミスに気づいたのは送信してからだった。左手で文章を打つのは容易ではない。〝まだ数時間かかりそう〟

〝わかった。ぼくにできることがあったらいつでも知らせて〟

〝そうする〟

アイヴィーは幸せのため息をついた。心配してくれるだれかがいるって、すてき。コービンにはいま以上に心配ごとが必要だというわけではないし、彼に心配されたいわけでもない。ただ、彼はいつもわたしを気にかけてくれて、それが純粋にうれしいのだ。

腕を縫合している医師がちらりとこちらを見た。「問題なさそう？」

小さな診察室の椅子に腰かけた友人のエンバー・サマーセットが笑った。「彼女、超セクシーなボーイフレンドができたばかりよ。問題なんてあるわけない」

「あら」医師が言う。「詳しく聞きたいわね」

「五月にこの町に越してきた男性よ」アイヴィーは説明した。ムーア医師に傷口を縫ってもらったことは何度かあるけれど、縫ってもらうあいだに聞かせるいい話があったのはこれが初めてだ。「すごくゴージャスなの。おもしろくて、やさしくて。おまけに超絶かわいい息子がいる」

ムーア医師はきれいな弧を描く眉の片方をあげた。「ゴージャス？」

「アイヴィーはめろめろなの」エンバーが言う。「でも、たしかに彼は目の保養ね。あ、わたしがそう言ったって、マイクには内緒よ」

「あなたは目が見えるって、マイクは知ってるでしょう？」ムーア医師が返す。最後の糸を結んでから、椅子の背にもたれた。「はい、おしまい。今回はかなりの噛《か》まれ方だったわね」

「かなりの犬だったから」アイヴィーは言い、エンバーと目配せをした。

エンバーと姉のオータムは動物保護のための牧場を経営している。牧場にいる動物は、犬や猫から牛や羊、おまけに七面鳥や鶏まで、さまざまだ。楽しそうに聞こえるけれど、実態は胸が痛む――そしてときには骨の折れる――仕事で、アイヴィーが医療面で協力する際に噛まれることもあった。それでも姉妹が動物を助けるためにどれだけの犠牲を払っているかを思えば、獣医として時間を割くくらい、なんでもなかった。

アイヴィーは犬について説明した。「虐待されてたせいで、わたしたちを信用できなかったんでしょう。わんこにも縫合手術が必要ね。それから注射とノミ退治」あとは、たっぷりの愛情。「でも、これからは大丈夫よ」姉妹がちゃんと面倒を見てくれる。

エンバーが言う。「わたしたちが落ちつかせる前にアイヴィーを噛んじゃったのよね。どこか痛かったんだと思うけど、ここへ向かうころには、わんこも落ちつきはじめたわ」

「オータムがめいっぱいかわいがってくれるだろうから、わんこも愛情を感じるようになるでしょう」

「そうなってくれるよう祈ってる」エンバーはしかめっ面を消そうとしたものの、眉間のしわは消えなかった。「まったく、あの子をいじめたばかを見つけたら、絶対に……」エンバーが脅しをそこで止めたのは、じゅうぶんな罰を思いつけなかったからだろう。

そこでアイヴィーはもう一度、先ほどより穏やかに言った。「もう大丈夫よ」

エンバーがうなずいた。「わたしたちがついてるもの」

「あなたたちって本当に偉大よね」ムーア医師が言う。「二人とも、尊敬してるわ。もちろんオータムのことも」

「マイクとタッシュも忘れないで」エンバーが言う。「あの二人、すごくよく手伝ってくれてるんだから」

姉妹の牧場のなんでも屋として雇われていたマイクは、いまではエンバーと結婚しているし、タッシュはオータムと結婚した。四人は力を合わせて、どうにか円滑に牧場を切り盛りしている。

点々と血が散った服を見おろして、アイヴィーは鼻にしわを寄せた。コービンの家へ行く前にシャワーを浴びて着替えなくては、ジャスティンを怖がらせてしまうかもしれない。ジャスティンといえば……。

「タッシュの娘さんも動物を扱う天才よね」セイディーという名の少女とジャスティンをぜひ引き合わせたいと考えていた。二人には共通点が多いから。

医師がにっこりとうなずいてから言う。「ともかく、今後はもう少し気をつけてちょうだい」傷口に包帯を巻き、取り扱いについてアイヴィーに指示してから、抜糸をするので一週間後にまた来るようにと伝えた。

アイヴィーは病院を出ながらホープに電話をかけて、クリニックのほうを閉めてくれたか確認した。ホープがすべてなにごともなく片づけてくれていたので、携帯電話を耳から離して、ちらりとエンバーを見た。「車で送ってくれなくても大丈夫よ。自分でなんとかするから」

「なに言ってるの！」エンバーが言い、トラックに乗りこんでエアコンを入れた。アイヴィーが助手席に乗りこむと、手を伸ばしてシートベルトを締めてくれる。

アイヴィーは苦い顔で友人を見て、小声で言った。「ありがと、ママ」

エンバーはそれを無視してトラックを発進させた。「あなたはいっぱい出血したのよ、アイヴィー。で、嚙まれたのはわたしたちに協力したせい。ちゃんと送るに決まってるでしょう」顔をしかめて尋ねた。「痛む？」

最初は犬が心配で、嚙まれたことに気づかないくらいだった。けれどひとたび状況が落ちついてしまうと、たしかに痛みを感じた。幸いずきずきしはじめる前に、医師が腕に麻酔をかけてくれた。「皮膚をちょっと切っただけよ。二、三針で閉じられたわ。それに手じゃなくて腕だったから、運転するのも問題ない」

「それでもよ」エンバーは譲らない。「行き先だけど、ほんとにコービンの家じゃなくていいの？　あなたの車なら、マイクとタッシュが移動させるのに」両眉を上下にうごめかす。「きっと新しいボーイフレンドがいたれり尽くせりで甘やかしてくれるわよ」

「ええ、いいの」アイヴィーは腕を掲げた。「わたしならぜんぜん大丈夫。それに、家に帰ってシャワーを浴びて着替えたいのよ。コービンの息子のジャスティンは、ホラー映画やモンスターが大好きでね、もし血まみれのわたしを見たら、想像力豊かな小さな頭でなにを考えるかわからないわ」

「なるほどね。だけどもしなにかあったらいつでも知らせて。オータムもわたしも、あなたにはほんとに感謝してるんだから。動物の体のことだけじゃなく、ときには傷ついた心のケアに関しても、あなたになら安心して任せられる。それってわたしたちにとってはとても大きなことよ。だから、ありがとう」

てんやわんやの一日のあとにそんなやさしい言葉をかけられて、アイヴィーは胸がいっぱいになった。「そのくらいにして」冗談めかして言う。「さもないとおいおい泣きだしちゃう。目が腫れて鼻が詰まったら、みっともなくなるだけだもの」

エンバーがにんまりした。「オーケー。じゃあ話題を変えましょう。あなたのセクシーガイのことをもっと聞かせてよ」また両眉を上下させる。「ずっと興味津々だったんだから」

よかった。その話題なら、気分が晴れること間違いなし。

コービンの家に着いたときには夕食の時間を過ぎていた。家は静まり返っているように見えたものの、車からおりたアイヴィーは、はっきりと聞いた。

「ねえ」

周囲を見まわしても、だれもいない。眉をひそめてまた歩きだしたとき……。

「ねえ」ほら、また！

腰に両手をついて、庭とその先の森を見まわした。くすくす笑う声をたどった先には、なんとツリーハウスがあった！　大きな木に歩み寄って見あげた。「見ーつけた」すばやく動く足音に続いて、しーっと言う声が聞こえ、アイヴィーは思わずにっこりした。もちろん腕は痛むし、すでに肘の上あたりから手の甲まであざが広がっている。けれど、かまうもんですか。

ハンドバッグのストラップを斜めがけにしてから、段差の異なるはしごを慎重にのぼっていった。

コービンとジャスティンはみごとなツリーハウスを完成させていた。とはいえ、プロの仕事というわけではない。板の色はばらばらだし、屋根は木のかたちに合わせて傾いている。幸い、低い位置にある頑丈な枝の上に建てられたので、それほど高くまでのぼらずにすんだ。

たどり着いて、開いた窓からのぞいてみると、コービンが息子のくすくす笑いをやめさせようとしていた。アイヴィーは大きな声で言った。「こら」二人とも、飛びあがった。

ジャスティンがまっすぐ胸に飛びこんできた。「おかえり！」

ああ、なんて温かい響き。「ただいま」からかうように続ける。「わたしがいなくて寂しかった？」

「うん」ジャスティンが一歩さがる。「入って入って」

壁に背中をあずけて片脚を伸ばし、もう片脚は膝を立てていたコービンが笑顔で出迎えた——が、肘の包帯を見て顔色を変え、瞬時に立ちあがった。「どうした？」

アイヴィーは軽い口調で返した。「なんでもない。小さな犬に噛まれただけよ」

「それで遅くなったのか？」アイヴィーの手首を取ってそっと掲げ、眉間にしわを寄せて、包帯の周りに広がったあざを指先で撫《な》でた。

彼の思いやりが胸にしみて、アイヴィーは笑顔で説明した。「あざができやすいの」

「縫ったのか？」

「数針ね」

ジャスティンがよく見ようと近づいてきた。「ほんとに犬が噛んだの？」

アイヴィーは少年の頬の泥汚れをやさしく拭った。「ええ、本当よ。そのわんちゃんはだれかに意地悪されたせいで、すごく怯《おび》えてたの。わたしが助けたがってることがわからなくて、恐怖心から反応しちゃったのね」

ジャスティンがアイヴィーの手を取ってさらに近づいてきた。「その子、いまは大丈夫なの？」

「ええ。動物を助けるための牧場をやってる友人がいてね、そこであずかってもらえたの。とてもいい人たちよ。あなたもきっと好きになるし、その牧場のことも大好きになるはず。かわいい動物がたくさんいるんだから」

「きみが助けた動物かな?」コービンが尋ねる。

答えをはぐらかしてこう返した。「いちばんたいへんな作業を背負ってるのはオータムとエンバーっていう姉妹で、わたしは獣医として手を貸してるだけ」

コービンがそっと唇にキスをした。「何度も言ってるけど、サンセットはすばらしい町だし、きみはすばらしい人だね」

さらに説明しようとしたとき、私道にタイヤの音が響いた。

ジャスティンが窓に寄って見おろす。「男の人だよ」振り返ってつけ足した。「たぶん、クリニックで会った人」

「ジェフ?」これにはアイヴィーも窓に寄って外をのぞいた。たしかにジェフが車からおりて、コービンの家の玄関に向かっていた。「どういうこと?」

「身を低くして物音を立てずにいたら、帰っていくかもしれないぞ」

コービンの期待に満ちた顔を見て、アイヴィーは笑った。「ばか言わないで」そして窓から呼びかけた。「ここよ、ジェフ。すぐおりるわ」

コービンは天を仰いでツリーハウスの入り口に向かった。「ぼくが先に行く」

アイヴィーはジャスティンをつついて言った。「あれって、わたしたちのどちらかが落っこちたときに受け止めるためよ。わたしたちより足元がしっかりしてると思ってるのね」

ジャスティンがにっこりした。「かまわないよ。駆けっこはぼくのほうが速いもん」

「そうね。だけどはしごは駆けおりないでよ」アイヴィーは言い、少年の髪をくしゃくしゃにした。ジャスティンを二番めに行かせ、次に自分が出ていき……元彼と目下の恋人と十歳の坊やの前におり立った。

全員がこちらを見ていた。アイヴィーは顔に笑みを貼りつけて言った。「いらっしゃい、ジェフ。どうしたの？」

ジェフは視線をおろしてアイヴィーの腕を見たとたん、思わずといった様子で一歩前に出た。「また噛まれたのか？」

コービンが眉をあげて尋ねた。「〝また〟？」

ジェフがもどかしげにコービンを見る。「この二年で何度か噛まれてるんだ。たいてい腕だが、一度脚をやられたこともある」視線を戻してアイヴィーの髪に触れかけ――手をおろした。「大丈夫なのか？」

こんなに気詰まりな場面がある？　ちらりとコービンを見たものの、腕組みをした彼の表情はいかにも読みとりがたく、機嫌はまるでわからなかった。ジャスティンは賢そうな顔でじっと見つめるばかりだが、大人の緊張感を感じ取っているようだった。

アイヴィーはうなずいた。「大丈夫よ」小首を傾《かし》げて尋ねる。「それよりジェフ、なにか用だった？」

ジェフは唇を引き結んだが、そわそわしている理由はアイヴィーではなかったようだ。こちらに身をのりだして、小声で言った。「子どもを家に入れてくれないか？」

アイヴィーはじっとジェフを見た。「どうしてそうしなくちゃならないの？」

「きみとあの子の父親と、三人で話がしたいからだ。たぶんあの子は聞かないほうがいい」

「それは……」アイヴィーはどうしたものかと考えた。ジェフがなにを言うのか、あたりをつけたいものの、さっぱり思いつかなかった。「ちょっと待って」大股でコービンに歩み寄り、ジェフの要求を耳打ちした。

コービンは目を狭めたが、拒みはしなかった。穏やかな声で呼びかけた。「ジャスティン、悪いけどラングおじさんに、アイヴィーの夕食を温めてくれるよう頼んできてくれないか？　それから、家のなかにいる犬の様子を見てきてくれ」

「わかった」ジャスティンがにっこりしてアイヴィーを見た。「今夜はね、フライドチキンとマカロニチーズだよ」そう知らせると、元気に走っていった。

コービンが肩に腕を回してきた。「よし、じゃあ聞こうか」

ジェフは片手でうなじをさすり、身を固くした。「なあ、おれは別にどうしてもここへ来たかったわけじゃないんだ。だがアイヴィーが関わってるし、あの子もいるし……」

なにか深刻な問題を察知して、アイヴィーは手を伸ばした。「どういうこと？」

「あの子のことを、町で聞いて回ってる女性がいる」ジェフは言い、あごでコービンを示した。「きみが息子と一緒にいるはずだと言っていて、どこに行けばきみと会えるか知りたがってる」

「そんな」コービンの目も顔も口元も、一瞬でこわばった。「ぼくがどこに住んでるか、その女性に教えたのか?」

「まさか。そんなことはしない」ジェフは両手をポケットに突っこんで顔をしかめた。「おれはただ、最近アイヴィーがここにいるのを知ってたし、その女性は、なんというか……」言葉を探し、首を振る。「やけに声が大きくて怒っていたんだ。そんな女性をここへ来させるのはよくないと思った」

「だからコービンに忠告しに来てくれたの?」アイヴィーはそっと尋ねた。

「そうしたほうがよさそうだと思ったんだ。彼女は精神状態がふつうじゃないように見えたから」また慎重な顔でコービンを見る。「薬でハイになってたか酔っ払っていたか、そんなところだろう。おれ自身はなにも教えなかったが、ほかのだれかが話していないとも言い切れない」

コービンは深く息を吸いこんだ。「それはいつのことかな?」

「数時間前だ。おれはちょうどバーを出たところで、彼女はその店の駐車場にいた。ありていに言うと、騒ぎを起こしてた。だれかが警察を呼んだかもしれない」

コービンが手を差しだした。「知らせてくれてありがとう」

ジェフは少しためらってから握手を交わした。「礼はいらない。ただその、息子からはこれまで以上に目を離さないようにしたほうがいいかもしれない。彼女が言っていたことからすると、捜しに来るかもしれないから」

「目を離さないようにするよ」コービンはそれだけ言って、これまでもしっかり見守っていたことはわざわざ説明しなかった。

「ジェフ」アイヴィーは一歩前に出て、友達同士のハグをした。「どうもありがとう」

ジェフはつかの間、アイヴィーの頭のてっぺんにあごをのせてハグを返してから、さがった。「きみも気をつけろよ。おれにできることがあったら、なんでも言ってくれ」

アイヴィーとコービンは二人並んで、去っていくジェフを見送った。車が私道を進み、木々の陰に見えなくなるまで待ってから、アイヴィーはコービンのほうを向いた。「これからどうする?」

「まずはぼくの弁護士に連絡する」コービンが言い、アイヴィーをうながして家のほうに歩きだした。

「それから?」

「考えがある」玄関を開ける前に足を止めた。「彼女が本気でジャスティンを取り返したがってるとは思えない。この町に来たことには別の理由があるはずだ」

アイヴィーは胸が悪くなるのを感じた。「お金？」

「向こうが要求していなくても、ぼくには未払いの養育費がある」

彼の胸板に手をのせると、安定した鼓動を感じた。「それは、あの子の存在をずっと知らされてなかったからでしょう」

「だとしても、だ」

「お金で解決できるとは思えない」それが正しいことかどうかもわからない。「身の代金を払うようなものかもしれないし――ジャスティンがお母さんに会いたいのか、まだわからないでしょう？」

「ぼくがなんとかする。なるべく早く」キッチンの手前で足を止めた。このすぐ先ではラングとジャスティンがアイヴィーの夕食を用意しているはずだ。「ともあれ、ジェフはそんなに悪い人じゃなかったようだな」

「そのようね」コービンに両腕を回して、たくましい胸板に顔を押しあてた。「でも彼はあなたじゃないし、わたしにとって正しい相手じゃなかったわ」

アイヴィーが食事をするあいだ、ジャスティンはそばにいて、アイヴィーがどうにか思いついたいろいろな質問に答えていた。そのすきにコービンは最新の展開について、兄に話すことができた。

ジャスティンは早口で、興奮しているせいか話も行ったり来たりする。どうやら子犬の一匹が床の上で粗相をし、そこにラングが足を突っこんでしまったらしい。

アイヴィーとジャスティンは声を合わせて笑った。子犬たちは外で用を足すように訓練している最中なのだけれど、まだ幼いので事故は起こる。

それからジャスティンは、子犬の鋭い歯が指の関節に引っかかってできた傷跡と、子犬の爪でできた膝の引っかき傷を見せてくれた。湖に落ちたときのあざが残る肘と合わせると、満身創痍《まんしんそうい》といったところだ。

コービンに押しつけた犬の数がちょっぴり多すぎることを、アイヴィーはあらためて考えた。

老猫のモーリスははしゃぎすぎた子犬の一匹を前足で引っぱたいたそうで、ジャスティンはこれまたおもしろいと思ったようだった。

また事故が起きないためにはどうしたらいいか、二人で話し合った。どうやらコービンは犬たちを引き受けてすぐ、息子が一日に何度か、デイジーたちを家の正面側——湖の誘惑から遠い側——に出してやるのを許可していたらしい。

けれどそれは変更するべきだろう。たとえ犬が一緒でも、母親が現れたときにジャスティンが一人で家の前にいるという事態は、わたしでさえ避けたい。コービンなら、なおさら強くそう思うはずだ。

　人生がようやく落ちついたとコービンが実感できるときは、いったいいつ訪れるのだろう――というより、そんなときは訪れるのだろうか。コービンには穏やかな人生がふさわしいのに。こんな波乱に邪魔されることなく、一人の父親になるチャンスを与えられてほしい。

　コービンは午前中のほとんどを、電話をかけて過ごした。そのあいだも絶えずジャスティンの様子を確認して、父と子で話をする前にあの子が不安材料を耳にしてしまわないよう、注意を怠らなかった。

　アイヴィーがここにいてくれて本当に助かった。数分後には仕事へ出かけなくてはならないのに、犬猫の世話を手伝い、ジャスティンの相手をしてくれている。少し努力を要するし、弁護士はこちらの戦術に百パーセント納得しているわけではないが、おかげでどうにか計画を動きださせることができた。

　電話を切ったのは、ちょうどアイヴィーが出かけるときだった。コービンとジャスティンはそれぞれにいってらっしゃいのハグをした。息子がアイヴィーから頬にキスされるのを受け入れたり、アイヴィーがいつもよりほんの少し長く息子を抱きしめたりするさまを見ていると、胸が温まった。まるで……母と子のようで。

　アイヴィーの車がバックで私道を出ていくのを見送ってから、コービンは息子の肩に手をのせた。ジャスティンが大きな不安をかかえたままベッドにもぐらなくていいように、今朝まで話を先送りにしていた。「ちょっと話がしたいんだけど、いいかな」

ジャスティンが身をこわばらせて尋ねた。「ぼく、なにか悪いことした?」

「いいや」コービンは息子をかたわらに引き寄せた。「ぼくは話すのが好きなんだ。おまえと一対一で話したいと思うのは、これが最初でも最後でもない。だから、ぼくが話したいと言うたびに不安にならなくていいんだよ」

ジャスティンはまったく納得していない顔でうなずいた。「そっか」

コービンは先に立ってキッチンテーブルに向かった。大事な話をするのにちょうどいい場所に思えた。おそらくコービン自身、馴染《なじ》みがあるからだろう。両親は、大事な話があるときはいつもテーブルを囲ませた。「ラングおじさんはどこかな?」

「シャワー浴びるけど、すぐあがるって言ってた」ジャスティンがもじもじする。「でもその前にデイジーたちを外に連れていってくれたよ。ぼくの仕事なのに、おまえにはなかにいてほしいからって」

「なにか悪いことをしたんじゃないかと思ったのは、そのせいかな?」

ジャスティンは細い肩の片方をすくめた。

コービンはコーヒーのおかわりをそそいでから、息子にいちばん近い椅子に座った。

「ラングおじさんがここにいるのはいやじゃないか?」

ないよね？」

「ぜんぜんいやじゃないよ」不安そうに顔をしかめる。「おじさん、どこかに行っちゃわないよね？」

ジャスティンは、なついた人がいなくなることをしょっちゅう心配する。「ああ、大丈夫だ。この家を出るときが来たとしても遠くへ行くつもりはない、と本人が言ってたよ。ラングはおまえのおじさんだし、おまえを愛してるから、もし別の家で暮らすことになってもしょっちゅう会えるさ」

いままではお馴染みになってきたあの懐疑心をたたえてジャスティンが言った。「そっか」

コービンは心のなかで怯《ひる》んだ。この子のことでは、一歩前進するたびに、なにかしらの力で押し戻されるような気がする。「話したかったのは別のことなんだ」

ジャスティンは息を詰めたような顔になった。

ああ、どう言えばいい？　不安でいっぱいの息子の姿を見て、ありのままを伝えるほうがいいのではと思えてきた。「どうやらおまえのママがこの町に来てるみたいなんだ」

ジャスティンは恐怖に目を見開き、口を固く閉ざした。

コービンは息子の手に手を伸ばした。「おまえがママに会いたいかどうかわからないから――」

言い終える前にジャスティンが飛びついてきて、首にしっかり両腕を巻きつけた。その勢いでコーヒーカップが倒れたものの、幸い、熱い液体はテーブルに散っただけで、息子にはかからなかった。

「ここにいていいって言ったじゃない！」

声ににじむ苦悩は耐えがたいほどだった。コービンは息子を膝の上に抱きあげて、しっかり胸に抱いた。「何度も言ってるだろう、おまえはどこにも行かせないよ。ぼくの息子なんだし、絶対に手放したりしない」

「でも、ママが来たって言ったよ」ジャスティンが咎《とが》めるように言う。

「たぶんママはおまえに会いたいんだろうな」

「やだ」

ああ、いったいダーシーはこの子をどんな目に遭わせたんだ？「会いたくないなら会わなくていい。約束する」その約束を守れるよう、祈るしかなかった。「本当だ、ジャスティン。だれにもおまえを傷つけさせたりしない」経済的に安定していてよかった。両親は、お金を力として用いるのをよくないことと考えていたが、この状況では――ジャスティンを守るためなら、ぼくはどんな手段でも利用する。「信じてくれるか？」

ジャスティンは顔もあげずにうなずいた。

「よし。じゃあ、どこへも行かなくていいし、ぼくはずっとおまえのパパだってわかったうえでの質問だ。ぼくが一緒ならママに会いたいかい？」そっとつけ足す。「パパがおまえのすぐそばについてる。一人で会うんじゃない」

ジャスティンがシャツで顔を拭ったのを感じて、息子が泣いていたのを悟った。泣きそうになったことは何度かあったものの、実際に涙が流れたのは今回が初めてだ。麻酔なしで胸を切り開かれて心臓を取りだされるほうが、これより楽に違いない。

湿った音ですすり泣きながらジャスティンは体を離したが、顔はうつむいたままだった。

「パパは……パパは、会ってほしい？」

「パパは、おまえにとっていちばんいいようにしたい」いまは正直になるしかない。「ママはおまえに会いたいかもしれないけど、おまえが会いたくないなら会わなくていい。おまえしだいだ。どう決めたって、おまえのことはぼくがかならず守る」

ジャスティンはこぶしで目をこすり、ふうっと息を吐きだした。「もしママがぼくを連れてっちゃったら？」

「絶対にそんなことはさせない」ラングが戸口に来たのが気配でわかったので、息子の向こうを見やると、兄の顔にもこちらと同じ感情が浮かんでいた。「だから今朝、ラングおじさんはおまえを一人で外に行かせたくなかったんだ。ぼくがいろんなことを片づけるまで、おまえにはいつもだれか大人と一緒にいてほしい。庭にいるときもだ。いいね？」

ジャスティンはすばやくうなずいた。

「もしママがここに来ても、ママからは離れていてほしい。それから、ぼくがちゃんと守るって信じてほしい。できそうかな？」

ジャスティンは鼻の下をぐいと腕で拭い、また鼻をすすって、もう一度うなずいた。ラングが戸口から離れ、ほどなくボックスティッシュを手に戻ってきた。ジャスティンは背中を丸めて、おじを見ようとしなかった。まだ子どもでも、プライドは高いのだ。

コービンは息子にティッシュを差しだした。「鼻をかんで」

ジャスティンは中途半端に鼻をかみ、ティッシュをコービンに返した。その行動にコービンは思わずほほえんでしまい、もう一度ジャスティンを抱きしめた。「全部、一緒に解決しような」

返事はなかった。

ラングが椅子を引いた。「なあ、おれが今夜なにをしたがってると思う?」

ジャスティンが疑わしそうに尋ねた。「なに?」

「リビングルームでキャンプがしたい。おれとおまえだけでな。どうだ?」

「キャンプ?」

「ああ。ツリーハウスで眠る前に寝袋で練習するのさ。そうだ、懐中電灯の明かりだけで、アイヴィーがくれたコミックブックのどれかを読もう。そのほうがずっと雰囲気が出るぞ」

ジャスティンが少し考えてから答えた。「とっておきの、『大アマゾンの半魚人』のがあるよ。あれがいいかも」

「完璧だな。じつはテントも持ってるんだ。楽しそうだろ?」

さっきまで泣いていたジャスティンが、いまは新しい体験にわくわくしている。いい考えを思いついてくれた兄に感謝だ。

ジャスティンが膝を離れたので、その肩に手をのせて引き止めた。「なにが起きてるかを話したかったのは、これまで以上に気をつけてほしいからだ。不安にさせたかったからじゃない」

「うん」ジャスティンはごくりとつばを飲んだ。「ママには会いたくない。いまはまだ」

コービンは励ましの笑みを浮かべてうなずいた。「わかった。だけどもし気が変わったら、そう言ってくれるだけでいいからね。そのときはそのときで、また一緒に解決しよう」息子の髪を撫でつける。「愛してるよ、ジャスティン」

ジャスティンが大きく鼻をすすってから、笑みを返した。「ぼくも愛してる」そしてデイジーの名前を呼びながら駆けていった。

コービンはラングと視線を交わした。「まったく、あの子にはまいるよ」

「間違いないな」ラングが言い、大きく息を吐きだした。「しばらく様子を見ていよう。そのあとで、一緒に今夜の計画を立てる」

「あまり負担にならないかぎりでいいから、これまで以上にあの子の周辺に目を配ってくれるかな」ダーシーがジャスティンをさらいに来るとは思えなかったが、息子のこととな

なる」

「任せろ」ラングが手を伸ばしてぎゅっと肩をつかんだ。「大丈夫だ、そのうちなんとかなる」

それまでは、兄とアイヴィーという強い味方がいるし、なにより息子がそばにいる。そのうちなんとかなる——そう信じなくては。

だがまずは、ダーシーを見つけて交渉しよう。

もともと教わっていた番号に電話をかけてみたものの、つながらなかった。ジャスティンを兄にあずけて町へ出かけ、ダーシーを捜すつもりだった。サンセットは小さな町だから、さほど難しくないだろう。そうしているあいだに、弁護士が新しい法的書類を用意してくれるはずだ。

運に恵まれれば、じきにすべて解決する。

13

一週間後の憂鬱な夕方、アイヴィーは犬を連れて外に出ていた。その日の朝に抜糸が終わって、腕の調子はよくなり、あざもほぼ消えていた。朝から雨が降っていて、空にはまだ黒い雲が広がっているため、実際より遅い時間に思える。地面が濡《ぬ》れているので芝生には座れないと判断したアイヴィーは、家の前の階段に腰かけて、犬たちを見守っていた。正直なところ、子犬はもうとっくに里親を見つけていいころだ。そして母犬のデイジーには避妊手術をしたい。体の小さなこの雌犬が二度と難産で苦しまなくていいように。けれど最近は考えごとが多すぎた。コービンはまだジャスティンの母親を見つけられずにいる。サンセット中を捜したし、騒ぎを起こした彼女のことを覚えている人は多かったものの、いまどこにいるかを知っている人はいなかった。サンセットの町の外に宿泊しているのかもしれない。

ダーシーが見つかるまで、コービンは気が張ったままだろうし、ジャスティンも警戒したままだろう。二人のことが大好きなので、アイヴィーも気が張って警戒していた。

コービンに思いを伝えてみようかと何度も考えた。わたしが求めているのはもう一日、もう一カ月、もう一年、だけではない。永遠がほしい。自身の地平線を広げてみようと考えたときにコービンは現れて、きみに必要なのはそれじゃないと教えてくれた。

きみに必要なのはぼくだと。

「やあ」コービンが家から出てきて、静かに玄関ドアを閉じた。「わんこたちはまだ終わらない？」

「それもあるけど、夜の空気を楽しんでるの」そして愛と未来についてじっくり考えているの。「ジャスティンはもうベッドにもぐった？」

コービンはうなずき、一つ上の段に腰かけると、ジョギングで鍛えられた腿でアイヴィーを挟んだ。頭のてっぺんにキスをして言う。「あの子は前より引っつき虫になったみたいだ。もう大丈夫だと思いたくてもまだ怖いんだろうな。だけどあの子なりの静かなやり方で立ち向かってくれてるよ」

「ジャスティンが前へ進めるように、ダーシーを見つけなくちゃね」

コービンは答える代わりにアイヴィーを引き寄せた。「がんばってるところだ。電話番号もわからないから、ものすごく難しいけどね」

湿った風が顔に吹きつける。また嵐が来るのだ。「こんなことをするなんて——自分の息子の人生をまた引っかきまわそうとするなんて——」

「そうだね。ぼくも最初は腹が立っていた。でもいまは……。きみとラングがいるおかげでどれほど助かってるか、ものごとの移行がどれほどスムーズになったかを思うと……彼女に同情はしないまでも、理解しようという気持ちにはなったかな。ジャスティンが少しずつ話してくれるようになってきたんだが、どうやらダーシーの親にも会ったことはなくて、ずっと二人きりだったらしい。ダーシーには支えてくれる人がいなかったみたいだし、ジャスティンの話やこのあいだジェフが言ってたこと、それからジャスティンを引き取ったときにぼくが目にした様子からすると、彼女は薬物の問題をかかえてるんじゃないかと思う。すべてを合わせて考えると、かなり厳しい人生だ」

「そうね」

コービンとジャスティンが大事すぎて、ダーシーを大目に見たいとはなかなか思えない。それでも、彼女が深刻な問題をたくさんかかえていたらしいことは認めないわけにいかなかった。そしてそれらの問題のせいで、ダーシーはいくつも判断を間違えて、自身の人生を滅ぼした。一つの過ちが別の過ちにつながり、ついには出口を見失ったのだろう。

そう考えると、ますますホープへの敬意が深まった。ホープの人生もまたひどく厳しいものだった――もちろんまったく別の意味で。それでもあの親友は、向上心と負けない気持ち、そして思いやりを失わなかった。

ふと思いついて、アイヴィーは尋ねた。「将来的に、もっと子どもがほしい？」

コービンが驚きの目で見つめた。

しまった。まったくわたしときたら、とんでもないことを口走る。けれど考えずにはいられないのだ。コービンは理想の父親そのものだから。

コービンが暗くなった庭に視線をやり、子犬たちのはしゃぐさまをしばし眺めてから、言った。「じつは何度か考えたんだ――自分が知らずに逃してしまったもののことを。おむつ、ミルク、最初の笑い声、初めてのあんよ……。ダーシーは写真を持ってないだろうか、持ってるなら焼き増しさせてもらえないだろうかと」

「彼女を見つけたら訊《き》いてみるといいわ。最悪、持ってないと言われるくらいだもの」

「もし今回、彼女が見つからなかったとして、今後も連絡をとろうとするべきかわからないんだ。もちろんジャスティンの健康面を考えると、向こうの家族の病歴なんかがわかると助かるんだけどね」小さな笑みを浮かべてから、ちらりとアイヴィーを見た。「もしもまた子どもを授かるとしたら、今度は絶対に最初からそばに張りついてるよ」

「それはわかってるわ」コービンの責任感の強さについては、もはや疑念の余地がない。

アイヴィーはこのところ、子どもについて考えていた。自身の子どもについて。初めてのことだ。コービンと出会うまで、子どもが頭をよぎったことはなかった。ジェフとつきあっていたころでさえ、親になった自分たちを想像もしなかった。

それがいま、コービンと一緒にいると、はっきりと絵が浮かぶ。

コービンがこちらを見つめて、そっと尋ねた。「きみは?」しょっちゅうやるように、アイヴィーの髪を指先でつまんでいじり、耳にかけさせる。「母親になった自分を想像できるかな?」

「こう言っても怖がらないでほしいんだけど、じつは、もうできてるの」軽い雰囲気を保とうと、のけぞって、上下逆さまに彼を見あげた。「ジャスティンが自分の子じゃないのはわかってるけど、自分の子だったらいいのにと思ってる。あの子のお母さん代わりになりたいの。教えてあげたいのよ、愛情ゆえの決断というのがどういうものか、守られていて安全なんだというのがどんな感覚なのか」

「ジャスティンはきみが大好きだ」コービンが重みをこめて言う。「ぼくにとってはすごくありがたいことだよ。いまこの段階で、あの子が好きになれないだれかをあの子の人生に関わらせるようなことは絶対にしなかっただろうから」

「わたしにとってもすごくありがたい」アイヴィーはほほえんだ。「わたしもとっくにあの子が大好きよ」

二人の背後で玄関ドアが開き、ラングが出てきた。少し前にホープをゲストハウスまで送ってきたラングは、いま、シャワーを浴び終えたようだ。その目には不吉な影がおりていた。「邪魔して悪いが、おまえの携帯が鳴ったんで、代わりに出た」

振り返って兄の表情を見たコービンが、身を固くした。「だれから?」

ラングがあごをこわばらせて言った。「ダーシーだ。おまえと話したいと言って、待ってる」

恐怖で一瞬、三人とも動けなかったものの、コービンが決意とともに立ちあがった。

「少なくともジャスティンが寝るまでは待ってくれたのか」アイヴィーを助け起こそうと手を差しだしてから、ラングに言った。「アイヴィーが犬を家に入れるのを手伝ってくれるかな」

「もちろん」ラングが弟の顔を目で探った。「ジャスティンが目を覚ましたときのために、あいつの部屋に耳を澄ましておこう」

「助かるよ」コービンは言い、アイヴィーに短くやさしいキスをした。「先に休んでてくれ。あとで報告する」

アイヴィーの心臓は早鐘を打っていたものの、どうにか冷静な顔で返した。「わかった」

そっと肩に触れてつけ足した。「幸運を」

コービンはユーモアを欠いた短い笑みを見せてから、家のなかに入っていった。

「大丈夫さ」ラングは安心させるように言ったが、その表情はやはり不安そうだった。

二人で犬を家に入れて、落ちつかせてやった。コービンは万一、息子が目を覚ましても会話を聞いてしまわないよう、携帯電話を持って地下におりていた。アイヴィーは老猫モーリスに見守られながら、シャワーを浴びて寝間着用のTシャツとショートパンツに着替えた。リビングルームに戻ってみると、ラングが険しい顔でソファに陣取っていた。

アイヴィーもソファに腰かけた。テレビはついているけれど、二人とも見てはいない。他愛《たわい》ないおしゃべりをしたり、なにごともないふりをしたりする気にはなれなかった。アイヴィーはまだそばにいてくれるモーリスを撫《な》でて、いつもながらそのぬくもりに安らぎを得、ラングのほうはときどき膝をぽんぽんとたたいてくれた。

コービンの電話が終わったのは一時間後だった。携帯電話を手にリビングルームに戻ってきた彼が、二人と向き合った。

上へ続く階段をちらりと見てから言う。「ダーシーはいま病院にいる。ホテルの部屋を出た先で倒れたそうだ」

「サンセットの病院？」アイヴィーは尋ねた。だとしたら、厄介なことになる。

「となり町だ」コービンが答え、オットマンに腰かけた。「明日の朝、会いに行ってくる」

ラングのほうを向いた。「兄貴がジャスティンを見ていてくれるならの話だけど」

ラングが身をのりだし、飲んでいたビールを脇に置いてうなずいた。「任せろ。問題ない」そしてつけ足した。「息子に会わせろとは言われなかったのか？」

「言われたけど、ぼくが断った。先に話し合うべきことがいろいろあるから」コービンは口元をさすった。「本人は認めなかったけど、倒れた原因は薬物の過剰摂取だと思う」

「なんてこと」アイヴィーはささやいた。身勝手な考えだけれど、そのときサンセットにいないでくれてよかったと思ってしまった。さもなければ、この小さな町ではうわさがたちまち広まっている。コービンとジャスティンはもうここに根をおろしたのだ。ここが二人の家。だから、それほど深刻な問題とは少しでも距離が空いていてほしかった。

「一日仕事になるかもしれない」コービンがアイヴィーの目を見つめて静かに言った。「ダーシーはすぐに退院できるそうだけど、お金をほとんど持ってないし、どこにも行くあてがない」

驚きに貫かれて、アイヴィーはかすかに口を開いた。

ラングが悪態をつき、立ちあがって行ったり来たりしはじめた。

「じゃあ……」アイヴィーの口のなかは乾き切っていた。考えもせずに、ラングが置いたビールをつかんでごくごく飲む。唇をなめて深く息を吸いこみ、尋ねた。「じゃあ、彼女をここへ連れてくるの？」

「まさか」コービンが口元をこわばらせた。「援助を申しでてみて、彼女が受け入れてくれることを心の底から願うだけだ」

「援助？」アイヴィーはくり返した。

コービンが声を落として言う。「たぶん彼女は本気であの子を取り返したいわけじゃないと思う。もし自立できたら、もしほかに選択肢があったら、あの子に執着しなくなるんじゃないだろうか。だけどもし自立できて、ほかの選択肢を手に入れたとしても、いろいろな意味で安定してるほうがきっといいはずだ」

アイヴィーは心を打たれてコービンを見つめた。「どこまでも思いやりがあるのね」

「くそ聖人さまだな」ラングがじつに不満そうに言った。

「いいえ」アイヴィーはささやき、立ちあがってきつくコービンを抱きしめた。「息子を愛してて、いつも息子のためを思ってる人よ」

コービンがアイヴィーの体に両腕を回した。ラングがベッドに向かったあとも、二人はそのままそうしていた。

そう、コービンなら全力を尽くして息子を守る。

だったら、わたしはこの男性を守ろう。


コービンが病院に着いたのは午前も遅くなってからだった。ジャスティンには〝仕事で出かけなくてはならなくて、少し時間がかかるかもしれないが、ベッドに入るまでには帰るから〟と何度も約束した。罪悪感を覚えたものの、息子を不安にさせないための小さな嘘だと自分に言い聞かせた。

ダーシーと会うのは仕事だ――ジャスティンの未来を守るという仕事。

息子のために笑みを浮かべて、なるべくいつもと変わらない朝のようにふるまった。おおむねうまくいったものの、ジャスティンが嘘を見透かしているように思えた瞬間もあった。まるで、この一点に多くがかかっているのを知っているように。

愛情と安心感をたっぷり与えつづければ、いつの日かジャスティンも最悪の事態が起きるのではという不安から解放されるだろう。コービンがやろうとしていることは賭けではあるが、必要な賭けだとアイヴィーも理解してくれた。息子のために。ぼく自身のために。みんなの未来のために。

いまだけでなくこれから先ずっと、アイヴィーと人生を歩みたかった。そして家族には安らぎをもたらしたかった。そのためなら、なんでもやる。たとえどんなに難しくても。

病院に入りながら、アイヴィーとラングのことを思った。二人に支えられて、ぼくはどうにかやってきた。息子を得た喜びのときも、その息子の母親がなにをするかわからないせいで人生最大の恐怖に直面させられたときも。二人はぼくと一緒に心配するはめになったし、その点は申し訳なく思うものの、やはり二人がいてくれて本当によかった。

兄は兄だから、支えてくれるのはある種、当然だ——生まれたときからそうだった。

だがアイヴィーはどう感じているだろう？　こんな厄介ごとに巻きこまれるのが楽しいはずはない。彼女としたいことは山ほどあるのに、まだどれもできていなかった。この状況が片づいたときもなお、アイヴィーはそばにいてくれるだろうか？　ああ、そう願いたい。彼女のいない人生なんてもはや想像できない。

いちばん必要とするときに、完璧な女性と出会えたような気がした。

黄褐色のチノパンに黒のポロシャツというカジュアルな服装を選んだコービンは、ダーシーの病室の前で足を止めた。両肩がずしりと重く、ドアをノックする気になれない。あまりにも多くのことがこの対面にかかっている。ダーシーがかかえている問題は容易に解決できないとわかっているものの、一つだけ考えがあった。その先は、最善を尽くすのみだ。

決意を固めてドアをノックし、待った。

「どうぞ」弱々しい声が返ってきた。

ドアを押し開けたところで、ぴたりと動きが止まった。病室の奥の白いベッドに力なく横たわっているダーシーは、ひどいありさまだった。そんな姿を見せられて、意外にも同情がこみあげてきた。コービンは自分を奮い立たせて病室の奥に進むと、なるべく穏やかに声をかけた。「やあ」

血走ってよどんだ目がこちらを見つめた。「いい気味だとか思ったら、許さないから」唇が震える。怯《おび》えたときのジャスティンと同じように。「お説教なんか聞きたくない」

病室はできるだけ明るい雰囲気になるよう設《しつら》えられているものの、この重苦しい空気は追い払えないようだ。「説教なんてする気はないよ」

「よかった」

ダーシーはやつれ果て、青白い肌にはまったく血の気がなく、目の下にはくろぐろとくまができて、まるで地獄に行って戻ってきたように見えた。本格的に心配になり、コービンはもう少し近づいた。「いまは大丈夫なのか?」

「ええ。だからあたしがくたばるまで息を詰めて待ったりしないことね」

「ダーシー」ベッドのそばに椅子を引き寄せてゆっくり腰かけながら、頭のなかで正しい言葉を探した。「きみはぼくの息子の母親だ。あの子の人生が足を引っ張られるのはごめんだけど、きみの不幸を願ったりもしないよ」

「は!」言うなりダーシーはうめき、お腹に手を当てて目を閉じた。

コービンはじっとしたまま、彼女が落ちつくのを待った。

「あたしは死にかけたの」鋭い目で病室内を見まわして言う。「ひどい部屋だと思うだろうけど、ICUを見てみるといいわ」

ひどい? ここは快適そうだし、手厚いケアを必要としている人にはぴったりの空間に思えるが。「出てこられてよかった」

ダーシーはごくりとつばを飲んだ。「あちこちあなたを捜しまわったわ」息遣いが少し荒くなる。「なのにあなたは隠れてた」

「ぼくのほうもきみを捜してたよ」

ダーシーがさっと目を見た。「どうして?」

「きみが町に来てると知ったから。その……ほかの人たちから聞いて。だけど見つけられなかった」

「あたしがここに放りこまれたからよね」手をこぶしに握る。「ちょっと倒れただけで、警察に連れてこられたの」

「警察が関わってるのか？」

ダーシーが唇を引き結んだ。「あたしのこと、うざいって通報した連中がいるのよ。で、救急救命士より先に警察が来たの」

なんてことだ。「どこでの話だ？」

「町のバー」それ以上は言わなかった。

「そうか」

ダーシーはどうでもいいと言いたげに首を振った。「たぶん飲みすぎたの」

〝飲みすぎた〟というのが〝アルコールで死にかけた〟という意味なら、同意する。いまでさえ、死の一呼吸手前にしか見えない。「お酒だけじゃないんだろう？」

「だから？　答えを全部知ってるみたいな口ぶりはやめてよ」

そんなことはしない。できない。なにか決断するたびに、本当に正しいのだろうかと不安になったことなら何度もあるし、いまだってその一つだ。

忍耐だと自分に言い聞かせた。「いつまで入院してなくちゃならないんだ？」

ダーシーは片方の肩を回した。「すぐ出られると思うけど、出てどうしろっていうのかしらね」ひどく丁寧に、胸の上のシーツを撫でつけた。「信じられないかもしれないけど、ジャスティンを傷つけたいと思ったことなんてないのよ。いい子だもの。ただ、あたし一人じゃ手に負えなかっただけ」

ジャスティンは元気かとまだ訊かれていないことにコービンは気づいた。とはいえこれほど痩せて、ジャスティンを引き渡したときよりさらにやつれた姿を見てしまうと、怒る気になれなかった。「わかるよ」

「カールが結婚してくれると思ってたのに、だめになっちゃって」弁解口調で言う。「だからあたしはぐちゃぐちゃになったの。たぶん薬の呑《の》み合わせがよくなかったのね」目に涙がこみあげる。「これでもう、だれも、なんにも、なくなっちゃった。あたしは一人ぼっち」

哀れっぽい口調がかんに障った。「厳密にはそうじゃない」同情と嫌悪の両方を感じて、少しためらった。息子はこの女性と十年間過ごしたのだと思うと、この女性以外に守ってくれる人はいなかったのだと思うと、血がたぎった。「ダーシー、きみにはまだきみの人生がある。もしその人生を立てなおしたいと思うなら、ぼくは喜んで手を貸す」

ジャスティンと同じ青い目がじっと見つめた。魔法のように涙が消える。ダーシーが声を落とし、この状況下では滑稽に見えるはにかんだ笑みを浮かべた。「あたしたちの息子には二親《ふたおや》がいたほうがいいんじゃない？　きっとそのほうが楽だし、あの子も喜ぶわ」

ありえないその提案に、コービンはさっと身を引きそうになった。ぼくとダーシー？この女性に感じているもの——恨み、怒り、後悔、同情——は、ロマンティックな関係につながったりしない。ダーシーはアイヴィーと正反対だ。アイヴィーの前向きな姿勢も、精神的な強さも、深い愛情も、ダーシーはもち合わせていない。

だが、いまそれを言ってなんになる？「つきあってる女性がいるんだ」

「結婚はしてないんでしょ」急に苛立《いらだ》った口調で鋭く返ってきた。

こんなふうに機嫌が変わりやすいせいで、ジャスティンは警戒心が強くなったのだろう。親がどんな反応を示すか予測がつかないというのは、子どもにとって楽ではない。「ああ、まだね」だが永遠の誓いを交わしたいと思っている——ほかのだれでもない、アイヴィーと。「だけど真剣なつきあいだよ」

やつれた顔に不安がよぎった。「いつから？」

「ダーシー」コービンはなだめるように言った。「ぼくがここに来たのは、ぼくの話をするためじゃなくて、きみを助ける方法があるか探るためだ」

ダーシーがしげしげと眺めた。「なにしてくれるっていうの？　お金をくれるとか？」

お金については、もともと渡そうと考えていた。だが、お金を渡したとしても、事態がよくなるのはごく短期間だけという予感があった。それに、ダーシーがそのお金を薬物に使ってしまうという懸念もある。

ジャスティンのために、本当の変化、実のある変化がほしい。

「きみはどんな未来を望んでる？」

ダーシーの表情を見れば、引っかけ質問だと思っているのがよくわかった。「あたしは息子を愛してるの」

おそらく彼女は彼女なりのやり方で、愛しているのだろう。「だからあの子をぼくに渡したんだよね？　きみは、自分に助けが必要だとわかってたんじゃないか？　あの子にとって最善を望んでた」

ダーシーは必死にその言葉に飛びついた。「そうよ！　あなたならあの子を守ってくれるってわかってた。そろそろあなたが引き受ける番だったのよ」

最初からぼくに打ち明けたほうがいいと判断してくれていたら、ずっとそばにいたのに……。だがそれは言わずにおいた。「同感だ。今後はぼくがあの子を育てるよ」

ダーシーがけんか腰に言う。「だけどあたしの子でもあるのよ。会う権利があるわ」

彼女は正式に親権を手放しているのだが、ここはひとまず穏便に返した。「そうだね」

これにはダーシーも驚いて言葉を失った。

「だけどその前に、もっと……元気になったほうがいいと思わないか？」彼女が気分を害する前に急いで続けた。「きみは十年も一人であの子を育ててきたんだ」

「簡単じゃなかったわ！」

そうだろうとコービンはうなずいた。「いまはぼくがしっかりあの子を守ってるから、きみはしばらくきみ自身のことに専念するといい。そしてよりよい人生を目指すんだ。そんな人生をいまから始めるのもいいと思わないか？」ダーシーは興味を示したようには見えなかったが、少なくとも話に耳を傾けてはいた。「人生を変えるためのいろんなプログラムがある。きっと役に立つはずだ。どれか一つ、やりとおしてみないか」どんなプログラムだろうと本人がやる気にならなくては意味がないので、うんと言ってほしかった。

「どうかな？」

ダーシーは長い時間をかけて考えた。「あたしに問題があるなんて認めない。だって、ないもの。それに、リハビリが終わったってなんになるっていうの？　また一から仕事を探せって？」

「きみが一人で子育てしてきた十年間のぶんをぼくが支払えば、そうはならない」

深い疑念にダーシーの目が狭まった。「支払う？」

「未払いの養育費と思ってくれ」弁護士と長々話して、ある額に落ちついた。いま、その額を告げるとダーシーの目は丸くなった。

頭のなかで計算しているのか、コービンを眺めて唇をなめた。「まあ、手始めね」

始めで、終わりだ。好きなように操られるつもりはない。「リハビリが終わったら、ぼくは毎月お金を振りこむし、きみが自立できるように手も貸そう」

ダーシーがベッドのなかで少し身を起こした。「手を貸すって、どうやって？」

「アパートメントを借りて、家賃を数カ月分、前払いする。それから仕事を続けられるように、通勤用の車を用意する。だけどダーシー、すべてはきみが薬物もアルコールも断つことにかかってる」

ダーシーはその条件を無視して尋ねた。「どうしてそこまでしてくれるの？」

ここが難しいところだ。きみは問題をかかえていて、ぼくはそれを解決したい、とは言えない。そんなことを言われたらだれだって腹が立つし、ダーシーのように回復段階にある人ならなおさらだ。返事は前もって用意しておいた。これで説得できるといいのだが。

「過去にどんなことがあったとしても、きみが元気だとわかったら、ジャスティンが喜ぶと思うからだよ」

「当たり前でしょう。あたしはあの子の母親よ。あの子、あたしがいなくて寂しがってるんじゃない？」

コービンはじっと見つめた。彼女の頭のなかで歯車が回っているのが見える気がした。彼女は彼女で計画を立てているのが。しかしその計画は息子のためのものではない。ジャスティンの人生をなだらかにすることとは一切関係ないものだ。

「ぼくがこんなことをしてるのは、あの子のためでしかない」コービンは椅子の上で身をのりだし、両肘を膝に置いて手の指をからめ、まだぼんやりしているダーシーの目を見つめた。一言一句、理解してもらう必要があった。「きみを助けるのは、それがあの子のためになるかぎりにおいてだ。もしきみが酒も薬も断てないなら、すべて白紙に戻す」

青白い顔が怒りで染まった。「ひどい人。なんでも思いどおりにできると思ってるのね」

「いいや」人生はそれほど単純ではない。コービンは立ちあがって、病室内をゆっくり歩きだした。「ジャスティンに会いたいなら、しばらくのあいだは見守りつきの訪問だけ許可しよう」

「あたしの息子よ！」

大声を出されてもうろたえなかった。心は強く、穏やかだった。「その息子を、きみはぼくに引き渡した。書類に署名して、正式に親権を放棄した。そうだろう？　ぼくはきみに手を貸すつもりだけど、なにか決めることがあるときは、かならずジャスティンにとっての最善を考えて結論をくだす」

「訴えてやる」ダーシーが熱をこめて脅した。

「運を法廷に任せたいなら、応じるよ。だけどもしその道をたどるなら、こちらからは一ドルも渡さない」病室内を見まわした。「ここを出るときも一人きりだ。そのことを考えてみてくれ」冷静さを失ってしまう前に、ドアに向かって歩きだした。

「待ってよ」

その声の頼りなさ、必死さに胸を引き裂かれ、同情が決意とせめぎ合った。コービンはゆっくり振り向いた。

ダーシーは目を落としたまま、つぶやくように言った。「あたし、よくなりたい」

コービンは安堵《あんど》に目を閉じて、うなずいた。「じゃあ、ぼくはできることをしよう」

その瞬間のダーシーは小さくて怯えているように見えた。胸が痛んだ——息子だけでなく、この女性のことも思って。なにかに依存した人生を送りたいと思う人などいない。意図的に弱くなろうとする人も、逮捕されようとする人も、薬物で死を招こうとする人も。そういうのは起きてしまう悲惨なことで、コービンは両親にこれほど堅固な基盤を与えられた自分がいかに恵まれていたかを思い、あらためて心のなかで感謝を捧《ささ》げた。

ダーシーが片目をこすった。そのしぐさのせいで、ひどく若くてもろく見えた。「今日、警察が話しに来るの。あたし……その、一人でいたくないんだけど」

コービンはまたベッドに近づいた。「ぼくにいてほしい？」そうすることには利点もある。これからなにに直面しなくてはならないか、もっとよくわかるようになるから。

ダーシーがあごをあげた。「ほかにやりたいことがあるなら、別にいいけど」

息子のそばにいるほうがずっといいが、コービンは首を振った。「あと二、三時間ならいられる」

安堵でダーシーの表情がほんの少しやわらいだ。「今回は刑務所に入れられるんじゃないかな」

今回は？

ダーシーが首を回して窓の外を見た。「不公平よ。あたしはなにも悪くないのに、なにもかも失っちゃった」

きみのせいじゃないなら、だれのせいだ？　まさかジャスティンが生まれてきたせいだと思っているのか？　それとも、息子がいると知らなかったぼくのせい？　きみが知らせなかったのに？「まずはこれからのことを考えよう。一度に一つずつ、だ」

ダーシーが視線をコービンの顔に戻し、眉をひそめた。「あたしをほったらかしにしないって約束する？」

「約束するから、きみも約束を守ってくれ。そうしたらお互い、前へ進める」

仕事帰りにコービンとの電話を終えたアイヴィーは、そのまま彼の家の私道に車を入れた。ああ、やっと声が聞けて安心した。心配で心配で、最悪を予期しては、いい考えではないと知りつつも一緒に行けていたらと悔やんでいた。

コービンはもうしばらく帰ってこないが、ダーシーとの面会については、楽観視はしていなくても前向きにとらえてはいるようだった。

病院に現れた警官の説明によると、ダーシーはしばし刑務所に入ってから、必須のプログラムとカウンセリングを受けることになるらしい。それから無作為薬物検査も受けることになるそうだ。

常習犯なのだろう、とコービンは話していた。

そのせいでコービンは苦しんでいるはずだ。アイヴィー自身、ジャスティンがくぐり抜けてきたものを思って胸を痛めていた。

その後、コービンは息子についてわかるかぎりのことを知っていった。ダーシーは携帯電話から何枚か写真を見つけだしたものの、幼いころの写真は前の携帯をなくしたときに永遠に失われてしまっていた。

ダーシーによると、持ち物はすべて車に積んであり、車はいま、例のバーの駐車場に停《と》めてあるとのことだった。レッカー車に連れていかれないよう、コービンが移動させておくと申しでた。するとダーシーはあっさり車のキーを渡して、ジャスティン関係でほしいものがあればなんでも持っていっていいと言った——ただし、また自由の身になったら助けてくれること、という条件つきで。

そういうわけでコービンはダンボール一箱を手に入れた。すぐにでもなかをあさりたいものの、まずは家に帰りたい。

息子のもとへ。

アイヴィーのもとへ。

アイヴィーのほうも、早く帰ってきてほしかった。一つの問題に取り組んだいま、未来は少し明るくなった気がしていた。

笑顔で車を家のほうに進めた――が、私道のかなりの部分を一台のキャンピングカーが占めていた。だれの車にせよ、おそらく到着したばかりなのだろう、まだエンジンがかかっている。となりに停車すると、キャンピングカーの助手席にいる女性が品定めするような目でこちらを見て、にっこりしてきた。アイヴィーが見ていると、その女性はもう一人のだれかとともにキャンピングカーの後部に消えた。

二人は何者で、なぜここにいるのだろうと訝《いぶか》しみつつ、急いで玄関に駆けつけて家のなかに呼びかけた。「ラング？」

ラングは両手をふきんで拭いながらキッチンから出てきた。「おう、おかえり。ホープも帰ってきたのか？」

にんまりしてしまいそうになった。ラングがホープのことばかり気にしているのは、親友にとってじつにいい兆候に思えた。「たぶんね」ちらりと背後を振り返ると、先ほどの二人がキャンピングカーからおりてくるところだった。「お客さんよ」

ラングが眉をひそめた。「まさか……」言葉を切り、床に腹ばいになってお絵かきをしているジャスティンをちらりと見た。

「違う――」それ以上説明する前に、助手席にいた女性が真後ろに迫っていた。

「わたしの孫息子はどこかしら？」女性が大きな声で言う。

ラングが首をそらしてうめいた。

連れの男性が笑った。「おいおい、ヴェスタ、着いたばかりでもう質問か？」

孫息子？　アイヴィーはきょとんとしてラングを見た。彼はおかしいほど青ざめていて、見ればジャスティンもいまやこちらに顔を向けている。その顔は緊張と警戒でいっぱいだ。

ジャスティンのために時間を稼ごうと、アイヴィーは通路をふさいで男女のほうを向いた。「コービンのお母さんですか？」

「ぼくはコービンの継父《ままちち》」男性が言い、手を差しだした。「ヘイガン・フィリップスだ」

アイヴィーは握手を交わした。「アイヴィー・アンダースです。はじめまして」

「まだ継父じゃないでしょう」ヴェスタが陽気にたしなめる。

「努力してるんだがなあ」男性が返した。

ヴェスタはそれを無視して両腕を広げ、大きな笑みを浮かべてアイヴィーを包みこむと、息苦しいほど強く抱きしめた。

コービンの母親は息子と同じくらい背が高いので、アイヴィーは大きな胸の谷間で押しつぶされそうになり、笑いながらヴェスタの背中をたたいた。「こちらこそ、よろしく」

母は気に入った人をすぐ抱きしめる癖があるとコービンが言っていたのを思い出した。どうやらテストに合格したらしい――いまのところは。

ヴェスタが腕の長さだけアイヴィーを離して、尋ねた。「それで、つきあってるのはラング？　コービン？」

「息をさせてやれよ、母さん」ラングが言い、アイヴィーを救出するべく腕をつかむと、そっと自分のほうに引き寄せた。

おかげでようやくアイヴィーは兄弟の母親をまともに見ることができた。とても……印象的な女性。背が高く、たくましくて堂々とした体つきを、気取らないけれど間違いなく高級な服で包んでいる。妖精を思わせるヘアスタイルに整えられたまばゆい銀髪が顔を囲み、明るい茶色の目を際立たせていた。

「ラング！」ヴェスタが見るからにうれしそうに言う。「ついにすてきなお相手を見つけたのね」そしてラングを引き寄せるなり、今度は長男にたっぷりの愛情を示した。

アイヴィーのときとの違いは、ラングも母親を抱きしめ返したところだ。「母さん、おれじゃない。彼女に先に名乗りをあげたのはコービンだ」

ヴェスタはあらためてアイヴィーを眺めながら、ラングに言った。「あなたの弟は昔から賢かったものねえ」

ラングがちらりとアイヴィーを見た。「つまり、おれより賢かったって意味だ」

「こと女性となるとね」ヴェスタが請け合う。「それで、あの子はどこにいるの？」

「コービンですか？」アイヴィーは言った。「もうすぐ帰ってくると思います」

ヴェスタはずんずん家の奥に進むと、ジャスティンを見つけて歓声をあげた。

ジャスティンはどうしたらいいのかわからなくて凍りついてしまい、少年の周りでは犬と猫が興味津々といった様子でじっとしている。その全員がヴェスタを見つめていた。

ヴェスタが動く前に、ラングが母親をつかまえた。「まあ落ちつけって。おれがちゃんと紹介するから」

二人の後ろに近づいて、ヘイガンが言った。「それは、風に吹くなと言うようなものだ」

そしてジャスティンにほほえみかけた。「見てごらん。なんてかわいい子だ」

ヴェスタは祈るように胸の前で両手を組み、ジャスティンに歩み寄った。「本当に、信じられないくらいかわいいわ。ねえ、坊や。わたしがやさしいやさしいおばあちゃんよ。さ、ハグしてちょうだい」

14

アイヴィーは静かに状況を確認した。

ジャスティンはいまにも逃げだそうとしている。少年を守りたいという本能で、勝手に足が動いた。すばやくヴェスタの行く手を遮り、ジャスティンの前に立って、年上の女性を笑顔でいなそうとした。「この子、まだちょっと恥ずかしがり屋なんです」

「そんなことないよ」ジャスティンが言った。「恥ずかしがり屋は赤ちゃんだけだもん」

まさかこのときを選んで反論するなんて。アイヴィーは顔に笑みを貼りつけたまま、続けた。「それから、どんなかたちでも赤ちゃんみたいだと思われるのが大嫌いなんです」

「よくわかるわ」ヴェスタが歩調を落とし、目に見えて自身に我慢を強いた。

きっと難しいだろう。なにしろ祖母として初めての、孫息子との対面だ。どちらにとっても感情の高まるひととき。ヴェスタが先に連絡してくれていたら、コービンが前もってジャスティンに心の準備をさせていたはず……それか、せめてこの場にいたはずだ。けれどヴェスタはみんなを驚かせたかったのかもしれない。思い返せばラングもそうだった。

アイヴィーは向きを変え、そっとジャスティンを前に押しだそうとした。「パパのママに〝こんにちは〟したい?」

「たぶんね」ジャスティンは押しだそうとするアイヴィーの手に逆らいつつ、首だけ伸ばして祖母をのぞき見た。「でも、押しつぶされるのはいやかなあ」

「押しつぶされるのも悪くないぞ」ラングが言う。「おれの母さんは世界レベルのハグ上手だからな。試してみろ」

ヴェスタはひどく静かになっていて、見れば目に涙が浮かんでいた。アイヴィーはそっとジャスティンに尋ねてみた。「大人みたいに握手するのはどう?」

「それならいいよ」少年は言い、アイヴィーの陰から小さな手を伸ばした。

それを両手で包んで、ヴェスタはほほえんだ。「あの子に似てるのね」ゆっくり孫息子を引き寄せる。「目の色は違うけど、かたちはおんなじ」

「ぼくのパパと?」

「そうよ」ほほえみが揺らいだ。「あなたのパパとおじさんがあなたくらいの年だったころが、つい昨日のように思えるわ。時間が経《た》つのは本当に早いものね」

ラングが母親のそばに来て、言った。「背が高いところもおれたち似だ。気づいた?」

「ええ。大きくて、強くて、ハンサムな坊や」ヴェスタの呼吸が少し速くなる。「ごめんなさい、だけどハグしたい気持ちが爆発しそうなの。ちょっと我慢してちょうだい」言うなりジャスティンを引き寄せたものの、小さな体に腕を回す動きは、アイヴィーやラングのときよりずっと慎重だった。もしジャスティンがそうしたければ押しのけられるように。けれど少年はそうしなかった。

ヴェスタは孫息子を左右に揺すりながら、ささやいた。「ジャスティン、あなたのおばあちゃんになれて本当にうれしいわ。本当に、本当にうれしい」

ジャスティンは顔をしかめて両腕を体の脇でこわばらせていたが、怖がってはいないようだった。こういう状況に陥った十歳の少年らしく、ただ居心地が悪そうなだけ。

ハグはそれほど長く続かず、ヴェスタは腕をほどいて尋ねた。「それで、わたしたちを見物しているこの陽気な生き物ちゃんたちはだれ？　あらあら、ずいぶん多いのね」

やるじゃない、おばあちゃん。アイヴィーは年上の女性の戦術に感心した。なにしろ、動物ほどジャスティンが夢中になれる話題もそう多くない。

ジャスティンは身をよじって祖母の手から離れ、誇らしげに言った。「ぼくのペット」

「これみんな？」ヴェスタが言い、興味津々でラングを見た。

「話せば長い」ラングが言う。「いや、短いかな。じつはアイヴィーは獣医なんだ」

「なるほどね」

ジャスティンが母犬のデイジーを抱きあげた。「この子はぼくので、子犬はアイヴィーの。モーリスは――あそこの猫ね、アイヴィーのだけど、ぼくのことも好きだよ」

「当然でしょう。あなたを好きにならないなんてことがある?」ヴェスタはそう言ってサンダルを蹴って脱ぎ、床に座ってから自身のとなりをぽんとたたいた。「こっちに来て、このかわいい生き物たちにわたしを紹介してちょうだい」

少し緊張がほぐれてきたのだろう、ジャスティンが祖母のとなりにすとんと座ると、すぐさま子犬たちも寄ってきた。

ヘイガンがため息をつく。「ぼくは腹が減ってると言ったのに、これだからな。ペットと子どもを目にしたら、いつまで経っても食事にならないぞ」

「あら」アイヴィーは急いでドアを閉じた。「わたしがなにか用意しますよ」

「ラングにやらせなさい」ヴェスタが呼びかけた。「できるでしょう?」

母はなにを企《たくら》んでいるのだろうと言いたげな顔で、ラングは用心深く答えた。「どのみちもうすぐ夕食ができるところだった。大食漢がいなければ、全員分、あるはずだ」

ヴェスタが今度は反対側の床をぽんとたたいた。「アイヴィーはここに座って。いろいろ話がしたいのよ」

「ええと……」どうしてこんなにいやな予感がするの?

ためらうアイヴィーに、ヴェスタは的確な指摘をした。「あなたがそばにいたほうが、ジャスティンも安心するんじゃない?」

そう言われてしまっては。

アイヴィーは肩にさげていたハンドバッグを入り口脇の台にのせ、靴は玄関のそばに置いてから、コービンの母親のもとへ向かった。

ラングとヘイガンは男同士の笑みを浮かべて視線を交わした。「ヘイガン、よかったらこっちへ。おれがマッシュポテトを作ってるあいだ、なにかつまむといい」そして二人はキッチンに入っていった。

ヴェスタはおおむね孫息子に会話をゆだねていたが、子ども向けとして適切な質問をする合間に、コービンとの関係についてアイヴィーに尋ねるのも忘れなかった。アイヴィーはすぐそばで小さな耳が聞いていることに配慮しつつ、答えられるかぎりで答えた。

「じゃあ、ここに住んでいるのね？」

「とも言えます。つまり、たいていここにいるんですが、それは便利だからで——」

「アイヴィーはここに住んでるよ」ジャスティンが言った。「だから犬も猫もみんなここにいるの。すごいでしょ？」

ジャスティンの言葉がうれしくて、アイヴィーは好奇心をたたえたヴェスタの目を見てから、肩をすくめた。「自分の家はありますが、ええ、ほとんどここで生活してます」

「すてきね」ヴェスタは言った。アイヴィーには頭の歯車の回転が見える気がした。

そのときを選んでラングが角からひょいと顔をのぞかせた。女性二人を見てから、ジャスティンに言う。「夕食の前に手を洗ってこい。よく洗うんだぞ」

「わかった」ジャスティンは弾丸のように飛びだしていき、犬たちもあとを追った。

アイヴィーは説明した。「あの子は底なし沼で、日の出から日没まで食べてでもまだ食べられるんじゃないかと思います。もちろん、いつも動いてますけど。きっとすぐ燃焼しちゃうんですね」

ヴェスタがにっこりした。狡猾《こうかつ》と表現できそうなその笑みに不安な気持ちにさせられたアイヴィーは、ジャスティンの様子を見てくるというのを口実に、その場を離れようとした。

ヴェスタは逃さなかった。「あの子の相手が上手ね」

これほど単純なほめ言葉でまたたく間に不安が消えるなんて、不思議な話。「ありがとう。わたし自身は子どもがいないんですが、あの子は本当にかわいくて、愛さずにはいられないんです」

「わかるわ」ヴェスタが身をのりだしてきた。「わたしの息子のことも愛してるんでしょう?」アイヴィーがためらうと、ヴェスタがちょいと押してきたので、危うく倒れそうになった。「正直に言っていいのよ。あれだけの男はなかなかいない。知ってるわ、だってわたしがそうなるように育てたんだもの」

これにはアイヴィーも笑ってしまった。「偏見とかではなくて?」

「母親だもの、もちろん偏見はあるわ。だけどそれで事実は変わらない。わたしの息子は二人とも、本当に立派な人間よ。心から誇りに思ってるわ」

「ええ、本当にすてきな人たちです」アイヴィーは言った。「コービンには、会ってすぐに心を奪われました。とてもやさしくて息子思いで、だけど最高にホットで」手で顔を扇《あお》ぐ。「やけどしそうにホット」

「そこは父親に似たのね」ヴェスタが声をひそめる。「あの人がいなくなってどんなに寂しいか。だけどわたしがそんなことを言うのをヘイガンには聞かせたくないの。傷つけてしまうでしょう?」

一秒ごとにヴェスタのことが好きになってきた。「ヘイガンはいい人みたいですね」

「わたしに夢中なのよ」ヴェスタが打ち明けた。「いちばん孤独だったときに、気持ちを明るくしてくれたの。ヘイガンと一緒にいると本当に楽しいわ——まあ、彼と結婚する自分は想像できないけどね」

アイヴィーは話に聞き入り、体ごとヴェスタのほうに向いた。「そうなんですか?」

「しーっ……これも聞かせたくないの」ちらりとキッチンを見て、いまなら大丈夫と判断したのだろう、そっと言葉を続けた。「再婚したらマネープランをすべて組みなおさなくてはならないのよ。それに、ただ一緒にいるといういまの状態が好きなの」つんと鼻をあげてつけ足した。「わたしは自立しているタイプだから」

「わかります」

「そう？」ヴェスタの鋭い目に見つめられて、アイヴィーは赤くなった。「あなたは、もしコービンに求婚されたら承諾する？」

「秒で。わたしはばかじゃありませんから」この問いへの答えは検閲するべきだという考えが頭に浮かんだのは、言葉が口から飛びだしたあとだった。なにしろ目の前にいるのはコービンの母親。この女性に言ったことはまっすぐコービンの耳に入ってしまうはずだ。

まあ、いいか。どのみち検閲が上手だったことはない。

「だけどコービンはいま、いろんなことをかかえてるので。これ以上、お荷物は望んでないと思います」

ヴェスタは同情したふりをして、尋ねた。「あなたはお荷物なの？」

この女性はあなどれない。「いえ、というか、自分ではそうじゃないと思いたいです」わたしはお荷物？　だとしたらいやになる。直接コービンに訊《き》いてみなくては。「わたしが言いたかったのは、一緒にいるだけで幸せだということです」いまのところは。

ヴェスタが鼻で笑った。「あなたはわたしとは違うんだから、現状でじゅうぶんだなんてあの子に思わせてはだめよ。自分の気持ちを伝えて、最終的になにを望んでいるかを打ち明けるの。男性相手のときはこちらがしっかりしなくちゃ。わかるでしょう？」

「母さん」ラングが警告の声で呼びかけた。

アイヴィーが顔をあげると、ラングは戸口に寄りかかって腕組みをし、いさめるような表情を浮かべていた。

ヘイガンがその横を過ぎていく。「キャンピングカーに胸焼けの薬を忘れてきた。すぐ戻るよ」

ヴェスタはその背中を見送ってから、しかめっ面で視線をラングに戻した。「女同士の大事な会話を邪魔して」

ラングはたじろぐどころか、平然とこちらに近づいてきた。「もうおせっかいしてるのか？」

「こっちに来て、起こしてちょうだい」ヴェスタは答える代わりに言った。そして両腕を伸ばすと、ラングはおとなしく母親を立たせてやった。

続いてアイヴィーの肘をつかみ、こちらも立たせてくれる。「アイヴィー、一つ忠告しておこう。うちの母の話に耳を貸すな」

「失礼ね」ヴェスタが言う。「わたしがあなたを間違った方向に導いたことがある？」

「いいや」ラングが言う。「だがおれは息子だし、コービンだって、自分のやってることはちゃんとわかってる。あいつほど良識のある人間もいない。だから、あいつのことはあいつのタイミングでやらせてやろう」

ヴェスタがますます狡猾な顔になって尋ねた。「なあに、ラング、アイヴィーは義理の妹として認められないと言いたいの？」

ラングは餌に食いつかなかった。「その手にはのらないぞ」

「じゃあ、コービンは本気で彼女を求めていないと思うの？」

「そんなわけないだろう」ラングがうなるように言った。

アイヴィーは仲裁役を買って出ようとした。「こんな話はしなくても。コービンとわたしはこのままで幸せだから」

「でも結婚したいんでしょう？」ヴェスタが言う。「さっきそう言ったじゃない」

アイヴィーは顔が熱くなるのを感じながらつぶやいた。「それは〝ここだけの話〟じゃなかったの？」

ヴェスタはラングのほうを向いた。「ほらご覧なさい。あなたのせいで彼女が気まずい思いをしてる」

「ああ、そうだな」ラングが真顔で返す。「まったくもって、おれのせいだ」

アイヴィーはもう一度、仲裁役になろうとした。「本当に、これ以上は――」

ヴェスタが遮るように言った。「弟に幸せになってほしくないの？」

ラングは天を仰いだ。「もちろんなってほしいさ」

そのとき、アイヴィーは目の端で玄関ドアのあたりに動きをとらえたが、そこにそびえた人影はヘイガンのものではなかった。ああ、いやな予感。「二人とも……」

「だったら、アイヴィーには弟を幸せにできないと思ってるの？」

「コービンは自分で自分を幸せにできる」ラングは強い口調で言い、ちらりとアイヴィーを見た。「悪意はないからな」

「わかってるわ」アイヴィーは返した。先ほどヘイガンが開け放していった玄関ドアから、コービンがゆっくり入ってきた。

「もしあいつがアイヴィーと結婚するなら――するべきじゃないと言ってるんじゃないぞ」ラングがわざわざ断る。「あいつの幸せをアイヴィー頼りにするようではだめだと言ってるんだ。そんなのはコービンらしくないし、母さんもわかってるはずだ」

「正しい女性はすべてをよりよくするのよ」ヴェスタは息子に負けない強情な態度で、腕組みをした。「そんなこともまだわかっていないなんて、情けない」

「だれがわかってないって言った？」

「あら、じゃあだれがあなたを幸せにしてくれてるの？」ヴェスタが一呼吸置いて、続けた。「まさか、兄弟で同じ女性をとり合ってるんじゃないでしょうね？」くるりとアイヴィーのほうを向く。「二人とも、あなたのことが好きなの？」

アイヴィーは笑みをこらえられなかった。「だったら夢みたい」

二人にじっと見つめられた。ヴェスタは愉快そうな顔で、ラングはやや愕然《がくぜん》とした顔だ。

「冗談よ」急いで請け合った。それから少しお返ししようと、ラングに言った。「悪いけど勝負にならないわ。わたしはチーム・コービン所属だから」ちらりと振り返ると、コービンはその場に立ち尽くしていた。ぎょっとしているようにも楽しんでいるようにも見える。アイヴィーはウインクをした。

ラングとヴェスタがまた言い争いはじめた。

コービンが気を悪くする前にこのドタバタ劇を終わらせようと、アイヴィーは大きな声で言った。「ジャスティン、パパが帰ってきたわよ」その一言で、母と息子はみごとに静かになった。アイヴィーはそんな二人のあいだをすり抜けて、まっすぐコービンのもとに向かった。

こちらを見つめるコービンの表情があまりに情熱的なので、アイヴィーの胃はとんぼ返りを打った。

近づいて〝ごめんね〟とささやき、つま先立ちになって、軽く唇に唇を触れさせた。

コービンのほうは別の考えをもっていたのだろう、アイヴィーをさらに引き寄せて、もっと長く念入りにキスをした。

たいへん。彼のお母さんがどんな解釈をするやら!

そのときジャスティンが角を回って駆けてきた。「パパ!」興奮しきって駆け寄り、コービンとアイヴィーの前で横滑りしながら急停止した。犬だけでなく老猫モーリスまでその周りで跳ねる。「大ニュースだよ」ジャスティンが言った。「パパのママが来たの!」

沈黙はたっぷり三秒続いた。

最初に負けたのはアイヴィーで、くつくつと声を漏らした。それを不思議そうに見るジャスティンを抱きしめたとたん、我慢できなくなって声をあげて笑った。笑いは伝染するもので、ジャスティンもくすくす笑いだした。ほどなくラングとその母親も仲間に加わった。

コービンは困ったような笑みを浮かべて、全員を眺めていた。気分を害したのではなく、いかにもコービンらしい風情で。ゴージャスで、穏やかで、岩のように頼もしい。そう、わたしはこの男性と結婚したい。したくない人なんている？　彼の家族まですばらしいのに。

なによりうれしいのは、ヴェスタがいれば、しゃべりすぎたり間違ったことを言ったりしたのではないかと心配する必要がないことだ。一言でも差しはさめたら、運がいいくらいなのだから。

コービンはちらりと時計を見た。アイヴィーはもう一時間以上、マスタースイートのジェットバスに浸《つ》かっている。ふだんの彼女は、この家では短いシャワーですませがちだ。そのほうが、一緒に過ごせる時間が長くなるからだろう。

ところが今夜は夕食をすませるなり、わたしはちょっと席をはずすからお母さんとゆっくりおしゃべりしてと言い残し、マスターベッドルームに消えた。

数分経っても戻ってこなかったので、浴槽に浸かっているのだとわかった。

じつに気が散った。なにしろ、浴槽のなかのアイヴィーばかり想像してしまうのだ。ふわふわの髪をぞんざいにピンで留め、なめらかな肌は濡《ぬ》れて、体はリラックスしているさまを。

その想像図を楽しみながら、母が熱心にキューピッド役を努めようとするのをどうにかかわしつづけた。電気椅子からおりることができたラングは、今度は弟がそこに座らされているのを眺めて楽しんでいるようだった。

今夜、ホープが夕食に現れなかったのは、来ないようにと兄が忠告したからではないだろうか。いつの間にか、全員で食事をするのがふつうのことになっていた。それでもホープはまだ控えめだし、ときにはジャスティンよりも遠慮がちなので、両者を引き合わせるのは母が少し落ちついてからのほうがよさそうだとラングは判断したのかもしれない。明日の朝、兄に訊いてみよう。

予期せぬ訪問で、用意していた計画はどこかに飛んでいってしまった。ダンボール箱をあさって、ダーシーの車から集めてきたものをよく見てみたかったのだ。ジャスティンの写真、お絵かき数枚、古いおもちゃ。アイヴィーと一緒にそれらを眺めるつもりだった。

ところが帰宅してみると大騒ぎが待っていた。元気いっぱいの母のことだから、なにも目新しい話ではない。母はどこへ行くにも竜巻を連れてくる。

幸い、母とヘイガンは家のなかで休んだらという誘いを断り、私道に停《と》めたキャンピングカーで眠るつもりだと答えた。ヘイガンによると、用意はもう調っているらしい。きっと二人も二人だけの時間がほしいのだろう――が、それについてはあまり長々考えたくはなかった。ヘイガンのことは好きだし、母とも仲良くやっているようだけれど、母親のロマンティックな冒険について細かに知りたいとは思わない。

明日はキャンピングカーの充電をしなくてはならないそうで、母によれば、長期滞在向きのRVパークを近くに見つけてから、レンタカーを借りるつもりだという。そうすれば、頻繁にここと行き来できるから、と。

ジャスティンがすぐに母になついたのは意外だった。なにしろ周りを圧倒するタイプの女性だ。もしかしたらジャスティンには異を唱えるすきもなかったのかもしれない。

そう思うと笑みが浮かんだ。

いずれにせよ、母はジャスティンを溺愛していて、ジャスティンはそれを喜んでいるようだった。

コービンに言わせれば、息子には家族からの愛情がいくらそそがれても多すぎることはない。母は大騒ぎを連れてくるものの、たっぷりの愛情も運んできてくれる。

しばらくして、ようやく家はまた静かになった。母とヘイガンはキャンピングカーに戻っていったし、コービンはジャスティンの寝支度を見届けておやすみのハグもしたので、兄に読み聞かせを任せて部屋を出た。

マスターベッドルームに入って、バスルームのドアをノックした。アイヴィーの眠そうな返事が聞こえてきたので、なかに入った。

湿った巻き毛に囲まれた顔が、にっこりした。「よかった、生き延びたのね」

どれだけ一緒に過ごしても、この女性が自分にとって完璧だという事実に胸を打たれなくなるときは来ないだろう。「首の皮一枚でね」浴槽のそばに立ち、リラックスしきっている姿勢を見おろした。「一時間以上も浸かってるよ」

「だから？　今日はめちゃくちゃ忙しかったの」ふうっと長いため息をつく。「わたしがあがったら、あなたも浸かるといいわ。まだ少し緊張してる顔だもの」

帰宅してみたら母親に結婚させられそうになっていたのだから、だれだって緊張する。

「もうざっとシャワーをすませたよ」

「あら残念」アイヴィーはそう言うと、まだ浸かっていようというのか、目を閉じた。

体の周りを泡が漂い、絶えず水面を乱しているものの、アイヴィーの素肌は一向に隠していない。「楽しそうだね」

「体も心もすごくほぐれるの」

彼女の全身を眺めながら、この女性に及ぼされる果てしない影響をあらためて思った。

ジェットバス以上に、肩と首のこりをほぐしてくれる。「アイヴィー？」

「なあに？」

「母が困らせたかな？」

「そりゃあもう」アイヴィーの唇が小さく密《ひそ》やかな笑みを浮かべた。「でも、お母さんのことは好きよ。おもしろいし、元気だし、善意に満ちてる」

ありがたい。「母もきみのことが好きだよ」誘惑に駆られてむきだしの肌に触れてしまわないよう、壁に手を当てた。アイヴィーはまだ浴槽を離れる気がないようだから、こちらから切りあげさせたくなかった。「母が言ったことだけど――」

まぶたが開き、あざやかな緑色の目がじっとこちらを見あげた。羽のようにやわらかな声で、アイヴィーが言った。「ねえ、わたし本当にあなたを愛してるわよ」

息が止まった。この女性に愛されている。

それでは驚かせるに足りないというのか、アイヴィーがつけ足した。「いつか、あなたの心の準備ができたら……もしあなたの心の準備ができたなら、わたし、あなたと結婚したい。コービン、あなたといれば、わたしはもっと自分になれる――言ってる意味がわかるかしら」

「わかるよ」Tシャツを脱いで寝間着用のズボンだけになり、浴槽のそばに膝をついた。「だってぼくも、きみといると本当の自分になった気がするから。いろんなことがちゃんとわかるような気がするから」すてきな幻想だ。このままずっと手放したくない。

アイヴィーが水面に指先を漂わせた。「あなたほど、人生や大事な人たちのことをちゃんと理解できてる人は、ほかに知らないわ」目を見つめて声を落とす。「ジャスティンのことを考えると……あの子がくぐり抜けてきたことを思うと、あなたが彼の父親で本当によかったと思う」

コービンはごくりとつばを飲んだ。「ぼくもだ」

「ジャスティンには強い人が必要だった。あの子を受け入れて、大事にして、無条件で愛してくれる人が」

アイヴィーにはなにが必要だ？　ぼくでは足りないか？　前方で待ち受ける困難を許容してもらえるだろうか？　愛を打ち明けられたいまでも、まだ尋ねる勇気はなかった。

片手を湯に浸して、太ももを撫《な》でた。「で、きみはぼくを愛してるって？」

口角があがった。「そうよ」

「いい響きだな」

アイヴィーの目がやさしくなった。「愛してるわ、コービン」

彼女に言いたいことは山ほどあった。解決しなくてはならない問題も山ほどある。だがいまは、彼女が欲しかった。いや、そうではない。彼女が必要だった。

心の底から。

説明もせずにジェット噴射を切ると、浴槽の栓を抜いた。

アイヴィーが笑う。「わたしのバスタイムは終わりってこと？」

「ごめん」大まじめに言った。「早くきみを抱かないと爆発しそうなんだ」

愉快そうだった顔が満足感をたたえた。「じゃあ、しょうがないわね」

コービンは立ちあがってタオルを広げ、近づいてきたアイヴィーを包んだ。水滴を拭うことはしない。

いまはそんな余裕などない。

代わりに浴槽の壁にアイヴィーを押さえつけて、温《ぬく》もった肌が冷たいタイルに触れた驚きに息を吸いこむ音を聞きながら、唇を奪った。

ああ、きみとのキスが大好きだ。

唇は開いていて、舌は誘う。アイヴィーはいつも多くを与えるのだ。持っているすべてを。ぼくに必要なすべてを。

しばらく魅惑の口を味わってから、今度はのどに歯を立てて、鎖骨までおりていった。

アイヴィーが手を伸ばしてドアに鍵をかけた。

うん、いい考えだ。邪魔はされたくない――それにベッドを探す手間も惜しい。いまここで、壁に押さえつけて奪うのが、夢のような考えに思えた。

アイヴィーも同じ考えかどうかたしかめるために、キスで胸のふくらみまでおりていった。タオルが床に落ちる。

　二人とも、気にも留めなかった。

　アイヴィーの指が髪にもぐってきて、キスしてほしい場所に導く。こちらがキスしたい場所でもあったので、熟れた胸のいただきにそっと歯をあてがい、引っ張って、ついに口に含んだ。

　アイヴィーはつま先立ちになってのけぞり、体をこわばらせた。そんな反応にますます拍車をかけられて、もう片方の胸のいただきに移ると、両手をいたるところに這《は》わせはじめた。絹のような肌に魅了されていた。

　同じくらい熱くさせようと、ゆっくり体をおりていって、とうとう床に膝をついた。両手でヒップを抱いたまま、燃える唇をやわらかなお腹に、左右の腰骨に押しあてた。

　ちらりと見あげると、アイヴィーは首をそらして唇を開き、まぶたを閉じていた。

　これほど魅力的で、興味深くて、セクシーな女性はほかにいない。

　もっとも親密なキスを捧《ささ》げながら、たかぶっていく息遣いに耳を澄ました。秘めた部分は熱くうるおっていて、ぼくを受け入れる準備は整っている。というより、待ち焦がれている。

　コービンは小声でささやいた。「脚を広げて」

　するとアイヴィーはためらいもせずに太ももを離した。コービンはまず指でひだを分かち、もう一度キスをして、なめて……しゃぶった。

いくら味わっても足りない。もっと欲しい。

そのとき、髪をつかんでいた手の片方が離れて彼女自身の口を覆い、小さな悲鳴とうめき声を抑えた。ほどなく彼女の体が震えはじめたので、もうそこまで来ているのがわかった。

どんな反応も余さず感じ取りながらいたぶりつづけていると、ついにアイヴィーがくぐもった悲鳴とともに達した。この女性は抑えるということを知らない。

そこが最高だ。

やがてアイヴィーが落ちつきはじめたので、立ちあがって唇にキスをした。「ここにはコンドームを置いてない」

「ここって、一階の寝室には、ということ？」

「ああ。クローゼットに置いておくつもりだったんだが……今日は思いがけないことばかりで」

アイヴィーは心から残念そうな声を漏らしたが、すぐに気を取りなおし、得意顔でコービンを迂回《うかい》してから自身の服をつかんだ。ナイトシャツとパンティをつけるのをコービンが手伝ってやると、アイヴィーは差しだされたショートパンツを無視して、彼の手をつかんだ。「来て」

二人一緒にバスルームから駆けだし、静かな家のなかを抜けて階段をのぼった。アイヴイーのナイトシャツの裾からヒップの曲線がちらちらのぞき、胸のふくらみはやわらかなナイトシャツの下で揺れている。

彼女のショートパンツを手にしたまま、コービンはにんまりせずにいられなかった。早く、ことにいたりたくてこそこそする、若いころに逆戻りした気分だった。

波乱ばかりの一日を終えるのに、うってつけの方法だ。

ところがコービンの寝室のドアまであと少しというとき、ジャスティンの部屋からラングが出てきた。コービンとアイヴィーがなにをしようとしているかはだれの目にも明らかなので、この鉢合わせに双方が驚き、互いに見合った。

ラングがちらりとアイヴィーを見て、弟の手に握られたショートパンツを見る。それから笑みをこらえ、ほぼ聞こえないくらいの声でささやいた。「あいつはもう眠ったし、キャンピングカーの明かりも数分前に消えた」

「ありがたい」

ラングは二人に敬礼をして、言った。「じゃあまた朝に」そして小さく口笛を鳴らしながら廊下を歩いていった。

兄はぼくがアイヴィーを愛しているのを知っている。

母はアイヴィーを一目見て、手放してはならない女性だと確信した。

息子はアイヴィーが大好きだ。

そしてぼくは彼女に飽きることがない。体の話だけでなく、およそ想像しうるあらゆる意味で。

アイヴィーのような女性を当たり前だと思ってはならない。早く――なるべく早く――求婚しよう。

どうかそばにいてほしい。いまだけでなく、これから先もずっと。


一時間後、アイヴィーはコービンの胸板から顔を起こし、眠気混じりの声で尋ねた。「眠れないの?」

こちらを向いたコービンの目が光った。「起こしたかな?」

アイヴィーは首を振ってコービンを抱きしめた。「わたしもまだ寝てなかった」彼の心が乱れているのを感じるものの、どうやったら楽にしてあげられるのか、わからずにいた。「ダーシーとの話し合いは難しかった?」

コービンが片方の肩を回すと、ベッドのマットレスが沈んだ。「電話で言ったとおり、思ったよりスムーズだったよ」

続きがあるのを感じた。「なんでも聞くわよ」

短い沈黙のあと、コービンは体を起こしてヘッドボードに背中をあずけ、アイヴィーを膝の上に引き寄せた。「どうかしてるんじゃないかと思われるだろうけど、彼女を気の毒に感じた」

「どうかしてるなんて思わないわ。だって彼女はつらい状況にあるんでしょう？　これからもかなり苦しむだろう状況に」手のひらで彼の頬を包んだ。「そしてコービン、あなたはとてもやさしい人だもの」

「妙な感じだよ」コービンが打ち明けた。「心の一部では、彼女がぼくの息子にしたこと、ぼくにしたことのせいで、ものすごく恨んでるんだ。あの子と過ごせたはずの時間を膨大に失った。絶対に取り戻せない時間を」

アイヴィーは彼の首筋に顔をうずめた。「だけどこれからはずっと一緒でしょう？」

コービンの手がゆっくり背筋を上下にさすった。「ああ、そうだね。そしてダーシーはとても……頼りなく映った。今日、何度も子どもに見えたよ。途方に暮れて、怯《おび》えた子どもに」

アイヴィーはこみあげてきた涙を急いでまばたきでこらえた。コービンに涙は必要ない。いまの彼に必要なのは、わたしが強くあることだ。「あなたにできることはかぎられてるわ」

「わかってる」コービンがこめかみにキスをした。「彼女にはがんばってほしいけど、なによりジャスティンを守りたいんだ」しばし黙ってから続けた。「眠くなったよね」

言われなくてもわかった。「いいえ、どうして？　もっと話したい？」

「というより……」手を伸ばして、ナイトテーブルのランプを点《つ》けた。突然のまぶしい光に、二人とも怯《ひる》んだ。

アイヴィーが彼から離れてシーツを引っ張りあげると、コービンはベッドを出てクローゼットに向かい、ダンボール箱を手に戻ってきた。

興味を引かれて膝立ちになった。「それは？」

コービンがとなりに腰かけて、箱のいちばん上にある、ほっぺたのぷくぷくした幼児の写真を取りだした。「ジャスティンだ」

「ええ？」アイヴィーはささやくように言い、受け取った写真を笑顔で見つめた。「なんてかわいいの」

「小さいころの写真はほとんどないんだが、生まれたときは三六〇〇グラム以上あって、二歳半まで髪は生えてこなかったそうだ」コービンもほほえんだ。

ダンボール箱をあいだに挟み、二人で中身をあさっていった。

「ジャスティンにも見せたいけど、あの子は賢い。どこで手に入れたのかと訊くだろうし、そうしたらぼくがダーシーと会ったことがわかってしまう」コービンはもどかしげに首をさすった。「あの子の不安材料を増やしたくないんだ」

「一度に一歩ずつ、よ」アイヴィーは箱越しに身をのりだして、彼にキスをした。「しばらくダーシーの様子を見守ってみたらどう？　で、そのあと考えてみたら？」

コービンはうなずいた。「それまでは、この箱はクローゼットのいちばん上に隠しておこう。偶然あの子が見つけてしまわないように」

「いい考えね」アイヴィーはうーんと伸びをしてあくびをし、ベッドから出ると、シャツとパンティをつけて、ショートパンツも穿《は》いた。いまのところそういうことは起きていないものの、万が一、ジャスティンが目を覚ましてこの部屋に入ってきたときのために、きちんとしておきたかった。「あなたのお母さんには見せるの？」

「いずれね」コービンはにんまりした。「これからの数日、母はジャスティンにべったりになるぞ。あの母のことだから、できるだけジャスティンから離れたくないはずだ」

アイヴィーは笑った。「お母さんは有無を言わさないところがあるものね」

「だれよりぼくが知ってるよ」コービンは言い、ダンボール箱をクローゼットのてっぺんに戻した。「べったりしたい熱が落ちついたら、母だけ呼びだして見せようと思う」

ヴェスタは特別な息子二人を育てた特別な女性だ。間違いなく、とびきりのおばあちゃんになるだろう。「お母さんは、そんじょそこらにはいない人ね」

「いろんな意味で過剰ってことかな？」

「いいえ」アイヴィーはふたたびシーツの下にもぐりこみ、コービンに寄り添った。「どこを取っても最高ってことよ」

「もう一週間よ」ホープは愚痴っぽく言った。愚痴なんて言いたくないのに。「わたしが仕事から帰ったらラングは来てくれるけど、一緒にいる時間がぜんぜん足りないの。彼、あなたとコービンのために緩衝材になってるんだって言ってた」

「ジャスティンのためにもね」アイヴィーが言った。「まあ、兄弟のお母さんに会えばわかるわ。ちょっとぐいぐい来るところがあるけど、愛情ゆえなの。批判的とかそういうんじゃなくて」

ホープは椅子の背にぐったりともたれて、ランチ用に持ってきたけれど食べる気になれないサンドイッチを見つめた。「いつまで経っても会えないんじゃないかしら。どう考えても、ラングとは終わってしまった気がするわ」胃が沈むような感覚のせいで、食事など不可能に思えた。

「絶対ありえない」アイヴィーが言い、昨夜の残りのチキンにかぶりついた。「わたしに言わせれば、ラングはあなたを守ってるのよ」

なぜならわたしは傷ものだから。ホープはため息をついた。「そんなことしなくていいのに」

「どうかしら。ヴェスタはなかなか一筋縄ではいかない人よ。まず、〝非接触〟は不可能。冗談じゃなく、彼女じるしの、がばっと抱きしめるやり方であなたを押しつぶすわ。肉体労働者並みの強さなんだけど、自分でわかってないのよ。それから立ち入ったことをどっさり言われるから、心の準備をしておいたほうがいい。情け容赦なく訊いてくるし、思ったことをずばずば言うの。わたしなんか、出会ってものの数分で、コービンを愛してるのか、結婚するのかって訊かれたんだから」

これにはホープも笑顔になった。「鋭い人なのね。だって実際、あなたはコービンを愛してるもの。あなたの〝急《せ》かさないし焦らない〟っていう態度を見抜いたのよ」

それだけでもその女性を好きになれる。アイヴィーを問い詰められる人はそう多くない。ふだんはアイヴィーのほうが問い詰める側だ。

ヴェスタに会ってみたい――名前さえすてき。だけど、どうやってラングにその話題をもちかければいいの？　もし推測どおり、わたしを家族から遠ざけたいと思っているのなら、こちらにせがむ権利はない。

アイヴィーが口元をナプキンで押さえた。「つまり、わたしはシャイじゃないってことよ。どれだけのことを分かち合いたいかコービンに伝えてるところへ、ヴェスタが入ってきて、ばーん！　ぶちまけちゃった感じ。でもね、自分の気持ちを声に出して伝えるのはいい気分だわ。まあ、コービンに伝えるのはね」

「伝えたら、彼はどうするの？」

「たいていはベッドのなかで夢のような思いをさせてくれるわ」アイヴィーは満ち足りた笑みを浮かべた。「だからいまは、すきさえあれば伝えるようにしてる」

ホープは笑ったが、心の奥では……自分も夢のような思いをしてみたいと考えていた。サンドイッチを置いて、ドアが閉じているのを確認してから、アイヴィーのほうに身をのりだした。「もしも、わたしが前へ進みたいとしたら――」手を振って言う。「つまり、体の面でね。その、どうしたらいいと思う?」

アイヴィーはコーラの缶を口元に掲げたまま凍りつき、目をしばたたいた。直後にすばやく缶をおろす。「ラングとしたいの?」

ホープは頬が熱くなるのを感じたが、相手はアイヴィーだ。無二の親友。いまのわたしにとって唯一の家族。全幅の信頼を寄せられる人。「ええ、じつは」

アイヴィーの顔に大きな笑みが浮かんだ。「それって、ずっとラングががんばってきたおかげ?」

「そうね」ラングにはみごとにじらされてきた。ここにキス、あそこにキス、感じやすいはずがないのに彼といると強烈に感じやすくなってしまう部分に指先を這わされて。たとえば首筋とか、手首とか。

唇とか。

彼はわたしに触れるのを楽しんでいるようだけれど、わたしが引いた目に見えない一線は絶対に越えようとしなかった。それはなにかしら意味のあること、でしょう? もしかしたらわたしは、わけもなく不安になって、分析しすぎているのかもしれない。

「すてきじゃない！」アイヴィーが言った。「ますます彼のことが好きになったわ」身をのりだして言う。「じゃあ、次の段階へ進む心の準備ができたのね？」

「と思うわ。思いたい」けれど頭の隅には、やっぱりみっともない反応を示してしまうかもしれないという不安が残っていた。「わたし、どうしたらいい？」

アイヴィーがすばやく考えた。「わたしがあいまいな状態を嫌いなのは知ってるわよね。ぽいと放りだしてみて、どんなふうに着地するか、見てみるほうが好き」

「そうね」ホープは笑った。「ジェフとのときは違ったけど」

「おっしゃるとおり。ジェフは正しい相手じゃなかったからね。彼の前ではわたしもわたしらしくいられなかった。だけどコービンは違うし、ラングもそうだと思う」

「同感よ。ただ、どう進めたらいいかわからないの」

「今度キスされたとき、もし向こうが離れようとしても、逃さないで」

「わたしの腕力であの人を押さえこめるとは思えないけど」

アイヴィーは笑った。「そうね。あの兄弟はタフだもの。そうじゃなくて、わたしが言いたいのは、向こうがやめようとしても続けなさいってこと。断言してもいいけれど、向こうはすぐに察知するし、きっとあなたにペースを任せてくれるはず。だからあなたは、もし緊張してきたらペースを緩めればいい。だけどもし、やってることが楽しければそれを伝えてみるの」

目を見開いてアドバイスに聞き入っていたホープは、ひそひそと尋ねた。「伝えるって、あえいだりして?」

その質問にアイヴィーは笑った。「男性のほうがうまくやってくれてたら、それはこっちでコントロールできることじゃないわ。だから遠慮せずに伝えるのよ――言葉で。難しければ、態度で。熱意で。それか、やめないでって言うだけでもいい。楽しめてるかぎりは、それを伝えつづけるの」

ホープはしばし考えてみた。ずいぶん大胆な提案に思えるけれど、性的なこととなるとまるで無知だ。「だけどもし……」不安で声が引っかかった。咳払《せきばら》いをして、やりなおした。「もし、ことが前に進みすぎて、そこでわたしがやめたくなって、だけど向こうが止められなかったら?」

「もう、そんなのは大きな誤解よ。男性が止められない段階なんて存在しないわ。けだものじゃないんだから」アイヴィーは言葉を止めて、ふと真顔になった。「少なくとも、ほとんどの男性はけだものじゃない」

ホープには、二人が同じことを考えているのがわかった――わたしに乱暴しようとした〝けだもの〟のことを。けれどあの男とラングに共通点は一つもない。

アイヴィーが笑顔でホープの手を取り、理解にあふれる声で言った。「ラングは信頼に足る人よ。あなたがその気になれなければ、彼もならない。断言できる」

ホープは唇を噛《か》んでしばし考え、ついに言った。「今夜、彼と会うわ」

「毎晩、会ってるんでしょう?」

「ええ」けれど向こうが訪ねてくるだけで、わたしを家に連れていこうとはしない。「本当に、わたしたちは終わってないと思う?」

「終わってたら、ラングはそう言うわよ。ろくでなしじゃないもの」

「そうね」今日は土曜なので、平日より長い時間、一緒にいられるのではと期待していた。けれどラングの母親の来訪でいつもの日課が変わってしまったため、どうなるのかわからなかった。「今日がいちばんのチャンスかもしれない」

それを聞いてアイヴィーは笑った。「あなたから電話がかかってきたら、ラングは真夜中でもすっ飛んでいくでしょうけど、ぜひ今夜、決行して」椅子の背にもたれる。「いいことを思いついた。あなたのゲストハウスに招待したらどう? 向こうにとってはわかりやすいサインだし、流れを邪魔される心配も少ないでしょう?」鼻にしわを寄せる。「母屋だとわたしたち全員がいるから、なかなか二人きりにはなれないわよ」

「どなたかの体験談かしら?」

「別に、文句を言ってるんじゃないの。孫息子ができてヴェスタが大喜びしてるのはわかるから」アイヴィーはもう一口コーラを飲んだ。「ヴェスタとヘイガンはやっと気に入るRVパークを見つけたんだけど、車で四十五分かかる距離でね。だからわたしが仕事に出るときに二人と鉢合わせはしないし、わたしが眠りにつくときには二人はもういないというわけ。少しでもどたばたが減るように自分の家へ帰ろうかとも思ったんだけど、わたしがあの家にいることにジャスティンがすっかり慣れちゃったから、帰りたくなかったのよね」

「それに」ホープは言った。ようやくサンドイッチに少し興味が出てきた。「あきらめるなんて、あなたらしくないしね」

「だれがあきらめる話をした？」

「しなくてもわかるわ」ホープは言った。アイヴィーにとってはかなりつらい状況だろう。なにしろ、親友はコービンに愛を打ち明けたけれど、コービンは同じ言葉を返していないのだ。返していれば、とっくにアイヴィーがその話をしてくれている。

「まあ、ちょっとめげたかもしれないけど、まだタオルは投げ入れないわ。それにね、ホープ、わたしは彼のことを愛しすぎていて、あきらめるなんて考えられもしないの。もし二年後に同じ地点にいたとしても、ジェフとのときみたいに終わらせたりしない」

ホープはほほえんだ。「少なくとも、相手がコービンなら本当にいい時間を過ごせるものね」これほど満ち足りたアイヴィーは見たことがない。たとえ心配ごとがあったとしても、前向きさが勝っているのだ。

「人生って忙しいわね」アイヴィーが言い、ランチのごみを集めてごみ入れに捨てた。

「ジャスティンは朝から晩まで楽しませてくれるし、ときどき泣かせてくれる。ラングはいつも大笑いさせてくれる。そこへヴェスタよ。彼女の周りでは一秒も油断できないわ」

受付係のカレンが部屋をのぞいた。「正午の予約の方が早めに来られました。今日、最後の診察です」

「ありがとう、カレン。どうぞランチ休憩に行ってきて。それからホープ、ゆっくりしていいわよ。ミセス・ロバーツならわたしだけでじゅうぶん。彼女も、彼女のかわいいわんこも、まったく手を焼かせないから」

「ありがとう」ホープは言った。アイヴィーとじっくり話せたので、ラングとのことはもうそれほど心配ではなくなっていた。むしろラングは、〝ぐいぐい来る〟という母親からわたしを守ろうとしているだけだと考えるほうが、理にかなっている。そう納得すると、ようやくお腹が空《す》いてきたので、カレンを話し相手にランチをすませた――そのあいだずっと、きたる夜を楽しみにしながら。

15

ラングに連れていかれたのは、みんなのいるコービンの家ではなく、いつもの湖だった。ホープとしても、いやではない。水の上で過ごすのは楽しい。いまでは日焼けをして、髪はひどくもつれている。

ラングの母親に興味があるので、どうして紹介してくれないのか気になったものの、訊《き》きはしなかった。ラングにはラングの理由があるのだろうし、その理由というのは、いま以上に家族と関わってほしくない、というものかもしれない。もちろんそれは筋が通らないのだけれど。なにしろ、とっくにコービンとジャスティンとは親しくなっている。

とはいえ男性の母親に紹介されるのは……まったく別のお話。少し近づきすぎとも言える。とりわけラングが二人の関係を気楽なものにしておきたがっていることを考えると。

二人はキスをするけれど、それ以上のことはなにもしていない。いま、ドックからゲストハウスまでの小道を一緒に歩きながら、ホープはアイヴィーからのアドバイスを思い返していた。どうやって始めたらいい？　なにか微妙なサインを送る……たとえば彼の腰を撫《な》でるとか？　それとも手をシャツの下に滑りこませる……？

「やけに静かだな」ラングが言った。「疲れたか？」

「ううん」並んで歩いていると、太陽に温められた肌の香りが鼻孔をくすぐって、すぐそばにいることを強く意識させられた。「ちょっと考えてただけ」

「なにを？」

どうやってあなたをベッドに連れこもうかと――なんて、もちろん口に出しては言えない。

ラングがいつもこんなふうに、こちらの考えや感情に関心を示してくれるのがうれしかった。これを小さなチャンスととらえて、片方の肩をすくめて言ってみた。「わたしたちのこと？」

ラングが少し間を置いて、ホープを見おろした。「おれたちのこと？」

ああ、彼の謎めいた表情を読み取れたらどんなにいいか。関心は、ありそう。かすかな警戒心も、たぶん。そして、息を詰めているように見える。

「つまりね……いろんなことよ。あなたとのこと」

ラングが一歩近づいてきた。「おれとのこと？」

ああ、思っていたよりずっと難しい。ばかみたいだわ。わたしたちはお互い大人で、わたしは過去に縛られることにうんざりしている。ラングとのキスが大好きだし、ラングは一度もそれ以上を迫ってきたことがない。わたしが引いた一線をもどかしく思っている様子さえない――わたし自身がもどかしく思っているのに。

いったいどういうわけでこんな男性の関心を引けたのか、ときどき驚いてしまう。だってラングは……非の打ちどころがない。強くて魅力的で、おもしろくて自信家で、おまけに経済的にも安定している。そんな人が、わたしなんかにたっぷり時間を割くなんて。

こちらの問題点をさらりと受け止めてくれるから、わたし自身、その問題点に向き合えるようになってきた。ラングといると、傷ものだという気がしない。

ラングといると、わたしは傷ものじゃなくなる。

唇をなめて、正しい言葉を見つけようとした――そのとき、私道のほうから音が聞こえた。車のドアを閉じるような音。

ラングがそちらへ視線をやって、眉をひそめた。

なんだろうと振り返ると、私道にしゃれた赤い車が停《と》まっていた。

来客？　来客なんて迎えたことはない。それなのにどうして、男性を誘おうとしたいまこのときに現れるの？

ラングの腕が肩に回された。守ろうとするように。「だれが来たのか見てこようか？」

ホープは少し考えたものの……。「いいえ、大丈夫よ」わたしはもう生まれ変わった。予期せぬ訪問者くらい、自分で対処できる。「でも、そばにいてくれる？」

ラングの手に手を包まれた。「おれがいたい場所はそこだけだ」

よかった。いままではお決まりになってしまった時間の過ごし方を、今週はずっとできずにいたから、その言葉で余計に安心させられた。アイヴィーとコービン、ラングとジャスティンの四人と一緒に夕食をとるのがすっかり当たり前になっていたので、最近は、少し仲間はずれにされたような気がしていた。

けれどラングとの関係を次の段階へ進めたくなったのはそのせいではない。そうではなくて、純粋に、ラングが欲しいからだ。

そう結論をくだすと、ついに青々とした草のなかに歩を進めた。さっさと訪問者を帰らせて、またラングと二人きりになりたい。

訪問者に近づいて……足を止めた。

一人の女性が車庫の上のデッキを見あげていた。どうやったらあそこにのぼれるのかと考えている様子だ。髪は短くなっているしお腹は大きくなっているけれど、もちろんホープにはすぐにわかった。

四年ぶりに見る姉だ。チャリティを目の前にして、肺から酸素が消え去った。

ゾンビのようにふらふらと歩きだすと、サンダルが砂利を踏んだ。

その音でチャリティが振り返り、ホープと視線を合わせた。姉妹は見つめ合い、どちらも無言で相手を探った。

ラングがホープの手を離して肩に腕を回し、ごく小さな声で尋ねた。「大丈夫か？」

ホープは張り詰めた息を吐きだして、うなずいた。「ラング、こちらは姉のチャリティよ」

「どうも」チャリティは放心したように言い、妹と見知らぬ男性のあいだで視線を行き来させた。

ラングはチャリティをじっと見て言った。「ホープのおとなりの、ラング・マイヤーだ」

チャリティの口元におずおずと笑みが浮かんだ。「ただのおとなりではなさそうね」

「たしかに、もっとずっと親しい関係だな」

ホープは頬が赤くなるのを感じたが、なぜかはわからなかった。ラングの言い方のせいかもしれない。まるで二人が真剣な交際をしているかのような。

それが本当だったらどんなにいいか。

驚いたことに、チャリティがにっこりした。「よかったね、ホープ。ずっと心配してたんだ……。でもいまのあなたはすごく幸せそうだし、すごくすてきな人と一緒にいる」チャリティがお腹にそっと手をのせた。「あなたに会えて本当にうれしい」

「嘘よ」かすれたささやき声が漏れた。怒りが目覚める――ああ、いい気持ち。すっきりする。癒やされる。「どうやってここがわかったの？」

「フェイスブックよ。町の名前と働いてる動物病院の名前をプロフィール欄に書いてたでしょう?」ちらりと家のほうを見た。「新しい家の画像もあがってたし――ところで、すてきな家ね」

チャリティののんきな態度にますます怒りがあおられた。「いきなり訪ねてきて、なにもなかったみたいなふりをするのはやめて」

「そんなつもりじゃ……」チャリティがそわそわとラングを見た。「わたしはただ、話がしたくて」

「もう四年よ」ホープは体が震えだすのを感じた。抑えられそうになかった。「四年よ、チャリティ。そのあいだ、一度も連絡をくれなかった」元気にしているかと訊きもしなかった。「二度と連絡はないものと思ってた」

「そうよね。どれだけ謝っても足りない」チャリティが身じろぎした。「なにもかも、悪かったわ」

ホープはさっと手で宙を切り、姉の謝罪をはねつけたが、そんな厳しい反応を示した自分に驚いていた。「なにしに来たの?」

「ずばり本題に入らなくちゃいけないみたいね」チャリティはあごをあげた。「ご覧のとおり、わたしは妊娠してる。母親になるの。そしてあなたはおばになる」

なんてこと。ホープは一歩後じさり、ラングの腕がこわばるのを感じた。姉のお腹にいる赤ん坊と自分との関連については考えもしなかった。わたしは、おばになる。

ホープが後じさったのを見て、チャリティはひたいをこすった。「難しいのはわかってる。いずれじっくり話せたらと思うけど、一言で言うと、わたしの娘の人生にはあなたがいてくれたほうがいいって思ってるの」

「ええ？」いまのは聞き間違い？

チャリティの目に大粒の涙が浮かんだ。「わたしはひどいことをした。身勝手だったし、間違ってた」ごくりとつばを飲む。「ねえ、ホープ。もしもわたしの娘が、あなたと同じようなことを経験したらと思うと……ものすごく恥ずかしくなる。だってわかるの、わたしたちがあなたを責めたようには、わたしは絶対に娘を責めたりしないって」

姉の言葉はホープを刺し、ようやく見つけたはずの心の平穏を貫いた。「やめて」ささやくように言った。

けれどチャリティは一歩近づいてきた。「わたしは娘のためなら死ねる。自分が妊娠してるってわかった瞬間からそう思えた。まだ生まれてもいないけど、なにより愛してる。この子のおかげでわたしは変われたの」

ホープは首を振った。そんなに単純なわけがない。まったく想像もしなかった――まさか謝罪の言葉を聞けるとは。非を認めてもらえるとは。もしかしたら家族から連絡があるかもしれないと期待していたけれど、時間が経《た》つにつれて、それさえあきらめていた。

この訪問は完全に予想外だった。涙が両頬を伝った。

「父さんと母さんも同じことをするべきだったのに、しなかった。わたしもいままでしなかった――それを心から後悔してる」チャリティが震える息を吸いこんだ。「父さんと母さんみたいではいられないって気づいたとき、自分の娘にそんな仕打ちはできないって悟ったとき、あなたを見つけなくちゃって決心したの」

ラングがホープの肩を抱いたままチャリティに背を向け、ホープを彼のほうに向かせた。おかげで姉からそらせなくなっていた視線が自由になり、ホープは必死に息を吸いこんだ。

ラングが両手でホープの頬を包み、涙を拭った。「どうしたい、ハニー？　おれから、帰ってもらうように言おうか？」一瞬間を置いて、続けた。「それとも、家のなかで話をするか？　きみしだいだ。どうとでも、きみがしたいようにするといい」

口のなかが妙にからからで、唇をなめるしかなかった。間抜けになったような気がしたものの、ここにいるのはラングで、ラングが理解してくれることはわかっていた。「あなたも一緒にいてくれる？」

ラングの笑みは励ましと約束をたたえていた。「きみのすぐそばにいる」

その言葉で楽になり、ホープはうなずいた。「家にあがってもらうべきよね」

「お姉さんの言い分を聞くのはいい考えかもしれないぞ」目で目を探る。「きみには説明を聞く権利があるからな」

「ええ、そうね」

ラングがうなずいて、また二人で姉に向き合った。チャリティはその場にたたずんだまま、片手をお腹に当てて、不安に顔をこわばらせていた。姉らしくない顔。なんの疑いもなく全速力で進むのが常だったのに。

今回は違う。

ホープは咳払《せきばら》いをした。「家にあがらない？」

安堵《あんど》でチャリティの体から力が抜けた。「ありがとう。ぜひ」周囲を見まわす。「でも、どうやってあそこまであがるの？」

「階段は車庫のなかにあるの」妊婦についてなにも知らないので、尋ねてみた。「階段は無理？」

「ぜんぜん平気。でもぜーはー言わないって約束はできないし、なかに入ったら足をあげたい」顔をしかめてつけ足した。「足首がむくむの」

ホープの胸のなかに、温かくて馴染《なじ》み深《ぶか》いなにかが広がっていった。失ったものに再会したのだ。この世にたった一人の、血のつながった姉との気取らない関係。

姉妹愛。

どっと感情がこみあげて、また涙が頬を伝った。ああ、姉さん、会いたかった。ずいぶん長いあいだ、そんな気持ちを忘れていた。会いたいと思ったところで、どうにもならなかったから。もちろん苦味はいまも残っているけれど、もはや鋭い痛みというより淡い影になっていた。

相反する思いを整理しようとしながら、ホープは先に立って車庫に入り、階段をのぼって、小さな自宅に向かった。

ラングがここに入るのは、コービンやアイヴィーと一緒に引っ越しを手伝ってくれたとき以来だ。今夜、ついに招待するつもりだったのに、計画していたのとはまったく別の状況で招き入れることになってしまった。

太陽はまだ沈んでいないものの、明かりをつけて影を追いやり、誇らしい気持ちで室内を見まわした。

狭いとはいえ、しっかり自分の空間にしていた。家具はわたしが、わたしがくつろぐためのもの。色はわたしが好きな色。個人的な写真はないけれど、手ごろな値段の個性的な絵画をいくつか飾っていて、見るたびに心を癒やされた。

「すてきね」チャリティも見まわして、言った。「あなたらしい部屋。気に入った」

姉にほめられてもどうでもいい……はずなのに、どうでもよくなかった。「どうぞゆっくりして。飲み物を持ってくる」以前は二人とも冷たいコーラを好んで飲んでいた。キッチンカウンターに向かったとき、ふと気づいた。「コーラは飲んでいいの？」

「カフェインがだめでね」チャリティがソファに身を沈め、フットスツールに足をのせてため息をついた。「赤ちゃんによくないの」

「お水か、オレンジジュースならあるけど」

「お水をもらえる？　ありがとう」

ラングは椅子の端に腰かけて膝に肘をのせ、両手の指先を合わせた。「ホープと似てるな」

「こんなに大きくなる前はもっと似てたのよ」チャリティがのんびりと言い、髪に触れた。「わたしはいつも髪をショートにしてたし、ホープが化粧してるところを見た記憶はないけど」

「ホープに化粧は必要ない」

チャリティはほほえんだ。「そうね。妹は昔からなにもしなくてもきれいだった」

その会話がそれ以上続く前にホープは戻ってきて、ラングにコーラの缶を、姉にはミネラルウォーターのボトルを渡した。「予定日はいつ？」

「三週間後だけど、わたしの準備はもう万端。ときどきお腹が弾《はじ》けるんじゃないかと思うくらいよ」ごくごくと水を飲んでから、顔をしかめた。「お手洗いを借りてもいい？　ここまで長距離運転だったから」

なにもかもが奇妙だった。わたしが――ホープ・メイジが、血のつながった姉を来客としてもてなしている。「階段のそばよ」そう言って指差すと、姉はよっこらしょとソファから身を起こした。

チャリティがドアの向こうに消えてから、ラングのほうを向いた。

ラングがゆっくり笑みを浮かべる。「度肝を抜かれたな」

「ええ、本当に。ずっと前に家を出てから、なんの連絡もなかったのよ。電話もクリスマスカードもなし。完全に縁を切られたんだと思ってた」

「プライドに邪魔されて連絡できなかったのかもしれないな。人間ってやつは、ときどき視野が狭くなる生き物だから」

「でも、姉がいきなり訪ねてくるなんて。しかも妊娠して。どう考えたらいいのかわからない」

「おれの印象を教えようか？」

ホープ自身の頭のなかはぐちゃぐちゃだったので、うなずいた。

「じかに会いに来るのは、電話一本よりはるかに難しいし、グリーティングカード一枚よりずっと心がこもってる。お姉さんがわざわざ車を走らせてきたのは、それが大事だからだ」指の関節でホープのあごを撫でた。「きみが大事だからだ。お姉さんはそれに気づいて、純粋に償いをしたくなったんだと思う」

急いで結論をくだしたくなかった。これほどの時間が経《た》ったあとでは。ちらりとバスルームのドアを見て、まだ閉じているのを確認してから言った。「妊娠して、もうすぐお母さんになるんだってわかったことで、なにかしらの影響を受けたのかもね」

「コービンの場合はそうだったな」ラングがそう言ってホープを膝の上に引き寄せ、片腕を背中に回して、もう片腕は太ももの上にのせた。「弟は気楽にわが道を進んでいて、落ちつくとはほど遠かった。そんなあいつが文字どおり人生のすべてを変えた——ジャスティンのために、一切の迷いもなく」

ホープはそれについてしばし考えた。「わたし、おばさんになるんだって」

「理想のおばさんにな」ラングがやさしく言う。「人生にきみがいるなんて、きみの姪《めい》っ子は最高に運がいい」

二人の背後からチャリティが言った。「そのとおりよ」背中に手を添えてゆっくりとソファに戻り、ありがたそうに腰をおろした。そしてなんの含みもなく、語りだした。「自分が身勝手でいやな女だってことはわかってる。だけど妊娠がわかってすぐ、あなたと話したくて仕方がなくなった。なにもかも聞いてほしかった。お医者さんに妊娠を告げられたときのことから、超音波検査のこと、最初の妊娠線のことまで全部。電話できないのは本当につらかった。気分が悪いときに泣きごとを言えないのも、初めて心音を聞いたときの話ができないのも」また目に涙がこみあげる。「この子が初めて動いたときなんか……」下唇が震えた。「妹にいてほしくてたまらなかった。あなたに聞いてもらえないことで、自分がどれだけあなたを必要としていたかがわかったの」

なにを言えばいいのかわからなくて、ホープは尋ねた。「体調は大丈夫だったの？」

「一カ月、吐きつづけたわ」チャリティが顔をしかめる。「みじめだったけど、母さんがどういう人かは知ってるでしょう?　やさしくよしよししてくれるタイプじゃない。でもそうね、赤ちゃんもわたしも元気よ。女の子だってわかったときは舞いあがっちゃった。あなたと一緒にやったいろんなことを思い出してばかりいた」ラングのほうを見て、つけ足す。「姉妹って特別なの」

その言葉の皮肉にラングは片方の眉をあげたが、なにも言わなかった。

ホープは沈黙を埋めなくてはならない気がした。「姉さんはわたしよりずっと冒険心があったわ」

チャリティが笑った。「たしかにね」またラングを会話に混ぜようとして、説明する。「わたしの頭のなかは男の子でいっぱいだったけど、ホープはソファで本を手にしてるときがいちばん幸せだった」

「目に浮かぶな」ラングが言い、ホープを抱きしめた。

つらい記憶に押されて楽しい気分が逃げていったのだろう、チャリティが真剣な目でほほえんだ。「あなたのそういうところがずっとうらやましかった。ちゃんと自分をもってるところが。だれのことも必要としてないところが」

胸を切り裂かれた気がして、ホープは立ちあがった。「そんなことない」かつては親友だと思っていた姉を見つめる。「わたしには家族が必要だった」声の震えが悔しい。ちゃんと自分をもっていた？　当時、ようやくキスの楽しさを知りはじめたばかりだったわたしが？　冗談じゃない。

「わかってる」静かに言って、チャリティも立ちあがった。「許してもらえるなんて思ってない。わたしだって自分を許せない」もどかしげに目を拭った。「もう、妊娠してから涙もろくなって。いやになる」深く息を吸いこんでゆっくり吐きだしてから、まっすぐホープを見た。「わたし、結婚はしてないの。妊娠がわかったとたん、ウィルは逃げていったわ。子どもなんてほしくなかったんでしょう。だからわたしは一人でこの子を育てるし、それで問題ない。だけどほら、これでツーストライクって状況よ。最初は婚約者がまさかの——」

「言わないで」ホープは感情をこめてささやくように言った。レイプという言葉は聞きたくなかった。

チャリティはうなずいて口をつぐんだ。しばらくして、怒りの口調で続けた。「あれはわたしのとんでもない間違いだった。あの男は虫けら以下だし、ひどい死に方をしてほしい」

「同感よ」

「それがワンストライク。そのあとウィルと知り合ったけど、赤ちゃんができたらさっさと逃げられたわ。妊娠しようと思ってしたんじゃないのよ。向こうがつけてくれなかったから……」また言葉を切った。「ごめん。ばかみたいでしょう。でもウィルと同じだけ、わたしにも責任がある。それくらい、わかってていい年なのにね」

ホープは驚いて尋ねた。「向こうは完全に縁を切ったの？」

「そう。父さんと母さんはそのことで腹を立ててね。二人の言葉を借りると、上の娘もふらふらしてるのかって」ごくりとつばを飲む。「あなたはちっともふらふらなんかしてなかったんだって思い知らされた。あなたには、わたしにも両親にもない度胸があった。しっかり自分の足で立ってたのに、わたしたちは……。わたしたちはひどい家族だった。ホープ、あなたは家族でいちばん強い人よ。そのあなたに、どうか娘の人生を見守ってほしいの。わたしのことは嫌いたければ嫌っていいから、どうか」また涙があふれる。川のように。「どうかお願い。わたしのかわいい娘を愛してやって」

室内の酸素が足りなかった。ホープは嗚咽《おえつ》しながら手を伸ばし、長い時間の隔たりを超えて、姉をきつく抱きしめた。「もちろんよ」約束する。「だってもう愛してるもの」

その瞬間、ホープにはわかった。姉が過去になにをして、どんなふうにわたしに背を向けて、どれほど強くわたしの心を打ちのめしたとしても、チャリティはやはり姉なのだと。

いまも、これからも。

「恥ずかしい姉でごめんね」チャリティがささやくように言った。

「だとしても、離さない」姉の体に両腕を回すのは簡単ではなかった。大きさが倍になっているのだ。ホープは小さく笑って体を離した。「双子じゃないのはたしかなの？」

チャリティはまた目を拭い、丁寧に施した化粧を台無しにしながら鼻をすすった。「冗談やめて。一人で手一杯よ」にっこりして言った。「ああ、ホープ。本当にごめん。本当に、本当にごめんなさい」

ホープはうなずくことしかできなかった。

チャリティがお腹を撫でて、赤ん坊が育っている場所を見おろした。「ある夜、横になってるときにこの子が動いたのを感じながら、あなたのことを考えた。あなたが経験したことを。それで……娘の将来を考えた。もしもあんなにひどい事件がこの子に起きたらって」

「しーっ。言わないで」

「でも起こりうるでしょう。だってあなたには起きたんだから」チャリティが言い、息が詰まるほど強く妹を抱きしめた。「それはつまり、だれにでも起きうるってことよ。あなたに誓うわ――娘を大事にするって。わたしがばかだったせいであなたは守ってあげられなかったけど、この子はちゃんと守るって。もっとしっかりするって。あなたと、赤ちゃんのために」

さまざまな感情がこみあげて、ホープは疲れ果てていた。ラングが静かなことに気づいて周囲を見まわすと、彼は窓辺に立ってこちらに背中を向け、外の森を見つめていた。できるかぎりのプライバシーを与えてくれているのだ――わたしのそばを離れることなく。

ああ神さま、どうかこの男性を愛してあげて。

わたしは間違いなく愛している。そう気づいて笑いが漏れた。そうだ、わたしは彼を心から愛している。襲われたあとに初めて深く関わった男性だからではなく、特別な人だから。彼の弟にとって、甥《おい》にとって……そしてわたしの心にとって。

「ラング？」呼びかけて手を差し伸べた。

ラングが戸惑った顔で振り返り、大丈夫かたしかめるようにホープの顔を探った。「きみが泣くと胸が張り裂けそうになるな」

これには笑みが浮かんだ。「大丈夫よ」

本当に大丈夫。一年前ならそう言えなかっただろう。数カ月前でもだめ。けれどいま、ラングと出会ったあとなら。なんだってできる気がした。そしてもしラングとの関係が明日、終わるとしても、親友のアイヴィー以外のすべてを怖がって閉じこもっていた殻のなかに逃げ戻ったりしない。あのころのわたしには二度と戻らない。

ラングが足早に近づいてきてそっとホープの手を包み、かたわらに引き寄せた。それからチャリティに尋ねた。「どこに泊まってる？」

「モーテルよ。ここからそんなに遠くないから、もし迷惑でなければ、この二、三日のあいだに、また妹に会いに来たいんだけど」

「迷惑だなんて。うれしいわ」ホープは言った。「休暇中かなにかなの？」

「じつは引っ越したの。そろそろ父さんと母さんから離れるときかなって。もちろん、永遠に、じゃないわよ」ひょいと唇をよじる。「なにがあろうとあの二人が親であることに変わりはないし、もうすぐマーリーのおじいちゃんおばあちゃんになってもらうしね」

「マーリー？　赤ちゃんの名前？」

「マーリー・メイジ。いい響きだと思わない？　ミドルネームはまだ考え中だけど」ちらりとホープを見た。「母さんはひどい名前だって」

思いがけず、笑みが浮かんだ。「すごくきれいな名前だと思うわ」マーリー・メイジ。わたしの姪。まだ慣れないけれど、ぜひ慣れていきたい。

「父さんと母さんからは少し距離を置きたかったの。今後は会うなら――もちろん会うけど――日常としてじゃなく、予定を立てて会いに行く感じにしたい」下唇を噛《か》んだ。「今後はむしろあなたの近くで暮らすことになるわ」

「こっちに越してきたの？」次から次へと驚きだ。

チャリティが急いで説明した。「お願いだから怒らないで、ホープ。あなたの厄介になろうとかそういうんじゃないから。ただ、たとえわたしのことは恨んでいても、マーリーにはそんな感情をもたないでいてくれるんじゃないかって思って」

「もつわけないわ」

「裏の考えなんかなくて、言ったまんまよ。あなたがいてくれたら、娘にはいい影響しかないし、子どもにはどれだけ愛情をそそいでもそそぎすぎるってことはないから」

ホープは笑顔でラングを見た。なにしろラングとコービンも、ジャスティンについてよく同じことを言っている。「同感よ」

「わたしたちのそばにいてほしい。せめて娘のそばにいてほしい」ホープに答えるすきを与えずに続けた。「いま、サンセットの町から車で十五分の物件を見せてもらってる。事業も始めたわ。わたし、大企業向けのソーシャルメディア・コンサルタントをやってて。SNSの立ちあげを手伝ったり、どこに広告費を使ったらいいかをアドバイスしたりする仕事よ。大金持ちにはなれないけど、生活はしていけるし、マーリーとの時間も確保できる」

ホープは姉からラングに、また姉に、視線を移した。どういうわけか、不安そうな姉が妙にほほえましく見えた。昔はいつも自信たっぷりだったのに。「姉さんのことだもの、きっとうまくいくわ」

「あなたにそう言ってもらえると本当に心強い」チャリティは泣き笑いを浮かべて、ハンドバッグを手にした。「じゃあ、わたしはこれで。あなたに会わないと今夜は一睡もできないってわかってたから来たけど、じつは運転でくたくたでね。そろそろ行くわ」

「もう行くの？」

チャリティがふっと表情をやわらげて言った。「今夜は本当にくたびれてるし、そちらのミスター・ホットとの予定を邪魔したくないしね」

ラングは余裕でその賛辞を受け止め、声を立てて笑った。

チャリティが不安いっぱいに尋ねた。「わたしと会ってる時間なんてある？」

ホープは力強くうなずいた。「なんとでもするわ」

「最高の妹ね」チャリティがハンドバッグに手を入れて、名刺を取りだした。「携帯の番号が変わったんだけど、電話をくれたらすぐ来るから」少しためらってつけ足した。「あなたの番号は変わった？」

「ええ。わかるようにメッセージを送っておく」

チャリティはうなずいて、うるんだ目をラングに向けた。「この子のこと、よろしくね」

ラングは手を伸ばしてチャリティを抱きしめ、ホープに聞こえる声で返した。「ああ、任せとけ」

ホープの姉の車が去ってしまうと、気まずい沈黙がおりてきた。ラングはホープの肩に腕を回したままだったので、彼女がいまも体をこわばらせているのがわかった。

このまま一人にしたくなかった。今夜は。だけでなく、この先もずっと。「ホープ」こちらを向かせてあごをすくうと、濃いブルーの目はまだうるんでいた。両頬にかすかな涙のあとを見つけて胸が痛む。かがんでその両頬にやさしくキスをした。「本当に大丈夫なのか？」

「今夜は一緒にいてくれる？」

唐突な質問はそのまま宙に漂い、ラングの呼吸は止まって脳みそはぐちゃぐちゃになった。おれの勘違い、だよな？

だがホープはまばたきをしない。というより、まばたきができないように見える。

「今夜、一緒に？」ラングは問い返した。

ホープが三度すばやく息をしてからうなずいた。そして不意に唇を噛んだ。「もちろん、あなたがいやならいいんだけど」

「いやなわけは……」ふと、二人はまったく別の話をしているのだと気づいた。こちらの体は欲望から生じた結論に飛びついてしまったが、なにしろ相手はホープだ。ラングは急いで思考を調節した。「一人でいたくないんだよな」

そういうことに決まっている。胸にホープを引き寄せて、頭のてっぺんにあごをのせた。

「もちろん、ハニー、一緒にいるぞ。おれはソファで眠ればいいし」そばにはいるが、近いせいで不安にさせることのないように。「問題ない」

「ソファで眠りたいの？」

くそっ、また体のやつが勝手に反応しやがる。「きみを安心させられるなら、なんでもやる。いつでもだ」

「あなたって、いい人すぎる」

おれを笑っているのか？　ホープの口調のなにかがそんなふうに思わせた。ラングは体を離してホープの顔を見つめた。「きみが大事なんだ。それはわかってるだろう？」

「ええ、わかってる。わたしにもあなたが大事で……そして、あなたが欲しいの」

いまのは勘違いしようがない。「つまり……？」

ホープが髪を耳にかけて、かすかにほほえんだ。「途中で怖《お》じ気《け》づかないって保証はできないけど、でも、本気であなたが欲しい。試してみたいと思うほどに」そっとあごに触れた。「それでもいい？」

本能は、ホープを押しつぶすほど激しく抱きしめて、長いあいだ押し殺してきた飢餓感と切望のままに唇を奪いたがっていた。だがここはホープの家の前の私道だし、彼女は仲たがいしていた姉との感情高ぶる一幕を終えたばかりだ。

つけいるような真似《まね》はしたくない。

ホープが手をおろして一歩さがった。「そんなに考えこまれると、その、落ちつかなくなるわ。アイヴィーは、きっとあなたは誘いにのるって言ってくれたの。もしそれが間違いだったなら、わたし――」

くそっ。ラングは彼女を引き寄せて唇を奪った――願望どおりではないものの、これまでに二人で楽しんできたやり方で。ホープはキスが好きだし、おれはこの女性のすべてが大好きだ。

「のるとも」ようやく唇を離して宣言した。「都合のいい勘違いをしてきみを困らせたくなかっただけだ」手のひらで顔を包む。「いまここで約束してくれ。もしおれの言葉や行動のせいで少しでも気詰まりになったら、ためらわずにそう言うと」

ホープはうなずき、ささやいた。「約束するわ」

ラングは口元をこすり、頭のなかであれこれ考えて、ある計画にいたった。まずコービンに知らせなくては――となると、アイヴィーにも知られてしまう。近しい人たちが歩いていける距離に住んでいて、しかもそれが家族となると、秘密にしておけることはそう多くない。

もう一つの問題は、コンドームを一つしか持っていないことだ。

とはいえ、ホープの過去と先ほどの一幕を考えると、その一つさえ必要ないかもしれない。だがもし必要になったら……。

せめて一つは持っていてよかったと思おう。おれには一つでは足りないだろうが、ホープにとってはじゅうぶんなんじゃないか？　くそっ、もう半分固くなってきた。どうかしている。おれは三十歳の大人で、十八の若造じゃないんだぞ。ホープには暴れる性欲などふさわしくない。この女性にふさわしいのは、ありったけの思いやりとテクニックと――

ホープがにっこりした。「あなたも約束してくれる？」

「ああ」なんでも約束する。いや、なんでもする――きみが幸せでいてくれるなら。

「心配しないように努力してみてもらえない？」そう言って近づいてくると、ラングの腰に両腕を回した。「特別扱いはいやなの」

「そう言うが、ハニー、きみは特別だ」なぜそれがわからない？「きみが過去に経験したことだけを言ってるんじゃなく、おれにとってという意味で。いろんな女性と出会ってきたが、きみほど欲しいと思った人はいない。ちなみに体だけの話じゃないぞ。もし途中で、やっぱりやめたいときみが思ったとしても、問題ない。それでもきみといたいという気持ちは変わらない」

胸板に顔をうずめたまま、ホープが尋ねた。「だけど、いつまでそんなふうに思っててくれる？」

不安なのはそれか？　早く次の段階に進まないと、おれが興味を失うんじゃないかって？　ことを前に進める決意を固め、ホープを車庫のほうに振り返らせて、一緒に歩きだした。「いつまでだろうと、きみがいいと思うまで」ボタンを押して車庫シャッターを閉じると、今度は階段のほうにホープをうながした。

ホープが呼吸を浅くして足早に歩く。「あなたを待たせたくないの」

おれもきみを待たせたくない。すべてを経験してほしい。きみが手に入れて当然の、人生のあらゆる喜びを。「おれは大人だ。なんとかなる」階段のてっぺんでもう一度キスをした。「ただ、きみと一緒になんとかしたい」

「ラング」ホープがまた抱きしめてきた。「あなたといると、頭がくらくらするの。それに、自分でも感じられると思ってなかったようなことを感じるの」

「この先ずっと、そんなふうでいてほしい」

〝この先ずっと〟という言葉に、ホープの目が丸くなった。そうさ、きみの反応を見るためだけにその言葉を挿しこんでみたんだ。

反応は……あまり芳《かんば》しくない。

もしかして、セックスライフを再稼働させるためにおれが必要なだけなのか？　こちらほど夢中になってもらえていないとしたら、どうする？

いや、それは考えるまい。ホープは人を利用するような女性ではないのだから。とはいえ思い違いもさせておけない。はけ口が必要なときにセックスを利用する人は大勢いる――おれ自身も含めて。もしホープが必要としているのはそれだけだというなら、役に立ってみせよう。だが、かならず愛も手に入れてみせる。

「疲れた顔だな」ラングは言った。「ざっとシャワーでも浴びてきたらどうだ？　おれはコービンに電話する」

「弟さんに電話するの？　いま？」

思わずにやりとしてしまった。「きみについての噂話《うわさばなし》とか、これからすることを自慢したりとかじゃないぞ。おれもコービンも、そんなのはとっくに卒業した。だがおれはあいつの家に住んでるだろう？　帰ってこなかったら心配させるかもしれない。あいつはいまいろいろ悩みをかかえてるから、兄貴になにかあったんじゃないかとまで思わせたくないのさ」

「そういうことね」ホープは首を振った。「思いつかなかった」

「ふだんはジャスティンが寝る前に本を読んでやるんだ」

「いやだ、わたし、そんな大事なことを邪魔してるの？　なんだったら急いで帰って、読み聞かせが終わったあとに戻ってきてくれても――」

ラングはやわらかな唇を指で封じて黙らせた。「コービンが喜んで代役を務めるさ。おれがその役を奪ったことについて、もう何百回もぶつくさ言われてるんだ」

ホープが大きなため息をついた。「わたし、本当に邪魔してないのね？」

ばかなホープ。出会ってものの数分でおれが欲しいと思ったものを――セックスを、差しだしておきながら、迷惑じゃないかと心配するとは。

「本当だ」短いキスをした。「さあ、シャワーを浴びてこい。おれはここにいるから」

ホープは振り返りながら寝室に入っていき、クローゼットを開けた。ラングは携帯電話を取りだして、コービンにかけながらリビングルームの向こう側へ行き、デッキから外を眺めた。ホープの部屋は小さいので、真のプライバシーは得がたいが、少なくともこうしていればお互いぶつかることはない。

コービンは二度めの呼び出し音で応じた。「兄貴、どうしてる？」

「おれもそう訊こうと思ってたよ」ちらりと振り返ると、ホープは寝室から出てきてバスルームに飛びこむところだった。

「じつは」コービンが言う。「母さんがジャスティンをRVパークに連れていった」

なんと。あの弟が息子を目の届かないところへ行かせるとは、大きな一歩だ。「そりゃいいな。ジャスティンはどんな様子だった？」

「キャンピングカーで眠ることにわくわくしてたよ。パークがどんなところか、早く見てみたいとも言ってた。母さんの話では、プールや遊び場があって、子どももたくさんいるそうだ。すごく楽しそうな場所みたいだよ」

「で、行かせたと」

「母さんが絶対に目を離さないと誓ってくれたからね。知ってるだろう、母さんは超一流の番犬だ」

ラングは笑った。「だな。おまえが許可したならよかったよ」

「今夜と明日いっぱいあずかって、夕食にはこっちに来るそうだ」

「楽しそうだな」まじめな声になってつけ足した。「コービン、あいつはよくやってるよ。

日を追うごとに、ほかの子どもと変わらなくなってきてる」

「失敗をあまり恐れなくなってきた？　なにかいいことが起きてもあまり呆然《ぼうぜん》としなくなってきた？」

「ああ」そんなところだ。

「月曜には母さんが服を買いに連れていくらしい」

「ふーむ」シャワーの音が聞こえてきたので、バスルームのドアを凝視した。あの向こうにホープがいて、なにをしているかを想像してしまう。どうにか弟との会話に意識を引き戻した。「前に新しい服を買いに行こうとおまえが誘ったとき、おれもその場にいたが、ジャスティンの反応は、オリーブの瓶をまるごと食べようとでも言われたみたいだったよな」

「ああ。だからまだ新しい服を買ってやれてなかったんだ。あの子がもう少しリラックスできるまで待ってたんだけど、服はどれも小さすぎるか大きすぎるかで。ともかく、母さんが誘ったらあの子は行くと言ったわけだ」

「どうせ母さんが説得したんだろう？」母には有無を言わせないところがある。

コービンが笑った。「というか、ジャスティンがぼくに耳打ちしたところによると、断ったらおばあちゃんを傷つけるかもしれないから、だそうだよ。それで、服だけじゃなく本も選んでいいと母さんが言ったら、あの子は完全に乗り気になったんだ」

すばらしい。必要ならどんな手も使おうとしている母が目に浮かんだ。あの女性は自分のやり方を通す天才だ。「となると、この週末はおまえとアイヴィーの二人きりってことか」

「兄貴を追いだしたりしないよ」

は！　もちろん弟は出ていけと言ったりしないだろうが、多少のプライバシーが手に入ると知ったら喜ぶに違いない。「参考までに伝えておくと、今夜はここに泊まることになりそうだ」

驚きの間が空いた。「ここ？」

「ホープの家」

一瞬の沈黙のあと、コービンが言った。「慎重にな」

「ありがとうよ。おまえのアドバイスがなかったら、おれはいったいどうなるやら」

「間違いなくしくじるね」

ラングはくっくと笑った。「かもしれないが、そうはならないだろう。これほど大事なことだから」これほど大事な人だから。

「わかってる」コービンがまじめな声になって言った。「ちょっとからかっただけさ。兄貴たちの関係が前進してるってわかってよかったよ。ホープは幸せになるべき人だ」

「同感だな」しかし、おれといて幸せになれるだろうか？　そう願いたい。

「兄貴には必要ないだろうけど、幸運を祈ってるよ」

必要ない、わけがない。いまは運も自制心も同じくらい必要だ。「ありがとう。じゃあ、また明日な」

携帯電話をポケットに戻したとき、ホープがバスルームから出てきた。真っ白なタオル地のバスローブに身を包んで、揃《そろ》いのベルトを腰に締め、タオルで拭った髪は後ろに梳《と》かしつけて、期待に満ちた顔でこちらを見つめている。

ああ、間違いなく固くなってきたが、これについてできることはない。

ただ彼女を愛して、それで足りるよう祈るばかりだ。

16

はやる気持ちを抑えて、ラングはゆっくりシャワーを浴びた。頭のなかで計画を練っていたとき、着替えるものがないことに気づいた。

タオル一枚で出ていったら、ホープはぎょっとするだろうか？　賢い女性だから、衝動的に招待したがゆえのややこしさにはもう気づいているだろう。それでも、怖がらせたくなかった。

タオルを取り去るのは簡単だ。

バスローブを取り去るのも簡単だ。

ああ、そんなことを考えていたら頭がまとまらない。

十五分後には湯がぬるくなってきて、このままではチャンスを逃すかもしれないと悟った。全身を拭って湿った髪を指で梳《す》き、腰にタオルを巻くと、たたんだ服と財布を手にしてバスルームを出た。

自分がなにを予期していたにせよ、目の前にホープがいるとは思わなかった。壁に背中をあずけ、両手の指でタオル地のローブのベルトをいじっている姿を見たとたん、体に電流が走った。

ホープがさっと視線をあげて、ラングの目を見つめる。二歩と離れていない場所にたたずんだ二人を緊張が包み、あたりで脈打った。

ホープの家は狭いので、バスルームと寝室はすぐとなり同士だ。そしてホープは寝室のドアを開けたままにしていた。

ベッドのシーツもめくってあった。

その事実が一気に襲ってきた。理解しようとしながら寝室に入って服を置き、ナイトテーブルに歩み寄って財布をのせた。

ホープは戸口からじっとこちらを見ていた。視線を肩と胸板に這《は》わせ、腹筋におろして、さらに下へ向かわせる――まるでタオルの奥を見透かせるように。

彼女がゆっくりこちらに近づいてきたので、自然とうめき声が漏れた。「ハニー、きみのせいでおかしくなりそうだ」

ホープの足取りがだんだん速くなり、最後の数歩は駆け足になって胸に飛びこんでくると、両腕で首にしがみついて唇で唇を求めてきた。

まったく予期していなかった展開だ。

おそらくおれにはもったいない展開。だが、ここまで熱心になってくれるのはありがたい。

そっと抱きしめながら唇を味わい、どうにか両手は彼女の背中だけにとどめた。

ホープのほうは違った――いたるところにその手を這いまわらせた。胸板に、肩に、両腕に。不意にホープが唇を離したものの、それは胸板に鼻をこすりつけて香りを吸いこむためだった。それはまさに一ミリの不安もない、完全に準備ができている女性の姿だった。

そんな彼女の髪に手をもぐらせて、上を向かせた。ああ、なんて美しいんだ。小柄な体にやわらかな黒髪、いまや切望でうっとりしている濃いブルーの目。

しばし考えてから、低い声で尋ねた。「ベッドに行ってみるか？」

「ええ」ホープは即答してラングの手をつかみ、マットレスのほうに引きずっていこうとした。

ラングは思わず笑った。「ペースを落とそう、ベイビー」

ホープが振り返って言う。「四年間、だれも求めずにきて、いまはあなたが欲しいの。いいえ、これが欲しいの」ローブのベルトをほどいて、前を開く。「いますぐ欲しい」

完全に思い違いをしていたことにラングは気づいた。ホープは賢い女性で、自身の心がわかっている。過去のつらい経験をのりこえてきたし、対処する方法も学んできた。そのあいだずっと、人になにかを強制されたことはなかった――なぜなら、彼女がそれを許さなかったから。

なのにどうしておれは例外だと思った？　いまこうして堂々としているところを見ると、どうやらおれは無用な心配ばかりして、自然な流れに任せずにいたらしい。

ゆっくり笑みを浮かべた。「本気なんだな？」

「いまの言葉？　ええ、もちろんよ」証明するようにローブを脱ぐと、白いタオル地はふわりと足元に落ちた。

ああ、なんてことだ。

さらにホープは挑戦するように両手を脇に垂らして胸を張り、どうだとばかりにあごを傾けた。

この女性の体を夢想して、いくつもの夜を過ごしたというのに、心の準備はできていなかった。守りたいという思いに欲望が吠《ほ》え立て、やがて愛と溶け合う。なにも心配いらない。なぜならこれはホープだから。

彼女を見つめたまま腰のタオルをほどき、床に落とした。

ホープがごくりとつばを飲んで視線を全身に這わせ、息遣いを深くする。

ラングは慎重に近づいて、あらわな体を胸板に引き寄せた。「大丈夫か？」

ホープが首筋に顔をうずめた。「あなたが欲しくてたまらない」

その正直な告白だけでじゅうぶんだった。

そのあとはなにもかも起きるべきとおりに起きた。慎重さはもういらない。だから傷つけるのではないかと案じるのはやめにして、望みどおりに愛した。

彼女の望みどおりに。

二人でベッドに横たわり、一緒に大胆になっていった。ホープは体の探索に興味津々らしく、内気さのかけらも見せずに、あちこち指や唇を走らせた。小さな手にそそり立ったものを包まれたとき、ラングは目を閉じて、達しないよう必死にこらえた。

そうして落ちつきを取り戻したあと、どうやって握るか、どこまでしごくか、どれくらいの速さがいいかを教えた。

なんと甘美な拷問。

「おれの番だ」そう言って手をどかせると、かがみこんで胸のふくらみにキスをしながら、太もものあいだに手を押しあてた。

すでに熱くうるおっていることに興奮しつつ、もてる経験のすべてを活用し、あらんかぎりの忍耐力を駆使して、ついにのどの奥から震えるうめき声をあげさせることに成功した。そして絶頂の波が静まりはじめたとたん、体勢を変えてコンドームをつかむと、すばやく装着してホープにのしかかった。

そっと太ももを分かち、脚のあいだに腰を据える。「目を開けてくれ、ハニー。きみを見ていたい」

ホープが静かに笑って、言われたとおりにした。「しっかり見えてると思うけど」

「ああ。きみを見てるのが大好きだ。だが、きみがなにを考えているかも見ていたいんだ」

ホープのまなざしが温かくなった。「あなたに人生を変えられたって、考えてたわ。そのことを絶対に後悔しないって」

愛の宣言ではないが、かまわない。唇を重ねてゆっくり挿入していった。あまりにもきついので少し我を忘れそうになったものの、ホープの情熱にふたたび火がついた。

三十分後、ラングは心の底から悔やんでいた――もう一つコンドームを持っていれば、と。いや、一つではなく十個。ホープとなら一晩中でも愛の行為を続けられそうだ。

そして間違いなく、今後一生、愛していられる。

「ラング?」彼にぴったり寄り添ったホープは、こんなふうにくっついていることで得られる安らぎを味わっていた。ふと、これまで怯《おび》えていて無駄にした時間を思ったものの、心のなかで首を振った。

わたしを引き止めていたのは恐怖だけじゃない。どの男性にもまったく心を動かされなかったからだ。

この男性に出会うまで。

「うん?」ラングの指先は飽きることなくホープの背筋を上下にさすっていた。

「いま質問したら、雰囲気を壊してしまう?」

ラングが少し体勢を変えてホープを抱き寄せ、顔を見て答えた。「おれにはいつでも、どんなことでも訊《き》いていい。な?」

どうしよう。重大な質問だとほのめかすつもりはなかったのに、そんなに真剣な顔をされると笑みが浮かんでしまう。「どうしてわたしをお母さんに会わせたくないの?」

ラングの両眉があがり、顔から真剣さが消えて笑みが浮かんだ。「裸でベッドで寄り添ってるときに、母親の話か」

たいへん。それは考えていなかった。たしかにわたしもこんなときに母の話はしたくない。「ごめんなさい」

「冗談だよ」ホープを仰向けにさせて自身は横向きになり、顔を見つめた。大きな手は、ゆったりとホープのお腹にのせる。「会ってくれてかまわない。たぶん母のことは気に入ると思う。母のほうは、間違いなくきみを気に入るだろう」

「じゃあ、どうして今週ずっとわたしをのけものにしてたの?」

ラングの眉がぐっとおりてきた。「そんなふうに感じさせてたなら、悪かった」

ホープは肩をすくめた。「あなたは一緒に過ごしてくれたし、ボートに乗るのも楽しかった。文句を言ってるんじゃないの。ただ、いろんなことが変わってしまって、わたしとしては……どう考えたらいいかわからなくて」

「説明するべきだったな」唇にしっかりキスをして、ラングは言った。「おれはきみを守りたかった。母は押しが強いうえに、勝手にあれこれ思いこむのも得意なんだ。きみに圧をかけないよう、おれはここまでずっとがんばってきたから、母にもそういうことはしてほしくなかった」

都合のいい言い訳のようにも聞こえたけれど、少し考えただけで、そんなわけはないとわかった。ラングはそういう人じゃない。わたしの知るかぎり、いつも正直だ。「アイヴィーにもそうじゃないかって言われたの」

まるで、これまで何度も二人でこの体勢になってきたような自然さで、ラングが片脚をホープの脚にかけた。「もし母が思いどおりにしていたら、アイヴィーとコービンは本人たちが気づく前に結婚させられてるぞ」

きっとアイヴィーは大喜びするだろう――もしコービンがその気なら。「コービンはどう感じてるの？」

ラングはゆっくりほほえんだ。「こいつはじつに奇妙なピロートークだな。最初は母で、次は弟か」

ホープは彼の胸板を押した。「わたしはこういうことに慣れてないの」

ラングは笑ってキスをした。「おれをほめてみたらどうだ？　たとえば、これまでで最高だったとか――」

「あなた以外に知らないわ」言った瞬間、醜い記憶がよみがえってきたので、たじろいだ。

「大事なのはあなたとの体験だけ」

ラングが髪にキスをした。「きみには驚かされるよ、ホープ。白状すると、おれはずっとばかな勘違いをしてたんだ。いざそのときが来ても、きみはうまく対処できないんじゃないかと。申し訳ない。もちろん、きみにはぜひ母さんに会ってほしい。月曜の夕食に来るそうだから、よかったらきみも来ないか？」

いやだ、そう誘うように仕向けてしまった。ホープは顔をしかめた。「あなたの腕をねじあげてまで言わせるつもりはなかったのよ」

「そんなことをしたいのか？　いい趣味してるな」

笑みが浮かびそうになった。この人ったら、こんなときまでおもしろい。そういうところが大好きよ。「もう、ふざけて」

ラングは仰向けに寝転び、ホープを胸板の上に引き寄せた。あくびをして言う。「母に会えば、おれがなかなか会わせようとしなかった理由もわかるさ。だがこれからは、きみにはずっとそばにいてほしいと思ってることを知っていてくれ。で、もし一瞬でもそれを疑わせるようなときがあったら、指摘してくれ。いいな？」

ホープは凍りつき、心臓は駆けだした。「ずっと？」

温かな茶色の目がほほえみ、ラングがそっと言った。「ホープ、おれはきみを愛してる。

なかった。

「だからそう、ずっとだ」

「ラング！」体を起こそうとしたものの、ラングは腕に力をこめて、胸板から離そうとしなかった。

「圧をかけてるんじゃない」両手がやさしくなって、甘美なやり方で愛撫《あいぶ》しはじめた。「だが本心だ。きみみたいな人には初めて出会った。たぶんきみの家の前の私道で初めて顔を合わせたあの日に、恋に落ちてたんじゃないかな」

「そうなの？」あの日のことで覚えているのは、わたしが怯えて車のなかに隠れていたことだけだ。

「誓ってもいいが、この先ずっとコービンの家に厄介になるつもりはない。じつはこのへんの不動産屋をあたって、スポーツ複合施設にちょうどいい物件を探してた。そういうわけで、いつまでもぶらぶらしてるつもりはない」

今後の計画を話してもらえて、ホープの胸はぬくもりでいっぱいになった。「説明なんてしなくていいのに。あなたが弟のためにここにいることはわかってるから」

「甥《おい》っ子のためにもな。で、いまはきみのためでもある」そう言ってまた抱きしめる。

「ここが大好きになったし、家族を愛してるし、きみと一緒に人生を歩みたい。ここで、サンセットの町で」

「それって……」驚きのあまり、文章を作れなかった。

作る必要はなかった。なぜならラングがこう言ったから。「きみにプロポーズしてるのかって？　ああ、そうだよ。どう思う？」

今度はラングの腕力をもってしても押さえきれなかった。ホープは悲鳴をあげて飛び起き、ラングはそれを見てまた笑った。

「それはイエスととらえていいのか？」

ホープは彼の首に飛びついて何度もキスをしてから、言った。「イエスよ。百パーセント、イエス」息もできない。「心からあなたを愛してるし、あなたのこと、本当にすばらしい人だと思ってる。だけどあなたの気持ちがわからなかったから、勝手な思いこみはしたくなかったの」

「きみを尊敬してるよ、ホープ。とくにその強さを」

これには思わず動きが止まって、おうむ返しに尋ねた。「強さ？」わたしはむしろ痩せっぽちなのに。

「ここの強さ」ラングがほほえんで言い、指先でホープのひたいに触れた。「それからこの」今度は胸に手のひらを当てる。「今日のお姉さんへの対応を見れば、きみにはすごい強さが備わってるのがわかる。他者を許せるほどの強さが。たいていの人には備わっていないものだ」

胸がいっぱいになって弾《はじ》けそう。「わたしもあなたを尊敬してるわ。あんなに家族思いで、おもしろくて、賢くて」

「しかもイケメン」ラングが冗談めかして言う。

「間違いないわね」ふとある考えが浮かんだ。「でも、一つだけ条件があるの」

焦がすような熱い視線をホープの顔にそそぎながら、ラングが言った。「なんでもきみの望みどおりに」

やさしい人。「少し時間をかけたいの。あなたとの結婚にそそられないからじゃなくて、ジャスティンはまだ新しい環境に順応してるところだし、コービンもいろいろかかえてるでしょう？　それに、いまアイヴィーはあやふやな状態だって感じてると思うの。わたしたちのこと、みんなに発表したいけど、状況を引っかきまわしたくはないのよ」

「なるほどな。しょっちゅうここに顔を出していいならその条件を呑《の》もう。こんなふうにきみを抱いてるのが好きなんだ」

「わたしもこうされてるのが好き」

「じゃあ決まりだな」また腕のなかに引き寄せた。「問題は解決したから、ちょっと眠ろうか。で、明日にはきみのナイトテーブルにコンドームを一箱、用意しておこう」

なんていい考えを思いついてくれるの？　ホープは笑顔で眠りについた。


月曜日、夕食を囲むテーブルは静寂に支配されていた。コービンがちらりと見まわすと、全員が慎重な面持ちをしている。ジャスティンだけは別で、楽しげにあれこれおしゃべりし、母は秘密を知っているような笑みを浮かべていた。

RVパークからの道中で、母が夕食用にバーベキュー料理とコールスローとパスタサラダ、デザートにケーキを買ってきてくれた。単純な食事だが、テーブルを囲む面々のほうは少しばかり複雑だ――少なくともコービンにはそう見えた。

案の定、母はホープを惜しみない愛情で包みこんだ。無理もない。ホープは本当にいい人だし、ラングを幸せにしてくれる。彼女の静かな物腰にも母は気をそがれることなく、むしろ抵抗されないので抱きしめるチャンスを余分に手に入れただけだった。

何度かは、ホープも実際に喜んでいるように見えた。知っているかぎりでは、じつの母親はあまり愛情を表現しない――どころか、愛情を持ち合わせていないようにさえ思えるタイプだったからかもしれない。

彼女がアイヴィーと出会えて、本当によかった。

そのアイヴィーにはくり返し視線を吸い寄せられた。今日の彼女は、例の手に負えないくるくるカールを頭のてっぺんでどうにかまとめていて、まるで綿毛のようだ。なんともかわいらしい。どういうわけか知らないが、この女性は目を向けるたびにますますきれいに、ますますセクシーになっていく。

もしかしたら、単にぼくの思いが募っているせいかもしれない。

週末にアイヴィーを一人占めしてみて、この関係を一生ものにしたらどんなふうになるか、少しわかった。それを手に入れたかった。手に入れたくてたまらなかった。

視線を息子に移すと、十歳の少年は口の端だけでなく、なぜか頬の片方にもバーベキューソースをつけていた。どうやら母はRVパークを出発する時間ぎりぎりまで、この子を泳がせていたらしい。頬と鼻は少し赤くなって、髪は太陽の下で乾かしたような状態だ。

コービンはナプキンを取ってジャスティンに差しだした。「ついてるぞ」そう言って自身の頬を指差した。

ジャスティンは食事に夢中のまま、やみくもに頬を拭った。

そんな息子の姿に目尻がさがった。愛する人に囲まれて、幸せで、不安を感じていない姿に。

だがジャスティンにとって、状況はまだ危うい。すべての変化を受け入れるにはもっと時間がかかるはずだ。だからこれからも示していこう――子どもというのは愛され、守られるべき存在なのだと。いずれはジャスティンの信頼も育つと信じて。

テーブルの下で、アイヴィーの手が腿に触れた。そんな無言の支えも、彼女の思いやりの深さを示すものだ。この女性は他者の気持ちを敏感に察知して、必要と思えば迷うことなく手を差し伸べる。ぼくに対してはいつもタイミングばっちりで、まるで頭のなかをすべて見透かされているようだった。

アイヴィーが笑顔でジャスティンに尋ねた。「RVパークはどうだった？」

「すっごく楽しかったよ。ベッドのところにテレビがあってね、昨日の夜はおばあちゃんが映画を見ていいよって言ってくれたの。今日はいっぱい泳いで、そのあとおばあちゃんのゴルフカートに乗せてもらってたら、ほかの子がいたから一緒に遊んだんだ」

〝おばあちゃん〟の顔にはまぶしい笑みが浮かんでいた。

「その子たちはバスケットボールをしていたの」ヴェスタが言う。「ジャスティンが上手だって知ってた？」

ジャスティンは赤くなった。「いっぱいシュートはずしちゃったよ」

「でもいっぱい決めもしたでしょう？」ヴェスタが短く孫息子の肩に触れた。「それに、みんなにやさしかったわ。一人二人、困った子もいたのに」

ジャスティンが片方の肩をすくめた。「子どもってああいうものだよ」まだ十歳の少年が厭世的《えんせいてき》に言う。「前に住んでたところにいつも意地悪な子がいたんだ。好きじゃなかったけど、かわいそうだなって思ってた。一緒に遊んであげる人がいなかったから」

ヴェスタは自身の胸に手を当てた。「あなたはその子にやさしくした？」

「まあね」ジャスティンが顔をあげる。「その子、何度か通りでパパにぶたれてたの」

コービンはゆっくりサンドイッチをおろした。

「大丈夫だよ」ジャスティンが急いで言った。「おまわりさんが来て、その子のパパをつかまえて、その子には、おまわりさんに任せとけば大丈夫だからねって言ってたから」鼻にしわを寄せてつけ足した。「そのあとは見かけなくなっちゃった」

アイヴィーがごくりとつばを飲んだ。「あなたがその子に意地悪しなくてよかった。それって、あなたがどんなにいい人かっていう証明よ」

「ぼくはだれにも意地悪しなかったよ。あ、でも一人、犬に石を投げる子がいてさ」思い出したように目を狭める。「やめるまで、ぼくがその子に石を投げてやった――もちろん、ほんとに当たらないようにだけど」

コービンがなんと返そうか迷っていると、すかさずアイヴィーが言った。「えらい！　わたしもきっと同じことをしたわ」

「二つくらい、かすっちゃったよ」ジャスティンが言う。

「いいのいいの。当然の報いよ」

ラングがにやりとし、ヴェスタはすばやくナプキンで口を覆った。

アイヴィーが遅ればせながらに自身の失態に気づき、咳払《せきばら》いをして言った。「だけどそういうことはするべきじゃないかもね。やさしさを教えてもらうだけでじゅうぶんな人もいるから」

ジャスティンは彼女のフォローに気づかなかったように続けた。「おばあちゃんたちのキャンピングカーも楽しかった。冷蔵庫とテーブルがあって、ベッドは一つじゃないし、なんでも揃《そろ》ってるの。かっこいいんだ。シャワーはそんなに広くないし、ヘイガンは体が入らないって言ってるけど、車の後ろにホースがついてて、おばあちゃんがそれでシャワー浴びさせてくれた。外でだよ」強調するようにつけ足した。「海水パンツは穿《は》いてたけど」

コービンはにっこりした。どうやら屋外シャワーは不便どころか楽しかったらしい。

「じゃあ」ラングが興味ありげに言った。「本当にキャンピングカーが気に入ったんだな」

コービンはすかさずフォークで兄を指した。「高価なプレゼントはもうなしだよ」

アイヴィーが驚いて言う。「まさか買わないでしょう？」ラングの顔を見て、笑いだした。「買うつもりね！　まったくラング、あなたってとんでもない人」

「そうなろうとしてるんだが、コービンのやつがことごとくおれの楽しみをつぶすんだよな」

「楽しみを？　ことごとく？」アイヴィーが意味深な目で、ちらりとホープとラングを見た。「そうは聞いてないけど」

ホープは真っ赤になったが、顔はほほえんでいた。

ラングはただにやりとした。

「どういうこと？」なに一つ見逃さないヴェスタが飛びついた。「最近、なにかわたしの知らないことでもあったのかしら？」

ラングがじっと母親を見てから返した。「ホープといるといつも楽しい。それは別に、最近始まったことじゃない」

ホープはますます赤くなった。

ヴェスタは二人のあいだで視線を行き来させてから、長男に尋ねた。「それで、いつになったら仕事を始めるの？」

「母さん」コービンは言った。「兄貴は事業を売却したばかりだよ」

それを無視してヴェスタはホープに尋ねた。「うちの息子がいつまでもぶらぶらしていていいの？」

「そんな！」ホープはすぐさま盾になった。「ラングはもう次の事業のことを考えてます。ただ、いまは家族との時間を楽しんでるんです」

「ふうん」ヴェスタは言った。

ヘイガンがナプキンを置いた。「ジャスティン、食事が終わったなら、モーターボートを見せてくれないか？　じつは興味があってね」ヴェスタにほほえみかける。「少し前から買おうかなと思っていたんだ」

「パパ、行ってきてもいい？」ジャスティンは言いながら椅子を立ったものの、最後にパスタサラダをもう一さじ、口のなかに突っこんだ。

「いいよ」コービンは言った。「だけど先に救命胴衣をつけること」

「そこはぼくがチェックしよう」ヘイガンが言った。そしてジャスティンの背中に手を添えると、一緒に外へ向かった。

ヴェスタはテーブルを囲む面々ににっこりした。「ヘイガンはわたしをよくわかってるの。あなたたちに訊きたいことが――それはもう、大量にあるんだけど、ジャスティンがいたら身動きがとれないんだなと気づいて、こうしてくれたのよ」

ラングが鼻で笑った。「母さんの身動きを止められるものなんかないだろう」

ヴェスタが長男にナプキンを放った。「口の利き方」

ラングは笑みをこらえながら、ナプキンをたたんで母親に返した。「はい、ごめんなさい」

母が続ける前にコービンは割って入った。「じつは、あと二カ月でジャスティンの誕生日なんだ。考えてたんだけど、それまでプレゼントはちょっと控えてもらえないかな。そのほうが誕生日も、そのあとのクリスマスも、より楽しくなるから」

「たいへん」アイヴィーが活気づいた。「誕生日なんて考えもしなかった。みんなそれぞれモンスターの仮装をしてパーティするのはどう？　使えそうなものがうちにたくさんあるし……」さっとテーブルから離れて引き出しをあさり、ペンと紙を見つける。いそいそと椅子に戻ってくると、メモをとりはじめた。「楽しくなりそう」

そんなアイヴィーを見ていると、コービンの胸には充足感が芽生えた。アイヴィーはほくの息子を愛しているだけでなく、あの子を慈しみ、驚かせ、幸せにしたいと心から願っている。きっとすばらしいママになるだろう。

そのとき、熱心にペンを走らせていたアイヴィーが急に手を止めた。視線をあげて、不安そうにコービンを見る。「わたし、先走りすぎ？」背筋を伸ばして言う。「違うの、勝手に仕切るつもりはなかったの」

「かまわないよ」コービンは言ったが、アイヴィーは聞いていないようだった。

「その、ジャスティンはモンスター関係のものが大好きだし、わたしの屋根裏コレクションのどれかをあげるといつも喜んでくれるから。それにコレクションはまだまだあって、もう全部あげることに決めちゃってるから……」

言葉の奔流を止めさせようと、コービンは人差し指でアイヴィーの唇に触れた。母は満足そうにほほえんでいて、ラングとホープは愛情たっぷりに見つめている。もちろんみんなアイヴィーが大好きだ。好きにならないわけがない。

観客さえいなければ、この場でめちゃくちゃにキスしているのに。

「すごくいい考えだと思うよ。ジャスティンもきっと大喜びだ」

それでもアイヴィーは不安そうに下唇を噛《か》んだ。「誕生日は二カ月後って言ったでしょう？」テーブルを見まわしてから、そうすればみんなには聞こえないとでもいうのか、声を落として尋ねた。「そのときわたしはまだここにいる？」

もしぼくの思いどおりにできるなら、きみはこの先ずっと一緒だ。それについては何度も考えた。だがどんなにアイヴィーと結婚したくても、一年は待ったほうがいいだろうと考えていた。もしかしたら二年。

それでもいま、現実に向き合った。ぼくはそんなに長く待てない。たとえアイヴィーが待つ気でも。

アイヴィーが身を引いた。「ずいぶん長々と考えてるのね」

「それは」ラングが言い、気取った表情でコービンを見た。「おれの弟はときどきちょっとのろまだからさ」

「そんなことはない」コービンは笑顔でアイヴィーを見た。「もちろんきみにはここにいてほしいよ。これから先、ずっとね」指の関節で頬をそっと撫《な》でる。「ここで一緒に暮らすようになってみて、きみがいないこの家はもう想像できなくなった」

「ああ」アイヴィーが手をのどに当て、ヴェスタに向けて言った。「こんなにやさしい人はいないわ」

「わたしの育て方がよかったのね」ヴェスタが返す。「それで、結婚式があるのかしら？」

おいおい。なんでもかんでもブルドーザーで切りこんでいくのはやめてくれ。先にだれも聞き耳を立てていないところで、アイヴィーと二人だけで話したいのに。

一瞬の静寂の後、ラングが声をあげた。「じつは、結婚式はある。なぜってホープとおれが結婚するから」ホープにいたずらっぽくウインクしてみせ、乾杯のしるしにグラスを掲げた。「おれはのろまじゃないからな」

　アイヴィーが歓声をあげて椅子を立ち、テーブルを回ってホープのところに駆け寄った。ホープも急いで立ちあがり、二人は固く抱き合った。

　そんな二人をコービンは笑顔で眺めた。アイヴィーはぼくとの結婚を望んでいる。そう断言できるのは、アイヴィーがいつものごとく正直に思いを口にしてくれたからだ。それでも彼女はホープのおめでたいニュースを妬《ねた》んでいない。むしろ親友の幸せを喜ぶ気持ちで輝いていて、ついさっきジャスティンの誕生日パーティを企画しはじめたときのように、すぐさまあれこれ計画を立てはじめた。

　コービンは兄のほうを向いた。「おめでとう」

「ありがとう」ラングがあごで母を示した。「驚いて黙っちまったぞ。こんなこともあるんだな」

　たしかにあの不動の母が間違いなく驚いていて、目には涙まで浮かんでいる。呆然《ぼうぜん》とした顔で長男のほうを向いたと思うや、感情をあふれださせた。「ついに娘ができるのね！」そしてむせび泣きはじめたので、兄弟はぎょっとした。

　ヴェスタは椅子から立ちあがり、アイヴィーからホープを奪い取ってぎゅっと抱きしめた。ホープはただ笑って抱きしめ返した。

お祝いムードに包まれるなか、コービンはそっと椅子を引いてアイヴィーの手を取り、ダイニングルームを抜けて裏のデッキに向かった。外に出て、しっかり引き戸を閉じた。

アイヴィーは興奮に頬を染め、ため息をついた。「こんなにうれしい夜はないわ。ああ、コービン、ホープが運命の人に出会えないんじゃないかと、わたし、ずっと心配してたの。だけどある日、あなたのお兄さんが現れて。ホープはいま本当に幸せよ。だからわたしも幸せ」手で目元を拭った。

コービンは腕のなかにアイヴィーをやさしく引き寄せた。「アイヴィー、きみは？　運命の人に出会えたかな？」

「なに言ってるの」アイヴィーが肩に顔をあずけてきた。「わたしはあなたに出会えた。あなた以上の人はいないわ」

そうとも。「愛してるよ、アイヴィー」

時間も空間も止まったようだった。一瞬、アイヴィーの動きが完全に停止して、直後にコービンの腕のなかで爆発した。「わたしを愛してる？」

「しーっ。お嬢さん、湖にいる全員に聞こえてしまうよ」

アイヴィーが笑ってまた寄り添ってきた。「かまわないわ。わたしには大声で言う権利があるもの」

コービンは椅子に歩み寄り、腰かけてアイヴィーを膝にのせた。「最初はゆっくり進もうと思ってたんだ——」

「ゆっくりでいいわよ」手のひらをコービンのあごに添える。「待つのは平気」

「——だがことあるごとに、ぼくはきみをぼくらの生活に引き入れてきた」

「そのほうが都合がよかったからでしょう？」

コービンは笑って首を振った。「ちょっと黙って最後まで言わせてくれるかな？」

アイヴィーの両眉があがった。「このわたしに黙れって言ってるの？」

「頼むよ」不満そうな唇にキスをする。「そのほうがプロポーズしやすいから」

アイヴィーのあごが緩み、唇が開いた。一言も出てこないらしい。

「愛してるよ、アイヴィー。きみがいると人生はずっと輝かしいものになる。きみはぼくのいちばんいいところを見つけてくれるし、ぼくが知るなかでだれより理解力のある人だ。だれよりやさしくて思いやりがある」言葉を切り、こめかみ近くの張りのある巻き毛を軽く引っ張った。「そしてだれよりセクシーだ」

アイヴィーはしゃべるのをこらえるように唇を噛んだが、その美しい緑色の目は幸せで輝いていた。

「だけどジャスティンのことが気がかりだった。あの子が新しい環境に慣れていく道を、できるだけなだらかに、できるだけ楽にしてやりたかった」

アイヴィーが激しくうなずいて、またしても息子への思いやりの深さを示してくれた。

「でも、そんなのはばかげてた。あの子を愛して、あの子のことを最優先に考える人が家族にもう一人増えたからって、あの子が傷つくはずはなかったんだ」

アイヴィーがささやくように言った。「わたし、あの子を愛してる。心の底から」

わかっている。この目で見てきたし、肌で感じてきた。それはジャスティンも同じだ。

「で、いまはこんなふうに考えるようになった——良好な関係を目にすればするほど、あの子のためになる、と」

「わたしたちは良好な関係だものね」

「最高の関係さ」コービンは言った。ジャスティンとの関係も文句なしだし、兄だけでなく母とも仲良くなってくれた。振り返れば、息子はいままでもっていなかったものを手に入れたのだ——愛情深い大家族を。今後あの子が何歳になろうと、その家族全員が支える。

「それでも、ダーシーの件が片づいたふりはできない。きみもぼくもばかじゃないからね。それに、母がときどき出しゃばらないとも約束できない」

「お母さんは、なにをするにも善意からでしょう」アイヴィーが言う。

「まあ、そうだね」母は相手を抑えこもうとするが、その根本にあるのは常に、悪意ではなく愛情だ。「いつも楽とはかぎらないぞ」

「コービン」アイヴィーがささやくように言った。「わたしは獣医よ。いい人にもいやな人にも出会ってきた。愛情をそそがれてる幸せな動物にも、ひどい扱いを受けてきたかわいそうな動物にも。治してあげられることもあれば、うまくいかないときもある。それでもこの仕事が大好きだし、絶対に手放さないわ。人生に〝いつも楽〟なことなんて一つもないのよ。だけど一人じゃなければ、ちょっぴり楽になるんだとわたしは信じてる」

「同感だ」コービンは言い、アイヴィーにキスをした。こみあげる愛を感じつつ、二人きりになれたらと思ったとき、下から声が聞こえてきた。

ジャスティンとヘイガンがモーターボート見学から戻ってきたのだ。ジャスティンは湖畔の生活について、育ち盛りの少年らしい屈託のないやり方で話していて、ヘイガンのほうはうなずきながらにこにこと耳を傾けていた。

アイヴィーがのどにキスをした。「みんなに愛されて、ジャスティンはすくすく育ってるわね」

そのとおりだから、希望をもてた。「じゃあ、ぼくと結婚してくれるかな？」

「ええ。でもしばらくは内緒にしておきましょう。いまはホープにとって人生の記念碑的なときだし、親友からスポットライトを奪いたくないの」

コービンはにやりとして言った。「どのみち母が衝撃に耐えられるとは思えない。一度に結婚式一つで慣れていってもらおう」

「結婚式といえば……あなたは盛大なのがいい？」答えを聞く前に急いで続けた。「というのはね、わたしはできたらシンプルでこぢんまりしたのがいいの。もちろんうちの両親とあなたの家族とホープは招待したいけど」

「きみが望むことならなんでも歓迎だよ」少し考えてからつけ足した。「母にはホープとラングの結婚式に専念してもらって、こっちのことは忘れさせようか」

アイヴィーが笑った。「悪い人」

ちょうどそのとき引き戸のドアが開いて、ジャスティンが出てきた。「ヘイガンがウォーターフロートに乗ってみたいって。ラングおじさんが連れてってくれるの。パパたちも行きたい？」アイヴィーのほうを向いて言う。「めちゃ楽しいよ」

「行きたいに決まってるわ」アイヴィーは言い、コービンの膝を離れると、ジャスティンを抱きしめた。

ジャスティンは抵抗することなく、ただ短く抱きしめ返してから、身をよじって離れた。

「海水パンツに着替えなくちゃ。早く準備して！」そして走り去った。

アイヴィーが妻になったらきっとバラ色の日々が始まる。

それ以上の人生など想像もできない。

17

「一週間も秘密にしてたなんて」ホープが不満そうに言った。「否定しても無駄よ、わかるんだから。あきらめなさい」

アイヴィーは笑った。ホープとはごく親しいあいだがらなので、ごまかすのは不可能だ。もちろんやってはみた――ホープのきたる結婚式の話で。それから、深まりつつあるチャリティとの関係について。

ホープの姉には、一緒にランチをしようと彼女がクリニックを訪ねてきたときに会った。心から後悔しているのは明らかだった。本人が言ったことに加えて、ホープに打ち明けた様子や、それに対してホープがどう返したかを聞けば、よくわかる。

二人は気安い関係に落ちついていた。こんな関係を結べるのは姉妹だけ――チャリティとホープのような血のつながった姉妹はもちろん、アイヴィーとのように友情を通じて見つけた姉妹も含めて。

このごろ、アイヴィーの心は満たされすぎていて、怖いくらいだ。

いまでは毎晩、ラングがホープの家で眠るので、ジャスティンへの読み聞かせはアイヴィーとコービンの役目だ。どちらも〝ラングおじさん〟ほど芝居がかった読み手ではないけれど、ジャスティンはアイヴィーにぴったり寄り添うのが心地いいらしい。

父親のコービンが読み聞かせをするときは、本の前にゆっくり話をするという。ラングのときは、よく笑う。そしてアイヴィーのときは、くっついて安心していた。

「幸せなの。それだけよ」アイヴィーは猫の脇腹の噛《か》み跡を縫い終えて、ホープに言った。この猫は飼い主の家から抜けだして、近所のあまり猫好きではないロットワイラーに近づきすぎてしまったらしい。幸い深刻な怪我《けが》ではなかった。傷は癒えるだろうけれど、もっと悪い結果になっていた可能性もある。そうしたら年配のミセス・タッシーは打ちのめされていただろう。

動物を治療して愛情深い飼い主を安心させられる――大きなやりがいを感じるのはこんなときだ。

「それだけじゃないはずよ」ホープは猫に神経を集中させたまま言った。「昨日、湖に出かけたときは、目をうっとりさせて、とくに理由もないのににこにこしっぱなしだったじゃない」

理由なら山ほどある。「湖の水は温かくて、デイジーは泳ぎの練習を楽しんで、わたしはあなたがくれたフラミンゴのウォーターフロートが気に入って、青い空が湖面に映ってるのがものすごくきれいで。なにもかもが穏やかでほっとさせられたの」

「デイジーは泳ぐのが好きになったみたいね」

「日に日に自信がついて社交的になってきたわ」あなたみたいにね。「ジャスティンが大事にしてるおかげよ。あの子がおばあちゃんのところに遊びに行ったら寂しがるんじゃないかと思ってたけど、いまのところ、そういうときも問題なく過ごしてるわ」

「そうね。いまあなたの言ったこと、全部すてきだと思う」ホープが言う。「でもあなたのことはよく知ってるから、それだけじゃないってわかるの。早く白状しなさい。だって知りたくてたまらないんだから」

「わかったわ」アイヴィーはにっこりして最後の縫合糸を切った。「コービンに愛してるって言われたの」

一瞬の沈黙のあと、ホープが鼻で笑った。「そんなの、みんなとっくに知ってるわ」

「でも、ついに本人が認めたのよ。それは大きなことでしょう？」

納得できないと言わんばかりにホープが尋ねた。「本当に自信がなかったの？」

「そういうわけじゃないわ。いろんなやり方で、愛されてるって感じさせてくれてたから。だけど彼はあれこれ心配ごとをかかえてるでしょう？　だからわたしとのことは二の次三の次なんじゃないか、とは思ってた。それがね、ホープ、彼ったらありえないようなほめ言葉をくれたの」

ホープが冗談めかして返した。「あら、わたしはいつもあなたのことをほめちぎってるけど」

「そうよね。いつもありがとう」手術が終わったので、猫を回復室に移動させるあいだ、会話は中断した。

作業が終わると、アイヴィーは手袋をはずして手を洗った。「この子が完全に目を覚ますまで、しばらく残ってるわ」ミセス・タッシーが連れて帰る前に、もう大丈夫だと確認したかった。

「わたしも残る？」ホープが言う。

「いいのいいの。ラングとまだお祝いムードでしょう？」

「祝う時間なら、これから一生分あるから」少しためらって、続けた。「だけど、今夜はチャリティが来るの」

「あらすてき」ホープが姉を取り戻せて本当によかったと思っているし、絶対に邪魔したくない。手で追い払うようなしぐさをしながら言った。「こっちは問題ないから、早く帰りなさい」

ホープはまだ迷っていたが、ついに受け入れた。ドアを開けて出ていこうとしたとき、危うく受付係のカレンとぶつかりそうになった。

カレンが背後を振り返りながらドアを閉じた。「本日最後の予約の方が来られてるんですけど、その方、先生の元彼で。子猫を連れてて、先生に診てもらいたいって言ってるんです。手術中だって言ったんですけど——」

アイヴィーは笑った。「ありがとう、カレン、でも大丈夫よ。診察室に通して。すぐ行くわ」

ホープを帰らせて、コービンに少し遅くなるとメッセージを送信し、もう一度、猫の様子を確認してから診察室に急いだ。

ジェフは膝に子猫をのせて、待っていた。

「やあ、アイヴィー」慌てて立ちあがる。「急ですまない。もう診察時間は終わりだってわかってるんだが——」

「気にしないで。どうせ様子を見たい患畜がいるから、もう少し残るつもりだったの。麻酔が切れるまでね」

「このクリニックに助手がいるのは知ってるし、ホープにも診てもらえるとはわかってたんだが、どうしてもきみと話がしたくて」

アイヴィーは礼儀正しい笑みを浮かべた。「それで、子猫ね?」ふわふわの小さな毛玉をジェフの手から受け取った。真っ黒な雄猫で目は青く、おそらく生後三カ月から四カ月、とてもかわいい声で鳴く。

ジェフが咳払《せきばら》いをした。「じつはガールフレンドの猫なんだ。彼女は仕事で来られなくて」

いまなんて？「ガールフレンド？」

「そのことできみに話したかった。おれはもうきみを困らせないと知らせたくて」

アイヴィーは眉をひそめた。「ちょっと話が見えないんだけど」

「だよな。支離滅裂だ」片手で髪をかきあげた。「つまり、おれがまだ引きずってると思われたくなかったんだ。きみに言われたとおり、おれも前に進んだ。いまはエイミーとつきあっていて……」肩をすくめた。「きみに報告するべきだと思った」

ジェフの目に真剣さを見いだしたアイヴィーは、彼の言葉が本心で、もう引きずっていないのを知ってほしいと真剣に願っているのがわかった。「すごくいいニュースじゃない。ジェフ、おめでとう」

ジェフが探るように見つめ、やがてゆっくりほほえんだ。「ありがとう、本心から言ってくれてるんだな」

「もちろんよ。あなたはいい人だし、幸せになってほしいもの。それで、どんな女性？」

「エイミーはきれいで賢くて、すごくおしゃれなんだ。きみも会えば好きになるよ。みんなに好かれる人だから。デパートのバイヤーをしていて、おれたちは、その……一緒に住んでる」

「もう？」どうやらジェフはすっかり恋しているらしい。「よかったわね」

「今度は失敗しない」ジェフは言った。「きみとの経験から学ばなくちゃならなかったことを申し訳なく思ってる。きみは〝学習用〟なんかじゃないのに。だがちゃんと学んだし、エイミーとの関係は本物だと思うんだ」

「おめでとう」心からの言葉だった。自身が幸せいっぱいのいま、みんなにもそうなってほしかった。

笑顔のまま、ジェフが言った。「おれのことは愛していなかっただろう？　本当には」

ジェフがすっかり落ちついている様子なので、真実を返した。「そうね……そうだったんだと思う。少なくとも、コービンを愛してるようには愛せてなかった」

「コービンはいいやつなんだよな？」

「最高の人よ」静かに笑った。「このへんにして。さもないと診察のあいだじゅう、彼のことをほめまくっちゃう」

「かまわないさ」ジェフがまたにっこりした。「彼の息子もかわいかったな」

「わが子のように愛してるわ」早く家に帰ってコービンとジャスティンに会いたい。

ジェフが首を傾けてしげしげと見つめてからうなずいた。「きみの人生の二年間を無駄にさせてしまって悪かった。心から謝る」

「なに言ってるの」アイヴィーは子猫の診察を始めた。「ちっとも無駄になんかなってない。おかげで自分が本当はなにを望んでるか、わかったもの」

「当時はわかっていなかったのか？」

「見つけるまで、まるでわかってなかったわ」

ジェフがゆっくりほほえんだ。「同じだな」

この新たな気兼ねのない関係性は、つきあっていたときよりずっと特別に感じられた。

「謝るべき人がいるとしたら、わたしのほうよ。いろんな意味で、わたしはあなたを利用してたんだと思う。生きるうえでなにか特別なものを求めていて、あなたとの関係はそれじゃないってわかってても、手放すのが怖かったの」

「わかるよ。きみに別れを切りだされたあとは……」片手で顔をさする。「心底打ちのめされた気がした」にやりとして言う。「きみのことは本当に好きだったよ、アイヴィー。だがエイミーは……。彼女はおれにとって完璧なんだ」

アイヴィーは彼の腕に触れた。「彼女といると、いちばんいい自分になれる気がする？」

ジェフが驚いたように眉をあげ、しばし考えてからうなずいた。「ああ、まさにそんな感じだ」

「目の覚めるような感じよね。それからね、ジェフ。もしかしたらわたしたちにはあの二年間が必要だったのかもよ。大事なものに気づくために。だからわたしは後悔してない」

「そうか、よかった。それからアイヴィー、きみがいま幸せだとわかって心からうれしいよ。これからは友達、かな」

今回は自信をもってイエスと答えられた。誤解される心配は、もうない。「いい友達でいましょう。ずっとね」子猫を掲げて見てみた。「それで、このハンサムくんはどうしたの?」

「ずっと耳を掻《か》いてにゃあにゃあ鳴くんだ」

「きっと耳ダニね。薬で治るわ」

「よかった。なるべく今日のうちに動物病院に連れていくとエイミーに言っておいたから、遅い時間なのに診てもらえて助かったよ。ありがとう」

「お礼なんて」

今日こうして片をつけてしまうまで、ジェフとの別れが心のなかでわだかまっていたことに、アイヴィーは気づいていなかった。ジェフがどう受け止めたかを知ってしまうと、あんな別れ方をしたことに罪悪感を覚えはじめていたのだ。けれど今日、すっかり立ちなおっただけでなく、前に進み、すてきな女性と出会って幸せそうにしている彼を見たことで、ついにわだかまりも消えた。

星が幸運の配列に並んだみたい――わたしはコービンとジャスティンを愛しているし、未来は明るく輝いている。

クリニックを出るころには、踊りだしたいような気分になっていた。遅くなってしまったものの、噛まれた猫の麻酔が切れて容態も落ちついたと知らせると、ミセス・タッシーは急いで飼い猫を迎えに来た。アイヴィーは今後の世話について伝えてから、一人と一匹を送りだし、数分で戸締まりを終えた。

そろそろ夜九時。太陽が地平線に近づくなか、家に向けて車を走らせた。ジャスティンがベッドに入る時間までに、どうにか帰り着きたい。

新たに手に入れた穏やかな心地は、私道に乗り入れたときに砕け散った。パトカーが停《と》まっていた。速まる鼓動を抑えつつ、バッグをかかえて玄関に走った。

家は妙に静まり返っていて、犬も猫も迎えに駆けてこないし、ジャスティンのおしゃべりも聞こえない——キッチンではコービンが険しい顔で警官二人と静かに話していた。コービンがちらりとこちらを向いたとき、彼の苦悩がわかった。

日々の習慣から体が勝手に動いた。携帯電話をポケットに入れて、ハンドバッグは玄関ホールの台にのせ、靴は玄関脇に置く。そしてゆっくりキッチンに入っていった。

警官二人は礼儀正しく会釈したものの、やはり険しい顔つきだった。

「ジャスティンは？」

「二階にラングといる」答えたコービンに引き寄せられた。「ダーシーがまた過剰摂取した」

胃の底が抜けた気がした。「具合は？」

「それが……助からなかった」

そんな。熱い涙がこみあげてきた。「ジャスティンは知ってるの？」

「あの子の前では話さなかったけど、表情からすると……」唇を引き結ぶ。「たぶん察したと思う」

「わたしにできることはない？」

「ありがとう。こっちの話はすぐ終わる」そう言ってアイヴィーの頬に触れた。「だけどあの子が心配だ。様子を見てきてくれるかな？」

アイヴィーはうなずき、衝動的につま先立ちになってコービンを抱きしめた。警官二人には会釈をして、直接知らせに来てくれたことへの感謝を示した。

ジャスティンがどうしているか、見当もつかないまま、一段飛ばしで階段をのぼった。いまはこの目でジャスティンを見て、大丈夫であることを確認するのが、もっとも重要に思えた。

寝室のドアが閉じているのは、階下の会話が聞こえないようにするためだろう。指の関節で軽くノックをしてから、ノブを回してなかに入った。

窓辺にラングとジャスティンが並んで立ち、外の湖を見おろしていた。

「ただいま」アイヴィーはそっと声をかけた。ジャスティンは背中を丸めている。

振り返ったラングは無理に笑みを浮かべていた。「今日は遅かったんだな。クリニックでなにかあったのか？」

アイヴィーは問いかけるような顔で答えた。「いいえ、診療時間が終わる間際にちょっとやることがあっただけ」さらに部屋の奥へ進む。「ジャスティン?」

ラングが首を振り、ジャスティンはいま話したくないのだと暗に伝えた。

どうしたらいいのかわからなくて、アイヴィーは少年に近づいた。

そのとき、ジャスティンがかすれた声でささやいた。「おまわりさんが来てるんだ」

アイヴィーは足を止めた。「ええ、会ったわ」感情がこみあげて息苦しくなったものの、めそめそしてもジャスティンは喜ばない。「大丈夫、ハニー?」

「ぼく、赤ちゃんじゃないよ」ジャスティンが突っぱねるように言い、やがて鼻をすって、自分を固く抱きしめた。

アイヴィーは手を差し伸べようとしたが、ラングがその腕を取って部屋の外へうながし、廊下の向かいの、コービンとアイヴィーが使っている部屋に連れていった。アイヴィーの耳元でラングが言う。「あいつはたぶん察してるが、おれからはなにも言ってない。話すなら、それはコービンの役目だ」

「そうね。だけどあの子を一人にしておけないわ」

「きみが一緒にいてやってくれないか。おれは下におりてコービンと話してくる」言葉を切って顔をしかめた。「それとも逆がいいか。どっちでも、きみのいいように」

「ジャスティンについてるわ」暴れ馬だろうと、いまはわたしを引きずっていけない。あの子を慰めたい、気持ちを守ってやりたい、たとえいまはそう思えなくてもかならず明るい未来が待っていると信じさせてやりたい――そんな強い思いが胸のなかで燃えていた。ジャスティンの部屋に戻って、顔に笑みを貼りつけた。「ねえ聞いて。今日はね、猫ちゃんの手術をしたのよ」

ジャスティンがしぶしぶこちらを見あげた。目は赤いが濡《ぬ》れてはいなかった。「その猫、もう大丈夫なの？」

こんなときでも猫の心配をするなんて、どこまでやさしいのだろう。「ええ、もう大丈夫。だけどもしかしたら今日一日はふらふらするかもね。一回か二回、吐いちゃうかもしれない」ベッドに腰かけて、その猫の話を始めた。飼い主の家をこっそり抜けだして、ロットワイラーとじゃれようとした冒険を、即興で紡ぐ。

ジャスティンは、本当はそうしたくないような顔で、こちらに近づいてきた。「なんでその犬は噛んだの？」

「自分の縄張りの茂みでふーっとうなってる猫を見つけて、驚いたんじゃないかしら」ジャスティンの手を取ってとなりに座らせ、そっと髪を撫《な》でた――ジャスティンはおとなしくそうされていた。「あの大きさの犬なら猫をやっつけるのは簡単なはずだけど、ロリーはいい犬でね。気さくで、ふだんはほかの動物ともけんかしたりしないの」少年のほうにかがみ、共犯者めいた口調で言った。「いきなり茂みから飛びだしてきた子にびっくりさせられたりしなければ、ね」

一瞬、かすかな笑みがジャスティンの口元に浮かんだ。「猫がぶじでよかった」

「そうね。ミセス・タッシーは、わたしがモーリスをかわいがってるのと同じくらいあの猫を大事にしてるから。モーリスといえば、どこにいるの？」

ジャスティンは自身の両手を見おろした。「デイジーたちと一緒に寝床へ行ったよ」

少年がもがいているのを感じるからこそ、赤ん坊のように甘やかしたい衝動をこらえた。そうすれば、この子が必死で耐えているのを押し流してしまうことが直感でわかった。

「ぼくが寝る準備してたから、デイジーたちも洗濯室に行ったの」また口をつぐむ。「歯を磨いてたときに、おまわりさんたちが来たんだ」

「そうだったの」玄関ドアが開いて閉じる音が聞こえた。

ジャスティンが身をこわばらせ、下唇を震わせた。「ちょっとトイレ」そう言ってまた立ちあがった様子は、迫りくる現実から逃げたがっているように見えた。

コービンが入ってきた。

その姿を一目見たアイヴィーは、胸がつぶれる思いだった。これほど短い期間で、これほど多くのことに立ち向かわなくてはならないなんて。力になりたくてたまらないのに、なにをしたらいいのかわからない。

コービンが両手をこぶしにして息子を見つめ、一歩近づいた。「ジャスティン、ちょっと話が――」

「ぼく、トイレ！」ジャスティンがくり返し、父親の脇をすり抜けて廊下に駆けだした。直後に、バスルームのドアがやや激しく閉じられる音が響いた。

もしや少年は一人になって泣きじゃくりたかったのではと思うと、胸が張り裂けそうだった。

「ダーシーは……残念だったわね」コービンに向けてささやいた。

コービンが近づいてきてとなりに腰かけ、膝に肘をのせて、うなだれた。「白状すると、こうなるんじゃないかと思ってた。それでも願わずにはいられなかった……」言葉を切って首を振る。「ぼくの連絡先を渡しておいたんだ。だから警察はここへ来た。ダーシーの両親について、ぼくはなにも知らないし、警察もなにもわからないと言っていた」

コービンはアイヴィーと肩を並べ、ぼそぼそと低い声で話した。長いため息をついて姿勢を正し、ちらりとドアを見た。「あの子は苦しんでる」

「だれにも涙を見せたくないのよ」アイヴィーは言い、コービンのあごに触れた。「だけどあなたはジャスティンの父親よ。あの子はあなたを愛してるし、信頼もしてる」その事実に目の奥が焼けた。そう、ジャスティンの過去はとても厳しいものだったけれど、未来は違う――そして本人もそれをわかっている。「あの子を一人にしないで。そばに行って、泣いてもいいんだとわからせてあげて。悲しむあいだ、抱きしめていてあげて」

それで心が決まったように、コービンは立ちあがって大股数歩で部屋を横切った。その後ろ姿を見送るアイヴィーは、父子《おやこ》が互いを慰め合えるようにと祈った……そして、わたしにはどれくらいそこに関わる権利があるのだろうと考えた。

ほどなくコービンが戻ってきた。「バスルームにいない」

「そんな」アイヴィーは即座に立ちあがり、コービンに続いて階段を駆けおりた。

「ジャスティン？」コービンが呼びかけるものの、返事はない。各部屋をめぐって地下におりようとしたとき、文字どおりラングとぶつかった。「ジャスティンは下にいるか？」

「いや」ラングが周囲を見まわす。「デイジーたちのところには？」

「いなかった」コービンがすっと背筋を伸ばした。「湖だ」恐怖に満ちた足取りでまっすぐデッキ側のドアを目指し、すぐあとをラングが追った。

アイヴィーは二人に呼びかけた。「わたしは家の前を見てくる！」靴も履かずに飛びだして、周囲に視線を走らせた。コオロギの声と、ときおり響くカエルの声を別にすると、前庭は静かだった。悪い知らせの暗い影とともに、夕闇がおりていた。

ああ、ジャスティンがこういうことをするかもしれないと気づくべきだった。あの子はプライドが高くて頑固だ——けれども、これまでずっと、プライドだけがあの子のすべてだったのかもしれない。

湖のほうへ行っていませんようにと祈りながら向きを変えかけたとき、耳が低い音をとらえた。静かな夜に属さない音。

激しい鼓動を感じつつ耳を澄ますと……音の出どころはあのツリーハウスだった。低くてくぐもった、聞く者の胸をよじるようなその音に、アイヴィーの足は自然と動きだした。

ツリーハウスのはしごをのぼるときは、いつもゆっくり慎重に、だったものの、今回は文字どおり、飛ぶようにのぼっていった。なかをのぞくと、床に座ったジャスティンが膝をかかえて顔をうずめ、声を殺して泣きじゃくっていた。

アイヴィーはできるだけ静かに携帯を取りだし、コービンにメッセージを送信した。

〝ツリーハウスにいた〟

それから、両手両膝をついてハウスに入っていった。

ジャスティンを産んでいないことは関係ない。この子に出会ったのがほんの数カ月前だということも、コービンとまだ結婚していないことも関係ない。肝心なところでは、ジャスティンはもうわたしの子だ。今後一生、コービンと一緒にこの子を愛していくつもりだし、いま、それを始める。

「ごめんね。一人になりたかったんでしょうに」アイヴィーはささやくように言ってジャスティンの後ろに座り、両腕できつく抱きしめた。「いまはわたしがあなたと一緒にいたいの」

「ぼく、赤ちゃんじゃない！」ジャスティンが叫んだ。

「わかってる。あなたは百点満点の男の子で、わたしは心からあなたを愛してるわ」

不意にジャスティンが振り返り、首に飛びついてきた。そうして顔をうずめているので、とめどなく流れる涙が肌を濡らした。

アイヴィーはきつく少年を抱きしめて、あやすように少し揺すった。「本当につらいわよね。人生ってときどきすごく厳しいの。だけど一人でのりこえなくてもいい。わたしがついてるし、パパだっているでしょう? ラングおじさんとヴェスタおばあちゃんも。デイジーと、モーリスと、子犬たちもいるわ。あなたはみんなに愛されてる。だからみんなで一緒にのりこえていきましょう。ね?」

ジャスティンはあえぎながら言った。「ママはぼくのこと、愛してなかった」

ほんの十歳の少年が、そんなふうに思いこんでいるなんて。「いいえ……きっと愛してた。ただ、お母さんは万全じゃなかったの」

ジャスティンが少し体勢を楽にして、アイヴィーの肩に頬をのせた。まだ顔を隠したまま、やがて尋ねた。「どういうこと?」どんな子どもにも理解できないだろうことへの、もっともな説明を求めて。

そのときコービンがツリーハウスの入り口に現れて、抱き合っている二人を見つけ、つかの間、目を閉じた。

コービンが現れただけで場が落ちつき、そのおかげでもう状況が好転したことに、アイヴィーは驚いた。わたしと違ってコービンはすばやく動揺を隠せる。とはいえ、わたしは自分の感情的なところを悪いと思ったことはないし、ジャスティンもじきに慣れてくれるだろう。たぶんこういうかたちで、わたしとコービンは補い合っているのだ。

コービンがとなりに座ると、ジャスティンがごしごし目をこすって顔をあげた。小さな顔は打ちひしがれ、鼻水が垂れて呼吸は乱れていた。「泣くつもり、なかったんだけど」

「泣いたってぜんぜんかまわないんだぞ」コービンは息子を膝に抱きあげて、三人でざらついた木の壁に寄りかかった。ジャスティンはアイヴィーの手を握っていた──が、アイヴィーのほうが強く握り返していた。「怒ってもいいし、幸せを感じてもいい。不安になってもいいし、怖がったっていい。笑ってもいいし、そう、泣いてもいいんだ」

ジャスティンが鼻をすすった。「ママは……死んだの？」

コービンは一瞬だけためらって、答えた。「ああ」ジャスティンの頭のてっぺんにキスをする。「だけどママはおまえを愛してたよ。いつもその愛情をわかりやすいかたちで示してくれなかったことはわかってる。アイヴィーの言ったとおり、ダーシーは万全じゃなかったんだ。たぶん、ずっと前から」

ジャスティンの真剣なまなざしがコービンの目を見つめた。「〝ばんぜんじゃない〟って、病気だったってこと？」

「病気みたいなものだ」コービンは息子の背中を上下にさすった。「このことはもっと早くに説明するべきだったし、そうしなかったことを悪かったと思ってる。ぼくはおまえを守りたかったんだけど、いまならわかるよ、守りたいならいろんなことを教えるべきだったって」

ジャスティンがじっと父親を見つめる。その青い目はあふれる涙で泳いでいた。「もういいよ、パパ」

ほんの一瞬、コービンの冷静さが崩れかけた。ごくりとつばを飲み、感謝のしるしにうなずいてから、返した。「ありがとう」ジャスティンを温かく腕に包んで、感情をこらえる。「ぼくにはすごく意味のある言葉だ」

アイヴィーはこぼれる涙を拭った。

コービンが息子を抱きしめる力を緩めて、冷静さを取り戻した。「おまえのママは、〝いぞんしょう〟だったんだ。薬を呑みすぎてしまう、という意味だよ。たくさんね」

「なんで？」

「ママは自分に満足できなかったんだ。だけどそういう薬は体によくないし、呑んだ人をますますみじめな気持ちにさせるだけなんだ」

「パパは……？」

「ない」コービンは断言した。「絶対に」

ジャスティンの問いかけるような視線がアイヴィーに移った。

「わたしも一度も呑んだことないわ」親指で、小さな指の関節をこすった。「だけどわたしは運がよかったの。お父さんともお母さんとも仲がよくて、なにか困ったことが起きたり、なにかが必要になったりしたときは、いつでも頼ることができた。もしかしたらあなたのママは、そうじゃなかったのかもしれない」

ジャスティンが手を離してコービンの腿の上で体を起こし、目をこすった。「ママはいっぱいお酒飲んでた」

「ああ。それも〝いぞんしょう〟の一部だ」コービンが言った。「自分がかかえる問題に対処できなくなると、いろんなものに頼ってしまう人がいるんだよ。薬とか、お酒に」

「ぼく、ママを幸せにしようとがんばったのに」

このままでは涙を止められそうにない。「ああ、ハニー。ママを幸せにするのはあなたの役目じゃなかったのよ」

「そのとおりだ」コービンが言う。「あるべき姿は、そしてこれからのぼくたちのあり方は、親が子どもの面倒を見る、以上だ。おまえのママは——だけじゃなく、世の中にはほかにもそういう人がいるんだが、そういう人たちは、簡単には解決できない問題をかかえてるんだよ」ジャスティンのあごをあげさせる。「少し前に、ママに会ってきた」

ジャスティンが驚いて目を見開いた。「そうなの？」

「おまえにはそのうち話そうと思ってた」コービンは息子の頬を手で包み、親指で涙を拭ってやった。「先延ばしにしてたのは、おまえを心配させたくなかったからなんだけど、さっき言ったとおり、それは間違いだった。ぼくたちは、なんでもじっくり話そうって決めたよな？」

ジャスティンがうなずく。

「だからぼくはそうするべきだったんだ。約束するよ、これからはもっとがんばる」

ジャスティンはまたうなずいた。「ぼくもがんばる」

「わたしもがんばる」アイヴィーが言うと、二人ともかすかにほほえんだ。

「ママは薬をたくさん呑んだせいで、入院していた。薬のせいで、すごく具合が悪くなってしまったんだ。本人はよくなりたいと思ってたし、ぼくも力になりたいと思ったけど、〝いぞんしょう〟の人が自分の具合を悪くさせるものをやめるのは、簡単じゃないんだ」

ジャスティンの表情は硬く、慎重だった。「だからママは死んだの？」


「ああ。だけど病院で会ったとき、おまえをどれだけ愛してるか、話してくれたよ。よくなりたい、またおまえに会いたいって」

ジャスティンは唇をすぼめ、ひどく小さな声でささやいた。「ぼくは会いたくなかった」

記憶にある母親には会いたくないかもしれないが、こうあってほしいと願う理想の母親になら、きっとこの子も会いたいのではないだろうか。あいにく後者は実現しなかった……し、この先も実現しない。

「それはおまえが決めることだったよ」コービンが言う。「だけどもし気が変わっていたら、ぼくは彼女がよくなるように力を貸したかった。だけどね、ジャスティン、それはもしこの先、おまえがママに会いたくなったら会えるようにするためでしかなかった。絶対にぼく抜きでは会わせなかったし、彼女がおまえを連れていくのも絶対に許したりしなかった。おまえの家はここで、ぼくたちはずっとここで一緒に暮らすんだ」

ジャスティンは言葉の重みを量っているようだった。子どもには理解しにくい考え方をわかろうとしているのかもしれない。ちらりとアイヴィーを見て、言った。「アイヴィーもずっとここにいる?」

圧倒されて、アイヴィーはうなずいた。「自分があなたのママじゃないのはわかってるけど、ジャスティン、あなたを愛してるわ。あなたのことがとっても大事。わたしの心のなかでは、この先ずっと、あなたはわたしの息子よ」

ジャスティンが手を伸ばしてきたので、アイヴィーは喜んで抱きしめた。「じゃあ」ジャスティンがまた鼻をすすり、しばし考えてから、アイヴィーの首筋に顔をうずめたまま続けた。「いまはぼくのママみたいなもの?」

ちらりとコービンを見ると、ほほえみが返ってきたので、アイヴィーの心はとろけそうになった。「あなたのママになれるより幸せなことってないわ」

「そっか」ジャスティンが子どもらしく簡潔に言った。

ラングがはしごのてっぺんから顔をのぞかせた。「よう」そう言って、慎重に三人を眺める。

「来いよ」コービンが声をかけた。「みんなでちょっと問題を解決してたんだ」

ジャスティンが急いでアイヴィーの膝から離れ、目と鼻をこすった。

気の利く〝ラングおじさん〟がティッシュを取りだして全員に配ってから、大げさなしぐさで自身の目を押さえた。「心を揺さぶる夜だな」ジャスティンのとなりに腰をおろし、鼻をかむふりをして、長いため息をついた。「ここが泣くための場所か？　聞いておかないと、おれにもそういう場所が必要だから」

ジャスティンが笑った。「おじさんは泣かないよ」

「だれがそう言った？」今度はラングがジャスティンを膝の上に引き寄せた。「動揺したときはだれだって泣いていいんだぞ」

「ものすごくやなことが起きたときだけね」ジャスティンが言う。それからひそひそと続けた。「それか、アイヴィーだけ」

アイヴィーは噴きだした。「断っておくけど、女の子がみんなわたしみたいによく泣くわけじゃないのよ。わたしはすごく感情的な人間ってだけ」

「ぼくもときどき〝かんじょてき〟になるみたい」ジャスティンが言い、目を狭めた。

「でもこれからはあんまり泣かない」

アイヴィーはほほえんだ。「わたしがあなたのぶんも泣くわ」

四人で心地いい沈黙を味わっていたとき、ジャスティンがささやくように言った。「ぼく、ママがいなくなってちょっと寂しいかも」

コービンが息子の肩をつかんだ。「いい考えがある。じつはおまえのものが入った箱をママからあずかったんだ。ちびっ子だったころの写真とか、お絵かきとか。家に戻って、みんなで箱の中身を見てみようか？」

母親がそういうものを取っておいてくれたという事実に驚いた顔で、ジャスティンが尋ねた。「それ、ほんと？」

「やろうぜ」ラングが言う。「ポップコーンをつまみたいやつはいるか？」

「ホープも呼んでよ」ジャスティンが言った。「きっとぼくの絵を見たいはずだよ」

コービンはほほえんだ。「間違いないな」

ぼくの母さんも見たがるに違いない。今夜は電話しないが、明日の朝いちばんで連絡しよう。そうすればジャスティンはまたこの件についてじっくり話せるし、ダーシーが取っておいてくれたものをおばあちゃんに見せられるし……愛されていると感じられるだろうから。

「了解」ラングが甥《おい》っ子をかたわらにおろして、ツリーハウスの入り口に向かった。「ホープを呼びに行って、戻ったらポップコーンを作るぞ。ミルクシェイクも用意するか」

ジャスティンが入り口までついていきながら言う。「ぼく、チョコレート味がいい」

子どもの回復力に感動しながら、アイヴィーは呼びかけた。「ジャスティン、愛してるわ」

「ぼくも愛してるよ」少年は入り口の外に視線を向けたまま、返した。ラングが前庭を横切っていくのを眺めているのだろう。「ぼく、まだベッドに入らないから、デイジーとモーリスたちをまた出してやってもいい?」

「いいよ」コービンの声には安堵《あんど》がこもっていた。アイヴィーのほうに身を寄せて、耳打ちする。「きみがぼくのそばにいてくれてうれしいよ」ジャスティンをあごで示して、続けた。「ぼくたちのそばにいてくれて」

「わたしもうれしい」

きっとすべてうまくいく。最悪はもう起きた。あとはみんなで一緒にのりこえるのだ。

エピローグ

スーツ姿のジャスティンはさながら小さな紳士だった――本人もしっかりわかっている。気取って歩いては、ときどきポケットに両手を突っこんだり、親指をベルトループに引っかけたりして、顔には笑みを絶やさない。とりわけ気に入ったのが胸元の花飾り《ブートニア》らしい。数分ごとに、ヴェスタにつかまえられて抱きしめられていた。

結婚式は二カ月以上、先送りになっていた。まずはジャスティンの母親の葬儀が行えるように。ダーシーはこの町の墓地の、きれいな墓石の下で眠ることになった。コービンがそう望んだのだ。いつか、もしかしたら、ジャスティンが会いたくなったときに、会いに行けるように。

コービンが調べたところ、ダーシーの母親はずいぶん前に亡くなっており、父親は引っ越して、消息はわからなかった。葬儀にはコービンの家族が出席したが、それはきっとジャスティンのためだろうとアイヴィーは思った。

そのことは、ジャスティンもわかっているようだった。

続いて、湖畔でささやかな誕生日パーティを開いた。やってきた子どもたちとは、じきに学校が始まったらもっと仲良くなれるだろう。盛大なモンスターグッズはどの子にも大人気で、とりわけジャスティンは大喜びだった。自身もコレクションを始めると決めて、地下の一部にディスプレイ用の棚も作った。

少年はまだときどき不安の影に脅かされるものの、以前ほどではなくなったようだ。

結婚の誓いは、アイヴィーの主張により、短くて甘いものになった。アイヴィーもホープも自分が先に結婚するのはいやがって、親友同士で話し合った結果、ダブルウエディングに決まったのだ。相手のことが大好きだから、そうするのがいちばんに思えた。

二人の好みは大きく違っているのに、みごと調和がとれていた。ホープは流れるような白いロングドレスにレースのスカートを重ねていて、おとぎ話のお姫さまのようなその姿に、ヴェスタは目頭を押さえた。

アイヴィーは同じ素材だけれど、膝下丈で七分袖。襟ぐりはハート型ではなくラウンド型だ。そしてホープのドレスと同じレースをサッシュベルトに用いた。

戸外のテーブルを飾るのは、ところどころ小さな青いわすれな草をあしらった白いバラで、同じ花がホープとアイヴィーのブーケにも使われた。

コービンとラングもうまく合わせた。着用したのはタキシードではなくスーツで、コービンは息子とおそろいの、黒いジャケットに水色のシャツにブラックタイ。ラングはいつもながら弟より華やかに、ブルーのジャケットに黒のシャツ、ブルーのネクタイで仕上げた。

　どちらの新郎にも、ありえないくらいほれぼれさせられた。

　会場はコービンの家の裏庭で、家族だけを招いたささやかな結婚式だから、ホープの姉チャリティと生まれたばかりの大事な姪《めい》、マーリーも出席した。短い式のあいだ、小さなマーリーがむずかるので、父親とおじの花婿付添人を務めたジャスティンは、ずっとにこにこしていた。

　いま、ヘイガンはアイヴィーの両親と同じテーブルを囲んで、新米ママのチャリティを休ませるために幼いマーリーを抱っこしている。だれかが言ったなにかで、みんないっせいに笑った。

　ジャスティンがヴェスタの前で礼儀正しくお辞儀した。「おばあちゃん、踊りたい?」

「あらまあ、ぜひ踊りたいわ」孫息子の手を取ると、湖の近くに用意された木製のダンスフロアに出ていった。

　地元のバンドが演奏するなか、ジャスティンはこれ以上ないと言わんばかりに幸せそうに踊った。総じて、完璧な一日だった。

「二人きりになるのが待ちきれないな」コービンが耳元でささやいた。

　たくましい胸板に背中をあずけて、アイヴィーは言った。「あと数時間の辛抱よ」数時間したら、ジャスティンはまたRVパークで数日過ごすためにヴェスタとヘイガンが連れていくことになっており、招待客は帰っていって、アイヴィーとコービンはつかの間の〝ハネムーン〟を楽しむ予定だ――おそらくずっとベッドのなかで過ごすだろう。

そこへ、ホープの腰に手を回し、ジャケットを脱いでシャツの袖をまくったラングが現れた。「へえ?」「おまえたちからおれたちへの完璧な結婚祝いを思いついたぞ」

「へえ?」コービンが笑顔でワイングラスを傾けた。「なにかな?」

「あのゲストハウスだよ。どう思う?　もちろん増築するつもりだが、これだけ近くても別々の家っていうのは悪くないだろう?」

その提案に、コービンが驚いた顔で返した。「すごくいい考えだね。交渉成立だ」

アイヴィーは唖然《あぜん》とし、ホープも同じくらい仰天した顔になった。

「おかしいかい?」コービンが肩をすくめる。「兄貴はモーターボートをくれたし、〝ラングおじさん〟が近くにいれば、ジャスティンが喜ぶ」

アイヴィーはゆっくりほほえんだ。わたしだって親友が近くにいれば、ものすごくうれしい。「条件が一つあるわ」

「なんでも呑《の》むよ」コービンの口調は本心から言っているようだった。

「わたしたちへの結婚祝いとして、ホープとラングは子犬のうちの二匹を引き取ること。ペット五匹はちょっと多すぎるけど、だれにでもあげられるわけじゃないから」

「よし、決まりだな」ラングが言い、思いついたようにホープに尋ねた。「もちろんきみがいいならの話だが」

「引き取らせてもらえるならすごくうれしい」ホープが言った。「ジャスティンもすぐ会いに来られるから、そんなに寂しくならないでしょう?」

「アイヴィーにも同じことが言えるね」コービンが笑顔でからかった。

「家のことだが」ラングが言う。「あの車庫は居住空間に改造できるよな? あとは広いリビングルームと、バスルームがもう一つ必要だ。それからキッチン」

「ぼくも同じことを考えてた」コービンが言った。「二階はマスタースイートルームと、座ってくつろぐ空間にしてもいいね」

「車庫は家の横手に作ろう」

兄弟は間取りについて話し合いながら去っていった。

「自分の結婚式に」アイヴィーはやれやれと首を振った。

「形式張ったのはいやだって言ったのは、あなたよ」ホープが笑顔で腕に腕をからめてきた。「だけどこれで大正解だった。たくさん人が集まってたら、誓いの言葉もまともに言えなかったかもしれないもの」

「たしかにこれで正解だったわね」アイヴィーも言った。すべてに満足していた。

招待客を眺めながら、ホープが言う。「愛してるわ、アイヴィー」

そんなことを言われたら……ほら、また涙があふれてきた。「わたしがあなたを愛してるのには負けるわよ」

「それはどうかしら。ともかく、あなたと親友でいられてラッキーだとずっと思ってたけど、いまではこんなにたくさんの家族ができたわ」

「わたしたちほどラッキーな人もいないわね」

開放的な夏を過ごそうと思いついたこのわたしが、結果としてまったく別のものを手に入れた。夫と息子とその家族……そして永遠に続くこと間違いなしの、すばらしい愛。

「来て」アイヴィーは言い、親友の手を取った。「一緒に踊りましょう」

驚いたことに、ホープは声を立てて笑った——そして自身が先に立ってダンスフロアに駆けだした。

訳者あとがき

つきあいはじめはよかったんだけど、だんだんマンネリ化してきちゃって、だけど一人になるのはいやだし、別れを切りだして修羅場になるのもめんどくさいしで、なんとなくずるずる続けてしまった……なんて経験、おありでしょうか？

本書のヒロイン、三十一歳で獣医のアイヴィー・アンダースは、まさにそんな経験をしている一人です。交際して二年になるジェフとのあいだに、暴力だの浮気だのといったトラブルはありませんが、それでもときめきはとっくに消えてしまったし、この関係に未来はないとお互いよくわかっています。そこでアイヴィーはついに勇気を出してジェフと別れ、今年の夏は自由で開放的な気分を味わおうと決心しました。理想的な相手は、真剣になる必要のない男性。楽しい時間をちょっと過ごすだけの、深入りしなくていい男性。そんなふうに思っていたアイヴィーでしたが、出会ったのはまったく正反対の人物でした。

二十八歳のコービン・マイヤーは、穏やかで家族思いの、責任感あふれる好男子です。まっ早くに父を亡くしたものの、その後は母と兄との三人で支え合って生きてきました。まっとうな仕事も得て、充実した人生を送っていましたが、ある日突然、ハイスクール時代に何度かデートをしただけの女性から連絡があり、あなたには十歳の息子がいるという衝撃の事実を知らされます。しかも彼女はたった一人での子育てに疲れ果てており、これからはあなたが子育てをする番だと主張して、息子を押しつけていってしまうのです。最初こそ驚きうろたえたコービンですが、間違いなくわが子であるジャスティンを会った瞬間から溺愛し、そんなふうに母親に見捨てられて深く傷ついているこの子のために生きていこうと決意します。そうして親子で一から歩きだすため、移り住んできたのが、アイヴィーの暮らす湖畔の町サンセットでした。

自由で開放的な夏を過ごそうと決めたばかりのアイヴィーと、たいへんな責任をかかえたばかりで恋にうつつを抜かしている場合ではないコービン。そんな二人がどういう時間を重ね、恋模様をくりひろげていくのか、お楽しみいただけると幸いです。

また、アイヴィーの親友で、過去に忌まわしい経験をしたせいで男性恐怖症に陥っているホープや、コービンの兄でユーモアいっぱいのラング、兄弟の母親で押しが強い（けれど愛情たっぷりの）ヴェスタなど、脇役も魅力的な人物ばかり。さらには犬のデイジーと子犬たち、アイヴィーの飼っている老猫モーリスといった動物たちの出番もお見逃しなく。

ケンタッキー州サンセットという架空の小さな町を舞台にした本作。著者のローリー・

フォスターがお得意とする、ハートウォーミングな家族愛、かわいい子どもや動物、軽妙な男同士の会話、〝ここだけ〟の女同士の会話など、今回もハッピーでキュートな要素が盛りだくさんですが、これまであまり描かれることのなかった深刻な問題（依存症、ネグレクトなど）もとりあげられています。もちろんあのローリーのロマンス小説ですから、全体的にはハッピームードに包まれているのですが、もとより動物保護にも関心の高かった彼女ですから、現代社会がかかえるそうした問題も見過ごせないと考えるようになったのかもしれません。苦しんでいる人が周囲の支えを得てやりなおせる社会であることを、また世界中の子どもが愛情をそそがれて心身を育んでいけることを、訳者も心から願っています。

最後になりましたが、今回も拙い訳者を支えてくださったハーパーコリンズ・ジャパンのみなさまと編集者のAさまに心からお礼を申しあげます。常に刺激と励ましである翻訳仲間と、いつもそばにいてくれる家族、そして今回は特別に、血のつながらない姉であるrさんにも、ありがとう。

二〇二三年九月

兒嶋みなこ

訳者紹介　兒嶋みなこ

英米文学翻訳家。主な訳書にソフィー・アーウィン『没落令嬢のためのレディ入門』、ローリー・フォスター『午後三時のシュガータイム』『ためらいのウィークエンド』、シャロン・サラ『いつも同じ空の下で』『さよならのその後に』(以上、mirabooks)などがある。

mira

午前零時《ごぜんれいじ》のサンセット

2023年9月15日発行　第1刷

著　者　ローリー・フォスター

訳　者　兒嶋《こじま》みなこ

発行人　鈴木幸辰

発行所　株式会社ハーパーコリンズ・ジャパン
東京都千代田区大手町1-5-1
03-6269-2883(営業)
0570-008091(読者サービス係)

印刷・製本　中央精版印刷株式会社

ISBN978-4-596-52494-2

mirabooks

この手を離してしまえば
マヤ・バンクス
八坂よしみ 訳
密かに憧れていた実業家キャムと、あるパーティの夜に結ばれたピッパ。一度のことと知りながらも喜びを噛み締めていたが、後日妊娠したことがわかり…。

いつか想いが届くまで
マヤ・バンクス
深山ちひろ 訳
若き実業家デヴォンから夢見たとおりのプロポーズをされ、幸せの絶頂にいた花嫁アシュリー。世間知らずの彼女は、それが政略結婚だと知るはずもなく…。

忘れたい恋だとしても
マヤ・バンクス
藤峰みちか 訳
会社経営者ライアンと婚約し幸せの絶頂にいたケリーは、ある日彼の弟との不貞を疑われ捨てられた。半年後、彼の子を身ごもるケリーの前にライアンが現れ——

忘却のかなたの楽園
マヤ・バンクス
小林ルミ子 訳
所有する島の購入交渉に来たラファエルと恋に落ちたブライアニー。契約を交わすと彼との連絡は途絶える。妊娠に気づき訪ねると、彼は事故で記憶を失っていて…。

消えない愛のしるしを
マヤ・バンクス
琴葉かいら 訳
夫の死後三年がたち、過去を吹っ切るために秘密の社交場にやってきたジョスリン。長年胸に秘めてきた願いを叶えようとするが、そこには夫の親友がいて…。

残酷な遺言
エリザベス・ローウェル
仁嶋いずる 訳
初恋の相手に拒絶され、心に深い傷を負ったララ。けれど、再会した彼は情熱的な瞳でララを見つめていた。まるであの夜などなかったかのように…。

mirabooks

明けない夜を逃れて
シャロン・サラ
岡本　香 訳

余命宣告から生きのびた美女と、過去に囚われた私立探偵。喪失を抱えたふたりが出会ったとき、運命は大きく動き始め…。叙情派ロマンティック・サスペンス！

翼をなくした日から
シャロン・サラ
岡本　香 訳

元陸軍の私立探偵とともに、さまざまな事件を解決してきたジェイド。カルト組織に囚われた少女を追うなかで、自らの過去の傷と向き合うことになり…。

すべて風に消えても
シャロン・サラ
岡本　香 訳

最高のパートナーとして事件を解決してきた私立探偵チャーリーと助手のジェイド。最大の危機と悲しい別れが、二人にこれまで守ってきた一線をこえさせ…。

明日の欠片をあつめて
シャロン・サラ
岡本　香 訳

特別な力が世に知られメディアや悪質な団体に追い回されるジェイド。相棒の探偵チャーリーを守るため彼女が選んだ道は――シリーズ堂々の完結編！

月影のレクイエム
シャロン・サラ
皆川孝子 訳

あなたは実の孫ではない――亡くなる直前に祖母から出自を聞かされたキャサリン。故郷を訪ねるも敵意を向けられるばかりだが保安官のルークだけは優しく…。

グッバイ・エンジェル
シャロン・サラ
新井ひろみ 訳

幼い頃、母にカルト教団に連れてこられたジェイドは、壮絶な少女時代を過ごす。やがて教団を抜け出し人目を避けて生きてきたが、15年後、ルークと名乗る男が現れ…。